Von Catherine Coulter
sind als Heyne-Taschenbücher erschienen:

Lord Deverills Erbe · Band 04/15
Liebe ohne Schuld · Band 04/45
Magie der Liebe · Band 04/58
Sturmwind der Liebe · Band 04/75
Die Stimme des Feuers · Band 04/84
Die Stimme der Erde · Band 04/86
Die Stimme des Blutes · Band 04/88
Jadestern · Band 04/96
Calypso · Band 04/104
Die Satansbraut · Band 04/124
Die Jungfernbraut · Band 04/126
Magie der Liebe/Jadestern · Band 23/118
Die Sherbrooke-Braut · Band 04/122
Karibische Nächte · Band 04/129
Im Schatten der Mitternachtssonne · Band 04/135
Ein ehrbares Angebot · Band 04/139
Jenseits der Liebe · Band 04/145
Der Herr der Habichtsinsel · Band 04/151
Der Herr vom Rabengipfel · Band 04/152
Der Herr der Falkenschlucht · Band 04/154
Lord Deverills Erbe/Liebe ohne Schuld · Band 23/100

CATHERINE COULTER

SEHNSUCHT UND ERFÜLLUNG

Roman

WILHELM HEYNE VERLAG
MÜNCHEN

HEYNE ROMANE FÜR »SIE«
Nr. 04/169

Titel der Originalausgabe
MOONSPUN MAGIC

Aus dem Amerikanischen
von Rita Langner

Copyright © 1988 by Catherine Coulter
Copyright © 1990 der deutschen Ausgabe by CORA Verlag GmbH, Berlin
Printed in France 1996
Umschlagillustration: Pino Daeni / Agentur Schlück
Umschlaggestaltung: Atelier Ingrid Schütz, München
Satz: Fotosatz Prechtl, Passau
Druck und Bindung: Brodard & Taupin

ISBN 3-453-09421-2

PROLOG

Charlotte Amalie, St. Thomas, August 1813

Ein harmlos nützlich' Katzentier (Shakespeare)

Rafaels Wut war mindestens ebenso groß wie seine Angst. Nur wegen seiner eigenen Dummheit, nur weil er dem Falschen vertraut hatte, sollte er jetzt hier allein und fern von seiner Heimat Cornwall auf dieser westindischen Insel sterben.

Er kämpfte gegen seine Angst an, denn Angst lähmt. Besser war es, die eigene Wut noch zu schüren. Der Mann, dessen Leben er vor acht Monaten in Montego Bay gerettet hatte, hatte ihn hintergangen. Dieser Mann, Dock Whittaker, war ein französischer Spion.

Und nun würde Whittaker Rafael Carstairs umbringen, den englischen Handelskapitän, der während der letzten fünf Jahre seines Lebens die Franzosen zur See heimgesucht hatte, indem er in Portugal durch ihre Linien geschlüpft und in Neapel in ihre Reihen gedrungen war.

Dock Whittaker hatte zwei Männer bei sich, beides Hafenschurken, die für einen Krug Rum mordbereit waren. Alle hatten ihre tödlichen Entermesser blankgezogen. Schweigend bewegten sie sich im Halbkreis auf Rafael zu und drängten ihn vom Kai fort in eine schmutzige Gasse. Die Nacht war schwarz, die Straße still. Sogar die Betrunkenen schliefen. Nur die Atemzüge der drei beharrlich herankommenden Männer waren zu hören.

Sie wollten ihn töten. Er wollte nicht sterben. Er mußte seine Angst beherrschen. »Sie sind ein Schuft, Whittaker, ein dreckiger, verlogener Schuft. Lohnen Sie es so einem

Mann, der Ihr verdammtes Leben gerettet hat? Oder war alles ein abgekartetes Spiel?«

Rafael blickte jetzt die anderen beiden an. »Hört mir zu. Whittaker ist nicht zu trauen. Wollt ihr seinetwegen in irgendeiner finsteren Gasse ein Messer in den Rücken bekommen?«

»Kapitän«, sagte Whittaker leise, »ich bedaure dieses ... nun, dieses Ende sehr, doch meine Loyalität gehört Napoleon, und sonst niemandem. Ergebenheit dem einen Herrn gegenüber erfordert es manchmal, daß man einem anderen gegenüber Loyalität nur vorgibt. Das wissen Sie und Ihre Leute ebensogut. Sie und ich unterscheiden uns darin nicht.«

»Von Ihnen unterscheide ich mich erst dann nicht, wenn ich in die Hölle fahre. Wie lautet Ihr wirklicher Name, Whittaker? Pierre oder Francois Sowieso?«

»Mein wirklicher Name, Kapitän, lautet Francois Desmoulins. Bulbus, Cork, beobachtet ihn genau! Ich habe ihn kämpfen sehen. Er ist schnell und tödlich.«

Er wandte sich wieder an Rafael. »Kapitän, Sie haben meine Zeit lange genug in Anspruch genommen. Henri Bouchard, ein enger Vertrauter Napoleons, wollte, daß ich feststelle, ob Sie wirklich ein so skrupelloser, todesmutiger Freibeuter und der Mann sind, den meine Landsleute in Portugal den ›schwarzen Engel‹ nennen. Sie haben tatsächlich einige Unruhe gestiftet, Kapitän. Doch das ist jetzt vorbei. Ich habe keinerlei Zweifel mehr. Ich bin Ihnen gefolgt und habe gesehen, wie Sie Mr. Benjamin Tucker Papiere übergeben haben. Ja, es ist jetzt vorbei.«

Noch drei Schritte, und Rafael würde mit dem Rücken an der Hauswand des Bordells »Zu den drei Katzen« stehen. Sekundenlang stellte er sich vor, wie einige der Mädchen in durchsichtigen Gewändern aus den Fenstern hüpften und ihm zu Hilfe kamen. Bei diesem Gedanken hätte er beinahe gelächelt. Dies hier aber war die Wirklichkeit, und das hieß, es waren nur noch drei Schritte bis zum Tod.

Die Angst durfte nicht Sieger bleiben.

»Zwei von euch nehme ich mit«, erklärte er scheinbar ruhig. »Bulbus, traust du diesem französischen Abschaum etwa? Du bist kein Franzose. Ich zahle dir . . .«

»Halten Sie den Mund, Kapitän!« befahl Whittaker scharf. »Ach ja, da wäre noch etwas. Diesen englischen Lord, diesen Earl von Saint Leven und seine Frau werde ich natürlich ebenfalls töten müssen. Ich kann nicht ausschließen, daß Sie ihn in Ihre Sache hineingezogen haben oder daß er schon etwas damit zu tun hatte, bevor er an Bord der ›Seawitch‹ kam.«

Jetzt löste sich die Angst endgültig auf, und kalte Wut erfüllte Rafael. Dieser Schurke wollte Lyon und Diana ermorden! O nein, das durfte ihm auf keinen Fall gelingen! Das ließ er, Rafael, nicht zu.

Er schätzte die Entfernung ab. Konnte er Bulbus nehmen, ehe Cork und Whittaker ihn selbst mit ihren Entermessern durchbohrten? Nein. Er würde sterben, aber zwei von ihnen wollte er mitnehmen, und einer davon sollte Whittaker sein. Nur so konnte er Lyon und Diana retten.

Plötzlich wendete sich das Schicksal auf höchst merkwürdige Weise, und Rafaels Retter erschien. Es war ein struppiger schwarzer Kater mit zerfranstem Schwanz, buschigen Schnurrhaaren und einem eingerissenen Ohr.

Das laut miauende Tier lief zwischen Rafael und dessen drei Angreifer. Rafael handelte. Er ließ sich zu Boden fallen, packte den Kater, richtete sich mit ihm auf den Knien auf und schleuderte das aufjaulende, erschrockene Tier in Whittakers Gesicht. Wütend brachte der Kater dort seine scharfen Krallen zum Einsatz.

Rafael stürzte sich auf Bulbus und rammte ihm die Faust in den Magen. Er sah eine Klinge aufblitzen und stieß Cork den Ellbogen in den dicken Bauch. Das Entermesser fiel klirrend auf das Kopfsteinpflaster. Whittaker schrie, während der struppige Kater ihm das Gesicht zerfetzte.

Bulbus' pockennarbiges Gesicht war vor Schmerz und Zorn rot angelaufen. »Bastard!« knurrte er, aber schon wich Rafael ihm geschickt aus, schlug ihm die Faust ans Kinn, packte im nächsten Moment die mit dem Entermesser erhobene Hand und drehte den Arm erbarmungslos herum, bis das schauerliche Geräusch des brechenden Knochens zu hören war. Bulbus stöhnte.

Rafael hörte, daß Cork hinter ihm das zu Boden gefallene Entermesser aufhob. Daran ließ sich im Moment nichts ändern. Er hörte Whittaker auf französisch fluchen und sah den Kater durch die Luft fliegen. Das Tier landete mit gesträubtem Fell auf einem Müllhaufen, und Rafael bedauerte sehr, daß er ihm nicht befehlen konnte, Whittaker erneut anzuspringen.

Whittaker zog eine Pistole. Offenbar war es ihm inzwischen gleichgültig, ob jemand etwas hörte. Er wollte morden, egal womit. Rafael griff sich das Entermesser und warf es. Whittakers Pistole war auf ihn gerichtet. Der Finger krümmte sich um den Abzug. Rafael sah sich selbst fallen. Er spürte keinen Schmerz, sondern fiel nur immer tiefer.

Er hörte einen scharfen Schlag. Er sah Whittakers verblüfften, ungläubigen Gesichtsausdruck. Er sah den Griff des Entermessers aus der Brust des Mannes ragen.

»Sie sind tot, Whittaker«, sagte er. Whittaker starrte ihn nur an. »Sie sind zu dumm, um es zu merken.«

Whittaker öffnete den Mund, doch kein Wort kam ihm über die Lippen.

Langsam fiel er vornüber, ohne jedoch seine Pistole loszulassen. Als er mit dem Gesicht nach unten aufs Pflaster stürzte, löste sich der Schuß. Der Körper des Mannes dämpfte den lauten Knall. Sekundenlang dachte Rafael voller Mitgefühl an denjenigen, der Whittaker später umdrehen würde.

Bulbus lag auf der Seite und hielt sich stöhnend den gebrochenen Arm. Cork stand mit seinem Entermesser in der Hand halb gebückt am Eingang der Gasse und starrte erst Whittaker, dann Rafael an.

»Laß es«, sagte Rafael. »Tu's nicht. Hat Whittaker dich bezahlt? Nein, das glaube ich nicht. Jetzt ist er tot. Es ist aus. Verschwinde.«

Cork nickte langsam, warf einen verächtlichen Blick auf Bulbus, steckte sein Entermesser unter den Gürtel und verdrückte sich in die Schatten.

Rafael drehte sich langsam um und wandte sich zum Ausgang der Gasse. Leise pfiff er nach dem Kater.

Montego Bay, Jamaica, August 1813

Es war wie immer höllisch heiß. Die Luft im Zimmer war zum Ersticken dick, denn Morgan hatte Angst vor Zug.

Rafael zupfte sich den Hemdrücken von der schweißigen Haut und betrachtete den Mann, dessen Beruf es war, die Unternehmungen in der Karibik zu steuern. Obwohl Morgan mit seinem fliehenden Kinn, der kahlen Stelle auf seinem Hinterkopf und den hängenden Schultern recht unscheinbar aussah, war er ein Meisterstratege, und Rafael hatte großen Respekt vor ihm. Im Augenblick allerdings war er nur ärgerlich über Morgans Unnachgiebigkeit.

»Verdammt, Morgan, es war weiter nichts als ein schlichter Überfall. Whittaker ist tot. Die Kerle, die er angeheuert hatte, wußten weder, wer er noch wer ich war. Es hat keinerlei ...«

»Schon gut, Rafael. Jedenfalls beweist sein Überfall, daß Ihre Identität jetzt endgültig bekannt ist und Ihre ... Nützlichkeit damit vorbei ist.«

»Einfach so?«

»Ja. Vergessen Sie nicht den französischen Angriff auf die ›Seawitch‹. La Porte hatte den Befehl, sie zu versenken. Drei Schiffe gegen Ihr eines!«

Morgan schwieg einen Moment und nahm sein stets griffbereites Glas Limonade auf. »Was den ›schwarzen Engel‹ betrifft«, sagte er und lächelte Rafael versöhnlich zu, »so haben Sie Hervorragendes geleistet. Lord Walton, mein Kontaktmann im Londoner Kriegsministerium stimmt mir darin selbstverständlich zu. Reisen Sie heim, Rafael. Sie haben den Tod Ihrer Eltern gerächt, und Sie sind noch am Leben. Kehren Sie jetzt nach Cornwall zurück.«

Während Rafael in dem langen und schmalen Zimmer auf- und abging, betrachtete Morgan ihn nachdenklich. Dieser junge Mann war ein großartiger Mensch, ein erstklassiger Kapitän, und sein Mut in beinahe aussichtslosen Situationen grenzte an leichtsinnige Verwegenheit.

Morgan mochte ihn, obwohl Rafael Carstairs bei allem auch noch sträflich gut aussah. Tatsächlich mochten ihn sogar die meisten Männer, und das trotz des Umstandes, daß ihre Ehefrauen den jungen Kapitän mit einer an Wollust grenzenden Bewunderung anzustarren pflegten.

Morgan lächelte. Gottlob befand sich seine Tochter zu Besuch bei ihrer Tante in Kingston. Wäre Licinda hier, würde sie diesen Carstairs anschmachten, bis er rot wurde.

»Sie haben in den vergangenen fünf Jahren viele Menschenleben gerettet, Rafael, und England haben Sie unschätzbare Dienste erwiesen«, fuhr Morgan besänftigend fort. »Ich habe übrigens auch von Ihren beiden Passagieren auf der ›Seawitch‹ gehört. Lucien Savarols Tochter und ein englischer Earl. Wie heißt er doch?«

»Lyonel Ashton, Earl von Saint Leven. Und Lucien Savarols Tochter ist inzwischen die Countess of Saint Leven. Wenn ich zur Heimkehr gezwungen werde, treffe ich die beiden wahrscheinlich in London wieder.« Rafael mußte lächeln. »Ich habe sie nämlich getraut. Meine erste Erfahrung in solchen Dingen. Ich war nervöser als sie.«

Morgan lachte. »Stimmt es, daß Sie sie über Bord gejagt haben? Hat das Paar tatsächlich eine Woche allein auf Calypso Island verbracht?«

Woher weiß Morgan denn das alles? fragte sich Rafael. »Ja«, antwortete er. »Offensichtlich haben sie sich dort prächtig amüsiert. Ich hatte mir um sie auch keine Sorgen gemacht. Diana Savarol ist hier aufgewachsen und eine Überlebenskünstlerin dazu.«

Lächelnd dachte er an den Tag, an dem er zwecks ihrer »Rettung« zu der Insel zurückgekehrt war. Durch sein Fernglas hatte er sie schon am Strand gesehen. Lyon war nackt gewesen und hatte Diana umarmt, während sie Arme und Beine um ihn geschlungen hatte. Rafael hatte gemerkt, daß der Zeitpunkt seiner Ankunft schlecht gewählt war.

»Meine abenteuerlichen Tage sind nun vorüber«, seufzte Rafael. »Ich sehne mich in der Tat nach Cornwall.«

»Kehren Sie heim«, sagte Morgan. »Nehmen Sie Ihr Leben dort wieder auf. Vielleicht hat sich Ihr Bruder in den vergangenen Jahren geändert.«

Als Rafael einmal mehr als angeheitert gewesen war, hatte er Morgan etwas von Damien Carstairs, Baron Drago, erzählt, seinem eineiigen Zwillingsbruder, der eine halbe Stunde früher als er auf die Welt gekommen war. Jetzt wünschte er, er hätte damals seine betrunkene Zunge gehütet. »Er hat sich wahrscheinlich nicht geändert«, meinte er.

»Er ist jetzt verheiratet, nicht wahr?«

Wie hatte Morgan das erfahren? Es war direkt erschreckend, was dieser Mann alles wußte! »Ja, mit der Tochter eines Baronets aus Dorset. Elaine Montgomery. Sie hat ihm eine gewaltige Mitgift eingebracht.«

»Ja, aber Miss Montgomerys Vater, Sir Langdon, ist kein Dummkopf. Ich weiß eine Menge über ihn.«

»Mich wundert gar nichts mehr.«

»Nein? Nun, er hat Ihrem Bruder die Mitgift nicht einfach übergeben, sondern bestimmt, daß sie ihm in jährlichen Zahlungen zufließt. Sir Langdon schützt eben seine Tochter.«

Rafael konnte ihn nur verblüfft anschauen. »Sie können einem richtig angst machen.«

Morgan lachte. »Auch Ihren Vater kannte ich. Wußten Sie das? Nein? Ja, Ihr Vater war ein starker Mann, unbeirrbar, loyal, eine Art Feudalherr des modernen Zeitalters. Sie sind ihm sehr ähnlich.«

»Danke, Sir. Ja, vor meiner Rückkehr nach England werde ich nach Spanien segeln. Ich möchte meine Großeltern besuchen. Sicherlich gibt es einige wertvolle Informationen, die ich unseren Leuten dort übermitteln kann.«

Morgan schüttelte den Kopf. »Ich will, daß Sie sich von Spanien fernhalten. Verschieben Sie den Besuch bei Ihren Großeltern. In ein, zwei Jahren ist Napoleon tot oder eingekerkert. Sein fehlgeschlagener russischer Feldzug hat ihn die meisten seiner erfahrenen Offiziere und Soldaten gekostet. Jetzt hat er noch Rekruten, halbe Kinder die meisten von ihnen. Es wird bald vorbei sein, Rafael.«

Rafael mußte zugeben, daß Morgan recht hatte. Irgendwie kam er sich vor, als triebe er selbst jetzt auf einem steuerlosen Schiff dahin. Er blickte aus dem Fenster zu dem lebhaften Hafen von Montego Bay hinüber. »Diese verdammten Schufte«, murmelte er vor sich hin. Nie würde er den Tag vergessen, an dem er erfuhr, daß das Schiff seiner Eltern von den Franzosen angegriffen und versenkt worden war.

»Auch ich werde innerhalb der kommenden sechs Monate nach London zurückkehren.« Morgan stand auf, strich sich automatisch das elegant geschlungene Halstuch glatt und streckte die Hand aus. »Was meinen Sie, was wir beide zusammen für einen Auftritt dort haben werden!«

»Ich beabsichtige nicht, nach London zu gehen. Die Stadt hat mich nie interessiert. Zu groß, zu lärmend und zu viele äußerst nutzlose Menschen, die äußerst nutzlose Dinge tun.«

Morgan lächelte. »Nun, vielleicht überlegen Sie es sich noch. Ich hätte zufällig eine Botschaft, die Sie Lord Walton überbringen könnten.«

»Das hätte ich mir denken sollen. Für jemanden, der nicht mehr von Nutzen ist, steht mir wohl eine feine Wiedergeburt bevor.«

»Ja, das meine ich auch. So, und wollen wir darauf jetzt ein Glas von Jamaicas bestem Rum trinken? Ich habe ihn von der Plantage der Barretts, und er rinnt so sanft wie Öl die Kehle hinunter.«

Rafael lächelte. Was sollte man sonst auch tun?

1. KAPITEL

Drago Hall, St. Austell, Cornwall, September 1813

Es war eine rauhe Nacht (Shakespeare)

Sie hörte die Schritte, die unheilvoll in dem langen Korridor widerhallten. Immer näher kamen sie der Tür. Jetzt wurden sie langsamer, zögernder, leiser, und Hoffnung keimte für einen Moment in ihr auf. Doch gleich darauf wurden die Schritte wieder lauter, länger, eiliger. Ganz nahe waren sie jetzt.

Victoria setzte sich im Bett auf. Sie bewegte sich vollkommen geräuschlos. Niemand sollte merken, daß sie wach war und wußte, daß der Mann im Flur stand. Unverwandt schaute sie auf die Tür.

Die Schritte hielten davor an. Victoria konnte sich ausmalen, daß er jetzt die Hand ausstreckte, die Finger um den Türknauf legte, ihn drehte ... Nichts geschah.

Sie wünschte, sie könnte den großen altmodischen Messingschlüssel sehen, der das Schloß blockierte. Sie hörte, wie einige Male an dem Türknauf gedreht und dann verärgert an der verschlossenen Tür gerüttelt wurde. Der Schlüssel klapperte laut im Schloß, bis er schließlich herausglitt und mit lautem Krachen auf den Holzfußboden fiel. Victoria unterdrückte einen Aufschrei.

Kein Geräusch war mehr zu hören. Sie konnte das Gesicht des Mannes vor sich sehen, wie es sich veränderte, als er merkte, daß sie ihn ausgeschlossen hatte. Die Tür war so unbezwingbar wie Drago Hall selbst. Sie würde nicht nachgeben.

Victoria hielt den Atem an. Ihr Herz hämmerte laut und

schnell. Konnte er das Pochen nicht hören? Spürte er nicht ihre Angst vor ihm? Sie konnte sich seine grauen, jetzt zornigen und kalten Augen im Dunkel des endlosen Korridors vorstellen. Bei Tageslicht waren sie so hell und glänzend wie Liggers frisch geputztes Tafelsilber ...

»Victoria? Victoria!« Seine Stimme klang sanft und drängend.

Victoria hielt sich die Hand vor den Mund und verharrte regungslos.

»Öffne die Tür, Victoria.« Das war jetzt schon eher die Stimme des Herrn. Sie klang stählern, wenn auch noch immer leise. Wenn er so mit dem Personal sprach, was selten vorkam, gab es für die Leute nur noch den unbedingten Gehorsam. Victoria hatte ihn einmal in diesem Ton mit Elaine reden hören, und die kluge, starke Elaine hatte sich aus Angst förmlich davor geduckt.

Was sollte Victoria tun? Vielleicht glaubte er ja, daß sie schlief. Bei dem Gedanken, er könnte annehmen, daß sie seinem Befehl absichtlich nicht nachkam, erschauderte sie.

Als Elaine Montgomery, ihre Kusine, Damien Carstairs, Baron Drago, geheiratet hatte, war Victoria im Alter von vierzehn Jahren nach Drago Hall gekommen. Liebebedürftig, wie sie war, hatte sie Damien verehrt und ihn als ihren Helden und perfekten Gentleman angesehen. Er war nett und freundlich zu ihr gewesen und hatte ihr die gleiche Aufmerksamkeit geschenkt, die er gelegentlich Elaines·Mops oder seiner kleinen Tochter Damaris widmete.

Das hatte sich geändert. Wann hatte er damit begonnen, sie anders anzusehen? Vor sechs Monaten? Die Nanny, das Kindermädchen, hatte sie immer in gutmütigem Spott eine »kleine Spätentwicklerin« genannt. Was damit gemeint war, hatte Victoria nie ganz begriffen. Jedenfalls schien Damien sie inzwischen entwickelt genug zu finden. Am liebsten hätte sie ihn angeschrien, sie gefälligst in Frieden zu lassen. Sie war schließlich die Kusine seiner Gattin! War ein Mann seiner Ehefrau nicht Treue und Ergebenheit schuldig?

Die Minuten verstrichen. Damien sagte nichts mehr. Plötzlich wurde wieder am Türknauf gerüttelt, und ebenso plötzlich hörte das Rütteln wieder auf. Victoria wagte nicht zu atmen. Damiens Schritte entfernten sich nun immer weiter und waren endlich nicht mehr zu hören.

Sie mußte etwas unternehmen. Tat sie nichts, würde Damien am Ende gewinnen. Er würde sie stellen und mit ihr verfahren, wie es ihm beliebte. Sie mußte mit Elaine reden. Ihre Kusine mußte es erfahren.

Noch während dieses Gedankengangs schüttelte Victoria den Kopf. Sollte sie Elaine etwa erzählen, daß ihr Ehemann ihre junge Kusine verführen wollte? Elaine würde Victoria auslachen und ihr vorwerfen, sie verbreite lächerlichen, gemeinen Unsinn. Im Gegensatz zu ihrem Gatten war Elaine nämlich treu und ihrem Mann ergeben.

Victoria durfte nicht länger auf Drago Hall bleiben. Sie schlug die Hände vors Gesicht. Zwar weinte sie nicht, aber sie fühlte sich so entsetzlich hilflos. Wie konnte Damien sie nur begehren? Sie begriff es nicht. Die schwarzhaarige und grünäugige Elaine war eine so schöne Frau. Ihre Finger waren bei der Handarbeit ebenso geschickt wie beim Klavierspielen, und außerdem trug sie ein Kind unter dem Herzen, seinen Erben, wie Damien immer wieder sagte, als würde er durch die ständige Wiederholung erreichen, daß das Kind tatsächlich ein Knabe wurde.

Elaine war seine Gattin, und sie hatte überhaupt keine körperlichen Mängel. Damien weiß doch sicherlich von meinem Bein, dachte Victoria. Bestimmt hatte Elaine es ihm erzählt.

Victoria strich mit den Fingern über die lange wulstige

Narbe auf ihrem linken Oberschenkel. Sanft massierte sie die jetzt entspannten Muskelstränge darunter. Als Fünfzehnjährige war sie einmal dem unverschämten Johnny Tregonnet davongerannt. Sie war zu schnell und zu lange gelaufen, und Elaine hatte die Folgen gesehen: die verkrampften Muskeln, die sich unter der Narbe aufwarfen. Elaine hatte versucht, freundlich zu bleiben, aber der Anblick hatte sie abgestoßen.

Wie kann Damien mich also begehren? fragte sich Victoria immer wieder. Ich bin doch mißgestaltet und häßlich!

Die Nacht war lang. Langsam glitt Victoria unter das Daunenbett zurück. Sie fror innerlich, und sie fürchtete sich.

Sie dachte an David Esterbridge, der mit dreiundzwanzig nur vier Jahre älter war als sie. Seit dem letzten Januar hatte er ihr bereits dreimal einen Heiratsantrag gemacht. Er war freundlich zu ihr und zuverlässig, wenn auch schwach. Er war das einzige Kind seines dominierenden Vaters. Sie liebte ihn nicht, doch blieb ihr eine andere Wahl? David würde sie zumindest beschützen. Sie wollte ihm eine gute Ehefrau sein. Jawohl, sie wollte ihn heiraten, und er würde sie von Drago Hall fortnehmen. Fort von Damien.

Acht Männer befanden sich im Salon des kleinen Jagdhauses, das dem alten und gebrechlichen Earl von Crowden gehörte. Der Hausmeister war gestorben, wovon niemand dem Verwalter des Earls etwas gesagt hatte. Letzteren hätte es auch nicht weiter gekümmert, denn die Jagdhütte war über sechzig Jahre alt und in baufälligem Zustand. Der Erbe des alten Earls würde ohnehin keine Mittel zur Wiederherstellung ausgeben wollen.

Das Jagdhaus verfügte über nur sieben Räume und stand für den allgemeinen Geschmack viel zu abgeschieden mitten in einem dichten Ahornwald. Die Stadt Towan war drei Meilen entfernt, und bis zur Küste von Mevagissey Bay war es noch eine weitere halbe Meile. Seegeruch lag ständig in der Luft, und in dem Jagdhaus war alles stets feucht und klamm.

Die vielen Mängel des Hauses interessierten die acht Männer nicht. In drei Minuten schlug es Mitternacht, und die Anwesenden waren bereit für das bevorstehende Ritual. Alle hatten die vorgeschriebene Position eingenommen und standen dem langen Tisch zugewandt. Der Widder befahl ein genau einzuhaltendes Zeremoniell. Nichts geschah spontan. Alle Handlungen unterlagen Regeln, die der Widder aufgestellt hatte und die er änderte oder ganz aussetzte, wie es ihm paßte.

Die acht Männer trugen schwarze Satinkutten. Schwarze Satinkapuzen mit Augen- und Nasenschlitzen verhüllten ihre Köpfe. Mundöffnungen gab es nicht, doch der Stoff war so dünn, daß jedes dahinter gesprochene Wort klar und deutlich zu verstehen war. Das Stöhnen wurde vielleicht ein wenig gedämpft, und so wollte es der Widder auch.

Der Widder hatte ein dünnes, in blutrote Pergamenthaut gebundenes Buch, das nur er allein lesen konnte. Das war sein »Führer«, wie er zu sagen pflegte. Niemand stellte den Widder irgendwie in Frage. Jedermann genoß den Reiz der Anonymität.

Und jetzt genossen alle den Anblick des fünfzehn Jahre alten und nur mit einem langen schwarzen Samtgewand bekleideten Mädchens, das auf dem zerschrammten alten Eichentisch lag und dessen Arme und Beine ausgebreitet und an Händen und Füßen mit weichen Lederseilen festgebunden waren.

Die Kleine war nicht gerade besonders hübsch, hatte einer der Männer etwas enttäuscht bemerkt, worauf der Widder nur achtlos die Schultern gezuckt und gesagt hatte: »Ihr Körper entschädigt mehr als genug für ihr schlichtes Gesicht. Wartet es nur ab. Außerdem ist sie eine Jungfrau, wie die Regeln es bestimmen.«

Der Widder erwähnte allerdings nicht, daß er dem Vater des Mädchens für diese Jungfernschaft fünfzig Pfund Sterling gezahlt hatte.

Also warteten die Männer es ab. Der Widder hatte gesagt, daß das Mädchen um Mitternacht entjungfert werden sollte. Aus einem antiken irdenen Krug wurden Lose gezogen. Der Krug stammte, wie der Widder sagte, von einem Schiff der spanischen Armada, das die Seeleute der Königin Elizabeth I. vor der Küste Cornwalls zerstört hatten.

Sehr gemessen schritt der Widder jetzt zum Tisch, neigte sich hinab und küßte das Mädchen auf den Mund. Die Kleine wimmerte, aber nicht lange. Man hatte ihr zuvor genügend Drogen verabreicht.

Langsam ging der Widder zum Ende des Tisches. Er löste die Fesseln von ihren Füßen. Mit langsamen, rituellen Bewegungen schob er ihre Beine hoch, bis ihre Knie gebeugt waren und ihre Füße flach auf der Tischplatte standen. Er befahl dem Mädchen, die Beine gespreizt zu halten.

Er blickte den Mann an, der das erste Los gezogen hatte, und nickte ihm zu. Es war Johnny Tregonnet, und er war bereit, mehr als bereit. Begierig war er. Grob schob er das Gewand des Mädchens hoch und entblößte dessen Körper bis über die Hüften.

»Der Nutzen einer Frau liegt unterhalb ihrer Taille«, hatte der Widder einmal erklärt. »Ihre Brüste lenken nur ab.« Ob er das aus dem Buch mit dem blutroten Einband hatte, oder ob das seiner eigenen Weisheit entsprungen war, wußte niemand. Es war den Männern auch gleichgültig, obwohl der Anblick wirklich praller Brüste durchaus seinen Reiz gehabt hätte.

Die Kleine blutete, wie es sich gehörte. Der Widder befahl zweien der Männer, ihr die Beine auseinanderzuhalten, denn sie erschlaffte zusehends. Als der achte Mann sein Werk an ihr vollendet hatte, war sie bereits ohne Bewußtsein. Das schadete nicht, meinte der Widder. Es sei sogar besser, wenn die Frau still blieb.

Die Männer waren jetzt entspannt und widmeten sich ausgiebig dem Trunk, was noch der umständlichste Teil des Rituals war. Um ihren Weinbrand zu sich zu nehmen, mußten sie ihre Gesichter abwenden, ihre Kapuzen lüften, trinken, anschließend die Kapuzen wieder überziehen und sich dann zu den anderen zurückwenden. Gelegentlich warfen sie auch einen Blick auf das Mädchen, das jetzt leise schnarchte.

Der Widder saß ein wenig abseits. Er trank nur mäßig. Er hatte diesen Männern das Mädchen geschenkt, um sie bei der Stange zu halten. Keiner von ihnen besaß seiner Meinung nach das geistige Vermögen, um wirklich der tieferen Bedeutung dieses männlichen Rituals teilhaftig zu werden. Deshalb durften sie sich eines solchen Mädchens auch nur bedienen, wenn er es für angebracht hielt.

Zu diesem Punkt hatte er einmal sein Buch zitiert: »Der sexuelle Akt eines Mannes soll der Frau beweisen, daß der Mann der dominierende Teil, der Meister, der überlegene Vertreter der menschlichen Rasse ist.«

Der Widder hatte ferner gesagt, daß ein solcher Beweis nicht notwendigerweise durch Wiederholung erbracht werden mußte, denn Frauen wußten, daß sie minderwertiger, schwächer und ihrem Meister unterlegen waren. Einige der Männer, besonders die verheirateten, hatten dies stark bezweifelt.

»Wir treffen uns erst am ersten Donnerstag im Oktober wieder«, sagte der Widder jetzt. »Bei dieser Versammlung wird euch eine Überraschung bereitet. Nach dieser Überraschung werdet ihr meine Pläne für die Nacht vor Allerheiligen erfahren.«

Paul Keason, der heute das Los für die vierte Stelle gezogen hatte, dachte manchmal still für sich, daß der große Wert, der dem Satanismus, den Kulten, der Zauberei und den Hexensabbaten beigemessen wurde, doch eigentlich ein verdammter Unsinn war. Paul selbst wollte gar kein Teufelsschüler oder Hexer werden. Er wollte nur die Grenzen des Sündhaften und Ungesetzlichen ein wenig überschreiten und es dabei belassen. Um das zu erreichen, mußte er allerdings — wie alle anderen auch — Interesse für die Rituale und Zeremonien des Widders vorgeben, die mit der Zeit immer komplizierter wurden.

Die Nacht vor Allerheiligen war eine Nacht für eine harmlose Veranstaltung, mehr nicht. Bei der Überraschung, die der Widder versprochen hatte, würde es sich wahrscheinlich wieder um ein Mädchen handeln. Vielleicht zog er, Paul, diesmal das Los für die erste, und nicht wieder für die vierte Stelle. Er blickte zu dem Widder hinüber, der schweigend dasaß und so würdevoll aussah, wie es in einer albernen schwarzen Kapuze und einer bodenlangen Kutte eben möglich war.

Paul Keason wünschte, der Widder hätte diese Vermummung nicht vorgeschrieben, die dafür sorgen sollte, daß niemand wußte, um wen es sich bei den anderen handelte. Das war lächerlich, denn die acht Männer kannten einander, ob mit oder ohne die Verhüllung.

Wer der Widder war, wußte allerdings niemand.

2. KAPITEL

»Zum blauen Eber«, Falmouth, Cornwall, September 1813

Mit einem Betrunkenen zu streiten, heißt, mit einem leeren Haus zu debattieren (Publilius Syrus)

»Wenn Sie noch mehr von diesem Gesöff trinken, werden Flash und ich Sie hier begraben müssen.«

Rafael zog eine schwarze Augenbraue hoch und blickte Rollo Culpepper, seinen Ersten Maat und langjährigen Freund, an. »Gesöff, mein Guter? Dies ist edelster französischer Weinbrand. Der alte Beaufort schwört, daß er nur das Beste schmuggelt. Ich werde wohl noch einen Schluck nehmen. Lindy!«

»Schluck? Wohl eher ein ganzes Faß«, meinte Flash Savory. Er betrachtete den riesigen Schwenker in Rafaels Hand und überlegte, ob er das Glas entwenden konnte, ohne daß der Kapitän etwas merkte.

Seit seinem fünften Lebensjahr hatte Flash sich zu den erstklassigsten Taschendieben des Londoner Soho zählen dürfen. Noch immer war er stolz auf seine vielen ungewöhnlichen Talente, obwohl die Fähigkeit, seinen betrunkenen Kapitän zum Verlassen der Kneipe zu bewegen, nicht dazugehörte.

Flash wußte genausogut wie Rollo, warum sich ihr Herr so vollaufen ließ: Nach fünf Jahren der aufregenden, gefahrvollen Tätigkeit zum Wohle Englands im Krieg kam er sich jetzt nutzlos und überflüssig vor.

Nun war er wieder daheim in Cornwall, wo sein gottverdammter Zwillingsbruder lebte und sich als der große

Herr aufführte. Zu ärgerlich aber auch, daß Whittaker — oder wie der verfluchte Franzmann geheißen haben mochte — ein Spion gewesen war und den Kapitän verraten hatte. Und dann hatte er ihn sogar noch umbringen wollen!

Nun ja, das war ihm nicht gelungen, diesem Schuft. Und jetzt war er, Flash, der Hüter des räudigsten, hinterhältigsten, geilsten, verfluchten Katers, der jemals an Bord eines Schiffes höchst zufrieden die Welt umsegelt hatte.

»Lindy!«

Flash versuchte es auf die schmeichelnde Tour. »Kapitän, wissen Sie denn nicht, daß unser alter Heros nicht gut schlafen kann, wenn Sie nicht an Bord sind? Er miaut und rumort herum, und dann kann die Mannschaft auch nicht schlafen und . . .«

»Verschwinde, Flash. Du und Rollo, verschwindet beide.«

Rolle stützte den Ellbogen auf die Tischplatte und beugte sich vor. »Nun sehen Sie mal, Rafael . . .«

Aber Rafael sah nicht. Vielmehr grinste er Lindy an, das hübsche Schankmädchen, dessen üppige Formen auch ein aus Überzeugung nüchterner Mann kaum hätte übersehen können.

»Sie möchten noch mehr, ja, edler Lord?«

»Ich bin kein edler Lord, Lindy. Ich bin jetzt überhaupt nichts mehr. Halt, das stimmt auch wieder nicht. Heros braucht mich. Der schläft nämlich nicht ohne mich.«

Rollo verzog das Gesicht, und Flashs Finger juckten plötzlich, denn ein wohlhabend aussehender Kaufmann mit offensichtlich vollen Taschen hatte den Schankraum betreten. Flash zwang sich dazu, nicht diese vollen Taschen, sondern wieder seinen Kapitän anzuschauen und seine juckenden Finger in seinen eigenen Hosentaschen zu verstauen.

»Nun, heute nacht brauchen Sie diesen Heros nicht«, erklärte Lindy und schenkte Rafael Weinbrand nach.

Rollo verzog wieder das Gesicht, sagte aber nichts. Gestern hatten sie die sturmbeschädigte »Seawitch« mit Mühe und Not in den Hafen von Falmouth gebracht. Er vermutete, daß Rafael am liebsten sofort nach St. Austell und Drago Hall weitergereist wäre, aber die Papiere, die er bei sich hatte, waren ja für London bestimmt und laut Morgan sehr dringend.

Und jetzt saß der Kapitän da und versuchte sein Bestes, seine traurigen Gedanken in Weinbrand zu ersäufen.

»Sie sind ein ansehnlicher Mann, Kapitän. Ja, ein sehr ansehnlicher sogar.« Lindy übersah Flash und Rollo und schenkte Rafael ihre ganze Aufmerksamkeit.

»Balsam für die Seele eines Mannes«, sagte er und stürzte den Rest seines Weinbrands hinunter. »Noch mehr Balsam, Lindy.«

»Es ist schon ziemlich spät, Kapitän«, stellte Rollo fest. »Flash hat recht. Sie sollten mit zum Schiff zurückkommen und ...«

»Ich empfehle, daß ihr zwei Kindermädchen euch jetzt zur ›Seawitch‹ verfügt und bei diesem verdammten Kater schlaft.« Er lächelte Lindy an. »Ich verbringe die Nacht hier in Beauforts höchst gemütlichem Gasthof. Oben ist es doch gemütlich, nicht wahr, Lindy?«

»Unglaublich gemütlich, Kapitän.«

»Na, seht ihr!«

Rollo warf die Arme hoch. Flash zog seine noch immer juckenden Finger aus den Hosentaschen und blickte sehnsüchtig zu dem zechenden und völlig unaufmerksamen Kaufmann hinüber. Der Drang, diesem Mann die Taschen zu erleichtern, war allerdings nicht mehr so stark, wie früher. Flash wurde in vier Monaten zwanzig Jahre alt, und Rafael hatte ihm versichert, daß mit dem zwanzigsten Geburtstag alle verbrecherischen Neigungen verschwinden würden. Flash glaubte Rafael unwidersprochen.

»Sie sind ein Teufelskerl, Kapitän«, sagte Lindy liebevoll. Sie strich mit den Fingerspitzen durch Rafaels dichtes schwarzes Haar. »Jawohl, ein richtiger Teufelskerl.«

Rollo verdrehte die Augen. »Los, komm, Flash. Wir gehen. Ihm wird schon nichts passieren.« Die beiden Seeleute verließen den »Blauen Eber«, den wohlhabenden Kaufmann und ihren sternhagelvollen Kapitän.

Lindy nahm Rafael mit sanfter Gewalt das Glas aus der Hand. »Es ist spät geworden, Kapitän. Mir tun die Füße weh.«

Rafael schaute zu ihr hoch, doch sein Blick schaffte es nur bis zu ihren Brüsten hinauf. »Und wie sieht es mit deinen restlichen Körperteilen aus, mein Mädchen?« fragte er träge.

Lindy kicherte und tätschelte sein Kinn. »Kommen Sie mit, mein Schöner, und ich zeig's Ihnen.«

Während Rafael dem Mädchen die Treppe hoch folgte, betete er insgeheim darum, daß seine eigenen Körperteile ihren Dienst nicht etwa einstellten, so daß er am Ende ebenso gedemütigt und blamiert wie betrunken zurückbleiben würde.

Lindy blieb einen Moment über ihm auf der Treppe stehen und drehte sich zu ihm um. Sein Gesicht befand sich auf der Höhe ihrer Brüste. Er beugte sich vor und drückte einen Kuß auf das weiche weiße Fleisch.

»Ah«, sagte Lindy und zog seinen Kopf dichter heran. Ja, dieser hinreißende Mann war wirklich gut und gierig. Gleich als er in den »Blauen Eber« gekommen war, hatte sie gewußt, daß sie ihn ins Bett bekommen wollte. Wie er sie angeschaut hatte, das hatte ihr gesagt, daß er großzügig zu einer Frau sein würde und daß er ihren Körper und ihr Vergnügen an dem Spiel genießen würde.

Die Tatsache, daß er einer der schönsten Männer war, denen sie jemals unverwässerten Weinbrand serviert hatte, überzeugte sie endgültig davon. Sein Körper, den sie im Laufe des Abends ausgiebig betrachtet hatte, würde ebenso beeindruckend sein wie seine silbergrauen Augen. Ach ja, sie würde gewiß ihre Freude an diesem Mann haben.

Lindy lächelte und ließ ihre Hand an seinem Körper hinabstreichen. Als sie die Finger um ihn schloß, sagte sie leise und hochzufrieden: »Ja, Sie sind ein Teufelskerl.«

Elaine Carstairs, Baroness Drago, sah ihre jüngere Kusine über den Frühstückstisch hinweg an. Es war ein wunderschöner Morgen, die Sonne strahlte, die Luft war herbstlich frisch. »Was ist mit dir, Victoria? Sonst bist du doch immer früher aufgestanden. Willst du etwas von mir?«

Es war tatsächlich schon spät. Elaine, die im sechsten Monat schwanger war, stand nie vor zehn Uhr auf, und Victoria war in ihrem eigenen, verschlossenen Zimmer geblieben, bis sie annehmen konnte, daß sich Elaine nun im Frühstücksraum befinden würde.

»Nun, Victoria?«

Ja, hätte Victoria am liebsten hinausgeschrien, ich will von dir, daß du mir deinen Ehemann vom Leib hältst! Statt dessen aber schüttelte sie nur den Kopf und biß in ihren inzwischen kalten Toast.

»Ich muß sagen, du siehst nicht gut aus, Victoria. Ich bin doch diejenige, der es schlechtgehen sollte, aber du hast die dunklen Schatten unter den Augen. Ich will hoffen, daß du nicht etwa krank bist.«

Wie sollte Victoria ihrer Kusine sagen, daß sie nicht geschlafen hatte, daß sie aus Angst vor Damien zitternd in ihrem Bett gekauert und nicht einmal gewagt hatte, auf das Anklopfen des Hausmädchens zu reagieren?

»Dir geht es doch hoffentlich gut genug, um mit Damaris auszureiten? Das Mädchen hat von nichts anderem geredet, als ich heute morgen im Kinderzimmer war. Wenn man dieses Plappern Reden nennen kann, meine ich.«

»Ja.« Victoria hob den Blick von ihrem Teller mit den gestockten Eiern. »Ich hole Damaris gleich.«

27

»Victoria, sei ehrlich! Was stimmt mit dir nicht?«

»Was soll denn das bedeuten? Geht es dir etwa nicht gut, Kusinchen?«

Als sie Damiens weiche Stimme hörte, verkrampfte sich Victorias Magen. Sie zwang sich dazu, tief durchzuatmen und den Baron anzuschauen. »Mir geht es gut«, teilte sie ihm kalt und steif mit. »Ich werde mit deiner Tochter ausreiten.«

»Ausgezeichnet. Ich glaube, ich werde euch begleiten. Wir werden nach St. Austell reiten, wenn es dir recht ist. Ich habe dort etwas zu erledigen.«

»Sie sieht fürchterlich aus«, erklärte Elaine unverblümt. »Wenn sie krank wird, soll sie sich von Damaris fernhalten.«

Damien Carstairs, Baron Drago, ging zu Victoria, die stocksteif auf ihrem hochlehnigen Stuhl saß. Er beugte sich zu ihr und betrachtete sie eingehend. Sie zwang sich dazu, vollkommen regungslos zu bleiben. Er konnte ihr nichts antun. Nicht jetzt und nicht hier.

»Hast du nicht gut geschlafen, Victoria?«

»Doch, ich habe sogar sehr gut geschlafen. Und sehr tief.«

»Aha, das erklärt viel, wenn auch nicht alles.«

»Gib acht, daß du nichts übertreibst, Victoria.« Elaines Stimme war mit einmal hoch und schrill geworden. »Du weißt doch, wie scheußlich dein Bein aussieht, wenn du dich zu sehr anstrengst.«

Am liebsten hätte sich Victoria bei ihrer Kusine bedankt. »Ja, es sieht wirklich entsetzlich aus. Häßlich und abstoßend. Ja, du hast völlig recht.«

Zu ihrem Verdruß lächelte Damien nur. Mit einem Finger streichelte er ihr flüchtig über die Wange und wandte sich dann an seine Gattin. »Soll ich dir aus St. Austell etwas mitbringen, meine Liebe?«

Elaine runzelte die Stirn. »Vielleicht sollte Victoria heute hierbleiben. Wir werden eine Gesellschaft geben, und

Ligger benötigt möglicherweise ihre Hilfe. Du weißt doch, das Silber muß ...«

»Ich weiß.«

»Vielleicht möchtest du lieber nicht an der Gesellschaft teilnehmen, Victoria«, fuhr Elaine fort. »Es wird getanzt werden, und ich möchte auf keinen Fall, daß du in eine peinliche Situation gerätst.«

Entweder sie weiß oder sie ahnt, daß mit ihrem Ehemann etwas nicht stimmt, erkannte Victoria plötzlich. Deshalb will sie jetzt erreichen, daß er mich abstoßend findet. Hoffentlich!

»Du hast vollkommen recht, Elaine. Ich werde Ligger bei den Vorbereitungen helfen. Mein Bein macht mir heute morgen besonders viel zu schaffen. Würde ich tanzen, gerieten wir wohl alle in eine peinliche Lage. Ich werde Damaris und Nanny Black im Kinderzimmer Gesellschaft leisten.«

Damien warf seiner Gemahlin einen eher gelangweilten Blick zu, obwohl seine Stimme scharf und herrisch klang. »Victoria wird heute vormittag mit Damaris und mir ausreiten. Ferner wird sie an der Gesellschaft und am Tanz teilnehmen. Ich werde dabei helfen, Garderobe für sie auszusuchen, meine Liebe. Vielleicht ein Abendkleid von dir, das du nicht mehr brauchst. Und falls jetzt nichts von großer Wichtigkeit mehr zu besprechen ist, werde ich mich zu Corbell begeben. Victoria, in einer halben Stunde bei den Stallungen!«

»Aber sie soll mir helfen beim ...«

»In einer halben Stunde.«

Victoria hob trotzig das Kinn. »Es tut mir leid, Damien. Ich werde mit David reiten. Damaris wird unsere Anstandsdame sein«, fügte sie an Elaine gerichtet hinzu.

»Ja, sehr gut«, stimmte Elaine sofort zu. »Ich frage mich, wann David sich dir erklären wird, meine Liebe.«

Damien sah seine Gattin an. »David Esterbridge ...« sagte er nachdenklich. »Ach, so ist das also, hm?«

29

»Ja«, antwortete Victoria. »So ist es.«

Plötzlich lächelte Damien. Er nickte Elaine zu. »Nun, das ist ja in der Tat höchst interessant.« Beide Frauen schauten ihm nach, als er das Frühstückszimmer verließ.

Sobald sich die Tür hinter ihm geschlossen hatte, stand Elaine auf und stützte die Hände auf den Tisch. »Wenn du klug bist, akzeptierst du David Esterbridge«, sagte sie leise und nachdrücklich. »Er ist annehmbar. Es wird langsam Zeit, daß du Drago Hall verläßt.«

Es ging alles viel zu schnell. Victoria hatte immer gewußt, daß sie keinen Penny besaß, und das war auch nicht wichtig gewesen. Jetzt allerdings war es wichtig. Sie würde David mitteilen müssen, daß sie arm war, jämmerlich arm, und daß sie ihm nichts einbringen würde.

Sein Vater, ein Landjunker, war Victorias Meinung nach ein strenger und unbeugsamer Mann, der feste Ansichten über das hatte, was seiner Familie zustand. Sicherlich wollte er als Squire keine Schwiegertochter, die nichts zu bieten hatte außer dem Namen Abermarle, blauen Augen und tadellosen Zähnen.

David hatte ihr zwar bei jedem seiner drei Heiratsanträge versichert, daß der Squire sie unbedingt als seine Schwiegertochter begehrte, doch das konnte sie nicht so recht glauben.

Nun, vielleicht sollte sie nicht so pessimistisch sein, und möglicherweise stattete Damien sie ja sogar noch mit einer Mitgift aus, wenn er eingesehen hatte, daß er seine eigenen Absichten nicht verwirklichen konnte.

Rasch verließ Victoria den Frühstücksraum und ging zum Kinderzimmer. Nanny Black nickte ihr mißmutig wie immer zu und zog die rosa Samtschleife an dem Reithut des kleinen Mädchens zurecht.

»Möchtest du meine Anstandsdame sein, Damie?« Victoria kniete sich — selbstverständlich ihres Beins wegen sehr vorsichtig — vor das Kind.

»David?«

»Ja, David kommt mit uns. Wir werden zum Fletcher-Teich reiten und Clarence und seine Familie füttern.«

»Ja, ja, ja, Torie!«

Victoria zupfte an Damies schwarzen Locken. Das kleine Mädchen war das Ebenbild seines Vaters, nur daß Damaris' helle Augen keine Spur von Kälte und Grausamkeit zeigten.

Behutsam richtete sich Victoria wieder auf. Ihr Bein schmerzte vom Knien, nicht sehr, aber genug, um sie daran zu erinnern, daß das auch etwas war, wovon sie David noch nichts gesagt hatte.

»Los, komm, Torie! Komm! Komm!«

»Kleine Landplage«, sagte Nanny Black liebevoll.

»Ich bringe sie nach dem Mittagsimbiß zurück«, versprach Victoria. »Komm, Damie, wir holen uns den Picknickkorb vom Koch ab.« Sie nahm Damies kleine Hand, und zusammen stiegen sie die breite Treppe hinab.

Unten angekommen, blieb Victoria erschrocken stehen. David war bereits eingetroffen. Sehr still und steif stand er da und schaute ihr entgegen. Er war nur vier Jahre älter als sie, hatte einen rötlichen Teint, dunkelbraune Augen und noch dunkleres Haar. Er besaß keine besonders kräftige und männliche Figur, aber er war stets freundlich und zuvorkommend zu Victoria gewesen. Sie hatte ihn immer gemocht.

Als sie seine wildlederne Reithose sah, sagte sie: »Wie schmuck Sie heute aussehen, David! Stimmt's, Damie?«

»Schmuck«, bestätigte die Kleine.

David lächelte nicht. »Sind Sie fertig?« fragte er nur.

Victoria betrachtete sein so vertrautes Gesicht und fühlte sich ein wenig unsicher. Sie nickte zur Antwort.

»Muß das Kind heute mitkommen?«

»Mitkommen! Mitkommen!« rief Damaris.

»Nun ja, ich habe es Damaris versprochen. Ich wußte nicht, daß es Ihnen nicht recht sein würde. Sie will die

Enten füttern. Damit wird sie sicher vollauf beschäftigt sein.«

»Viel Spaß bei eurem Ausflug, ihr beiden.«

Als Victoria Damiens Stimme hörte, kostete es sie Mühe, gelassen zu bleiben und sich ganz ruhig umzudrehen. Mit vor der Brust verschränkten Armen und leicht zur Seite geneigtem Kopf stand er vor der Tür zum Salon und schaute zu ihnen herüber.

»Papa«, rief Damaris, ohne Victorias Hand loszulassen.

»Paß gut auf, daß dich deine Kusine nicht vom Pferd fallen läßt, mein Schatz«, sagte Damien. »Esterbridge.« Er nickte David zur Begrüßung zu. Danach drehte er sich um und ging den Flur entlang zum Herrenzimmer.

»Komm!« Damaris zog an Victorias Hand.

»Ja, Damie.«

David ging zu den Ställen voraus. Victoria betrachtete ihn von hinten. Das Senfgelb seiner Jacke war keine so glücklich gewählte Farbe für ihn. Es erinnerte ein wenig an Gallenbeschwerden. Ich denke schon wie eine besorgte Ehefrau, schoß es Victoria durch den Kopf.

Toddy, ihre Stute, schnaubte, als sie sie sah. Natürlich hatte Victoria wieder zwei Zuckerwürfel für sie in der Tasche, die sie ihr auf der flachen Hand hinhielt.

»Komm!«

»Ich helfe Ihnen beim Aufsitzen, Victoria«, sagte David und tat es auch sogleich. Danach reichte er ihr Damaris hoch. Das Kind kreischte vor Vergnügen und Vorfreude. David hingegen schien ganz und gar nicht amüsiert zu sein.

»Sitze still, mein Schatz.« Victoria nahm das zappelnde Mädchen fest in den Arm und wartete, bis Jim, der Stalljunge, David den Picknickkorb hochgereicht hatte.

Sie ritten die lange Auffahrt hinunter und setzten dann ihren Weg in östlicher Richtung zum Fletcher-Wäldchen und dem Teich fort. Da Damaris unausgesetzt plapperte, war für Victoria und David ein vernünftiges Gespräch so gut wie ausgeschlossen. Der Tag war warm, und nur ein paar kleine Wölkchen waren in den Himmel getupft.

»Ein schöner Tag«, meinte Victoria und lächelte zu David hinüber.

»Ja.«

»Ich muß mit Ihnen reden.«

Jetzt schaute er sie an. Sie sah, daß seine Hand am Zügel zuckte, worauf der Hengst erschrak, seitwärts ausbrach und den Reiter beinahe abgeworfen hätte. Victoria erschrak ebenfalls, sagte aber nichts, bis David das Pferd wieder unter Kontrolle hatte.

»Gleich da!« rief Damaris.

»Ja, Schatz, bald«, bestätigte Victoria. Was hatte David nur? Er schaute sie so merkwürdig an. Plötzlich sah sie Damien vor sich, wie er so selbstgefällig vor der Salontür gestanden hatte, und eine böse Vorahnung befiel sie.

Beim Fletcher-Teich saßen sie ab. David hob Damaris vom Pferd und gab ihr einige Brotscheiben aus dem Picknickkorb. Die Kleine lief davon und blieb einen Schritt vor dem Teichufer stehen. Sofort strömte die ganze Entenfamilie heran, quakte geradezu ohrenbetäubend, und Damaris vergaß die beiden Erwachsenen. Bedächtig schlang David die Hände um Victorias Taille und hob die Reiterin aus dem Sattel.

Victoria legte ihre Hände leicht an seine Jackenaufschläge. »Ich werde Sie heiraten, wenn Sie das noch immer wünschen«, erklärte sie sachlich und ohne jede Vorrede.

Eine Weile betrachtete David sie stumm. »Warum jetzt auf einmal, wenn ich fragen darf?« fragte er schließlich. »Seit Januar haben Sie jeden meiner Anträge abgelehnt.«

Was soll ich jetzt antworten? überlegte sie. Etwa: ›Ich muß Drago Hall verlassen, bevor Damien mich schändet, und ich kann von dort nur fort, wenn Sie mich heiraten; ich liebe Sie nicht, aber ich schwöre Ihnen, daß ich Ihnen eine gute Ehefrau sein werde‹?

33

»Mehr Brot!«

David sah zu, wie Victoria weitere Brotscheiben auswickelte und sie Damaris zuwarf. Als sie sich wieder umdrehte und sich die Hände an ihrem Reitrock abwischte, durchströmte ihn ein starkes Verlangen nach ihr, doch dann erinnerte er sich wieder. »Nun?«

»Ich denke, wir sollten uns verloben, David. Allerdings gibt es noch einiges, das ich Ihnen vorher sagen muß.«

»Und das wäre?«

»Zunächst habe ich Bedenken wegen des Geldes. Ich besitze keines.«

»Sie werden doch wissen, daß Damien für Sie eine Mitgift aufbringt. Er wird nicht als geizig und kleinlich dastehen wollen. Beides wäre er jedoch, wenn er Sie nur mit dem, was Sie am Leib tragen, fortschicken würde.«

»Ihr Vater . . .«

»Mein Vater will Sie zur Schwiegertochter. Das betont er schon seit langem immer wieder.«

»Aber warum?« fragte Victoria, worauf David nur die Schultern zuckte. »Natürlich war er stets sehr freundlich zu mir«, sagte sie. »Eine Schwiegertochter sollte indessen nicht arm wie eine Kirchenmaus auf seiner Schwelle stehen.«

»Ich denke doch, das habe ich bereits beantwortet. Und was wollten Sie mir außerdem noch sagen? Sie wollten mir doch noch etwas sagen, oder?«

Victoria betrachtete ihn ein wenig ratlos. David benahm sich heute anders als sonst. Damien! Damien hatte etwas damit zu tun. »Was hat Damien getan?« fragte sie ganz direkt. »Hat er Ihnen etwas erzählt?«

»Also doch!« David lachte. »Es ist also wirklich so. Alle konnten es sehen. Mein Gott, warum war ich nur so blind?«

»Blind? Wovon reden Sie? Was hat Damien Ihnen gesagt?« Sie schloß die Augen, als sie Davids Lippen so häßlich zucken sah. »Es kann doch nichts so Schlimmes gewesen sein, oder doch?« Hatte Damien ihm etwas über ihr entstelltes Bein erzählt?

»Ich hätte es mir nie vorstellen können, und mein Vater ebenfalls nicht. Ich dachte, ich würde Sie kennen, Victoria, aber Sie haben mich getäuscht. Sie haben mich zu einem kompletten Narren gemacht.«

»Wovon reden Sie denn nur?«

»Und ich Trottel wollte ihm nicht glauben! Wie konnten Sie nur! Er hat mir sogar von Ihrer Mutter berichtet. Erbliche Veranlagungen und dergleichen, hat er gesagt, weil er eine Entschuldigung für Sie finden wollte.«

Victoria starrte David an. »Meine Mutter? Was hat denn meine Mutter ...«

»Sie haben es indirekt zugegeben, Victoria. Glauben Sie wirklich, ich will Sie jetzt noch haben? Und wenn ich das meinem Vater erzähle, wird auch er seine Meinung umgehend ändern.«

Victoria faßte es nicht. »David, ich weiß ehrlich nicht, wovon Sie sprechen. Ich habe überhaupt nichts zugegeben!«

David blickte sie nur kalt an.

»David, was hat Damien Ihnen erzählt?« Ihre Hände fühlten sich feucht an, und sie begann zu frieren.

David lachte unangenehm. »Eine gebrauchte Ware, meine Liebe, eine bereits oft benutzte Ware. Benutzt sogar von dem Baron. Von dem Ehemann Ihrer Kusine! Wie konnten Sie nur!«

»Gebrauchte Ware ...« Plötzlich sah sie das Hausmädchen vor sich, wie es gebrauchtes Badewasser in die Eimer zurückfüllte, um es zu einem anderen Familienmitglied zu bringen. Fast hätte sie laut gelacht. »Gebrauchte Ware«, wiederholte sie. »Das hört sich einfach lachhaft an.«

»Der Baron hofft, daß Sie nicht schwanger sind, doch sicher ist er nicht. Er sagt, er könne nicht guten Gewissens zulassen, daß ich Sie heirate, solange die Möglichkeit besteht, daß mein Erbe als Bastard geboren wird. Er wollte mich warnen, und ich habe ihn gehaßt wegen des Schmutzes, mit dem er das Mädchen bewarf, das ich zu meiner Ehefrau machen wollte. Aber es war gar kein Unsinn! Bekommen Sie ein Kind, Victoria? Wollen Sie mich deshalb jetzt heiraten?«

Kalt, sehr kalt war es Victoria, und sie fühlte sich sehr allein. Damien war direkt auf sein Ziel losgegangen, und David hatte alles geschluckt, was der Baron behauptet hatte. Victoria hob das Kinn. »Nein«, antwortete sie.

»Nein — was? Sie haben ein falsches Spiel mit mir getrieben, Madam. Ich verlasse Sie jetzt und will Sie nie wiedersehen.« Er hörte sich an wie ein schlechter Schauspieler in einem Rührstück.

Victoria versuchte ihre Gedanken zu ordnen. »Damien hat sie belogen, David. Nichts von alledem ist wahr.«

»Wie die Mutter, so die Tochter«, sagte er. »Das meinte jedenfalls Damien. Und Ihre Mutter war nun einmal ein Flittchen.«

»Torie! Durst. Komm!«

Victoria beachtete Damaris nicht, dafür war sie jetzt viel zu zornig. »Wagen Sie es nicht, so von meiner Mutter zu sprechen! Nichts von alledem ist wahr, und wenn Sie solche Lügen glauben, sind Sie weiter nichts als ein Narr, David, ein dummer, naiver Narr!«

David schwieg. Er band sein Pferd los, saß sofort auf und blickte dann zu ihr hinunter. »Lügen, Victoria? Dann sagen Sie mir, warum Sie mich heiraten wollen. Aus Liebe doch ganz gewiß nicht.« Nein, sie liebte ihn nicht, das sah er ihren Augen an. »Gott, daß ich mich so in Ihnen getäuscht habe!«

Jetzt sagte Victoria die Wahrheit. »Ich wollte, daß Sie mich vor Damien beschützen.«

»Torie, ich hab Durst.« Damaris zupfte an Victorias Reitrock.

»Warum? Ist er Ihrer bereits müde? Weiß Elaine alles? Will sie Sie deshalb von Drago Hall vertreiben? Sind Sie in anderen Umständen?«

»Torie, was ist denn? David schreit so!«

»Still, Schatz. David . . .«

»Leben Sie wohl, Victoria. Suchen Sie sich einen anderen Dummen, den Sie betören können.« Grob drückte er die Stiefelhacken seinem Hengst in die Seiten. Victoria blickte ihm nach, wie er im Zickzack zwischen den Ahornbäumen davongaloppierte.

»Wo will David denn hin?«

»Fort, Damie. Ja, fort.« Victoria nahm das Mädchen bei der Hand und ging mit ihm zum Teichufer. Das dunkelgrüne stille Wasser sah verlockend aus. Leider war es nur zwei Fuß tief. Victoria mußte über ihren eigenen Gedankengang lachen. Sie war wohl noch närrischer als David.

»Warum lachst du, Torie?«

»Ich? Habe ich gelacht? Nun, ich glaube, etwas anderes kann ich auch nicht tun.«

3. KAPITEL

Aus der Entfernung ist es leicht, tapfer zu sein (Aesop)

Im dunklen Flur des oberen Stockwerks ballte Victoria die Fäuste, als sie die Walzertakte vom Ballsaal im Erdgeschoß heraufklingen hörte. Damien befand sich dort unten, und sie war vor ihm sicher, jedenfalls bis zum Ende des Balls. Sie hätte ihn in diesem Moment erwürgen können. Da lachte und tanzte er nun und wußte, daß er sie bedrohte und David angelogen hatte, und das machte ihm alles nichts aus.

Damaris war glücklicherweise vor einer Stunde eingeschlafen. Nanny Black hatte sich das graue Haar zu einem Zopf geflochten, ihre Bibel genommen und sich in ihr eigenes Bett begeben. Victoria lehnte sich gegen die Wand, um ihr linkes Bein zu entlasten. Mit der Schulter geriet sie an einen Bilderrahmen. Erschrocken drehte sie sich zu dem Porträt einer längst verblichenen Lady Carstairs in purpurfarbener Seide um. Die Dame trug eine Perücke und auf dem Schoß einen Hund, der noch häßlicher als Elaines Mops war.

Victoria wandte sich von dem Gemälde ab, holte tief Luft und versuchte klar zu denken, doch Damiens Gesicht und die Erinnerung an seine gierigen Hände verhinderten dies. Vor zwei Stunden hatte er Victoria vor ihrer Schlafzimmertür angetroffen. Er hatte Abendkleidung getragen und triumphierend wie ein Sieger gelächelt.

»Nun, meine kleine Victoria, du nimmst also nicht an dem Ball teil?«

Sie durfte ihre Angst vor ihm nicht zeigen. »Nein«, antwortete sie. »So ist es.«

»Ich nehme an, Esterbridge kommt auch nicht.«

Sie konnte sich nicht beherrschen. »Du bist ein gemeiner Lügner, Damien! Wie konntest du nur so abscheulich sein?«

Er lächelte noch immer und trat auf sie zu. Sie wollte seitwärts ausweichen, war aber nicht schnell genug. Er stützte die Hände zu beiden Seiten ihres Kopfes an die Wand.

»Du wirst doch nicht etwa fortlaufen wollen, Victoria. Mit deinem Bein bist du nicht schnell genug. Aber lassen wir deine Unzulänglichkeiten. Was David Esterbridge betrifft, so ist der Gedanke, daß dieser x-beliebige Schwächling dich ins Bett ... Also ich glaube, ich habe dir sogar einen großen Gefallen erwiesen.«

Er senkte den Kopf und legte die Hände auf Victorias Schultern. »Nein!« protestierte sie, doch schon bedeckte sein Mund ihren, und ihr Schrei erstickte. Sie fühlte Damiens Zunge gegen ihre geschlossenen Lippen stoßen.

Er hob den Kopf und blickte sie streng an. »Falls du noch einmal die Tür vor mir verschließt, wird es dir sehr leid tun, Victoria.«

»Du hast David angelogen. Du hast Fürchterliches über meine Mutter gesagt.«

»Ja, das habe ich wohl, nicht wahr?«

»Oh, wie ich dich hasse! Faß mich nie wieder an, Damien!«

»In diesem Moment fasse ich dich ja an.« Schon legte er die Hände um ihre Brüste. »Victoria, sie sind weich und voll. Ich ...«

Sie drehte und wand sich heftig. »Laß mich los!«

Damien betrachtete sie. Er fühlte, daß sie aus Angst vor ihm zitterte, und das erhöhte sein Begehren. Er konnte sich ausmalen, wie sie nackt unter ihm lag und sich gegen ihn wehrte — vergeblich selbstverständlich. Keine Frau hatte auf ihn je so reagiert wie Victoria. Es war sehr erregend, sie zu jagen und am Ende natürlich zu erlegen.

»Zumindest bin ich ein Mann, meine Liebe«, stellte er

lässig fest, »und kein so wehleidiger Weichling wie Ester-bridge. Habe ich dir schon einmal erzählt, wie ich ihn einmal überrascht habe? Er hatte sich gerade ein Bauern-mädchen vorgenommen. Kein Stil, wahrhaftig nicht. Ich dagegen bin ein anerkannt guter Liebhaber. Ich werde dich einiges lehren und dir beibringen, mir Freude zu be-reiten.«

Er lachte leise. »Hast du etwa Angst, daß ich dein Bein sehen könnte, meine liebe Victoria? Stellst du dich des-halb so an? Ich werde mich nicht beklagen, gleichgültig wie häßlich es ist. Sollte es mich tatsächlich abstoßen, dann kannst du um so früher in dein jüngferliches Bett-chen zurückkehren. Natürlich wirst du dann keine Jung-frau mehr sein, nicht wahr?«

»Ich bringe dich um, Damien!«

Damien genoß seine eigene Erregung. »Versuche es nur, kleine Victoria. Deine Bemühungen werden mir Spaß machen.«

Schwere Schritte waren zu hören. Sofort trat Damien ein wenig zurück. »Heute nacht, Victoria. Heute nacht komme ich zu dir. Ah, guten Abend, Ligger. Was möch-ten Sie?«

»Mylady haben nach Ihnen geschickt, Mylord.«

Damien nickte. »Bis später, meine Liebe«, sagte er so leise, daß nur Victoria es hören konnte.

Ligger rührte sich nicht von der Stelle, bis der Baron sich umdrehte und fortging. Dann schüttelte er langsam den Kopf. »Sie sollten besser nicht allein sein, Miss Victo-ria«, sagte er ausdruckslos und folgte dann seinem Herrn.

Der Walzer war verklungen. Das Orchester spielte jetzt ei-nen Ländler. Ich bin doch nicht hilflos, dachte Victoria. Ich muß handeln! Sie trat in ihr Schlafzimmer. Ihr blieb nur eine einzige Möglichkeit.

Rasch stopfte sie Kleidung und Unterwäsche in ihre alte

40

robuste Reisetasche, doch plötzlich hielt sie inne. Sie besaß ja kein Geld. Nicht einen einzigen Tag würde sie ohne Geld überleben.

Ihr fiel Damiens Arbeitszimmer ein, der einzige Raum auf Drago Hall, der ausschließlich ihm vorbehalten war. Nicht einmal Elaine wagte sich ohne Erlaubnis ihres Gatten in das mit erlesenen spanischen Möbeln ausgestattete Zimmer. Und in dem großen Mahagonischreibtisch befand sich eine Geldkassette ...

Aber wo soll ich heute nacht bleiben? überlegte Victoria. Wo bin ich vor ihm sicher? Sie lächelte. Im Kinderzimmer würde sie schlafen, neben Damaris und mit Nanny Black gleich nebenan hinter einem Wandschirm. Und morgen vor Tagesanbruch würde sie fortgehen. Doch wohin? Nun, das wollte sie sich vor dem Einschlafen überlegen.

Sie trug die Reisetasche und ihren Mantelumhang ins Kinderzimmer. Niemand beobachtete sie dabei. Sie wickelte sich in ihren Umhang und drängte sich eng an die Kante von Damaris' kleinem Bett. Das gleichmäßige Atmen des kleinen Mädchens beruhigte sie.

Nach sehr leichtem Schlaf wachte sie um vier Uhr morgens auf. Die Luft war kühl und feucht. Victoria küßte Damaris' weiche Wange, deckte das Kind liebevoll zu und verließ das Kinderzimmer. Auf der Treppe mußte sie sich achtsam vorwärtstasten, denn hier war es stockfinster. Erst als sie sich in Damiens Arbeitszimmer befand und die Tür geschlossen hatte, zündete sie ihre Kerze an.

In der untersten Schublade des Schreibtisches fand sie die Kassette. Bedenkenlos öffnete sie das Schloß mit Hilfe einer Haarnadel. Ruhig zählte sie sich zwanzig Pfund ab. Diebstahl ist das nicht, fand sie. Schließlich war sie seit Damaris' Geburt hier das Hilfskindermädchen gewesen, und im übrigen wollte sie das Geld auch zurückerstatten, sobald sie eine Stellung gefunden hatte.

Gerade wollte sie die Kassette wieder an ihren Platz

stellen, als ihr Blick auf ein mit einem schwarzen Band verschnürtes Briefbündel fiel. Das oberste Schreiben war nicht ganz genau zusammengefaltet, und sie konnte den Namen »Miss Victoria Abermarle« im Text erkennen. Erstaunt zog sie den Brief aus dem Bündel, glättete ihn auf der Schreibtischplatte und zog die Kerze näher heran.

Es handelte sich um ein an Damien gerichtetes Schreiben eines Londoner Rechtsanwaltes namens Abner Westover. Victoria las es langsam, dann noch einmal, und sie wurde dabei von Minute zu Minute fassungsloser.

Nachdem sie den Brief zum drittenmal durchgelesen hatte, steckte sie ihn ordentlich in den Stapel zurück. Großer Gott, dachte sie, das ist ja nicht zu glauben! Zumindest wußte sie jetzt ganz genau, wohin sie gehen würde: nach London, zu Mr. Abner Westover.

Sie merkte, daß ihre Hände zitterten, doch nicht vor Angst, sondern aus reiner, heller Wut. Dieser elende Schuft!

Rafael bestieg seinen neu erworbenen Hengst Gadfly, ein kräftiges, gute sechzehn Hand hohes und ausgesprochen gutmütiges und ruhiges Tier. Er hatte nicht gewußt, ob er mit einem allzu temperamentvollen Pferd würde umgehen können, und er war nicht so dumm gewesen, es darauf ankommen zu lassen. Seine Beine waren an das schwankende Deck der »Seawitch« gewöhnt, und nicht daran, sich an einen Pferdebauch zu klammern.

Er schnalzte mit der Zunge. »Los, mein Junge«, sagte er dicht an Gadflys zuckendem Ohr. »Es geht nach London.« Von seiner Mannschaft hatte er sich bereits verabschiedet und natürlich auch von Heros, seinem struppigen Lebensretter.

»Seien Sie vorsichtig«, warnte Rollo.

»Und keinen Brandy mehr«, fügte Flash hinzu und versuchte unterdessen, den sich wehrenden Heros auf dem Arm festzuhalten.

Rafael grinste. »Und sorgt ihr dafür, daß die Reparaturen fertig werden. Ich melde mich so bald wie möglich wieder.« Er kraulte Heros' Kinn. »Paßt gut auf unseren Romeo hier auf. Ich will nicht, daß sich ein Hund über ihn hermacht.«

»Ha!« sagte Flash. »Das Vieh, das sich mit dem anlegt, tut mir jetzt schon leid.«

Rafael zuckte leicht an Gadflys Zügel und lenkte das Pferd auf die aus Falmouth herausführende Straße. Er ritt keineswegs gern nach London, und Lord Walton mochte er schon gar nicht wiedersehen — jetzt, nachdem man ihn, Rafael, hinausgeworfen hatte. Nun ja, ganz so war es ja nicht; er hatte nur eine riskante Aufgabe zu lange ausgeführt und war entdeckt worden. Aber was sollte er nun mit sich anfangen? Etwas Nützliches sollte es sein, etwas, das ihn befriedigte.

Auf seinem Ritt würde er recht nahe an Drago Hall vorbeikommen. Die Versuchung war groß, doch er wußte, daß es nicht klug war, jetzt schon dort einzukehren. Er würde zurückkommen und dann dort bleiben.

Gegen Mittag erreichte er Truro und stieg bei einem seiner früher bevorzugten Gasthäuser, dem »Pengally«, ab. Es überraschte ihn nicht, daß der Wirt ihn für Lord Drago hielt, doch er schloß daraus, daß sein Zwillingsbruder ihm auch nach diesen fünf Jahren noch immer aufs Haar glich. Rafael korrigierte Tom Growan, den Wirt.

»Master Rafael? Na, so etwas? Sind Sie es wirklich?«

»Ja, Tom, ich bin's, das schwarze Schaf der Familie.«

»Nicht doch, mein Junge. Was soll der Unsinn? Kommen Sie, die Misses wird Ihnen etwas Ordentliches auftischen.«

Das tat die Misses auch und blieb dann in der Nähe, während Tom Rafael ungeniert ausfragte.

»Zunächst habe ich etwas in London zu tun, Tom, doch ich komme bald zurück. Ja, ich werde mir ein eigenes Haus bauen. Und wie geht es dem Baron so?«

Tom zuckte die Schultern. »So wie immer, glaube ich. Ich sehe ihn jetzt nicht mehr so oft.«

Rafael hörte Tom noch eine Weile zu, erhielt jedoch keine aufschlußreichen Informationen und machte sich bald auf den Weiterweg in östlicher Richtung, der ihn in nur wenigen Meilen Entfernung an Drago Hall vorbeiführen würde.

Je näher er St. Austell kam, desto deutlicher wurden die Erinnerungen an seine Kindheit und an seine Jugendjahre, in denen er gemerkt hatte, daß sein Zwillingsbruder ihn haßte.

Rafael trieb den ausdauernden Gadfly voran und erreichte an diesem Abend Lostwithiel, wo er im »Bodwin Inn« übernachtete. Früh am nächsten Morgen brach er auf und ritt ohne Aufenthalt bis Liskeard. Gadfly war jetzt schweißbedeckt und atmete keuchend.

Da Rafael den Hengst nicht austauschen wollte, mußte er ihm eine Erholungspause gönnen, die er selbst dazu ausnutzte, diese alte Stadt mit ihren normannischen Türmen und den alten kopfsteingepflasterten Straßen zu erkunden. Danach ging es weiter in Richtung Südküste, und gegen neun Uhr abends näherte er sich Axmouth.

Von der dünnen Mondsichel abgesehen, war der Himmel dunkel und wolkig. Für Ende September war es ungewöhnlich warm. Eine ideale Nacht für Schmuggler, dachte Rafael lächelnd.

Die Neugierde seiner Jugendzeit überwältigte ihn, und er ritt zu einer kleinen geschützten Bucht, die sich gleich außerhalb der Stadt befand. Dort saß er ab und band sein Pferd fest. Tatsächlich hörte er bald leise, aber deutliche Stimmen.

»He, ein guter Fischzug, Toby!«

Zweifellos hervorragender, teurer französischer Weinbrand, dachte Rafael und spähte durch das dichte Buschwerk zum Strand hinüber. Da er nicht dumm war, ver-

44

harrte er regungs- und geräuschlos in seinem Versteck. Schmuggler waren ein seltsames Völkchen. Wenn sie sich bedroht fühlten, wurden sie gewalttätig. Das wollte er nicht herausfordern.

»Du, Bobby, hast du das gehört?«

Rafael wunderte sich. Er selbst hatte kein Geräusch gemacht.

»Mensch, das ist ja eine Frau! Da oben, Bobby! He, warte!«

Eine Frau? Hier draußen? Rafael hörte einen Aufschrei. Dann schien sich ein Handgemenge zu entwickeln. Er seufzte.

»Nun halten Sie doch still, Missy! Lieber Himmel, ist die schön! Toby, guck dir doch nur mal ihr hübsches Gesicht an!«

»Ja, sehr hübsch. Wir werden sie zum Bischof bringen müssen. Er wird sie haben wollen, ganz sicher.«

»Aber . . .«

»Halt die Klappe, Bobby. Die ist nichts für unsereinen. Eine feine kleine Lady ist das. Warum sind Sie hier, Missy?«

»Bitte, laßt mich los. Wer seid ihr?«

»Na, das ist aber eine komische Frage, Missy. Was meinen Sie denn, wer wir sind? Franzmänner vielleicht? Gerade von der anderen Seite des Kanals rübergekommen?«

»Ich sah die Lichter und dachte, ich wäre vielleicht nahe bei Axmouth. Ich wußte ja nicht . . . Sind Sie Schmuggler?«

»Die kleine Missy ist ja ein ganz schlaues Kindchen, was, Toby? Zu schade.«

Vorsichtig zog Rafael seine Pistole aus dem Gürtel. Leise schlich er sich zu der heftig wehrenden Frau und den beiden Schmugglern. Er hatte schon von dem geheimnisvollen »Bischof« gehört. Niemand wußte, wer der Mann war, aber er »regierte« schon so lange, daß Rafael dachte, er wäre inzwischen längst gestorben. Nun, falls das Mädchen tatsächlich so hübsch war, würde der uralte Bischof es wohl adoptieren wollen; für etwas anderes war er mit Sicherheit entschieden zu bejahrt.

»Was meinst du, Toby, ist sie wirklich allein?«

»Nein«, sagte Rafael sehr nachdrücklich. »Sie ist nicht allein. Ich bin bei ihr. Laßt sie los, Leute.«

Victoria machte den schon zum Sprechen geöffneten Mund wieder zu. Der Mann namens Toby lockerte seinen Griff ein wenig, und im nächsten Moment trat sie ihm mit aller Kraft gegen das Schienbein. Toby stöhnte auf und ließ sie so unvermittelt los, daß sie stolperte, zu Boden fiel und dort schweratmend liegenblieb.

»So, Jungs, und jetzt empfehle ich euch, daß ihr mit eurer Beute zum Bischof verschwindet. Es besteht sicherlich kein Grund, ihn aufzuregen und ihm etwas über dieses kleine Mißverständnis zu erzählen. Die Frau hätte nicht hier sein dürfen, und ich verspreche euch, daß das auch nie wieder vorkommen wird. Sie weiß nichts über euch, und sie wird von diesem Zwischenfall auch nichts berichten.«

»Und wer sind Sie?« erkundigte sich Bobby, der sich von dem Schreck als erster erholt hatte. Er blickte den großen Mann mit der Pistole in der Hand so grimmig wie möglich an.

Schweigend trat Rafael ein weniger näher in den Lichtschein der einzigen Laterne.

»Ach du liebe Güte, das ist ja der verdammte Baron! Stimmt's Toby?«

Schon wieder mein Zwillingsbruder, dachte Rafael. Die Kerle hatten also Angst vor ihm.

»Verschwindet jetzt. Euch passiert nichts, wenn ihr mir gehorcht.«

Victoria erstarrte zu Eis. Alles umsonst! Er hatte sie gefunden. Er hatte sie gerettet. Was nun?

Sie richtete sich auf den Knien auf und blickte zu ihm hoch. Er war ganz anders gekleidet als sonst und sah mit

46

seinem langen schwarzen Mantelumhang und den Handschuhen fast selbst wie ein Schmuggler aus.

»Sehen Sie mal, Baron, wir haben nichts gegen Sie, aber dieses Mädchen hier ...«

»Ich kenne die Frau«, log Rafael. »Sie verrät nichts. Und jetzt geht. Ihr habt noch viel zu tun, denke ich.«

»Komm, Bobby«, sagte Toby. »Laß den Baron zufrieden.« Die beiden Schmuggler verschwanden mitsamt ihrer Laterne in der Dunkelheit.

Victoria sprang auf. Unglücklicherweise war ihr Bein von dem stundenlangen Laufen und dem Handgemenge überanstrengt. Es gab nach, sie fiel wieder auf die Knie, und die Muskeln verkrampften sich schmerzhaft. Sie unterdrückte ein Stöhnen.

»Ist alles in Ordnung mit Ihnen?«

Das ist Damiens Stimme, und sie klingt besorgt, dachte Victoria. Gott im Himmel, jetzt hat er mich! Sie zwang sich zum Aufstehen, packte ihre jetzt ziemlich verschmutzte Reisetasche und lief davon. Der Schmerz zog sich von ihrem Bein durch ihren ganzen Körper und raubte ihr fast den Atem. Trotzdem blieb sie nicht stehen.

»Herrgott nochmal, ich tue Ihnen doch nichts!« Dumme Gans. Er hatte sie gerettet, und sie versuchte, vor ihm davonzulaufen. Am liebsten hätte er sie laufen lassen. Vermutlich hatte sie sich hier mit ihrem Liebsten treffen wollen und war auf die Schmuggler gestoßen. Wie unbeholfen sie lief. Sie humpelte ja. Anscheinend hatte sie sich verletzt.

»Seien Sie doch nicht albern«, rief er ihr nach.

Als Victoria sich ungeschickt umdrehte, um zu sehen, wieviel Vorsprung sie hatte, gab ihr Bein nach, und sie fiel vornüber. Sie blieb auf dem sandigen Boden liegen und lauschte. Jetzt war alles aus. Er kam näher.

»Bitte, bitte«, flehte sie, ohne ihn anzuschauen. »Laß mich in Frieden. Ich komme nicht mit dir zurück.«

Rafael stand neben ihr. An ihrer Stimme hörte er, daß sie sehr jung sein mußte. Wie hübsch sie war, wußte er nicht. Sie hatte sich fest in ihren Umhang gewickelt und die Kapuze über den Kopf gezogen.

»Wovon sprechen Sie?« fragte er sachlich und kniete sich neben sie. Er reichte ihr die Hand hin, um ihr aufzuhelfen, aber sie zuckte zurück. Als sie den Kopf hob, erkannte Rafael selbst im schwachen Mondlicht die Angst in ihren Augen. »Ich will Ihnen nichts antun.«

»Lügner! Genau das willst du schon immer! Und jetzt hast du mich gefangen, du Scheusal.«

»Wer sind Sie?«

Victoria hörte diese scheinbar lächerliche Frage zwar, doch im Augenblick waren Schmerzen und Hoffnungslosigkeit zu groß, als daß sie hätte sprechen können. Und seltsam, seine Stimme klang ein wenig anders als sonst, nicht so glatt und so trügerisch weich.

»Was für ein Spiel treibst du jetzt mit mir?« fragte sie schließlich.

»Ich treibe überhaupt kein Spiel. Ich versuche nur, Sie möglichst sicher von hier fortzubringen. Wo ist Ihr Liebhaber? Weshalb ist er nicht hier?«

»Ich habe keinen Liebhaber! Das weißt du doch ganz genau.«

Rafael schüttelte den Kopf. Irgend etwas bekam er hier nicht ganz mit. »Hören Sie, Miss, ich habe nicht den leisesten Schimmer einer Ahnung, wovon Sie reden und warum Sie so mit mir sprechen. Sie haben sich verletzt. Lassen Sie mich Ihnen jetzt aufhelfen.«

Sie wollte sich auf den Knien aufrichten, aber die Krämpfe in ihrem Oberschenkel wurden heftiger. Sie fiel auf die Seite, rollte sich zusammen und schluchzte. Sie hatte sich so sehr bemüht, so sehr!

Obwohl Rafael ihr Gesicht nicht erkennen konnte, wußte er, daß sie große Angst hatte. Er hörte es ihr an. Gleich würde sie hysterisch werden. Das fehlte mir gera-

48

de noch, dachte er. Er versuchte, ganz ruhig und beschwichtigend zu sprechen.

»Ich sage es Ihnen noch einmal, Miss. Ich will Ihnen nichts antun. Und jetzt lassen Sie sich von mir irgendwohin bringen, wo es warm und sicher ist. Sie sind wirklich verletzt.«

Victoria schluchzte noch einmal auf. Er hörte sich zwar ungeduldig, aber nicht böse an. Sie verstand ihn nicht. Er berührte sie, und sie zuckte wieder zurück. »Wie hast du mich gefunden? Ich war doch so leise und so vorsichtig.«

»Gefunden? Ich habe Sie nicht gesucht. Was ist mit Ihnen? Haben Sie sich den Kopf gestoßen?«

»Ach, laß doch die Lügen. Du hast ja gewonnen.«

»Ich lüge nicht. Haben Sie sich Ihren Knöchel verstaucht?«

Das war zuviel. Er spielte mit ihr wie die Katze mit der Maus! Das war grausam. »Ich kann dich nicht aufhalten«, sagte sie hoffnungslos und geschlagen. »Wirst du mich wenigstens hier zurücklassen, wenn du es mit mir getan hast?«

»Was soll ich mit Ihnen tun? Sie müssen sich tatsächlich den Kopf gestoßen haben. Können Sie mir Ihren Namen nennen?«

»Hör auf! Ich hasse dich!«

Rafael stand langsam auf. Er steckte die Pistole hinter seinen Gürtel zurück. »Da rettet man nun einer Frau das Leben, und sie faucht einen dafür an wie eine Irre«, sagte er mehr zu sich selbst. »Hören Sie, Miss, auch wenn Sie mich hassen und wenn Sie sagen, ich soll Sie hier zurücklassen — ein solcher Schuft bin ich nicht. Und jetzt keine hysterischen Ausbrüche mehr, wenn ich bitten darf. Ich bringe Sie nach Axmouth. Dort gibt es einen Gasthof, in dem wir beide unterkommen können.«

»Nein! Hast du deine anderen Frauen auch mit Gewalt dorthin gebracht?«

»Meine anderen . . .« Er sprach nicht weiter. Natürlich hatte sich die Frau den Kopf gestoßen; sie redete ja nur Unsinn. »Es wäre in der Tat hilfreich, wenn Sie mir Ihren Namen verraten könnten.«

»So einfach mache ich es dir nicht, Damien! Freiwillig werde ich nirgendwo mit dir hingehen.«

Damien! »Großer Gott«, murmelte Rafael, als es ihm wie Schuppen von den Augen fiel. Sein Zwillingsbruder war hinter diesem Mädchen her! »Jetzt seien Sie einmal ganz still und hören Sie mir zu, ja?« sagte er leise, aber mit großem Nachdruck. »Sie glauben, ich sei Damien Carstairs, Baron Drago?«

»Selbstverständlich bist du das! Mache dich nicht noch über mich lustig.«

»Nichts liegt mir ferner als das. Tatsache ist, daß ich Rafael Carstairs, Damiens Zwillingsbruder, bin. So, und wer zum Teufel sind Sie?«

»Sein Zwillings . . .?« Jetzt blickte Victoria ihm voll ins Gesicht. Daß Damien einen Zwillingsbruder hatte, wußte sie, aber dieser hatte sich während der fünf Jahre nach ihrer Ankunft auf Drago Hall nie dort blicken lassen.

»Ja, sein Zwillingsbruder. Ich reime mir zusammen, daß mein Bruder Ihnen nachstellt und daß Sie ihm entkommen wollen.«

Victoria atmete tief durch. »Ja, und dann kamen Sie, und ich dachte, Sie wären Damien. Sie sehen aus wie er.«

»Das Aussehen kann ebenso täuschen wie die Menschen selbst. Also noch einmal: Wer sind Sie?«

»Victoria Abermarle, Elaines Kusine. Ich lebe seit fünf Jahren auf Drago Hall.«

Rafael lächelte zu ihr hinunter. Er ließ sich wieder auf die Knie sinken und reichte ihr die Hand hin. Victoria schüttelte sie zögernd.

»Guten Abend, Victoria. Ich habe das dumme Gefühl, als wäre ich in einen fürchterlichen Schlamassel geraten. Also eins nach dem anderen. Kommen Sie mit mir? Wir

50

kümmern uns um Ihren Knöchel. Sie haben ihn sich verstaucht, nicht wahr?«

Sie schüttelte den Kopf. »Nein, nein, es wird schon wieder besser werden. Ich ... ich glaube, es wäre nicht klug, wenn ich Sie begleitete, Sir.«

»Ihnen bleibt nichts anderes übrig, tut mir leid. Ich kann Sie hier nicht zurücklassen, und selbst gehen können Sie auch nicht. Haben Sie irgendwo ein Pferd?«

Wieder schüttelte sie den Kopf. »Nein. Die Postkutsche hat schon vor zehn Meilen gehalten. Ich wollte weiterlaufen. Ich hatte Angst.«

»Vor Damien?«

»Ja. Er hat versucht, mich ...«

»Ich verstehe.« Rafael verstand wirklich. Sein verdammter Bruder hatte sich nicht geändert — oder doch, nämlich zum Schlimmeren. Die Kusine der eigenen Ehefrau!

Ohne weiteren Verzug griff Rafael Victoria unter die Arme und zog sie in die Höhe. Sie wehrte sich nicht, aber als sie stand, sah er ihr an, daß sie große Schmerzen hatte. Er blieb einfach stehen und hielt sie nur fest.

»Es tut mir leid, wirklich. Nur ...«

»Schon gut.« Er hob sie in seine Arme.

»Meine Tasche«, sagte sie. »Die kann ich nicht zurücklassen.«

Er seufzte, hielt Victoria fest und bückte sich. »Haben Sie da Ihren gesamten Besitz drinnen?« fragte er und klemmte sich die Tasche unter den Arm.

»Ja.«

»Einschließlich mehrerer Haarbürsten mit Eisengriffen, ja?«

Zum ersten Mal nach vielen, vielen Stunden lächelte sie.

Vorsichtig trug Rafael sie durch das Buschwerk zu der Stelle, wo er Gadfly angebuden hatte. »Wir haben ein Problem. Ich besitze auch eine Reisetasche. Also werde

51

ich mein ganzes Geschick aufbieten müssen, nicht wahr?« Er hob sie auf den Sattel. »Können Sie sich festhalten?«

»Selbstverständlich.«

Weil das ein bißchen beleidigt klang, mußte er lächeln. »Hier, nehmen Sie Ihre Tasche.« Nachdem das erledigt war, schwang er sich hinter Victoria in den Sattel. »Schwenken Sie Ihr Bein hinüber.«

Es war ihr krankes Bein. Trotzdem versuchte sie es. Die Muskeln krampften sich zusammen, und sie stöhnte vor Schmerz auf.

»Auch gut. Ich halte Sie fest. Wir werden sehr langsam reiten. In Axmouth besorge ich Ihnen einen Doktor.«

»Nein!«

»Sie sind ganz schön widerborstig.«

Victoria schwieg. Sie war vollauf damit beschäftigt, nicht vor lauter Schmerzen vom Pferd zu fallen.

Rafael schaute geradeaus. »Das Schicksal ist doch eine reichlich merkwürdige Angelegenheit.«

»Ja, das stimmt.«

Er versuchte noch einige Male, ein Gespräch mit ihr aufzunehmen, doch sie schwieg, und aus ihrer unnatürlich steifen Haltung schloß er, daß sie wirklich große Schmerzen haben mußte. Warum wollte sie keinen Arzt?

Als sie in Axmouth einritten, zwang sich Victoria zum Sprechen. »Mr. Carstairs, wenn Sie mich zu diesem Gasthof bringen, den Sie erwähnt haben, wird es mir bald wieder besser gehen.«

»Wirklich?«

»Ja. Dann können Sie wieder Ihre eigenen Wege gehen.«

Rafael seufzte tief. »Und was soll ich mit Ihnen machen, Miss Abermarle?«

»Nichts. Ich sorge schon für mich.«

»So gut wie bisher auf Ihrem Weg? Von dem Bischof hatten Sie wohl noch nie etwas gehört, oder?«

52

»Doch. Bis heute nacht dachte ich allerdings, er sei nur eine der vielen alten Legenden Cornwalls.«

»Offenkundig weilt er noch sehr lebendig unter uns. Er ist nicht gerade ein Mann mit blütenreiner Weste.«

»Ich weiß.« Sie seufzte ergeben. »Ich sollte Ihnen wohl für die Rettung danken.«

»Ja, das sollten Sie.«

»Danke.«

Rafael hielt sein müdes Pferd vor dem »Sir Francis Drake«-Gasthof an. Hier war er glücklicherweise nicht bekannt.

»Möchten Sie meine Schwester oder meine Gattin sein?« fragte er und merkte gleich, wie Victoria erstarrte. »Rasch, entscheiden Sie sich.«

»Ihre Schwester!«

»Wie Sie wünschen.«

Falls der Wirt nicht glaubte, daß die beiden neuen Gäste miteinander verwandt waren, so ließ er sich das nicht anmerken. Er wies ihnen allerdings nebeneinanderliegende Räume zu. Rafael trug Victoria in ihr kleines Zimmer und setzte sie vorsichtig auf dem Bett ab. Eine Magd war zur Stelle. Sie zündete die Kerzen an und entfernte sich dann.

Rafael betrachtete Victoria Abermarle. Vom Reisestaub bedeckt, mit einem Schmutzstreifen auf der Wange und mit völlig zerzaustem Haar war diese junge Frau trotzdem eine Schönheit. Sie hatte dichtes, glänzendes kastanienbraunes Haar und klare dunkelblaue Augen. Kein Wunder, daß Damien sie begehrte.

Victoria ihrerseits schaute zu Rafael hoch. Er sah Damien so ähnlich, hatte sogar die gleichen silbergrauen Augen, daß sie erschauderte. Auch bei Licht bemerkte sie nur einen einzigen Unterschied: Dieser Mann hier war tief gebräunt. Leider würde diese Bräune bald vergehen.

»Sie gleichen ihm so sehr«, brachte sie heraus.

»Wir sind ja auch Zwillinge. Und jetzt hole ich Ihnen einen Arzt.«

»Nein, bitte nicht.«

Er hörte ihr die Furcht an. »Warum denn nicht? Sie haben doch ganz offenkundig Schmerzen. Zumindest dagegen kann Ihnen der Doktor ein Mittel geben.«

Sie schüttelte den Kopf. »Bitte, gehen Sie. Ich werde Sie für Ihre Bemühungen bezahlen. Morgen früh reise ich weiter.«

»Haben Sie heute schon zu Abend gegessen?« erkundigte sich Rafael übergangslos. Sie schüttelte den Kopf. »Ich auch nicht«, sagte er, »und ich habe Hunger.« Er machte kehrt und ließ sie einfach allein.

Victoria schaute sich in ihrem Zimmer um. Es enthielt ein einfaches schmales Bett, eine rohgefügte Kommode, einen sehr alten Schrank, einen kleinen runden Tisch mit Stühlen und einen Waschstand, der sich dicht beim Bett befand.

Mit zusammengebissenen Zähnen erhob sie sich, legte ihren Mantelumhang ab und wusch sich das Gesicht und die Hände.

Als Rafael zurückkehrte und die Tür öffnete, sah er, daß seine junge Schutzbefohlene sich am Bettpfosten festhielt und um Atem rang. Nebenbei stellte er fest, daß ihre Gestalt ebenso schön war wie ihr Gesicht. Sie war schlank, groß für ein Mädchen und sah weich und weiblich aus.

»Unser Abendessen wird gleich kommen«, sagte er. »Kann ich Ihnen helfen?«

Victoria schloß kurz die Augen und versuchte sich zusammenzunehmen. Rafael spürte, daß sie nicht wußte, ob sie ihm vertrauen sollte. Sie entschied sich zu seinen Gunsten, denn sie nickte stumm.

Ohne ein weiteres Wort hob er sie auf den Arm, trug sie zum Tisch und setzte sie behutsam auf einen der

Stühle. Er selbst nahm ihr gegenüber Platz. Daran wie sie den Kopf zurücklegte und die Augen schloß, merkte er, daß sie die Schmerzen zu beherrschen versuchte.

»Darf ich Sie Victoria nennen?«

»Wenn Sie wollen. Unziemlicher, als alles ohnehin schon ist, kann es ja wohl nicht mehr werden.«

»Da haben Sie recht. Nennen Sie mich Rafael.«

»Das ist kein typischer englischer Vorname.«

»Sie werden sicherlich wissen, daß meine Mutter Spanierin war. Sie hat sich diesen Namen für mich gewünscht.«

Das Abendessen wurde gebracht. Rafael half dem Serviermädchen beim Aufdecken. Der köstliche Duft eines Lammbratens stieg Victoria in die Nase. Prompt knurrte ihr Magen.

Rafael lächelte.

»Das kommt ja gerade richtig. Möchten Sie auch Kartoffelbrei und Erbsen?« Diese Frage beantwortete Victorias abermals vernehmlich knurrender Magen. Rafael füllte ihr lächelnd den Teller.

Unter der Tischplatte massierte sie unauffällig ihren Oberschenkel, und nachdem der Schmerz erträglicher geworden war, sah sie die Lage ein wenig klarer. Sie fragte sich, woher sie eigentlich wissen konnte, daß dieser Zwilling nicht ebenso schlimm war wie sein Bruder — oder sogar noch schlimmer.

Sie speisten schweigend. Schließlich fragte Victoria: »Wohin sind Sie unterwegs?«

»Nach London. Leider befindet sich mein Schiff zur Reparatur in Falmouth, und so muß ich auf dem Landweg reisen. Ich habe nämlich etwas in London zu erledigen.«

Sie schaute ihn direkt an. »Ich auch.« Sie tupfte sich die Lippen ab.

»Ach ja? Hatten Sie beabsichtigt, zu Fuß dorthin zu gehen?«

»Nein, ich besitze zwanzig Pfund. Beziehungsweise jetzt nur noch fünfzehn. Ich ahnte nicht, wie hoch die Kosten sind. Ich muß sparsam sein.

»Haben Sie die zwanzig Pfund gestohlen?«

Erschrocken starrte Victoria ihn an, doch er schien ausschließlich mit der Walnuß beschäftigt zu sein, die er gerade knackte.

»Ich könnte es Ihnen nicht verdenken«, bemerkte er dann. »Nur frage ich mich, was Damien tun wird oder schon getan hat. Er wird inzwischen wissen, daß Sie verschwunden sind.«

Er blickte hoch und sah, daß sie weiß wie die Wand geworden war. Sofort plagte ihn ein schlechtes Gewissen. Mußte er sie denn so ängstigen?

»Haben Sie nicht auf Drago Hall Station gemacht?« fragte sie.

»Nein. Hören Sie, Victoria, ich kann Sie hier nicht zurücklassen. Haben Sie Angehörige in London? Kann jemand Sie dort aufnehmen? Waren Sie zu jemandem unterwegs?«

Sie schüttelte den Kopf und sagte fast gleichzeitig: »Ja!«

»Aha.«

»Ich bezahle für dieses Zimmer und für mein Essen. Wieviel kostet es?«

»Fünfzehn Pfund«, antwortete er freundlich, schenkte sich Kaffee ein, wärmte seine Hände an der Tasse und lehnte sich dann bequem zurück.

»Sie sind kein Gentleman!«

»Mir scheint, Sie haben in Ihrem bisherigen Leben noch nicht viele Gentlemen kennengelernt. Ich halte mich nämlich für einen solchen, doch ich verstehe, daß Sie das kaum beurteilen können. Ja, was mache ich denn nun mit Ihnen?«

»Ich reise morgen früh ab. Allein.«

»Mit Ihren fünfzehn Pfund?«

»Jawohl.«

»Den Teufel werden Sie tun.« Er stand auf, streckte sich und schaute sie sehr sanft an.

Victoria erstarrte vor Furcht.

4. KAPITEL

Vergleiche sind anrüchig (Shakespeare)

»Um Himmels willen«, sagte Rafael erschrocken, »hat er Sie denn so verängstigt? Glauben Sie, ich sei wie er? Fürchten Sie sich vor mir?«

»Nein! Ja ... gehen Sie.«

»Verstehe vollkommen. Vielen Dank.«

»Sie sehen ihm doch so erschreckend ähnlich und ... Ach, es tut mir leid. Sie können ja nichts dafür.«

»Dennoch fragen Sie sich, ob in Zwillingsbrüdern nicht dasselbe Blut fließt. Entweder gutes oder böses.«

Victoria hob den Kopf, weil Rafael so ernst gesprochen hatte. »Nein, wirklich nicht. Ich hatte bisher nur noch nie Zwillinge kennengelernt.«

»Ich auch nicht. Es muß ausreichen, festzustellen, daß ich nicht Damien bin. Ich wäre Ihnen dankbar, wenn Sie die Vergleiche einstellen würden. Und nun zu Ihrem Knöchel. Tut er noch weh?«

»Nein«, antwortete sie nachdrücklich und wünschte sich, er würde das Thema endlich fallenlassen. »Mir tut nichts weh. Ich möchte zu Bett gehen.«

Eine großartige Idee, dachte Rafael, bemühte sich aber, sich diesen Gedanken nicht ansehen zu lassen. Außerdem erstaunte ihn seine eigene Reaktion auf dieses Mädchen.

Natürlich hatte er schon eine ganze Reihe schöner Frauen kennengelernt und im Bett genossen, und diese hier war ganz gewiß eine der Hübschesten. Nur ... zum Teufel, was hatte sie eigentlich an sich? Er war doch nicht auf der Suche nach einer Ehefrau! Wieso Ehefrau? Ich verliere wohl langsam den Verstand, dachte er kopfschüttelnd.

»Soll ich Ihnen Badewasser kommen lassen?« fragte er.

Victoria wußte, daß sie verschwitzt und schmutzig war und daß ein warmes Bad ihre Beinmuskeln entspannen würde. Sie nickte dankbar. »Ich sehe wohl nicht sehr salonfähig aus.«

»Nun ja, eher wie ein verwahrloster kleiner Straßenjunge, würde ich sagen.« Er ging, und als er nach fünf Minuten wiederkam, saß Victoria noch immer auf ihrem Stuhl. »So, und jetzt erzählen Sie mir von dem Baron«, forderte er sie auf.

»Da gibt es nicht viel zu erzählen. Ich wollte ihm nur nicht gestatten, mich zu ... also ich wollte ihn nicht in mein Zimmer lassen und ...« Sie sprach nicht weiter.

Rafael drängte sie auch nicht dazu. »Gut, lassen wir es dabei. Ich nehme an, Sie verspüren nicht den Wunsch, nach Drago Hall zurückzukehren?«

»Dorthin gehe ich nie wieder zurück. Niemals!«

»Erregen Sie sich nicht gleich wieder. Und was ist mit Ihrer Kusine?«

»Das weiß ich nicht.« Victoria senkte den Kopf.

»Sie haben ihr nichts von den ... Umtrieben ihres Gatten gesagt? Und von Ihrer Einstellung dazu?«

»Nein. Elaine ist in anderen Umständen. Das Kind wird gleich nach Weihnachten zur Welt kommen. In dieser Situation konnte ich ihr doch keinen Kummer zumuten. Ich glaube allerdings, daß sie etwas vermutet. Sie ist öfter so schroff zu mir.«

Wenn Rafael Victoria so anschaute, bezweifelte er das nicht. Trotzdem fand er es mehr als verwerflich, wenn sich ein Mann an eine junge Dame heranmachen wollte, die unter seinem Schutz stand. Immerhin hatte Victoria sich widersetzt. Mit nur zwanzig Pfund in der Tasche war sie geflohen. Zweifellos hatte sie ihren eigenen Kopf, und das imponierte Rafael sehr.

»Hier kommt Ihr Badewasser. Nachher reden wir weiter. Sie haben doch einen Hausmantel in Ihrer Reisetasche?«

»Warum?« Sie blickte ihn verständnislos an.

»Weil ich nach dem Bad mit Ihnen weiterreden will«, erklärte Rafael übertrieben geduldig, »und weil ich Sie nicht wieder erschrecken oder Ihre Empfindsamkeit verletzen möchte.«

»Ach so.«

Er nickte und ging zur Verbindungstür. Dort drehte er sich noch einmal um und lächelte spitzbübisch. »Ich habe auch einen Morgenmantel.«

»Das beruhigt mich ungemein«, entgegnete sie und lächelte ebenfalls.

Er salutierte vergnügt, trat ins Nebenzimmer und schloß die Tür hinter sich.

Victoria entkleidete sich erst, nachdem die Hausmagd gegangen war, weil sie nicht wollte, daß jemand beim Anblick ihres Beins so von Mitleid oder von Abscheu gepackt wurde wie damals Elaine. Danach schwelgte sie in dem heißen, entspannenden Wasser, legte den Kopf an den Rand der Kupferwanne und schreckte erst auf, als an die Verbindungstür geklopft wurde.

»Victoria, sind Sie bereit für mich?« Warum zum Teufel mußte er das so formulieren?

»Nein«, rief sie. »Noch nicht.«

»Wie geht es Ihrem Knöchel?«

»Gut. Bitte, einen Moment noch.«

Geduldig wartete Rafael in seinem Zimmer, bis Victoria ihn nach einer Weile rief. Sie saß jetzt auf ihrem Stuhl und trug über ihrem Nachtkleid einen züchtigen Hausmantel, der mit blauen Bändern bis hinauf zu ihrem Kinn verschnürt war und einem Schulmädchen gut angestanden hätte.

»Wie alt sind Sie eigentlich?« erkundigte sich Rafael unvermittelt.

»Am fünften Dezember werde ich neunzehn.«

»Im Augenblick sehen Sie aus wie ein kleines Mädchen.

Hat Ihnen Ihre Kusine, meine liebe Schwägerin, denn keine angemessenere Kleidung gegeben? Sollten Sie nicht an den Festen der Saison teilnehmen? Gentlemen kennenlernen, auf endlose Bälle gehen und den ganzen Unsinn?«

»Nein, und das hatte ich auch nicht erwartet«, erklärte sie scheinbar ohne jedes Bedauern. »Ich hatte mich nämlich immer für die arme Verwandte gehalten, bis ich entdeckte, daß ...«

Sie erschrak, als sie merkte, daß sie sich verraten hatte. Errötend senkte sie den Kopf.

Rafael seufzte. Sie vertraute ihm also noch immer nicht. Verständlich, schließlich war er ja das Ebenbild seines Bruders. Er drängte sie auch nicht.

»Sie sagten, Sie befänden sich auf dem Weg nach London, weil Sie dort etwas zu erledigen hätten. Aber Angehörige haben Sie dort nicht, oder?«

»Nein, keinen einzigen.«

»Hören Sie, mein Kind«, sagte Rafael sehr freundlich, »eine junge Dame reist nicht allein irgendwohin. Denken Sie nur daran, was Ihnen heute abend beinahe widerfahren wäre.«

»In Zukunft werde ich vorsichtiger sein.«

»Ich bewundere ja Ihren Mut, aber Ihre Naivität wird Sie in Schwierigkeiten bringen.«

»Selbstverständlich verfüge ich nicht über die Erfahrungen Ihrer weit forgeschrittenen Jahre, aber naiv bin ich deswegen nicht.«

»Wenn nicht naiv, dann dumm.«

»Wie unfreundlich von Ihnen! Dann ziehe ich es wohl doch vor, von Ihnen für naiv als für dumm gehalten zu werden.«

Er lächelte. »Auch gut. Ich werde Sie nach London begleiten.«

»So? Oder machen Sie sich über mich lustig?«

»Wirke ich besonders lustig auf Sie?«

»Nein. Rafael, würde es Ihnen auch nichts ausmachen?«

Wie hoffnungsvoll sie das gesagt hatte! »Nein, es macht mir nichts aus. Aber was mache ich mit Ihnen, wenn wir dort angekommen sind?«

»Ich muß in London jemanden aufsuchen«, erklärte sie fest. »Nach diesem Besuch werde ich mich nicht mehr um Geld sorgen müssen. Ich werde mich um mich selbst kümmern können.«

Rafael war weder naiv noch dumm. »Sie haben also entdeckt, daß Sie keineswegs Elaines arme Verwandte sind, habe ich recht?«

Victoria erblaßte unter seinem interessierten Blick.

»Ich werde meinem Bruder nichts verraten. Um die Wahrheit zu sagen, Victoria, zwischen ihm und mir besteht nicht eben die große Liebe. So, und jetzt sind Sie an der Reihe, mit einem bißchen Wahrheit herauszurücken. Nur zu, ich höre. Sie haben zwanzig Pfund von Damiens Geld gestohlen . . .«

»Ja, aus der Kassette in seinem Arbeitszimmer. Dabei habe ich einen Stapel Briefe gesehen. Einer davon war nicht ordentlich zusammengefaltet.«

»Und Sie haben ihn ordentlich auseinandergefaltet.«

»Weil ich meinen Namen darauf gesehen hatte. Es war ein an Damien gerichtetes Schreiben eines Rechtsanwalts aus London. Ich bin nicht arm. Eher wohlhabend, scheint mir. Zumindest hoffe ich, daß ich es noch bin.«

»Ist Damien Ihr Vormund?«

»Das weiß ich nicht. Ich nehme es an. Er hat mit mir nie darüber gesprochen. Niemand hat mir gesagt, daß ich Geld besitze. Ich nehme an, es stammt von der Familie meiner Mutter. Mein Vater hatte zwar einen guten Namen, aber leider leere Taschen.«

»Ich kann mir vorstellen, daß Damien sich großzügig von Ihrem Vermögen bedient hat. Hoffentlich hat er es wenigstens gut angelegt und nicht verschleudert.« Rafael lehnte sich zurück und legte die Hände zusammen.

»Das glaube ich nicht«, sagte Victoria bedrückt. »In dem Schreiben stand, daß der Rechtsanwalt wegen des Erbkapitals besorgt sei.«

»Sie wollten also Drago Hall verlassen, bevor Sie wußten, daß Sie eine reiche Erbin sind?«

»Ja. Und ob ich eine reiche Erbin bin, weiß ich ja noch immer nicht. Ich weiß nur, daß Geld vorhanden ist.«

»Sie wollten mit ganzen zwanzig Pfund fliehen?«

»Was hätten Sie an meiner Stelle anderes getan?«

Ich hätte den Kerl erst einmal zusammengeschlagen, wollte er schon antworten, doch er, Rafael, war schließlich auch ein sehr starker Mann und kein junges Mädchen, das von einem Menschen abhängig war, der es zu seiner Mätresse machen wollte. »Vermutlich hätte ich dasselbe getan.«

»Hätten Sie nicht! Das sagen Sie nur, damit ich mich besser fühle. Weniger naiv, weniger dumm.«

»Victoria, Sie hätten ihm schließlich nicht gut eins über den Kopf geben oder ihm die Faust ins Gesicht drücken können. Sie haben sich ganz gut geschlagen, zumindest bis zu der Sache mit den Schmugglern.«

»Und wenn mich nicht ein gütiges Schicksal gerettet hätte, wäre ich dem Bischof zum Nachtisch serviert worden.«

Rafael hatte sich bisher noch nie als »gütiges Schicksal« empfunden, doch das war ja nicht das Schlechteste. Er wurde sehr still und dachte darüber nach, daß er Junggeselle war und daß er kein einziges angemessenes weibliches Wesen in London kannte. Eine ausweglose Situation ...

Dann fiel ihm auf einmal Lyon Ashton, der Earl of Saint Leven, ein, der ihm lachend von seiner tyrannischen Tante, der Lady Lucia Cranston, erzählt hatte. Sie lebte in London, die alte Despotin, und versuchte, über sein Leben zu bestimmen, wann immer er in ihre Schußlinie geriet. Sie hatte auch bestimmt, daß Diana Savarol die Rich-

63

tige für ihn sei, und damit hatte sie, verdammt nochmal, recht behalten.

Rafael straffte sich. »Ich weiß, was ich tun werde.«

Victoria wurde mißtrauisch, als sie sein Lächeln sah. »Es ist doch etwas Schickliches, hoffe ich, Sir?«

»So rein wie frischgefallener Schnee. Meine Idee, meine ich.«

»Nun?«

Lächelnd stand er auf. »Ich werde Sie noch ein wenig im Ungewissen lassen. Wir brechen morgen sehr früh auf. Ich werde eine Kutsche mieten.«

»Ich kann reiten!«

»Das würde einen harten Ritt von drei oder sogar vier Tagen bis nach London bedeuten.«

Victoria dachte an die dann unvermeidlichen Auswirkungen auf ihr Bein. Rafael würde wieder glauben, ihr bereite ein verstauchter Knöchel Schmerzen. Außerdem war es wohl auch nicht besonders beeindruckend, wenn sie die Kanzlei des Rechtsanwaltes humpelnd betrat. Sie seufzte.

»In Ordnung, also eine Kutsche. Und, Rafael, ich erstatte Ihnen die Kosten zurück.«

»Gewiß. Von den Zinsen Ihres immensen Vermögens.«

»Vielleicht ist es ja gar nicht so immens.«

»Das werden wir ja sehen.«

»Das werde ich allein sehen! Nachdem Sie mich nach London begleitet haben werden, sind Sie mich los und können Ihrer eigenen Wege ziehen.«

»Auch das werden wir ja sehen.« Er drehte sich halb zur Verbindungstür um. Victoria war sitzen geblieben und wandte ihm ihr Profil zu. Wieso spürte er nur den überwältigenden Wunsch, sie zu küssen, ihr übers Haar zu streichen und ihr zu sagen, daß er sie mit seinem Leben beschützen wollte?

Ich glaube, ich verliere langsam den Verstand, dachte er. Und sie hatte ihren eigenen Kopf. Ganz zweifellos.

Elaine saß vor ihrem Garderobenspiegel und bürstete sich das lange rabenschwarze Haar. »Ich verstehe das einfach nicht, Damien. Wie konnte Victoria so undankbar sein? Damaris ruft nach ihr, und Nanny Black kann das Kind kaum beruhigen.«

»Ich habe einen Suchtrupp nach ihr ausgeschickt, meine Liebe«, sagte Damien gelangweilt. »Wir werden bald etwas hören.« Er verschwieg seine Gewißheit darüber, daß Victoria die Briefe gesehen hatte, die unter der Geldkassette gelegen hatten. Das hatte er selbst zu seinem großen Ärger erst vor wenigen Minuten entdeckt.

»Da du aber so sehr besorgt bist, meine Liebe, werde ich mich morgen persönlich an der Suche beteiligen«, fuhr er scheinbar völlig uninteressiert fort. »Ich vermute, sie ist nach London gereist.«

»Aber sie besitzt doch kein Geld.«

»Wie es aussieht, hat sie zwanzig Pfund aus meiner Geldkassette gestohlen.«

»Diese Diebin! Nach allem, was ich für sie getan habe — diesen wertlosen Krüppel!«

Damien zuckte nur die Schultern, und Elaine bürstete sich das Haar weiter, beobachtete dabei jedoch genau das Gesicht ihres Gatten im Spiegel. »Ich frage mich nur, weshalb sie davongelaufen ist«, sagte sie nach einer geraumen Weile.

»Ich nehme an, wegen dieses Jammerlappens David Esterbridge. Er war hinter ihr her. Ihm wird sie davongelaufen sein.«

»Das glaube ich nicht. Sie wollte ihn doch heiraten.«

»Das hat David mir anders erzählt. Anscheinend hat sie ihre Meinung geändert. Ich vermute, der Tölpel hat sie mit seinen plumpen Avancen verschreckt.«

»Weshalb glaubst du, sie sei nach London gegangen?«

»Ich würde sagen, ihr blieb nichts anderes übrig.«

Elaine wollte noch weiter bohren, doch Damien legte seinen Hausmantel ab, unter dem er nackt war, und stieg dann in ihr Bett. Sie schloß unwillkürlich seufzend die Augen, weil sie schon jetzt seine so geschickten Hände an ihrem Körper fühlen konnte.

»Ich bin doch ... in anderen Umständen«, wandte sie beinahe verschüchtert ein.

Damien lachte. »Gewiß. Dein Umfang hat auch höchst ungewöhnliche Formen angenommen. Aber ich beklage mich nicht. Ich will, daß mein Sohn seinen Vater kennenlernt.«

Elaine wußte, daß es ihm gelingen würde, ihr Verlangen zu wecken. Sie würde die Beherrschung verlieren und alles vergessen.

Wie sie Victoria haßte! Diese kleine Schlange hatte sie unter ihrem eigenen Dach hintergangen. Hatte Damien schon mit ihr geschlafen? Hatte er sie fortgeschickt, weil sie von ihm schwanger war? Wollte er sie in London zu seiner Mätresse machen?

»Elaine?«

»Bist du so sicher, daß ich dir einen Stammhalter schenken werde?« Langsam ging sie zum Bett.

»Ja.« Er klopfte auf das Kopfkissen neben sich. »Und wenn nicht, dann setzen wir einfach unsere Bemühungen fort. Komm her, Elaine. Ich glaube, heute möchte ich mich an deinem sehr willigen Mund erfreuen.«

»Gut«, sagte sie. »Ja.«

Victoria richtete sich auf einen langen und langweiligen Tag ein. Rafael, dieser Schuft, ritt natürlich, und sie war in der alten, miserabel gefederten Kutsche allein, welche von zwei eigensinnigen Braunen gezogen wurde, die in eine entgegengesetzte Richtung strebten.

Der Kutscher hieß Tom Merrifield, war ein nicht sehr gesprächiger Mann um die Fünfzig, der mit den störrischen Tieren spielend fertig wurde und sich mit wenigen Worten bereit erklärt hatte, die Reisenden nach London zu fahren. Dort sollte er sich auf Rafaels Kosten einen schönen Tag machen und das Gefährt anschließend zu Mr. Mouls nach Axmouth zurückbringen.

Als Rafael den Preis dafür gehört hatte, hatte er Tom Merrifield einen verdammten Strauchdieb genannt, worauf der Kutscher ihm kurz und knapp erläutert hatte, daß London nun einmal sehr teuer und im übrigen alles eine Sache von Angebot und Nachfrage sei. Das konnte Rafael nicht bestreiten, nannte Tom aber weiterhin einen verdammten Strauchdieb.

Nach einigen Stunden stellte Rafael schmunzelnd fest, daß seine Gedanken immer wieder zu der jungen Frau in der Kutsche dort hinten irrten und daß er sich alle naselang umdrehte, um nachzuschauen, ob sie noch da war.

Als sie zum Mittagessen anhielten, beobachtete er Victoria genau und war zufrieden. Bei Tisch plauderte sie vergnügt über einen Dichter, von dem er noch nie etwas gehört hatte. Rafael ließ sie plappern. Sollte sie doch so lange wie möglich fröhlich sein. In London beim Anwalt würde die Enttäuschung vermutlich noch früh genug kommen.

»Sind Sie müde, Rafael?« Sie schob ihren leeren Teller zurück.

»Nein, wieso sollte ich müde sein?«

»Sie waren so schweigsam.«

»Dafür haben Sie die ganze Zeit geredet, und weil ich ein Gentleman bin, wollte ich Sie nicht unterbrechen.«

»Sie bedauern diese Reise doch nicht?«

»Doch, aber das macht nichts.« Er blickte aus dem Fenster der Gaststube und sah draußen Tom Merrifield mit dem Stallknecht reden. Ob der Stallknecht wußte, daß er mit einem verdammten Strauchdieb sprach? »Sind Sie fertig, Victoria?«

Mit Rafaels Geld hatte Tom zwei ausgezeichnete Wechselpferde eingehandelt, die den weiten Weg bis Broadwindsor durchhielten. Den Gastwirt des »Bisley« dort kannte Rafael nicht, und als er dessen lüsternen Blick sah, mußte er seine Fäuste in acht nehmen.

»Ihre Schwester, Sir?« fragte der Mann prompt.

Rafaels Stimme blieb ruhig, aber der Blick, mit dem er den Wirt bedachte, hätte jeden aufsässigen Matrosen zur Raison gebracht. »So ist es. Ich wünsche nebeneinanderliegende Räume. Man kann ja nicht vorsichtig genug sein, wenn man eine Lady beschützen muß.«

Der Wirt verstand den Wink und rief sofort nach einem Hausdiener.

Rafael mietete ein separates Speisezimmer. Die Luft darin war abgestanden, die Möbel waren alt und wurmstichig. Victoria hatte sich umgezogen und das eine Schulmädchenkleid gegen ein anderes ausgetauscht. Man servierte ihnen Nierenpastete mit gedünsteten Tomaten.

Rafael empfahl Victoria, keine Pastellfarben zu tragen. Sie ging nicht darauf ein, und das beunruhigte ihn. »Warum plaudern Sie nicht ein wenig? Stimmt etwas nicht?«

Sie lächelte. »Ich bin nur ein bißchen müde. Ich bin es nicht gewöhnt, so viele lange Stunden in einer geschlossenen Kutsche zu verbringen.«

»Wenn Sie morgen mit mir reiten wollen, besorge ich Ihnen ein Pferd.«

Sofort kam Farbe in ihre Wangen, und ihre Augen strahlten. »O ja, vielen Dank, Rafael. Es ist ja so furchtbar langweilig, so allein zu reisen. Und heiß war es auch in der Kutsche.« Die Nierenpastete schmeckte ihr jetzt viel besser als eben noch. Wenn nur das Bein morgen nicht versagte! »Sie erzählten, Sie seien fünf Jahre lang nicht auf Drago Hall gewesen. Wo waren Sie während der ganzen Zeit?«

»Hier und da«, antwortete er leichthin.

»Was sind das für Länder? Oder sind es Hauptstädte?«

»Ich bin Kapitän zur See. Mein Schiff, die ›Seawitch‹ liegt zur Zeit in Falmouth im Dock und wird repariert.

Wäre sie nicht im Sturm beschädigt worden, hätten wir beide uns nicht kennengelernt.«

Victoria vergaß das Essen. »›Seawitch‹ ...« Sie ließ sich das Wort auf der Zunge zergehen. »Sie haben es gut! Jetzt muß ich Sie wohl Kapitän Carstairs nennen.«

Rafael schälte einen reifen Pfirsich. »Nein, nicht mehr. Mein Erster Maat, Rollo Culpepper, übernimmt die ›Seawitch‹. Ich werde nach Cornwall zurückkehren und Grundbesitzer werden.«

Victoria stützte die Ellbogen auf den Tisch und das Kinn in die Hände. »Fünf ganze Jahre auf dem eigenen Schiff. Wie abenteuerlich! Während ich auf Drago Hall hockte und zu einer höchst langweiligen Person heranwuchs, haben Sie die Welt besegelt. Waren Sie auch in China?«

Er lächelte und reichte ihr eine Pfirsichhälfte. »Nein, in China nicht. Jetzt bin ich gerade aus der Karibik zurückgekehrt.«

»Sind Sie ein Kaufmann?«

»So könnte man es wohl nennen. Mein Vermögen verdanke ich tatsächlich dem Handel.«

»Lassen Sie sich doch nicht jedes Wort einzeln entlokken! Erzählen Sie mir von Ihren Abenteuern.«

»Victoria, Sie sind keine langweilige Person.«

»Nein? Nun, mit Ihnen bin ich sicherlich nicht zu vergleichen. Jetzt erzählen Sie schon!«

Rafael beschrieb ihr Tortola und St. Thomas, erklärte ihr, was Mangos waren und wie sie schmeckten, und er erwähnte Diana Savarol und Lyon, den Earl of St. Leven. »Ich habe sie auf See getraut«, erzählte er und lächelte bei der Erinnerung daran. »Vielleicht treffen wir sie. Wer weiß?«

»Wie das? In London trennen sich unsere Wege.«

»Nicht sofort. Sind Sie denn gar nicht neugierig, Victoria? Wollen Sie nicht wissen, wohin ich Sie in London bringe?«

Sie schmunzelte wie ein kleiner Kobold, wobei sich ein Grübchen in ihrer rechten Wange bildete. »Ich hatte beschlossen, so zu tun, als interessiere es mich nicht. Dann würden Sie es mir um so eher erzählen, dachte ich mir.«

Er reichte ihr eine zweite Pfirsichspalte und sah zu, wie sie sie aß. Ein Safttropfen lief an ihrem Kinn hinab. Rafael beugte sich vor und tupfte ihn mit der Serviette ab. Victoria bewegte sich nicht. Sie neigte den Kopf zur Seite und schaute Rafael nur an.

»Ja, also ich sprach gerade von diesem Earl of Saint Leven«, sagte er.

»Und von Diana, seiner Gattin«, fügte Victoria erwartungsvoll hinzu.

»Richtig. Ich werde Sie zu einer Großtante des Earls bringen. Ich selbst habe Lady Lucia noch nicht kennengelernt, aber Lyon hat mir alles über sie erzählt.«

Victoria überlegte schweigend. »Und wenn sie mich nicht aufnehmen will?«

»Ich werde meinen ganzen Charme aufbieten. Welche Lady könnte mich dann abweisen?«

»Ich könnte es bestimmt nicht«, erklärte Victoria mit umwerfender Aufrichtigkeit. »Aber das sagt natürlich nichts aus. Ja, wenn sie mich nun nicht mag? Sie kennt mich ja nicht, Rafael.«

»Zerbrechen Sie sich darüber erst den Kopf, wenn es nötig ist.« Er wischte sich den Pfirsichsaft von den Fingern.

»Warum können Damien und Sie einander nicht leiden?«

Er sah sie verblüfft an. »Sie haben eine etwas irritierende Eigenschaft.«

»So?«

»Ja. Sie stellen Ihre Fragen immer ohne jeden Zusammenhang. Antworten Ihre Opfer dann gewöhnlich, ohne zuvor nachzudenken?«

Sie seufzte. »Nein, das tut nur Damaris.«

»Wer ist das?«

»Nun, Ihre Nichte. Sie ist drei Jahre alt und könnte gut als Ihre Tochter durchgehen. Sie liebt mich, und ich vermisse sie entsetzlich.«

»Ich wußte nichts von ihr.«

»Weil Sie und der Baron nicht miteinander gesprochen haben. Wie lange nicht? Fünf Jahre?«

»Noch länger.«

»Weshalb?«

»Seien Sie nicht so neugierig, Victoria. Eine Dame sollte bestrebt sein, unverschämte Kommentare und Fragen stets für sich zu behalten.«

»David auch.«

»Wer ist David, und was — auch?«

»David Esterbridge, der Sohn von Squire Esterbridge.«

»Ich erinnere mich an ihn. Er war ein schmächtiger Junge und weinte immer, wenn er ein Spiel verlor. Um fair zu sein, er war natürlich auch erheblich jünger als ich. Was hat er mit Ihnen zu tun?«

Victoria lehnte sich zurück. »Ich glaube, das ist eine unverschämte Frage.«

»Sie haben sie herausgefordert, Ma'am.«

»Ma'am? Ich? Nun, Sie haben wohl recht. Ich wollte sagen, ich kann mir irgendeine Frage aus dem Ärmel schütteln, und David würde sofort mit einer Antwort herausplatzen.«

»Wie alt ist Esterbridge jetzt?«

»Dreiundzwanzig.«

»Ach so, er war also Ihr Verehrer.«

»Richtig.«

»Und?«

Victoria wollte diese entsetzliche Geschichte für sich behalten. »Ich hatte beschlossen, ihn zu heiraten, um von Drago Hall und von Damien fortzukommen«, antwortete sie deshalb nur. »Leider ... nun, wir kamen zu der Ansicht, daß wir es aufgeben sollten.«

71

»Bitte, reden Sie weiter. Unbedingt! Ich brenne vor Interesse.«

Victoria reckte das Kinn, und bei der Erinnerung sprühten ihre Augen vor Zorn, doch ihre Stimme klang hübsch distanziert. »Die Angelegenheit löste sich auf höchst undramatische Weise. Er wollte mich nicht wirklich heiraten, und ich ihn ebenfalls nicht.«

Rafael blickte so ungläubig wie möglich drein.

»Es war ohnehin recht merkwürdig«, fuhr Victoria fort. »David behauptete, sein Vater bestehe beharrlich auf mir als Schwiegertochter. Vielleicht wußte der Squire, daß ich keine arme Verwandte bin. Möglicherweise hatte er es auf mein Geld abgesehen.«

»Das bezweifle ich. Damien hat gewiß seine Fehler, doch private Informationen würde er niemals weitergeben, und Ihr Geld ist eine sehr private Sache.«

»Mag sein. Ich glaube, es war auch gut so. Ich liebte David nämlich nicht, und es wäre doch unfair gewesen, hätte ich ihn geheiratet.«

»Also dann war er nicht derjenige, der die Verbindung beendet hat?«

»Nun, vielleicht ... ein wenig ... in gewisser Weise schon, glaube ich.«

Rafael mußte lachen. »Gut gemacht, junge Dame. Falls Sie noch mehr solcher aussagekräftiger Formulierungen lernen, werden Sie es mich bitte hoffentlich wissen lassen.«

»Möglicherweise, wenn mir danach ist ... und wenn es dann nicht gerade regnet.«

»Ich gelange zu der Ansicht, daß ein in Cornwall großgewordenes Mädchen über ein ausreichendes Maß an Witz verfügt. Sie machen mir wirklich Freude, Victoria.« Er war froh darüber, daß er sie gebeten hatte, am nächsten Morgen mit ihm zusammen zu reiten.

Die Richtung, in die seine Gedanken liefen, erschreckte ihn. Unvermittelt stand er auf und schob seinen Stuhl zurück. »Es ist spät. Morgen möchte ich sehr früh aufbrechen. Ich bringe Sie jetzt zu Ihrem Zimmer.«

Victoria wunderte sich über seine Schroffheit. Hatte sie etwas gesagt, das ihn erzürnt hatte? Nein, das glaubte sie nicht, doch ihre Erfahrung mit Männern war ja nicht gerade beeindruckend. Artig folgte sie Rafael also zu ihrem Zimmer, wo er sie mit einem Nicken und einem kurzen »Gute Nacht« entließ.

Wie sehr ihr Urteilsvermögen zu wünschen übrig ließ, merkte sie erst am folgenden Nachmittag.

5. KAPITEL

Schmerz läßt selbst den Ehrlichen lügen (Publilius Syrus)

Victoria biß die Zähne zusammen. Schmerzhafte Krämpfe fuhren immer wieder durch ihren Oberschenkel. Viel zu spät erkannte sie, daß ein langer Tagesritt eine zu große Anstrengung bedeutete. Doch sie hatte ja unbedingt reiten wollen!

Sie schloß die Augen und versuchte den Schmerz zu bezwingen. Die Stute spürte, daß die Reiterin die Gewalt verlor. Das Tier schnaubte, warf den Kopf auf und brach nach links aus.

»Victoria! Geben Sie auf Ihr Pferd acht!« rief Rafael.

Sofort brachte sie die Stute wieder unter Kontrolle. Nach dem Lunch hätte sie das Reiten abbrechen sollen, doch zu diesem Zeitpunkt waren ihre Schmerzen weitgehend abgeklungen.

Inzwischen war es früher Nachmittag, und sie befanden sich in Somerset. Der Tag war warm und der Himmel blau. Leider konnte Victoria das herrliche Wetter und das duftende Gras ringsum nicht genießen, denn plötzlich setzten die Muskelkrämpfe wieder ein, und sie erkannte, daß sie aufgeben mußte.

»Rafael!«

Er ritt ein wenig voraus, drehte sich jetzt jedoch im Sattel zu ihr um und zügelte sein Pferd.

»Ich würde gern wieder eine Weile in der Kutsche fahren«, sagte sie.

Er grinste frech. »Tut Ihnen Ihre Rückseite weh?«

Wenn es nur das wäre, dachte sie, ohne sich von dieser höchst unschicklichen Frage beleidigt zu fühlen. »Nein. Ich möchte nur wieder ein wenig in der Kutsche sitzen.«

Rafael wurde ernst und betrachtete sie nachdenklich. Sah sie anders aus als sonst? Hatte ihre Stimme eben nicht geschwankt? »Müssen Sie austreten?« fragte er mit empörender Direktheit.

»Nein!«

»Warum dann? Ich dachte, Sie wollten bis nach London reiten. Ihre Sitzfläche ist also doch wund, geben Sie es zu.«

Victoria war klug genug, jetzt auf ihren Stolz zu verzichten und nach dem angebotenen Strohhalm zu greifen. »Ja, sie ist wund. Ich bin noch nie so lange und so schnell geritten.«

Rafael musterte sie noch immer. Sie war blaß, und ihr Blick war nicht so, wie er sein sollte. »Wie Sie wünschen.« Er wendete sein Pferd und wartete auf die Kutsche, die gerade hinter ihnen um die Wegbiegung kam.

Victoria war erleichtert. Rafael schaute sie jetzt nicht mehr so eindringlich an. Unter großen Schmerzen und sehr langsam glitt sie vom Rücken ihrer Stute und hielt sich an der Mähne fest, weil sie befürchten mußte, ihr Bein würde unter ihr nachgeben.

»Halten Sie an, Tom. Unsere Lady wünscht mit der Kutsche zu reisen.«

»Sehr wohl«, rief Tom. »Wollen Sie die Stute führen, oder sollen wir sie hinten anbinden?«

»Ich denke, wir binden sie an.«

Die Entfernung zur Kutsche betrug höchstens sechs Schritte, und die brachte Victoria mit Mühe hinter sich. Tom öffnete ihr den Wagenschlag. Sie blickte erst zum Einstieg hoch und dann zu Rafael, der glücklicherweise damit beschäftigt war, die Stute hinten an die Kutsche zu binden.

Victoria faßte nach der Tür, und in diesem Moment gab ihr Bein nach.

»Miss? Was ist los mit Ihnen?«

»Nichts, Tom. Wirklich nichts.«

75

Tom schüttelte den Kopf; offensichtlich glaubte er ihr kein Wort. Er hob sie einfach ohne jede Zeremonie in die Kutsche. Victoria sank in die weichen Polster, streckte ihr Bein aus und begann ganz automatisch, die verkrampften Muskelstränge zu massieren.

Rafaels Gesicht erschien in der Türöffnung. »Geht es Ihnen auch wirklich gut?«

»Selbstverständlich. Wir wollen weiter. Wir haben noch einige Stunden Tageslicht.«

»Sehr wohl«, sagte er ein wenig düster und nickte.

Drei Reisetage lagen noch vor ihnen, und von jetzt an ritt Victoria immer nur noch bis zur Lunchpause. Rafael wunderte das zwar, aber er äußerte sich nicht dazu. Victoria war ja schließlich eine Dame, und Damen waren nun einmal nicht so ausdauernd wie Männer.

Dafür war diese Dame hier um so wißbegieriger, was seine eigenen Abenteuer betraf, und so berichtete er ihr abends beim Essen von den Orten, die er besucht, und den Dingen, die er unternommen hatte.

Er erzählte ihr von seinen Großeltern und seiner umfangreichen Verwandtschaft, die in Spanien lebte. Er erzählte ihr von Amerika, von dessen Größe und von dem Völkergemisch dort. Er berichtete von den Bostoner Kaufleuten mit ihren Walfangschiffen und den Plantagen in Virginia. Er erzählte vom Mittelmeer und dem merkwürdigen Felsen von Gibraltar und von den Piraten von Nordafrika, die noch immer unvorsichtigen Schiffen auflauerten. Er sprach von Jamaica und von den Zuckerplantagen dort. Und immer war er eher müde als seine wißbegierige Zuhörerin.

Victoria war nicht dumm, und bald fiel ihr auf, daß es sich bei den Orten, die er am eingehendsten schilderte, immer um solche handelte, an denen englische Soldaten gegen Napoleons Mannen fochten. Daraus schloß sie, daß er mehr als ein einfacher Seekapitän war. Sie behielt das indessen für sich. Möglicherweise hatte er noch immer etwas mit geheimen Aktivitäten zu tun, und wenn sie nachbohrte, erzählte er ihr vielleicht überhaupt nichts mehr.

Die letzte Nacht verbrachten sie in Basing. Rafael mietete ein separates Schlafzimmer und bemerkte bald, daß Victoria zu still für seinen Geschmack war.

»Sie haben Angst, nicht wahr?« fragte er endlich, während er ihr Wein nachschenkte.

»Ein wenig«, gab sie zu. »Und gespannt bin ich auch. Ich war noch nie in London. Wenn Lady Lucia nun nicht da ist, Rafael? Wenn Sie mich nicht mag? Oder Sie?«

»Machen Sie sich keine Sorgen. Nehmen Sie lieber etwas Lammbraten. Er sieht recht gut aus.«

Victoria aß ein wenig, und Rafael erzählte ihr unterdessen, wie er seinen Diener Savory kennengelernt hatte, der jetzt auf der »Seawitch« geblieben war.

»Ich traf ihn, als er erst vierzehn Jahre alt war. Sein Spitzname lautete ›Flash‹ — Blitz —, und so wird er auch heute noch genannt. Er bekam diesen Namen, weil er schon mit acht Jahren der blitzschnellste Taschendieb von ganz London war, wie er mir verriet.«

»Um Himmels willen, ein Verbrecher!«

»So kann man es nennen. Er war wirklich gut, nur war ich noch ein wenig schneller. Während er mir mein Geld aus der Jackentasche zog, nieste ich zufällig. Nie werde ich seinen Gesichtsausdruck vergessen, als ich plötzlich meinen Arm um seinen Nacken schlang.«

»Wie ist er Ihr Diener geworden?« erkundigte sich Victoria fasziniert.

»Ich schlug ihm einen Handel vor. Er sollte drei Monate lang mein Diener sein. Wenn es ihm nicht gefiele, würde ich ihm zwanzig Pfund zahlen und ihn wieder auf die ahnungslosen Londoner loslassen. Es gefiel ihm. Er ist ein sehr guter Freund und erfreulicherweise ein sehr guter Seemann geworden. Sicherlich hat Letzteres seinen Wandel bewirkt, und nicht meine edle Persönlichkeit. Gelegentlich bezweifle ich, daß er bei mir bleiben wird, wenn ich ihm sage, daß ich nicht mehr zur See fahren will.«

»Wird er dann wieder der ›Blitz von London‹ werden?«

»Das hoffe ich nicht. Vielleicht lasse ich ihn nach London kommen, nachdem ich Tom Merrifield nach Cornwall zurückgeschickt habe.«

Als sie die Außenbezirke Londons erreichten, regnete es; doch Victoria war viel zu aufgeregt, um wieder in die Kutsche zu steigen. Ihre Begeisterung amüsierte Rafael, aber er meinte, er wolle weder, daß sie sich erkältete, noch daß sie wie eine ersäufte Ratte ausschaute, wenn sie vor Lady Lucia stand.

Den Vergleich mit der ersäuften Ratte nahm sie ihm übel, in der Sache gab sie Rafael indessen recht. Also verstaute er sie wieder in der Kutsche, schlug sich selbst den Kragen hoch und drückte sich den Hut tiefer ins Gesicht.

Als sie den Grosvenor Square erreicht hatten und Rafael die imposante Fassade von Lady Lucias Stadthaus sah, kamen ihm Zweifel an der Durchführbarkeit seiner Idee. Was, wenn die Lady nicht anwesend war? Wenn Lyon sich in ihrer Gastfreundlichkeit getäuscht hatte? Rafael fluchte leise vor sich hin. Er machte sich jetzt dieselben Sorgen wie Victoria, und noch ein paar weitere dazu.

»Ich möchte, daß Sie in der Kutsche bleiben, Victoria. Ich will zuerst mit dieser Lady Lucia sprechen. Bewegen Sie sich nicht von der Stelle!«

»Ich werde schon nicht in den Pfützen mit Matsch spielen gehen«, rief sie ihm nach.

Ein beeindruckender Butler fortgeschrittenen Alters und fortgeschrittener Würde öffnete auf Rafaels Klopfen. »Sir?«

Rafael nannte seinen Namen und bat darum, Lady Lucia sprechen zu dürfen.

»Sie klöppelt, Sir, und wünscht dabei nicht gestört zu werden.«

»Klöppeln? Was zum Teufel ist das denn, guter Mann?«

Didier, der Butler, verlor eine winzige Spur seiner Steifheit. »Es ist etwas, das Lady Lucia haßt, eine Art Handarbeit. Sie betrachtet es als ein Mittel zur tätigen Buße.« Didier merkte, daß er sich dem Fremden gegenüber entschieden zu freimütig geäußert hatte, also fügte er sehr erhaben hinzu: »Wünschen Sie Ihre Karte zu hinterlassen?«

»Nein. Teilen Sie der Lady mit, ich böte ihr eine neue Möglichkeit für Bußübungen. Welche Sünde oder Sünden sie auch begangen haben mag, dieses Mittel wird dem mehr als angemessen sein. Es sitzt dort in der Kutsche.«

Er deutete zu Victoria hinüber. »Es ist dringend, daß ich mit Lady Lucia spreche, wie Sie an den Ragentropfen erkennen werden, die von der Nase der Dame rinnen.«

Didier überlegte. Mylady wurde langsam ein wenig ungenießbar. Sie strafte sich mit der endlosen unerfreulichen Klöppelarbeit, weil sie in einer einzigen Woche sämtliche neuen Schauerromane aus Hookhams Bücherei gelesen hatte. Didier hatte gemeint, das Klöppeln hätte doch Zeit bis zu einem verschneiten Wintertag, doch sie hatte das mit einem strafenden Blick und der Empfehlung beantwortet, er solle seine Nase lieber in die Angelegenheiten der Köchin stecken.

Eine neue Bußübung, ja? Didier spähte durch den Regen zur Kutsche hinüber und entdeckte dort tatsächlich das Gesicht einer Dame. »Sehr wohl, Sir. Treten Sie bitte ein.«

Lady Lucia langweilte sich. Und zum Teufel mit dem anmaßenden Didier! Und die Klöppelei sah auch nicht nach der Spitze aus, die sie sich vorgestellt hatte. Lyon und Diana waren noch nicht aus Westindien zurück, aber der

Earl und die Countess von Rothermere sollten bald in Lodon eintreffen, ebenso der Vater des Earls, der Marquess von Chandos. Nun ja, die Tage der Langeweile, des Streitens mit Didier und der ekelhaften Klöppelei waren ja gezählt.

Als Didier an der Tür erschien, blickte sie ihm mißmutig entgegen. »Sagen Sie nichts, Didier. Ich bin nicht in der Stimmung für weitere Unverschämtheiten.«

»Eine neue Bußübung ist eingetroffen, Mylady.«

»Wie bitte? Wovon zum Teufel reden Sie? Sind Sie inzwischen endgültig dem Altersschwachsinn anheimgefallen? Das war ja zu erwarten.«

»Sie irren. Ein Gentleman, ein Kapitän Rafael Carstairs ist hier, und eine junge Lady wird bald hier sein.«

»Ich verstehe überhaupt nichts.« Dann hellte sich ihr Gesicht auf. »Ein Kapitän, Didier? Wo kommt er her und was tut er, bitte schön?«

»Um das erschöpfend beantworten zu können, müßte ich über seine Vorfahren und über seine gegenwärtigen Verbindungen unterrichtet sein, was jedoch nicht der Fall ist.«

»Sie Haarspalter! Führen Sie ihn herein.«

Lady Lucia bekam große Augen, als der überaus gut aussehende Mann in ihren Salon schritt. Er trug einen schwarzen Mantelumhang, der eine Handbreit über dem Boden um seine gestiefelten Beine wehte, und war einigermaßen naß, was angesichts des stundenlangen Regens nicht verwunderte. Lady Lucia stopfte ihre Klöppelarbeit hinter ihr Sesselpolster und stand auf.

Schöne Augen, dachte sie, ein helles Silbergrau. Hübsches dichtes Haar und eine Ausstrahlung, bei der sogar eine alte vertrocknete Matrone Herzklopfen bekommen mußte.

Rafael sah sich der stolzen alten Dame gegenüber. Sie wirkte tatsächlich furchteinflößend mit ihrer sehr aufrechten Haltung und ihrem stechenden Blick. »Mein

Name ist Rafael Carstairs, Ma'am. Danke, daß Sie mich empfangen haben. Ich habe Lyon und Diana getraut.«

Lucia verzog keine Miene. »Sie sind also in Wirklichkeit Vikar?«

Das klang so enttäuscht, daß Rafael lächeln mußte. »Nein, Ma'am. Ich bin der Kapitän der ›Seawitch‹. Diana und Lyon sind auf meinem Schiff zu den Westindischen Inseln gesegelt. Lyon hat mir von Ihnen erzählt. Er sagte, wenn er jemals in Schwierigkeiten geriete, würden Sie ihn ganz bestimmt daraus retten. Ich bin in Schwierigkeiten, Ma'am, und ich benötige dringend Ihre Hilfe.«

»Didier, ganz Ohr, ja? Holen Sie Brandy für Kapitän Carstairs.«

»Die Bußübung in der Kutsche, Mylady . . .«

Rafael lachte. »Ja, das ist mein Problem, Ma'am. Sie heißt Victoria Abermarle, ist sehr jung, und ich kenne niemanden in London, dem ich sie anvertrauen könnte.«

»Holen Sie Miss Abermarle, Didier, und kümmern Sie sich um die Pferde und die Kutsche des Kapitäns.«

»Ich denke, erst den Brandy, Mylady.«

Rafael blieben nur wenige Minuten, um Lady Lucia auf das ihr Bevorstehende vorzubereiten. Er beschloß allerdings, die Lage nur in Umrissen zu schildern, und sagte deshalb, daß Victoria aus dem Haus ihres Vetters geflohen sei, weil sie dort unglücklich gewesen sei, und daß er sie aus den Händen von Schmugglern gerettet und sie nach London gebracht hatte.

»Das ist selbstverständlich nicht die ganze Geschichte«, bemerkte Lucia freundlich, »aber fürs erste genügt es. Ah, da kommt ja meine neue Bußübung. Miss Abermarle, treten Sie näher, Kind, und lassen Sie sich anschauen.«

Victoria zauderte, doch dann machte sie drei Schritte vorwärts und versank in einem Hofknicks. Lucia nickte zufrieden über soviel Anmut.

»Kommen Sie her, Kind. Ich beiße nicht. Victoria, ja? Hübscher Name, natürlich ein wenig steif und formell, aber es geht. Wer sind Ihre Eltern?«

»Sir Roger Abermarle und Lady Beatrice, Ma'am. Sie lebten in Dorset. Jetzt habe ich keine Verwandten mehr außer einer Kusine ... in Cornwall.«

»Aha. Na, macht nichts. Setzen Sie sich, Kind. Sie brauchen eine Stärkung. Didier, Madeira für die junge Dame. Wo zum Teufel steckt der Kerl nun wieder?«

Rafael fing Victorias entsetzten Blick auf und lächelte.

»Sie ist eine Schönheit«, stellte Lucia übergangslos fest. »Ich vertraue darauf, daß ihr Wesen ebenso angenehm ist wie ihr Äußeres.«

»Für ihr angenehmes Äußeres verbürge ich mich, Mylady«, erklärte Rafael. »Wie gesagt, ich war ihr Reisebegleiter.«

»Höchst unschicklich, aber nicht mehr zu ändern. Hm ...«

Didier erschien, und seine ausdruckslosen Gesichtszüge wurden ein wenig sanfter. Mylady war offensichtlich in Stimmung und bereit zu einem neuen Abenteuer. Dieser Carstairs schien ein ehrenhafter Bursche zu sein, und die junge Dame — nun ja, ein wenig mitgenommen von der Reise ... »Ich werde sofort Tee und Gebäck servieren«, sagte er und ging.

»Also das ist doch ...!« empörte sich Lady Lucia. »Er verschwindet, ehe ich ihm auftragen kann, den Madeira zu bringen!«

»Tee wäre großartig, und ich bin schrecklich hungrig«, sagte Victoria und verstummte dann erschrocken, als sie Lady Lucias Augen sah.

Ich werde im Handumdrehen die ganze Wahrheit aus ihr heraushaben, dachte Lucia erfreut. Das Mädchen hier ist ebenso treuherzig wie Diana Savarol. Ach nein, nicht Savarol, sondern Countess von Saint Leven. Lucia rieb sich die Hände. Sie konnte es kaum erwarten. Hoffentlich war der ausnehmend schöne Kapitän Carstairs nicht verheiratet.

Bei Tee und Gebäck wurden noch einige nichtssagende Höflichkeiten ausgetauscht, und dann befahl Lady Lucia: »Kapitän Carstairs, Sie werden zum Dinner hierher zurückkehren. Pünktlich um acht Uhr. Was Miss Abermarle betrifft, so werde ich dafür sorgen, daß sie hier angemessen untergebracht wird. Sie dürfen jetzt gehen.«

Als Rafael Victorias ängstlichen Blick auffing, unterdrückte er sein Lächeln und nickte. »Vielen Dank, Ma'am.« Im Eingangsflur ließ er sich von Didier eine Unterkunft für sich selbst empfehlen, und innerhalb einer Stunde hatte er in der Courtney Street, fünfzehn Minuten von Lady Lucias Stadthaus, Wohnung genommen.

Unterdessen konnte Victoria ihr entzückendes Schlafzimmer bewundern.

»Dies hier ist Grumber«, stellte Lady Lucia vor. »Sie kümmert sich um meine Bedürfnisse, redet nicht viel und sieht meist so aus, als hätte sie gerade in eine Zitrone gebissen. Machen Sie sich nichts daraus. Sie ist gar nicht so übel. Grumber, das ist Miss Abermarle.«

Die beiden begrüßten einander.

»Und daß Sie mir nicht die Nase über Miss Abermarles Garderobe rümpfen, Grumber«, fuhr Lucia fort. »Diese dummen Kinderkleidchen werden wir umgehend austauschen. Meine Liebe, Sie sollten sich jetzt ein wenig ausruhen. Grumber wird Sie rechtzeitig zum Dinner wecken.«

Lucia ging zur Tür, blieb dort aber noch einmal stehen. »Meine Liebe, ist der gute Kapitän verheiratet?« fragte sie über die Schulter hinweg.

»Nein, Ma'am. Soweit ich weiß, kommt er gerade erst von See zurück.«

»Er wird hoffentlich an Land bleiben«, sagte Lucia. »Schlafen Sie jetzt.« Und damit war Victoria sich selbst überlassen.

Sie stand mitten im Zimmer, dachte über die seltsamen Wendungen des Schicksals nach und kam zu dem Schluß, daß es hier nicht schlimmer sein konnte als bei Damien oder diesem Bischof. Sie zog die Schuhe aus, streckte sich auf dem sehr bequemen Bett aus und fiel sofort in den Schlaf der Gerechten.

Lucia, die erstrangige Strategin, trug das Abendkleid zu Victorias Schlafzimmer. Sie hörte Badewasser plätschern und lächelte. Nach leisem Anklopfen öffnete sie die Tür und trat ein.

Victoria schrie leise auf, bevor sie Lady Lucia sah. »Oh, Ma'am!«

»Fallen Sie nicht in Ohnmacht, meine Liebe. Ich bin nicht Kapitän Carstairs. Beenden Sie Ihr Bad. Ich habe Ihnen ein Kleid gebracht, das meine Nichte, Diana Savarol, bei mir zurückgelassen hat. Kapitän Carstairs hat Ihnen doch von ihr erzählt?«

Die völlig verlegene Victoria strich mit dem Badeschwamm über ihr linkes Knie. »Ja, Ma'am.«

Lucia betrachtete die über dem Wannenrand sichtbaren schlanken Schultern. »Wie üppig ist Ihr Busen?«

Jetzt mußte Victoria doch lachen. »Leider nicht sehr üppig, Ma'am.«

»Schade. Diana ist, wie mein Neffe Lyon sich auszudrücken beliebt, umfangreich ausgestattet. Ich fürchte, das Oberteil dieses Kleides wird Ihnen zur Taille hinunterhängen. Nun, das macht nichts. Morgen gehen wir für Sie einkaufen.«

»Aber Ma'am, Sie kennen mich doch gar nicht.«

»Diesen Zustand werden wir in Kürze ändern, nicht wahr? Und nun, Kind, heraus aus der Wanne. Ich lasse Sie jetzt allein. Grumber! Kommen Sie und helfen Sie der jungen Dame!«

Victoria indessen teilte Grumber mit, daß sie keine Hilfe benötigte. »Ihr Haar, Miss«, sagte Grumber so gequält, daß Victoria merkte, ihr Haar hatte Hilfe nötig. »Gut, Grumber«, meinte sie. »Können Sie bitte in einer halben Stunde wiederkommen?«

»Sehr eigenartig«, sagte Grumber einige Minuten später zu Lucia. »Sind Sie sicher, daß Miss Abermarle eine Dame ist? Sie spricht zwar ladylike, aber sich nicht helfen zu lassen?«

»Sie haben recht! Hier, schließen Sie mir die Perlenkette. Danke. Nun, vielleicht ist das Kind nur sehr verschämt. Ich liebe Rätsel. Sie nicht, Grumber?«

Grumber knurrte irgend etwas und machte ihr Zitronengesicht.

Ein wenig später war Lucia durchaus nicht überrascht, festzustellen, daß Miss Victoria Abermarle tatsächlich eine Schönheit war, obwohl das hochgeschlossene gelbe Seidenkleid eher für eine Sechzehnjährige geeignet schien.

»Setzen Sie sich, Victoria. Und jetzt erzählen Sie mir, wie Sie Kapitän Carstairs kennengelernt haben.«

Victoria biß sich auf die Zunge.

»Ich will doch nicht hoffen, daß Sie mir jetzt weismachen wollen, er sei ein langjähriger Bekannter oder ein entfernter Verwandter oder so etwas Unsinniges. Wenn ich Ihnen helfen soll, mein Kind, dann müssen Sie mir jetzt die Wahrheit sagen. Nur zu. Los.«

Victoria, die an solche überfallartigen Taktiken nicht gewöhnt war, gehorchte widerspruchslos.

»Der Kapitän kam mir gleich ein wenig bekannt vor«, sagte Lucia zwanzig Minuten später. »Ich kannte seinen Vater, den früheren Baron Drago. Daß dieser Zwillingssöhne hatte, wußte ich allerdings nicht.«

»Wie ich Ihnen sagte, Ma'am, ist Rafael ganz und gar nicht so wie sein Bruder Damien. Rafael ist gütig und freundlich.«

In diesem Moment verkündete Didier die Ankunft von Kapitän Carstairs.

Rafael trug einen eleganten schwarzen Abendanzug. Sein ebenso schwarzes Haar war gebürstet und sein Kinn glattrasiert. Er sah makellos, stark und absolut atemberaubend aus. Leider sah er jetzt auch Damien so ähnlich, daß Victoria innerlich erstarrte. Sei nicht so ein Hasenfuß, wies sie sich im stillen zurecht. Er ist ja nicht Damien.

Lucia bewunderte das Äußere des Kapitäns ebenfalls, allerdings von der vorteilhaften Warte ihres fortgeschrittenen Lebensalters aus. »Nun, Kapitän, Sie sind pünktlich. Ich schätze pünktliche Menschen.«

»Mylady.« Rafael küßte ihre Hand. »Victoria, Ihnen sieht man keine Spur unseres Abenteuers mehr an.«

»Grumber hat mich frisiert«, erklärte sie einfach.

»Mit exzellentem Resultat.« Er lächelte, daß seine weißen Zähne blitzten. »Kommen Sie, Victoria, stehen Sie auf, knicksen Sie, oder was immer eine Dame tun sollte, und ich werde Ihre Hand küssen.«

Sie gehorchte, und er hauchte einen Kuß auf ihr Handgelenk. Dabei fühlte er, daß ihre Finger leicht zitterten. In den nächsten Minuten schaute er Victoria lieber nicht mehr direkt an.

»Werden Sie sie bei sich behalten, Ma'am?« fragte er Lucia ohne Umschweife. Er hatte die Taktik der Lady rasch begriffen und übernommen.

»Ich denke schon«, antwortete Lucia, die so guter Dinge war, daß die Klöppelarbeit für viele Wochen hinter ihrem Sesselpolster versteckt bleiben würde. Die Bücherei Hookham würde einer ihrer besten Kundinnen beraubt sein.

Beim ersten Gang des Dinners — hervorragend zubereitete Karottensuppe — blickte Rafael seine Gastgeberin an. »Ich vermute, Victoria hat Ihnen alles erzählt.«

»Wie kommen Sie darauf, Kapitän?«

»Nun, Sie pflegen direkt auf Ihr Ziel loszugehen,

Ma'am, und Victoria ist eine vertrauensselige Person, wenn sie einen Menschen erst einmal akzeptiert hat.«

»So ist es. Als erstes müssen Sie wohl diesen Rechtsanwalt aufsuchen, Kapitän. Wie heißt er doch gleich, meine Liebe?«

»Mr. Abner Westover«, antwortete Victoria. »Aber ich beabsichtige, selbst zu ihm zu gehen, Ma'am.«

»Nein«, sagten Lucia und Rafael gleichzeitig.

»Ich bin doch kein kleines Mädchen!« Victoria blickte von einem zum anderen. »Das ist nicht sehr freundlich von Ihnen beiden.«

»Still, Kind. Hören Sie zu. Ich könnte Sie zu Mr. Westovers Kanzlei begleiten, aber es wäre aus strategischen Gründen klüger, wenn Kapitän Carstairs es für Sie übernähme.«

»Sehr richtig, Ma'am«, pflichtete Rafael ihr bei.

»Aber . . .«

»Victoria«, begann er übertrieben geduldig, unterbrach sich jedoch, während John, der von Didier angewiesene Diener, den umfangreichen zweiten Gang servierte: geschmorte Nieren, gerösteten Lammrücken, gekochten Puter, Schweinshaxe, braune Kartoffeln und etwas, das er für Brisoletten hielt. »Allmächtiger!« stöhnte er. »Mein Magen glaubt ja, er sei ins Paradies eingegangen!«

»Teilen Sie dem Koch mit, der Kapitän ist zufrieden«, befahl Lucia Didier, der gerade den superben Bordeaux einschenkte.

Rafael wartete ab, bis jedermann mit Haxen und Nieren beschäftigt war. »Was ich sagen wollte«, redete er dann weiter, »ich kann mir nicht vorstellen, daß Damien ruhig in Cornwall sitzen bleibt und einfach abwartet. Wenn er merkt, daß ihm zwanzig Pfund fehlen, merkt er auch, daß Sie die Briefe entdeckt haben, Victoria.«

»Er wird sich eiligst nach London in Gang setzen, meine Liebe, besonders dann, wenn er Ihr Erbe mißbraucht hat. Der Kapitän hat recht.« Lucia sah Victoria erblassen.

»Nur keine Angst, Kind. Bei mir sind Sie sicher. Schade, daß Sie nicht älter sind, doch das macht nichts.«

»Zumal wir ja die Bedingungen des Testaments Ihres Vaters nicht kennen«, fügte Rafael hinzu.

»Eben. Didier, bringen Sie uns eine Flasche von dem Portwein, den ich vor zwanzig Jahren zurückgelegt habe. Er dürfte jetzt zum Trinken sein. Nein, Kapitän, die Damen werden sich nicht zurückziehen. Ich habe schon mit meinem Vater Portwein getrunken und eine Vorliebe dafür entwickelt. Ich glaube, die Gentlemen haben den Ladies nur deswegen eingeredet, Portwein zu trinken sei undamenhaft, damit für sie selbst mehr übrigbleibt.«

»Ma'am, Sie kränken mich.«

»Ich habe zufällig schon eine Flasche davon in der Vorratskammer, Mylady.«

»Ach ja? Sie sind erheblich zu smart, Didier.«

»Gewiß, Ma'am.« An der Tür drehte sich Didier noch einmal um und sagte gelassen zu Rafael: »Mylady haben den feinsten Weinkeller Londons, wie Sie noch feststellen werden.«

»Wie wahr.« Lucia war beschwichtigt. »Ich frage mich nur, wann wir beide einander zu ähneln beginnen werden. Ich habe gehört, Personen, die sehr lange zusammen sind, sehen einander mit der Zeit ähnlich und — oh Schrecken — denken auch ähnlich.«

»Werden Sie dann auch bald Flash ähnlich sehen, Rafael?«

»Werden Sie nicht unverschämt, Victoria.«

»Wer oder was ist Flash, wenn ich fragen darf?«

»Mein Diener, Ma'am.«

»Ein ehemaliger Taschendieb, Ma'am.« Victoria kicherte.

»Wie ich sehe, werden Sie beide mich nicht langweilen. Ah, da kommt der Portwein. Meine Liebe, Sie werden ein Schlückchen davon probieren.«

Rafael behielt seine Meinung für sich, konnte aber ein

Stirnrunzeln nicht unterdrücken, als Didier den Portwein in Victorias Glas goß, dann allerdings zu Rafaels großer Verblüffung Wasser hinzufügte.

Der Kapitän verhält sich schon wie ein fürsorglicher Ehemann, dachte Lucia erfreut. Ach ja, die kommenden Tage versprachen interessant zu werden, viel interessanter als der aufregendste Schauerroman.

Bevor sich Rafael an diesem Abend nach dem Tee verabschiedete, sagte er zu Victoria: »Morgen werde ich Ihren Anwalt noch nicht besuchen können, denn ich muß erst eine unaufschiebbare Angelegenheit erledigen, wie ich bereits erwähnt habe.«

»Was das für eine unaufschiebbare Angelegenheit ist, haben Sie aber nicht erwähnt.«

»Victoria, seien Sie nicht so neugierig.«

»Ich erwarte Sie morgen zum Dinner, mein Junge«, unterbrach Lucia das Gespräch. »Sorgen Sie sich nicht um Victoria. Ich werde mit ihr zu meiner Modistin gehen.«

»Exzellent. Ich wünsche den Damen eine gute Nacht, Ihnen, Ma'am, meinen tiefempfundenen Dank für Ihren Beistand.«

»Ja, mein Junge. Beistand in jeder Beziehung.«

»Ma'am, Sie verängstigen mich.«

»Ich begleite Sie zur Tür«, erklärte Victoria, die ihre Neugierde noch nicht aufgegeben hatte.

»Nein, Victoria«, wehrte Rafael an der Haustür sofort ab. »Kümmern Sie sich um Ihre eigenen Angelegenheiten, ja?«

»Wie Sie wollen. Aber ich will es nicht.«

»Das merke ich. Aber keine Angst, Victoria. Alles wird gut enden, das verspreche ich.« Zart berührte er ihre Wange.

Victoria schmiegte ihr Gesicht für einen kleinen Moment in seine Hand. »Sie sind sehr gut zu mir.«

In Rafael regte sich ein so starker Beschützerinstinkt, daß er rasch die Hand zurückzog, als hätte er sich ver-

89

brannt. »Gute Nacht«, sagte er und war im nächsten Augenblick verschwunden.

Victoria neigte den Kopf zur Seite und wunderte sich über diesen unerwartet schroffen Abschied.

Didier, der über eine ebenso lange Lebenserfahrung verfügte wie Lady Lucia, sagte leise: »Begeben Sie sich jetzt zu Bett, Miss. Sie werden den Kapitän früh genug wiedersehen.«

Besagter Kapitän begab sich inzwischen so schnell wie möglich zu seiner Unterkunft in der Courtney Street. Er hätte viel lieber eine solide Fleischeslust auf eine schöne Frau empfunden als dieses andere Gefühl, das ihm ausgesprochen angst machte.

6. KAPITEL

*Eher bringe ich Euch zwanzig lüsterne Tauben als einen tugend-
haften Mann (Shakespeare)*

Lord Walton reichte Rafael die Hand zum Gruß. »Willkommen daheim, Sir. Erlauben Sie mir, Ihnen den Dank
der Regierung für Ihre exzellenten Dienste auszuspre-
chen.«

Rafael nickte nur, nahm in dem bequemen Ledersessel
vor dem Schreibtisch Platz und wartete, bis der Lord
Morgans Schriftstücke durchgelesen hatte.

»Darf ich Ihnen einen Brandy anbieten?« fragte Walton
schließlich.

»Nein, danke, Sir.« Rafael wollte aufstehen.

»Bitte, behalten Sie doch Platz, Kapitän, und glauben
Sie ja nicht, daß nun für Sie keine Verwendung mehr be-
steht. Dem ist nicht so. In dem anstehenden Fall werden
Sie sich jedoch nicht verkleiden oder sich in schwierige
Situationen begeben müssen. Wenn ich recht informiert
bin, wollen Sie nach Cornwall zurückkehren.«

»Richtig. Da ich nicht der Baron Drago bin, beabsichtige
ich, mir in Cornwall mein eigenes Domizil zu errichten.«

Lord Walton nickte. »Die Schmuggler treiben dort noch
immer ihr Unwesen«, bemerkte er nach einer Weile. »Ich
fürchte, sie werden langsam zu einer nationalen Einrichtung.«

»Wie ich gehört habe, ist der Bischof noch am Leben.«

»Das habe ich auch gehört. Jedoch ist der Schmuggler-
ring heute nicht mein hauptsächliches Anliegen. Es handelt sich um etwas viel Tückischeres, Böseres, Abscheuli-
cheres. Und in dieser Bande gibt es keinen Bischof, sondern einen Mann, der sich ›der Widder‹ nennt.«

91

Rafael lachte. »Widder? Was für ein angeberischer Unsinn.«

»Ganz meiner Meinung, aber so ist es nun einmal. Kapitän, haben Sie schon einmal etwas von dem Höllenfeuer-Klub gehört?«

»Ja. Er war, glaube ich, in den siebziger oder achtziger Jahren des vergangenen Jahrhunderts aktiv. Eine Gruppe ausschweifender junger Adliger vergnügte sich damit, einander an Sündhaftigkeit und Verruchtheit zu überbieten. Satanismus in unterschiedlichster Form war ihr Ziel. Das und die Schändung so vieler Jungfrauen, wie ihr Klub auftreiben konnte.«

»Richtig. Dieser Höllenfeuer-Klub lebt gegenwärtig in Cornwall wieder auf, und der Widder ist sein Anführer. Bis jetzt handelt es sich noch um eine kleine Gruppe von nicht mehr als zehn Männern. Der Klub betreibt Satanismus in gesteigerter Form und setzt die Tradition der Jungfrauenschändung fort. Um ehrlich zu sein, Kapitän, wir würden uns für diesen Verein nicht interessieren, wenn ihm nicht Viscount Bainbridges Tochter zum Opfer gefallen wäre. Der Viscount, ein wichtiger Mann im Ministerium, ist so empört, daß er kaum noch geradeaussehen kann. Ich habe ihm versprochen, daß Sie den Fall übernehmen.«

»Die Tochter des Viscounts? Das war nicht sehr klug von den Leuten.«

»Offensichtlich war es ein Irrtum. Die Männer haben sie immer mit einem anderen Namen angeredet — Mally oder so ähnlich — und dieser Widder hat ihr Drogen verabreicht, nachdem sie wild zu schreien begann. Als sie wieder zu sich kam, saß sie vier Meilen entfernt vom Haus ihrer Tante bei St. Austell gegen eine Eiche gelehnt.«

»Die Kleine hatte also eine Verwandte besucht und war in der Gegend nicht bekannt.«

»Genau. Von ihr wissen wir, daß die Mitglieder dieses

idiotischen Klubs schwarze Kutten tragen und sich mit Kapuzen vermummen und daß sie ihre Reihenfolge bei der Vergewaltigung auslosen. Der Widder hat das anscheinend alles höchst ordentlich organisiert. Kapitän, würden Sie versuchen, etwas über diesen Verein herauszufinden und festzustellen, wer dieser verdammte Widder ist?«

»Ich nehme an, dieser Höllenfeuer-Klub hat noch andere Mädchen vergewaltigt.«

»Ja. Ein Mann hat sich für mich dort unten zwei Monate lang umgehört. Der normale Vorgang ist der, daß dem jeweiligen Vater eine ansehnliche Summe für die Jungfernschaft seiner Tochter gezahlt wird, und auf diese Weise kann es dann später auch keine Klagen geben.«

»Das ist ja abscheulich.«

»In der Tat. Leider hat mein Mann nicht viel mehr herausgefunden. Allerdings hat er eine Liste derjenigen jungen Männer aufgestellt, denen solche Abscheulichkeiten zuzutrauen wären.«

Rafael lächelte zum ersten Mal. »Die Namen könnte ich Ihnen auch ohne diese Liste nennen. Das Problem besteht darin, Beweise zu finden und sicherzustellen, daß die Leute ihre Widerlichkeiten unterlassen. Wäre es möglich, daß ich mit der Tochter des Viscounts spreche?«

Lord Walton schüttelte den Kopf. »Sie schämt sich zu Tode. Mit Ihnen, einem Fremden, zu sprechen, wäre ihr unmöglich.«

»Schade. Gibt es Meldungen über andere Verbrechen? Mord? Raub?«

»Nicht daß ich wüßte. Hätten sich die Leute nicht versehentlich an Bainbridges Tochter vergriffen, würden wir uns jetzt mit der Sache überhaupt nicht befassen. Nun, Kapitän?«

»Von mir aus«, sagte Rafael, stand auf und schüttelte Lord Walton die Hand.

Sobald Rafael das Kriegsministerium verlassen hatte, fühlte er sich von neuem Schwung beseelt. Er genoß das Gefühl der neuen Spannung, und noch mehr als Spannung empfand er, als er Lady Lucias Salon betrat und Victoria wiedersah. Allmächtiger, dachte er, wie wunderschön sie ist!

Natürlich trug sie ein neues Gewand, und das kleidete sie vorzüglich. Es war ein durchgeschnittenes hellblaues Satinkleid über einem Netzrock. Der Ausschnitt war weit und tief, und die kurzen Ärmel waren mit kleinen Rosetten aus blauen Bändern besetzt. Der Rock endete am Saum mit einem cremefarbenen Spitzenvolant und wurde von weiteren blauen Bandrosetten geschmückt. Gegen den blauen Satin wirkten Victorias Brüste ganz besonders weiß.

Ihr Haar, auf das der Kerzenschimmer rote und dunkelbraune Reflexe zauberte, war zu einem geflochteten Krönchen hochfrisiert. Kleine weichgelockte Strähnchen umrahmten das Gesicht und ringelten sich an ihrem Nacken hinab.

Victoria sah elegant und keineswegs mehr wie eine Sechzehnjährige aus.

»Rafael! Ich freue mich ja so, daß Sie hier sind.« Sie vollführte einen neckischen Knicks und drehte sich dann um sich selbst. »Gefällt Ihnen mein Kleid? Tante Lucia hat die Modistin so lange finster angestarrt, bis die Frau sich bereit erklärte, dieses Kleid auf der Stelle für mich abzuändern.«

Lachend drehte sie sich noch einmal herum. »Tante Lucia hat der Modistin empfohlen, die stilisierten Weinranken und die Herzmuscheln abzunehmen, aber die Spitze ist doch hübsch, nicht wahr?«

»Sie sehen wunderschön aus«, bestätigte Rafael. »Ich bin froh, daß die Herzmuscheln abmontiert sind.« Er nickte Lucia zu, die wohlwollend zurücklächelte. Offenbar erriet sie, was er dachte. Er setzte sich neben sie und nahm vorsichtshalber eine nichtssagende Unterhaltung auf.

»Es hat heute nicht geregnet.«

»Nein, mein Junge, das hat es nicht, obwohl ich einige vielversprechende Wolken gesehen habe.«

»Sie haben sich doch nicht überanstrengt, Ma'am?«

»Doch. Es war überaus anstrengend, das Kleid von den Herzmuscheln zu befreien.«

»Victoria sieht entzückend aus.«

»Das tut sie in der Tat.«

»Rafael«, fuhr Victoria ungeduldig dazwischen, »was haben Sie heute gemacht?«

»Beherrschen Sie sich!« entgegnete er schroff. »Von einer Lady erwartet man, daß sie gelassen wirkt und auf keinen Fall neugierig ist.«

Victoria blickte ihn verwundert an. »Was haben Sie denn? Sind Ihre Geschäfte nicht gut verlaufen? Haben Sie etwa eine Niederlage erlitten?«

Er mußte lächeln. »Nein, keine Niederlage. Mehr sage ich nicht. Denken Sie sich bitte ein anderes Gesprächsthema aus, Victoria.«

»Bitte sehr: Reiten Sie morgen nachmittag mit mir aus? In den Hyde Park, damit ich mir alle die eleganten Menschen anschauen kann? Tante Lucia sagt, das tut man.«

»Tante?«

»Darauf habe ich bestanden, Kapitän«, erläuterte Lucia. »Und jetzt müssen wir besprechen, wie Victorias Einführung in die Gesellschaft vor sich gehen wird.«

»Einführung in die Gesellschaft? Sie ist doch nur für kurze Zeit hier, Ma'am. Sie werden doch nicht beabsichtigen ...«

»Ah, Didier. Ist das Dinner fertig?«

»Jawohl, Mylady. Louis hat sich heute selbst übertroffen, möchte ich hinzufügen.«

Tatsächlich hatte Louis, der französische Koch, die delikateste mit Hummerfleisch gefüllte Blätterteigpastete zubereitet, die Rafael jemals über die Zunge geglitten war. Um die Weinsauce angemessen zu loben, fehlten ihm einfach die Worte.

Das Tischgespräch drehte sich hauptsächlich um Louis' Fähigkeiten, während die drei Speisenden Steinbuttfilet à la crème, französische grüne Bohnen, Wildragout in Wein und Hasenbraten mit Pilzen genossen. Erst als John, der Diener, die Dessertteller abdeckte, erwähnte Lady Lucia den Earl von Rothermere und seinen bevorstehenden Besuch.

»Kennen Sie ihn zufällig, Rafael?« fragte sie. »Philip Hawksbury.«

»Hawk?« Rafael war überrascht. »Ja, gewiß kenne ich ihn. Wir lernten uns in Portugal kennen, als ich …« Er unterbrach sich, als er merkte, daß er sich beinahe verraten hätte. »Ich war nämlich sozusagen in der Armee«, erläuterte er rasch unter Victorias erstauntem Blick. »Ich hörte, daß Hawk abgedankt hat.«

»Ja, sein Bruder starb, und er war der Erbe. Er hat seine Pflicht getan. Jetzt ist er verheiratet.«

»Hawk verheiratet? Und ich höre ihn noch, wie er sagte … Wer ist seine Gattin, Ma'am?«

»Sie heißt Frances, ist eine Schottin und eine höchst lebhafte, unterhaltsame junge Dame. Sie haben zwei Kinder, einen Jungen und ein Mädchen. Philips Vater wird sie begleiten. Er ist der Marquess von Chandos.«

»Philip?« fragte Victoria.

»Philip oder Hawk, meine Liebe. Ich werde nie die Zeit vergessen, als Frances mit Hawks ehemaliger Mätresse … Nun, das ist kein angemessenes Thema für Victorias unschuldige Ohren.«

Victoria beugte sich vor, stützte die Ellbogen auf den Tisch und das Kinn in die Hände. »Was, Ma'am? Oh, erzählen Sie es mir. Ehemalige Mätresse? Wie war das?«

»Victoria«, mahnte Rafael mit väterlicher Strenge. »Sie werden jetzt still sein.«

»Ach, Rafael! Was hat Hawks Gattin mit seiner Mätresse gemacht?«

»Mit seiner ehemaligen Mätresse.«

»Trotzdem, es erscheint mir ungehörig, daß ein Gentleman so etwas in seiner Ehe tut.« Sie senkte den Blick, und Rafael wußte genau, was sie dachte. Könnte er doch nur Damien und dessen empörendes Verhalten aus ihrem Gedächtnis wischen!

»Manche Männer sind eben nicht ehrenhaft«, erklärte er. Und manche Frauen sind so kalt, daß ihre Gatten in die Arme von Mätressen getrieben werden. Immerhin, Hawk hatte zwei Kinder ... Und ich bin schon achtundzwanzig Jahre alt, fuhr es ihm durch den Kopf. An eine Gattin und an Kinder hatte er in den letzten fünf Jahren nicht gedacht, bis er eine kleine Ausreißerin aufgegriffen hatte, die sich zu einer Schönheit gewandelt hatte.

»Schluß jetzt, Victoria, morgen werde ich Ihren Anwalt aufsuchen. Und wenn es Ihnen Spaß macht, werden wir am Nachmittag in den Park reiten, damit Sie mit Ihrer neuen Ausstaffierung protzen können.«

»Und auch mit Ihnen«, fügte sie keck hinzu, aber aus ihren Augen leuchtete die ehrliche Bewunderung.

Später brachte sie Rafael wieder zur Haustür. »Sie geben gut auf sich acht, ja?«

»Warum? Ist Ihr Anwalt ein rabiater Mensch?«

»Das weiß ich nicht«, antwortete sie langsam. »Ich habe nur Angst.«

Wieder streichelte er ihre Wange. »Das müssen Sie nicht, Victoria.«

Um genau zehn Uhr des folgenden Morgens betrat Rafael die Kanzlei des Mr. Abner Westover. Ein schwarzgekleideter Schreiber hob bei seinem Eintreten den Kopf und sprang erschrocken auf. »Mylord, schon wieder zurück? Stimmt etwas nicht?«

Rafael schwieg mit Bedacht darauf, denn ihm war klar,

97

daß der Mann ihn für seinen Zwillingsbruder hielt. Damien war also stehenden Fußes nach London und zu dem Anwalt gekommen. Das überraschte Rafael kaum; es paßte sogar in seine Pläne.

»Ich wünsche mit Mr. Westover zu sprechen.«

»Gewiß, Mylord. Wenn Sie bitte einen Moment warten wollen.«

Rafael schaute sich im Vorzimmer um. Es roch muffig und hatte nur sehr kleine Fenster. Er erschauderte, als er sich Victoria in diesem Raum vorstellte.

»Mylord, willkommen! Sie bringen doch hoffentlich gute Nachrichten?«

»Mr. Westover«, sagte Rafael nur zum Gruß. Er bemerkte, daß der Anwalt offenkundig besorgt war.

»Wurde die junge Lady, Miss Abermarle, gefunden! Diese Lösegeldforderung war doch einfach ungeheuerlich! Benötigen Sie weitere Geldmittel?«

Die kalte Wut stieg in Rafael hoch. Wie hatte Damien so etwas nur tun können! Nun, wenn er versucht hatte, Victoria zu mißbrauchen, dann war ihm alles andere auch zuzutrauen.

»Nein, ich benötige keine weiteren Geldmittel. Ich möchte Sie nur bitten, mir — noch einmal — die genauen Bedingungen zu nennen, unter denen Miss Abermarle ihr Erbe antreten kann.«

»Aber die junge Lady ...«

»Befindet sich inzwischen in Sicherheit. Ich habe sie zurückerlangt.«

»Gott sei Dank«, sagte Mr. Westover. »Die Erbbedingungen, Mylord? Ich dachte, Sie kennen ...«

»Nennen Sie sie mir noch einmal, Mr. Westover.«

»Sehr wohl.« Mr. Abner Westover begriff das Verlangen des Lords nicht recht. Er warf einen kurzen Blick zu seinem gespannt lauschenden Schreiber hinüber. »Kommen Sie bitte in mein Büro, Mylord.«

Rafael nahm in dem Ledersessel Mr. Westover gegenüber Platz und sah, wie der Anwalt absichtlich umständlich den Aktenstapel auf seinem Schreibtisch durchsah.

»Ah, hier haben wir es.« Mr. Westover rückte sich die Brille auf der Nase zurecht. »Wie ich bereits andeutete, Mylord, mache ich mir große Sorgen wegen Ihrer ... Verwendung von Miss Abermarles Vermögen. Ich informierte Sie darüber, daß das Grundkapital nicht angetastet werden sollte, dessen Zinsen ausreichen, um den Lebensunterhalt der jungen Lady zu finanzieren. Ich bin jedoch beunruhigt, weil Sie während des letzten halben Jahres ...«

»Mr. Westover«, unterbrach Rafael ihn ruhig, »ich verstehe Ihre Besorgnis. Das Grundkapital wird nicht mehr angerührt werden. Auf wieviel beläuft sich das Vermögen noch?«

Wenn Mr. Westover sich über den Gedächtnisschwund des Lords wunderte, so zeigte er das nicht. »Auf fünfunddreißigtausend Pfund, Mylord. Bevor Sie die Lösegeldsumme davon abhoben, waren es natürlich fünfzigtausend Pfund.«

»Ich verstehe.« Rafael war inzwischen so wütend, daß er kaum noch vernünftig denken konnte. Falls sein Zwillingsbruder noch länger Victorias Vormund blieb, würde sie nicht mehr lange eine Erbin sein.

»Wann steht Miss Abermarle das Erbkapital zur Verfügung?«

»An ihrem fünfundzwanzigsten Geburtstag oder anläßlich ihrer Eheschließung. Natürlich muß jeder Gentleman, der um sie anhält, Ihre vormundschaftliche Erlaubnis haben.«

Rafael konnte sich denken, daß kein Gentleman diese Erlaubnis von Damien erhalten würde.

»Können Sie mir erzählen, wie Sie es geschafft haben, Miss Abermarle zu befreien?« erkundigte sich der Anwalt.

»Gewiß. Schmuggler hielten sie gefangen. Es war recht

einfach, die junge Dame zurückzubekommen. Deshalb wurden die fünfzigtausend Pfund auch nicht benötigt, Mr. Westover. Sie werden in Miss Abermarles Erbkapital zurückfließen.«

»Ausgezeichnet, Mylord. Ich dachte schon ... Nun, das erleichtert mich ungemein.«

Rafael stand auf, schüttelte Mr. Westover die Hand und verließ die Kanzlei. Und was nun? Tief in Gedanken ging er die Straße entlang.

»Allmächtiger! Ich will tot umfallen, wenn das nicht der unrühmliche Pirat ist!«

Rafael fuhr herum und sah Philip Hawksbury, den Earl von Rothermere, auf der anderen Straßenseite stehen und heftig winken. »Hawk!« rief Rafael erfreut. Die beiden Männer gingen aufeinander zu, trafen sich mitten auf der Straße und schüttelten sich zum Ärger eines Mietkutschenfahrers dort ausgiebig die Hände.

»Kommen Sie weiter«, meinte Hawk schließlich und klopfte Rafael auf den Rücken. »Meine Güte, wie lange haben wir uns nicht mehr gesehen!«

»Haben Sie Lucia noch nicht besucht?«

»Woher kennen Sie denn Lucia? Nein, Frances und ich wohnen im Hawksbury House. Wir wollten heute abend mit ihr dinieren. Aber woher kennen Sie sie?«

»Das ist eine lange Geschichte. Hawk. Kommen Sie mit ins ›Cribb's Parlour‹, und ich erzähle Ihnen alles.«

Die beiden Herren fanden einen Ecktisch im Schankraum und bestellten sich Ale. Rafael berichtete seinem alten Bekannten alles über sich. Auszulassen brauchte er nichts, denn Hawk wußte ja von seiner Tätigkeit für die Regierung.

Da Victoria bei Lucia wohnte, konnte Rafael auch sie nicht gut verschweigen und berichtete in diesem Zusammenhang von Damiens ungeheuerlichem Verhalten. Hawk war ein intelligenter Mensch, und Rafael legte Wert auf seine Meinung dazu, was jetzt unternommen werden sollte.

»Als Sie mich auf der Straße entdeckten, hatte ich gerade Victorias Anwalt verlassen. Und das, mein Freund, ist der Stand der Dinge«, schloß er.

»Faszinierend, Rafael. Ihre Anwesenheit vertrieb ja schon immer alle Langeweile, und so ist es auch jetzt wieder. Und Lyon hat geheiratet? Das ist ja kaum zu fassen. Frances und ich kennen Diana natürlich.«

»Vielleicht benötige ich Ihre Hilfe, Hawk«, sagte Rafael beim dritten Krug Ale. »Ich habe Beweise dafür, daß mein Zwillingsbruder ein verdammter Halunke ist. Victoria muß irgendwie beschützt werden.«

»Wie finden Sie denn die junge Dame?«

Rafael starrte in seinen Krug.

»Victoria ist ein reizendes und recht intelligentes Mädchen«, sagte er mehr zu sich selbst. »Sie ist mutig und stark, obwohl sie augenblicklich jeden Grund hat, sich zu fürchten. Kurz gesagt, sie ist ein liebenswertes Kind und ... nun, ein Schatz.«

»Na also.«

»Na also — was?«

»Heiraten Sie sie.«

Rafael schaute dem Earl in die Augen. »Ich glaube auch, das wäre das einzig Richtige«, erwiderte er bedächtig. »Zu dem Schluß war ich schon fünf Minuten vor unserer Begegnung gelangt.«

»Sie hatten genug Gelegenheit, die Dame kennenzulernen«, meinte Hawk. »Bei mir war das damals ganz anders. Aber Sie werden Frances mögen. Sie ist ein wahrer Kamerad. Auch meinen Vater, den Marquess, müssen Sie unbedingt kennenlernen. Wenn der erst einmal von Ihrem Dilemma erfährt, wird er sich mächtig in die Riemen legen. Er ist nämlich ein großer Pläneschmied, Gott sei's geklagt.«

»Und auch so taktvoll wie ein Rammbock?«

»Wenn er und Lucia sich zusammentäten, würde Napoleon vor ihnen nach Rußland zurückflüchten.«

Die beiden tauschten noch eine Weile lang Erinnerungen aus früheren Zeiten aus. »Allmächtiger«, stöhnte Rafael plötzlich, »ich habe Victoria einen Ausritt in den Park versprochen.«

»Sehr gut. Frances und ich werden Sie beide ja heute abend noch sehen. Und Rafael ...«

»Ja?«

»Geben Sie auf die Kleine acht.«

»Das werde ich ganz gewiß tun.« Immerhin befand sich ja Damien in London. Allerdings konnte er nicht wissen, wo sich Victoria aufhielt und mit wem sie zusammen war. Er konnte nicht einmal wissen, daß sein abgängiger Zwillingsbruder heimgekehrt war.

Mehr Ladies und Gentlemen bevölkerten den Park, als Victoria es sich je hätte träumen lassen. Da Rafael, der im übrigen ein ziemlich schweigsamer Begleiter war, niemanden der Herrschaften kannte, wurde der Ausritt durch nichts unterbrochen. Victoria fand das mit der Zeit recht unergiebig.

»Wie gefällt Ihnen mein neues Reitkostüm?« fragte sie.

»Gut.«

»Und der Hut? Die Feder wurde passend zum Samt eingefärbt. Königsblau, wissen Sie.«

»Reizend.«

»Meine Stiefel sind aus feinstem spanischen Leder.«

»Sehr zweckmäßig.«

»Und mein Unterhemd ist mit Spitze abgesetzt.«

»Ja, sehr hübsch ... Was?«

»Da, endlich habe ich Ihre Aufmerksamkeit erregt. Rafael, ich habe wirklich genug von Ihrer Heimlichtuerei. Ich bin doch kein zurückgebliebenes Kind. Berichten Sie mir von Ihrem Gespräch mit Mr. Westover. Bin ich nun eine reiche Erbin oder nicht?«

»Nicht, falls Damien seine Machenschaften weiter fortsetzt.«

»Was soll das heißen, wenn ich fragen darf?«

»Daß es für Sie besser ist, wenn Sie das nicht wissen.«

»Rafael, um mich dreht es sich hier doch. Wenn Sie mir jetzt nicht alles sagen, werde ich Mr. Westover eben selbst aufsuchen.« Sie konnte es ihm ansehen, daß er es nicht gewohnt war, Befehle oder Ultimaten anzunehmen. Fasziniert beobachtete sie seine schönen grauen, im Licht der Nachmittagssonne beinahe silbernen Augen, deren Blick jetzt recht grimmig wirkte.

»Verehrte junge Dame, Sie werden genau das tun und lassen, was man Ihnen sagt. Haben Sie mich verstanden?«

Sie grinste ihn frech an. »Nein. Ich bin nämlich so dumm und so töricht, daß ich rein gar nichts verstehe.«

»Victoria, ich werde ... Machen Sie sich gefälligst nicht über mich lustig! Ich versuche, Sie zu beschützen, und Sie ...«

»Ich verstehe schon. Eine Dame zu beschützen, bedeutet für einen Gentleman, ihr die Augen zu verbinden und sie selbst in Watte zu verpacken. Ich bin aber nicht zerbrechlich!«

Dennoch hegte er nicht die Absicht, ihr zu erzählen, daß Damien sich hier in London befand. Er wollte nicht wieder diese Furcht in ihren Augen sehen. »Zerbrechlich nicht«, sagte er nach einer Weile, »aber ein naseweises Ding, dem es an gutem Benehmen mangelt. Es muß Ihnen genügen, wenn ich Ihnen versichere, daß ich jetzt alles unter Kontrolle habe. Haben Sie jetzt genug von der vornehmen Welt?« Ohne ihre Antwort abzuwarten, gab es ihrer Stute einen Klaps auf den Rücken.

Victoria grinste nicht mehr so frech. Beschützen wollte Rafael sie, ja? Nun, dann würde sie eben selbst Mr. Westover aufsuchen, gleich morgen.

Die Fröhlichkeit beim Dinner ließ Victoria später ihre Furcht vor Damien und ihren Zorn auf Rafael und dessen ach so ritterliches Verhalten vergessen.

Die Countess von Rothermere, Frances Hawksbury, war eine höchst amüsante Person und in Victorias Augen die schönste Frau, die sie jemals gesehen hatte.

Hawk oder Philip — sie wußte noch immer nicht, wie sie ihn anzureden hatte — war Rafael sehr ähnlich, groß, kräftig und dunkelhaarig, doch seine Augen waren erstaunlich grün, und nicht silbergrau.

Der Wein aus Lucias Keller floß reichlich, und das muntere Gespräch bei Tisch riß nicht ab.

»Ich glaube, Sie haben jetzt genug getrunken, Victoria«, erklärte Rafael mit einmal. »Didier, haben Sie Limonade vorrätig?«

Ein einziges Glas Wein hatte Victoria mehr leergenippt als getrunken, während Rafael ... »Sie sollten lieber selbst auf Limonade umsatteln. Dies ist mindestens Ihr drittes Glas Wein.«

»Ich bin ein Mann und als solcher eher gewöhnt an ...«

»So etwas ähnliches muß ich doch schon einmal irgendwo gehört haben«, mischte sich Frances ein. »Kommen Sie, Rafael, Victoria ist keine Zwölfjährige mehr.«

»Vielen Dank, Frances. Dem Kapitän bereitet es jedoch große Freude, Befehle zu erteilen.«

»Ich befehle Ihnen nichts, Victoria, und ich glaube auch nicht, daß Sie sich zur Säuferin entwickeln, aber Sie sind doch nicht an Wein gewöhnt, oder?«

»Nein. Ich trinke höchstens eine einzige Flasche pro Tag«, gab sie zurück. »Und das auch nur, wenn es ein guter Tag ist.«

»Ich merke, daß ich hier eingreifen muß«, erklärte Lady Lucia überaus würdevoll. »Wir werden einen Kompromiß schließen. Didier, halb Wein und halb Sodawasser. Sind beide Parteien damit einverstanden?«

Rafael murmelte irgend etwas. Victoria warf ihm einen

104

Blick zu und sagte: »Da der gute Kapitän aussieht, als erliege er gleich einem Schlaganfall, bin ich einverstanden.«

Rafael lächelte ein bißchen schief. »Sie sind mir schon ein rechter Racker.«

»Fein«, meinte Frances, »dann können wir uns ja weiter unterhalten.« Das taten sie auch, bis die Damen — und zu Victorias Überraschung auch Lucia — sich zurückzogen und die Herren ihrem Portwein überließen.

»In Gesellschaft muß man sich den Konventionen beugen«, erläuterte die Lady, die offenbar Victorias Gedanken erriet. »Frances, Sie sollten mit Victoria nach oben gehen und ihr das Haar richten. Ihr Zopf löst sich gleich auf, Victoria.«

»Sie wollte uns nur Gelegenheit geben, uns allein zu unterhalten«, erklärte Frances auf der Treppe. »Man sagt, sie sei ein richtiger Leuteschinder, aber ich finde, sie ist eine außerordentlich interessante und charmante Dame. Wissen Sie, sie hat mir das Leben gerettet.«

»Ja? Wann?«

Frances lächelte. »Ich wäre wahrscheinlich bei der Geburt meiner Tochter gestorben, wenn Lucia den idiotischen Doktor nicht hinausgeworfen und so mich und das Kind gerettet hätte. Ich glaube, für sie würde ich alles tun.«

Während Victoria noch über das Gehörte nachdachte, redete Frances lachend weiter. »Und anschließend hat Lucia Hawk Anweisungen über die Behandlung schwangerer Damen erteilt. Danach schwor er mir, daß er keinerlei Absichten mehr hatte, noch einmal mit mir das Bett zu teilen. Dieser Dummkopf.«

»Und hat er ...«

Frances lächelte vergnügt. »Ich sollte hinzufügen, daß Lucia ihm auch Vorträge darüber gehalten hat, wie er es vermeiden kann, mich schwanger zu machen. Das war natürlich erst später, und er war begeistert.«

»Nun ...« sagte Victoria zweifelnd.

»Du liebe Güte, ich sollte nicht so mit Ihnen reden, meine Liebe. Vergeben Sie mir meine entschieden zu lockere Zunge.«

Victoria fand insgeheim eine ›entschieden zu lockere Zunge‹ durchaus informativ.

»Und jetzt erzählen Sie mir, was es mit Ihrer Erbschaft auf sich hat«, bat Frances, während sie etwas später Victorias aufgelösten Zopf neu flocht. »Hawk hat leider nur Andeutungen gemacht.«

Sofort wurde Victoria wieder ärgerlich. »Rafael, dieser halsstarrige Mensch, sagt mir kein einziges Wort. Das ist eine richtige Gemeinheit von ihm. Er tut, als wäre ich eine zarte Rose, die sämtliche Blütenblätter verliert, wenn sie der rauhen Wahrheit begegnet.«

»Kapitän Carstairs ist ein sehr edler Mensch«, sagte Frances beschwichtigend, während sie im stillen überlegte, weshalb die beiden Männer so wenig mitteilsam waren. »Hawk hält sehr viel von ihm.«

Victoria seufzte. »Gut und ehrenhaft ist er, das stimmt. Wäre er nicht hinzugekommen, wäre wer weiß was mit mir geschehen. Ich mag gar nicht daran denken. Ich schulde ihm viel.«

Frances steckte den Zopf auf. »So, fertig.« Victoria stand auf, und Frances gab ihr einen Kuß auf die Wange. »Es wird schon alles gut werden. Sie werden schon sehen.«

»Ich glaube Ihnen ja. Trotzdem werde ich selbst etwas unternehmen, Frances. Morgen suche ich meinen Anwalt auf. Er wird sich nicht wie Rafael als Diktator aufspielen können.«

Frances hatte schon erkannt, daß Victoria nicht zu den Frauen gehörte, die mit ihrem Strickzeug in der Ecke saßen, während sich um sie herum die Ereignisse überschlugen.

»Wenn Sie nichts dagegen haben«, sagte sie schließlich, »begleite ich Sie zu Ihrem Anwalt.«

»Verraten Sie Ihrem Gatten oder Rafael auch nichts davon?«

»Nein, denn keiner der beiden verdient in diesem Punkt unser Vertrauen. Sagen Sie, meine Liebe, können Sie singen? Oder Klavierspielen?«

7. KAPITEL

Wer die Frucht will, muß den Baum erklimmen (Thomas Fuller)

Victoria lehnte sich in das abgewetzte Lederpolster der klapprigen Droschke zurück. Falls der Kutscher es merkwürdig fand, daß eine junge Lady ganz allein in die City gefahren zu werden wünschte, so ließ er es sich nicht anmerken. Er konnte ja auch nicht wissen, wie entschlossen Victoria war, ihren Anwalt aufzusuchen.

Diesen Entschluß bedauerte sie nicht, doch je näher sie der Derby Street kam, desto mehr fürchtete sie um die vier Pfund, die sie in ihrem bestickten Handbeutel bei sich trug.

Es herrschte soviel Lärm ringsum. Aus dem Droschkenfenster sah Victoria überall Straßenhändler, und jeder von ihnen schrie aus vollem Hals, um die Aufmerksamkeit der ungeheuren Menge schwarzgekleideter Männer zu erlangen, deren Köpfe zum Schutz gegen den Nieselregen und die Kälte unter breitkrempigen schwarzen Hüten verborgen war. Auf der Straße drängten sich Rollkarren, noch mehr Händler und Wagen mit riesigen Ale-Fässern.

Noch etwas anderes veranlaßte Victoria, ihren Beutel festzuhalten. Überall unter Torbögen und in Gasseneingängen trieben sich Männer herum, die die vorbeifahrende Droschke mit abschätzenden, ausgesprochen kalten Blicken musterten. In ihrem neuen Stadtkleid aus zitronengelbem Kammgarntwill und dem dazugehörenden gleichfarbenen Spenzer kam sie sich wie ein exotischer Papagei inmitten einer Rabenschar vor.

Du brauchst dich doch nicht wie eine Provinzmaus zu verkriechen, nur weil du noch nie in einer so großen

Stadt gewesen bist, wies sich Victoria selbst zurecht. Außerdem würde Frances ja bald in ihrer eigenen Kutsche kommen, und dann würde Victoria sich wegen ihrer Angst selbst auslachen.

Die Droschke hielt vor einem schmalen Haus. Victoria sprang heraus und bezahlte den Kutscher.

»Wollen Sie, daß ich warte, Missy?«

»Nein, danke. Eine Freundin wird mich abholen.«

Der Mann schaute sie zweifelnd an, zuckte dann die Schultern und trieb seinen elend aussehenden Gaul wieder an.

Es hatte zu nieseln aufgehört. Victoria stand da, schaute sich um und wunderte sich über die ihr völlig fremde Welt, in der sie sich jetzt befand. Erst als sie die merkwürdigen Blicke einiger Männer auffing, erinnerte sie sich wieder an ihr Vorhaben. Vorsichtig raffte sie die Röcke ein wenig über einer Pfütze hoch und stieg die ausgetretenen Stufen zur Anwaltkanzlei hoch.

Als der Schreiber der etwas feuchten, doch nichtsdestoweniger eleganten Erscheinung ansichtig wurde, blieb ihm vor Verwunderung der Mund offenstehen, und er ließ das Blatt Papier fallen, das er gerade in der Hand hielt.

»Ich wünsche Mr. Westover zu sprechen«, verlangte Victoria in einem Ton, der Lady Lucia gefallen hätte. »Bitte, teilen Sie ihm mit, daß Miss Victoria Abermarle hier ist.«

»Ich ... ich weiß nicht recht, Miss ... Sie sind eine Dame, und ... nun, Sie wissen schon ...«

Victoria blickte ihn streng von oben herab an, wie sie es von Lady Lucia gelernt hatte. »Sagen Sie ihm, daß ich warte, wenn ich bitten darf!«

»Äh ... ja, Miss. Sofort.«

Als Mr. Westover von seiner unverhofften Besucherin hörte, kam er schnell wie der Blitz aus seinem Büro heraus. »Miss Abermarle! Welche Erleichterung, zu wissen,

109

daß Sie sich in Sicherheit befinden, Miss. Wo ist Lord Drago? Hat er Sie nicht begleitet?«

Ich muß hier sehr auf der Hut sein, dachte Victoria. »Lord Drago?«

»Gewiß. Erst gestern war er hier und hat mir berichtet, daß er sie aus den Händen der Entführer befreit hat. Wie entsetzlich das alles für Sie war, meine liebe Miss Abermarle! Aber der Baron ... Es ist doch alles in Ordnung?«

Rafael hatte sich also als Damien ausgegeben. Wie schlau! Auf diese Weise hatte er alle gewünschten Informationen erhalten. Aber was bedeutete die Sache mit den Entführern? Wenn Rafael diese Geschichte erzählt hatte, mußte sie mitspielen.

»Mir geht es ausgezeichnet, Mr. Westover. Ich bin nur gekommen, um mit Ihnen die Bedingungen meiner Erbschaft durchzugehen.«

Mr. Westover sah sie konsterniert an. »Das ist höchst ungewöhnlich — eine junge Dame ... hier ... allein. Ich weiß nicht ...«

Sie unterbrach ihn freundlich. »Der Baron meinte, es wäre an der Zeit, daß ich meinen Anwalt kennenlerne, den Gentleman, der meine Erbschaft so gewissenhaft verwaltet. Wie der Baron sagte, ist es schließlich mein Geld, und ich sollte alle Bedingungen kennen. Stimmen Sie dem nicht zu, Sir?«

»Der Baron sagte ... Ja, das sind wirklich erfreuliche Neuigkeiten. Aber ungewöhnlich ist es dennoch, doch ich glaube, mir bleibt jetzt nichts anderes übrig.«

Victoria schenkte ihm ein strahlendes Lächeln. »Ich danke Ihnen«, sagte sie und rauschte an ihm vorbei in sein Büro, das so tröstlich nach Leder, Tinte und jahrzehntelang geschlossenen Fenstern roch. Sie wartete, bis er den Ledersessel vor seinem Schreibtisch mit einem Taschentuch abgestaubt hatte, und setzte sich dann.

Mr. Abner Westover, der stark bezweifelte, daß der Baron tatsächlich den Besuch der Erbin bei ihrem Rechtsan-

110

walt empfohlen hatte, gelangte zu dem Schluß, daß Victoria Abermarle dieses Büro nicht freiwillig wieder verlassen würde, bevor sie die erwünschten Auskünfte erhalten hatte. Also gab er sie ihr, wobei er seinen Vortrag mit vielen bedeutungsvollen Pausen und überaus mißbilligenden Blicken würzte.

»Fünfundzwanzig«, wiederholte Victoria. Erst wenn sie fünfundzwanzig Jahre alt war, gehörte ihr das Geld! Und in diesem Dezember wurde sie erst neunzehn! Sie war nicht dumm. Obwohl Mr. Westover seine Worte mit Bedacht gewählt hatte, war ihr klar, daß Damien sich inzwischen von ihrem Geld bedient hatte.

»Ja, fünfundzwanzig, Miss Abermarle. Beziehungsweise am Tage Ihrer Eheschließung.«

Eheschließung! »Zu der mein Vormund seine Genehmigung erteilen muß?« Hatte Damien deshalb David Esterbridge belogen? Wollte er nicht, daß das Geld an ihn fiel?

»Selbstverständlich. Nachdem ich gestern mit Lord Drago gesprochen hatte, bin ich jedoch davon überzeugt, daß Sie sich in Zukunft über die Disposition Ihres Erbkapitals keine Sorgen zu machen brauchen.«

Victoria stand auf und reichte dem Rechtsanwalt die Hand, die er zunächst überrascht betrachtete und dann schüttelte.

Es hatte zu regnen aufgehört, und die Sonne wagte sich zaghaft hinter den schweren grauen Wolken hervor. Victoria stand auf der obersten Treppenstufe vor dem Kanzleihaus und schaute nach Frances' Kutsche aus. Daß einige zweifelhafte Männer sie beäugten, als wäre sie ein hübsch verpacktes Weihnachtsgeschenk, machte sie langsam nervös.

Als sie einen zweirädrigen Zweispänner um die Ecke biegen sah, atmete sie erleichtert auf, doch dann schaute sie erstaunt noch einmal hin. Ihr Herz schlug schneller. Rafael!

»Rafael!« Sie winkte ihm heftig zu. Sollte er ihr doch zürnen. Sie hatte ja herausgefunden, was sie hatte erfahren wollen.

Die Kutsche kam neben ihr zum Stehen. »Das ist ja eine Überraschung, Victoria. Ein kleiner Besuch bei Mr. Westover?« Er hörte sich ein wenig eigenartig an, nicht böse, eher erleichtert.

»Rafael, ich hatte Ihnen doch gesagt, daß ich zu ihm gehen wollte, da Sie mir nichts erzählen mochten. Hat Frances Sie nach mir ausgeschickt?«

»Frances? Nein. Ich kam her, um Mr. Westover zu besuchen. Noch einmal. Aber das ist nun wohl nicht mehr so dringend.«

»Und Sie sind mir nicht böse, oder doch?«

»Böse? Im Gegenteil, Victoria. Ich bin hoch erfreut.« Er sprang geschmeidig aus dem Wagen. Seine Kleidung war elegant, und seine Schaftstiefel glänzten. Er streckte ihr die Hand hin. »Wir wollen gehen, ja? Dies ist ein neues Kleid, nicht wahr? Ganz reizend.«

Victoria lächelte. »Kehren wir zu Lucia zurück?«

»Zu Lucia? Ich glaube nicht. Mir wäre es lieber, wenn wir beide ein wenig allein sein könnten.«

Das war der Augenblick, in dem Victoria erkannte, daß sie nicht Rafael vor sich hatte. Erstens war er nicht gebräunt, und zweitens war da noch etwas, das sie nicht genau definieren konnte. Erschrocken trat sie einen Schritt zurück.

»Komm, Victoria.« Er faßte ihren Arm.

»Damien«, flüsterte sie furchtsam.

»Ja, du kleine Närrin. Vielen Dank dafür, daß du mir so hübsch in die Hände gefallen bist. Also mein Bruder, ja? Ich freue mich schon darauf, von dir zu hören, wo und wie du ihm begegnet bist.«

So viele Männer befanden sich auf der Straße. Victoria öffnete den Mund zum Schreien, aber Damien hielt ihn ihr einfach zu und zog sie unerbittlich zur Kutsche.

Jetzt begann sie sich ernsthaft zu wehren. Sie trat mit den Füßen nach ihm, soweit das ihr enger Rock erlaubte, schlug mit den Armen um sich und versuchte, Damien das Gesicht zu zerkratzen. Er war leider stärker als sie. Sie keuchte und wollte sich um jeden Preis losreißen. Einige Passanten schauten interessiert zu, ohne ihr jedoch zu helfen.

»Victoria! Was zum Teufel soll denn das?« Das war Frances Stimme!

Victoria merkte, daß Damiens Griff sich vor Überraschung ein klein wenig lockerte, und es gelang ihr, ihren Kopf von seiner Hand fortzuziehen. »Hilfe! Frances, helfen Sie mir!«

Frances zögerte keinen Moment. Anmutig sprang sie aus der Kutsche. »Mullen, Ihre Pistole, bitte«, sagte sie. Ruhig nahm sie die Waffe aus der Hand des Kutschers.

Damien bemühte sich nach Kräften, Victoria in seinen Zweispänner zu heben, was angesichts der Höhe des Einstiegs und des Sitzes nicht einfach war.

»Lassen Sie sie los!« befahl Frances und zielte mit der Pistole auf ihn. »Aus den vorliegenden Umständen schließe ich, daß Sie nicht Rafael Carstairs, sondern Bruder Drago sind. Geben Sie Victoria frei, Sir, oder ich schieße auf Sie.«

Damiens Wut und seine Enttäuschung steigerten sich dermaßen, daß er zur Gewaltanwendung bereit war. Er starrte die Frau mit der verdammten Pistole an. »Wenn Sie das tun, treffen Sie wahrscheinlich diese kleine Schlampe hier.«

»Wohl kaum, denn ich bin eine hervorragende Schützin. Sie würden recht abschreckend mit nur einem Ohr aussehen. Allerdings hätte das den Vorteil, daß Victoria Sie zukünftig nicht mehr mit Ihrem Herrn Bruder verwechseln kann. Ich gebe Ihnen eine Sekunde Zeit, Baron.«

Damien äußerte etwas sehr Unfeines, sah dann seine

113

hoffnungslose Situation ein und stieß Victoria so grob
von sich, daß sie der Länge nach in der schmutzigen Gos-
se landete. Er stieg in seinen Wagen, und die Pferde zogen an. »Wir sehen uns wieder, Victoria!« rief er noch
über die Schulter hinweg zurück, und dann war er fort.

Lächelnd gab Frances Mullen die Pistole zurück. »Victoria, meine Liebe, ist Ihnen etwas geschehen? Warten Sie,
ich helfe Ihnen beim Aufstehen. Ach, Sie sind ja ganz naß
und schmutzig. Aber nicht verletzt, nein? Es tut mir
schrecklich leid, daß ich nicht früher hier war.«

Frances' lange Rede beruhigte Victoria irgendwie. »Ich
danke Ihnen, Frances«, brachte sie immer noch keuchend
heraus. »Ich war eine Närrin. Ich dachte, er sei Rafael.«

»Das dachte ich zuerst auch.« Frances lachte leise und
half Victoria in ihre Kutsche. »Ich konnte mir nur nicht
vorstellen, womit der gute Kapitän Sie so erzürnt haben sollte. Und umgekehrt auch, wie ich hinzufügen
möchte.«

Sie wandte sich an den ganz benommen dasitzenden
Kutscher. »Zu Lady Cranston, bitte. Los, Mullen. Jetzt ist
ja alles in Ordnung. Sie brauchen mich nicht so anzustarren. Und Seiner Lordschaft brauchen Sie das nicht unbedingt zu erzählen, obwohl ich Ihrem sauren Gesicht anse-
he, daß Sie es doch tun werden — jede Wette!«

Als die beiden Damen in Lady Lucias Haus eintrafen, erfuhren sie von dem unerschütterlichen Didier, daß Rafael
sich hier befand. Das war keine gute Nachricht.

»Lassen Sie uns gleich nach oben gehen«, flüsterte
Frances Victoria zu. »Wir müssen ja nicht unbedingt seine
Aufmerksamkeit erregen.«

Victoria war absolut derselben Meinung.

Leider schlug der Plan fehl. Rafael, der die Stimmen gehört hatte, trat aus dem Salon. Victoria sah genauso naß
und schmutzig aus wie der kleine »verwahrloste Straßenjunge«, als den er sie ursprünglich kennengelernt hatte,

und sie hielt sich an Frances fest, die auch nicht wesentlich gepflegter wirkte. »Was zum Teufel ...«

»Guten Morgen, Kapitän«, grüßte Frances freundlich und unbeschwert. »Wenn Sie uns bitte für einen Moment entschuldigen wollen. Wir sind gleich wieder da.«

»Den Teufel werde ich! Victoria, was ist mit Ihnen passiert?« Dann sah er ihre Augen und die grenzenlose Angst darin. Großer Gott, was war geschehen?

Frances ließ Victoria los und wartete gespannt, was jetzt kommen würde. Rafael kam — und zwar direkt auf Victoria zu und nahm sie in die Arme. »Was ist geschehen?« fragte er noch einmal.

»Es war Damien.« Sie barg das Gesicht an seiner Schulter und schlang die Arme um seinen Rücken. »Ich dachte, Sie wären es. Aber er war gar nicht braun. Und dann hatte er noch so etwas an sich, aber ich wußte nicht, was es war. Er wollte mich in seine Kutsche bringen. So viele Männer standen herum, und keiner hat mir beigestanden. Frances kam gerade noch rechtzeitig.«

Sie hob den Kopf und lächelte ein wenig. »Frances hat ihm gedroht, sie würde ihm ein Ohr abschießen, falls er mich nicht losließe.«

Rafael war überhaupt nicht amüsiert. »Sie sind also zu diesem Anwalt gefahren, nicht wahr? Und Damien war auch da.«

»Ja, vor dem Haus. Mit Mr. Westover hatte ich schon gesprochen. Ich kenne nun die Bedingungen meiner Erbschaft.«

Einerseits hätte Rafael Victoria am liebsten durchgeschüttelt. Andererseits hätte er sie gern ganz fest umarmt. Ein aussichtsloses Dilemma. Er entschied sich für einen Kompromiß und sprach sehr schroff mit ihr. »Ich hoffe, Sie haben daraus etwas gelernt, Victoria. Künftig werden Sie tun, was ich Ihnen sage, verstanden?«

Er merkte, daß sie sich sträubte. Trotzdem ließ er sie nicht los. »Ich danke Ihnen«, sagte er über ihren Kopf hin-

115

weg zu Frances. »Victoria, Sie gehen jetzt nach oben und baden. Ich will nicht, daß Sie sich erkälten.« Zu spät fiel ihm ein, daß Frances ja auch ein wenig feucht und zerfranst war.

Deren Scharfsichtigkeit hatte allerdings nicht gelitten. »Um mich brauchen Sie sich wirklich nicht zu sorgen, Rafael«, meinte sie. »Ich begebe mich jetzt nach Hawksbury House zurück. Victoria, wir sehen uns nachher wieder, ja?«

Victoria befand sich noch immer in Rafaels Armen. Sie fühlte seine Wärme und seine Kraft und fragte sich, wie es angehen konnte, daß er so anders als sein Zwillingsbruder war.

Unterdessen schloß Didier hinter Frances leise die Haustür. Das schien Rafael wieder aus seinen Gedanken zu holen.

»Ich helfe Ihnen«, sagte er zu Victoria. »Kommen Sie.«

In Victorias Schlafzimmer wartete bereits Grumber, deren Miene keinerlei Erstaunen beim Anblick der jungen Lady erkennen ließ.

Mit der Fingerspitze strich Rafael einen Schmutzfleck von Victorias Wange. »Sie sehen aus wie ein kleines Ferkel«, bemerkte er. »Machen Sie sie sauber, Grumber. Ich warte unten bei Lady Lucia.«

»Das wird eine Weile dauern«, meinte Grumber.

»Halten Sie sie warm!« Nach einem letzten prüfenden Blick auf Victoria begab sich Rafael ins Erdgeschoß zu Lucia, die sich gerade im Gespräch mit Didier befand.

»Wahrscheinlich wissen Sie bereits ebensoviel wie ich«, vermutete Rafael.

»Da bin ich mir nicht sicher, Kapitän«, erwiderte Lucia. »Ich nehme jedoch an, es handelt sich um Ihren Bruder, Baron Drago, der Victoria belästigt hat.«

»Ja«, bestätigte Rafael wütend. »Diese Närrin hat ihren Anwalt aufgesucht. Allein! Damien hat sie abgefangen, als sie aus der Kanzlei kam. Sie nahm zuerst an, er wäre ich, aber er war nicht braun und wandte Zwang an.«

»Ja, ja. Und ich dachte, Victoria läge noch mit ihren Kopfschmerzen im Bett.«

»Jedenfalls hat Frances sie befreit. Verdammt nochmal — pardon, Ma'am — aber das geht einfach zu weit. Ich habe Victoria gesagt, ich würde alles regeln. Warum mußte sie sich unbedingt selbst darum kümmern wollen?«

Lucia ging zur Anrichte und schenkte Rafael einen Brandy ein. »Der beruhigt«, erklärte sie gelassen und reichte ihm das Glas.

»Ich glaube, ich weiß, weshalb Victoria zu Mr. Westover gegangen ist«, sagte sie nach einer Weile. »Sie ist kein Kind mehr, Rafael, und ihr steht die Kenntnis über ihre Erbschaft zu.«

Sie blickte Rafael freundlich, wenn auch ein wenig tadelnd an. »Wissen Sie, Sie waren einigermaßen selbstherrlich — in allerbester Absicht natürlich, aber der Erfolg war derselbe. Was nun Ihren Zwillingsbruder betrifft, so scheint mir, er ist nicht dumm. Er wird bald herausfinden, wo und in wessen Gesellschaft sich Victoria befindet. Da er ihr Vormund ist, hat er das Recht auf seiner Seite. Er könnte ihre Herausgabe erzwingen, nicht wahr?«

»Das lasse ich nicht zu.« Rafael seufzte. Ja, er sollte Victoria jetzt einen Heiratsantrag machen. Die Eheschließung würde ihr Schutz bieten, und es gab keinen vernünftigen Grund, weshalb Damien seinem eigenen Zwillingsbruder die Zustimmung verweigern könnte.

Wenn Victoria erst einmal Rafaels Ehegattin war, würde sie ihm gehorchen müssen, ob er nun selbstherrlich war oder nicht. Dergestalt entschlossen, wollte er die Sache auch rasch hinter sich bringen, zumal er ziemlich sicher war, daß Victoria ihn wenigstens ein bißchen mochte. Seine eigenen Gefühle, das mußte er leider zugeben, gingen weit über das Gernhaben hinaus.

Kurz nachdem Victoria eine Stunde später frisch gebadet und umgezogen aus ihrem Schlafzimmer gekommen war, trafen Hawk und Frances ein. Während des Lunchs wurde die Geschichte für Hawk noch einmal aufgewärmt, und als danach der Marquess von Chandos eintraf, verlangte dieser das Ganze ebenfalls noch einmal zu hören.

Zu Rafaels Verblüffung fragte Victoria ihn leise, ob er mit ihr in den Park ausfahren würde. »Es regnet doch wieder«, gab er zu bedenken.

»Wenn es so ist, könnte ich dann mit Ihnen im Musikzimmer sprechen?«

»Von mir aus«, antwortete er unfreundlich. Er hatte nicht vorgehabt, seiner zukünftigen Gattin den Heiratsantrag in einem verdammten Musikzimmer zu machen, aber anscheinend blieb ihm nichts anderes übrig. Er folgte Victoria in diesen Raum und schloß die Tür hinter sich.

Victoria setzte sich an das Pianoforte und strich mit den Fingern über die Tasten. Rafael straffte sich und bereitete sich darauf vor, sich ihr nunmehr zu erklären. Der Herr im Himmel wußte, daß er das Recht dazu hatte.

Aber nicht die Gelegenheit.

Victoria drehte sich plötzlich zu ihm um. »Ich möchte, daß Sie mich heiraten, Rafael«, sagte sie ohne jede Vorrede und in einer beinahe unhöflichen Tonlage. »Es soll eine Vernunftehe zu beiderseitigem Nutzen sein. Der Nutzen für mich liegt auf der Hand. Der Nutzen für Sie besteht darin, daß ich Ihnen die Hälfte meiner Erbschaft überlasse.«

Rafael war sprachlos. Diese freche Range hatte ihm sauber eins über den Kopf gegeben. Ihre Direktheit war empörend. Hatte sie denn keine Manieren? Als Dame hätte sie schließlich auf seinen Antrag warten müssen. Und was tat sie? Sie verlangte eine Konventionalehe! Und er hatte gedacht, sie hätte ihn wenigstens ein bißchen gern!

Schon lag ihm auf der Zunge, ihr zu erläutern, daß im

118

Falle einer Eheschließung ihm selbstverständlich ihr ganzes, und nicht nur ihr halbes Geld zustünde. Auch zu dieser Erläuterung kam er indessen nicht, denn schon sprach Victoria wieder.

»Wie gesagt, es soll eine Vernunftehe sein. Ich ... ich würde Sie in Ihren Aktivitäten nicht einschränken. Ihnen wird freistehen zu tun, was immer Sie zu tun wünschen. Ich verspreche Ihnen, Rafael, daß ich Ihnen keine Schwierigkeiten machen werde.«

»Ich verstehe.« Er trat an das hohe Erkerfenster und starrte in den Regen hinaus. »Wann ist Ihnen dieser Einfall gekommen?« erkundigte er sich, ohne sich zu ihr umzudrehen.

»Beim Baden.«

»Aha. Was bringt Sie auf die Idee, ich könnte auch nur im mindesten an einem solchen Vertrag interessiert sein?«

Victoria schwieg.

»Ehefrau zu sein, bringt eine immense Verpflichtung mit sich, Victoria. Eine lebenslange Verpflichtung. Wir kennen einander doch kaum.«

»Sie haben natürlich recht«, sagte sie traurig, und ihrer Stimme war die Enttäuschung und die Ratlosigkeit anzuhören.

Rafael kam sich wie der übelste Halunke vor. Er hatte sie heiraten wollen, und jetzt behandelte er sie wie die letzte Bittstellerin. »Ich werde Sie heiraten«, erklärte er und drehte sich zu ihr um. Er sah, wie sich Freude und Erleichterung in ihren ausdrucksvollen Augen spiegelten. »Ihre Augen sind im Moment besonders blau«, stellte er fest.

»Sie wechseln die Farbe. Manchmal sind sie sogar violett, besonders wenn ich Angst habe.«

»Jetzt sind sie nicht violett.«

»Nein.«

»Da wäre nur noch eines, Victoria. Ich weigere mich, eine Konventionalehe einzugehen. Falls ... wenn wir heiraten, werden Sie meine Ehefrau, und wir werden so intim miteinander sein, wie es Ehegatten miteinander sein sollen. Sind Sie damit einverstanden?«

Victoria dachte an Rafaels Kraft, an seine Wärme, seine sanften Hände, die sie vor wenigen Stunden an ihrem Rücken gefühlt hatte, als sie mit Frances heimgekommen war. Sie versuchte, ihn sich nackt vorzustellen, nur wußte sie nicht genau, wie ein völlig unbekleideter Mann eigentlich aussah.

Plötzlich fiel ihr ihr Bein ein, und sie erbleichte. Rafael würde ihr Bein sehen, und wenn er dann davon ebenso abgestoßen war wie Elaine damals? Das war ein Gedanke, dem sie im Moment nicht gewachsen war. Ich muß es Rafael sagen, überlegte sie. Ich muß ihm die Wahrheit sagen. Doch sie schaffte es nicht. Sie war ein Feigling, ein jämmerlicher Feigling.

»Nun, Victoria, sind Sie einverstanden?« Weshalb zögerte sie? Fand sie ihn völlig unattraktiv? Hatte sie Angst davor, mit ihm das Bett zu teilen? So etwas war ihm neu.

»Ja«, sagte sie endlich. »Ich bin einverstanden.«

Er rieb sich die Hände. »Sehr gut. Wir werden so schnell wie möglich heiraten. Ich bin froh, daß das abgemacht ist, denn ich erwarte, daß Damien jederzeit hier erscheint. Sie brauchen ihm nicht zu begegnen, meine Liebe«, fügte er rasch hinzu, als er ihren furchtsamen Blick sah. »Und jetzt werden wir es allen mitteilen. Ich denke, Lucia wird genau wissen, welche Formalitäten erforderlich sind.«

Also kehrten sie in den Salon zurück und nahmen die Gratulationen der dort Anwesenden entgegen, die nicht im geringsten überrrascht zu sein schienen.

Später beim Abschied sagte Frances leise zu Victoria: »Sehen Sie, alles ist so ausgegangen, wie es sein sollte.«

»Ja, das glaube ich auch. Das hoffe ich jedenfalls. Rafael ist sehr ... nun ...«

»Männlich? Schön? Ein Teufelskerl?«

»Stimmt. Ich habe den Verdacht, er ist ein Mann, der zu einem rechten Plagegeist werden kann.«

»Falls Sie jemals einen Rat benötigen, wie man mit solchen Männern umgeht, stehe ich Ihnen jederzeit zur Verfügung.«

Victoria betrachtete Hawk verstohlen und zweifelte keinen Augenblick daran, daß Frances über sehr viel Erfahrung mit Männern verfügte, die sich als Plagegeister herausstellten.

8. KAPITEL

Vier Beine in einem Bett machen noch keine Ehe aus (Thomas Fuller)

Lucia wußte ganz genau, warum Rafael Carstairs ihr Stadthaus nicht verlassen wollte. Als Didier am nächsten Nachmittag um genau drei Uhr an der Tür zu ihrem Salon erschien, brauchte sie nur einen Blick auf sein Gesicht zu werfen und drehte sich dann zu dem Kapitän um. »Nun, mein Junge, ich nehme an, der Baron ist eingetroffen.«

»Jawohl, Mylady«, bestätigte Didier, und nur das Zukken eines Augenlids verriet seine Verblüffung.

»Führen Sie den Baron herein«, trug Lucia ihm auf. »Danach sagen Sie Miss Victoria, daß sie in ihrem Schlafzimmer zu bleiben hat.«

Lucia wußte natürlich, daß es sich um Zwillingsbrüder handelte, doch die beiden Männer zusammen zu sehen, war dennoch ein Schock. Hier standen sich zwei Spiegelbilder gegenüber.

»Damien«, sagte Rafael, ohne sich von seinem Platz neben dem Kamin zu rühren.

Damien nickte Lucia kurz zu und wandte sich dann an seinen Bruder. »Mir wäre es lieber gewesen, wenn du auf deinem Schiff geblieben wärst und deine Waren nach China transportiert hättest.«

»Leider führte mich mein Weg nie nach China. Ich dachte mir schon, daß du Victorias Aufenthaltsort sehr schnell herausfinden würdest. Du hast mich nicht enttäuscht.«

»Es gibt nur eine einzige Lady Lucia in London.« Damien verbeugte sich ironisch vor ihr. »Ihnen, Mylady, meinen Dank für die freundliche Aufnahme meines Mündels.«

»Baron«, sagte sie nur und blickte dann Rafael an. »Ich werde Sie jetzt allein lassen. Falls Sie etwas wünschen, brauchen Sie es nur Didier sagen.«

Sie verließ den Salon und wünschte sich, sie könnte die Tür offen lassen, was selbstverständlich nicht ging. Gutes Benehmen ist doch leider manchmal recht hinderlich, dachte sie.

Eine Weile schauten die Brüder einander schweigend an. »Wir haben uns lange nicht gesehen«, sagte Damien dann leise.

»Ja, sehr lange. Mehr als fünf Jahre.«

»Ich hatte gehofft, du hättest dich verändert, aber dem ist nicht so. Wärst du nicht so gebräunt, würde uns niemand auseinanderhalten können. Mir hat es nie gefallen, mich selbst sozusagen teilen zu müssen.«

»Ja, das ist schwierig.«

»Ich will mein Mündel zurückhaben«, verlangte Damien übergangslos.

Rafael hatte diese Begegnung im Geist schon viele Male durchgespielt. Jetzt ging er gelassen zur Anrichte und schenkte sich einen Brandy ein. »Auch einen?«

»Nein.«

»Nun, Bruder, ich hoffe, dir geht es gut.«

»Ja, wie du siehst.«

»Und deiner zweifellos reizenden Frau? Sie heißt Elaine, nicht wahr? Geht es ihr auch gut?«

»Gewiß. Ich will Victoria, Rafael. Ich will keine Schwierigkeiten mit dir, und ich habe nicht den Wunsch, diese Unterhaltung länger als unbedingt notwendig auszudehnen. Hole mir das Mädchen.«

»Nein, Damien. Ich glaube, jedes Gericht dieses Landes würde zu der Ansicht gelangen, daß du deine Stellung als Vormund mißbraucht hast.«

»Du scherzt wohl.«

123

»Meinst du? Soll ich dir erzählen, wie ich Victoria getroffen habe?«

»Wenn du willst.« Scheinbar gelangweilt zuckte Damien die Schultern, aber Rafael merkte, daß Mißerfolg und Wut seinen Bruder einer Explosion entgegentrieben.

»Erinnerst du dich, Damien, daß wir uns als Jungen nachts aus dem Haus geschlichen haben, weil uns die Aktivitäten der Schmuggler so interessierten? Nun, ich befand mich an der Küste südlich von Axmouth und spürte die alte Spannung. Also ritt ich in die Nähe des Strandes und entdeckte prompt zwei Schmuggler, die vermutlich eine Verabredung mit edlem französischem Weinbrand hatten. Es stellte sich heraus, daß diese Schmuggler ein sehr verängstigtes Mädchen gefangen hatten. Ich befreite es. Es war Victoria, die sich vor dir auf der Flucht befand.«

»Sie hat zwanzig Pfund gestohlen. Kein Gericht in diesem Land hätte Verständnis für ein solches Verhalten eines Mündels gegenüber seinem Vormund.«

»Kann sein. Allerdings sind zwanzig Pfund ein nichtiger Betrag verglichen mit fünfzehntausend Pfund, nicht wahr?«

Damien erstarrte kaum merklich. »Aha, du hast also Mr. Westover aufgesucht. Oder hast du diese Information von Victoria?«

»Nein, ich war als erster bei dem Anwalt. Er hielt mich natürlich für dich. Seine Besorgnis wegen Victorias angeblicher Entführung war sehr groß. Ich nehme an, du fandest, daß das ein einfacher Weg zum Auffüllen deiner Schatztruhen war. Was könnte eine Achtzehnjährige gegen den Baron Drago auch schon ausrichten.«

Damien schwieg.

»Ich habe Mr. Westover übrigens beruhigt«, fuhr Rafael nach einer Weile fort. »Ich versicherte ihm, daß sich Victoria jetzt in Sicherheit befindet und daß die fünfzehntausend Pfund wieder in ihr Erbkapital zurückfließen würden.«

»Du hattest keinerlei Befugnisse in dieser Sache, Rafael! Obwohl du dich so viele Jahre von Englands Küsten fergehalten hast, wirst du doch noch wissen, daß der Vormund als einziger verfügungsberechtigt ist. Ich werde diese Verfügungsgewalt ausüben, bis Victoria fünfundzwanzig ist.«

»Oder bis sie heiratet«, bemerkte Rafael sehr leise.

»Es gab nur einen einzigen Gentleman, der Interesse an ihr zeigte, und der hat sich wieder zurückgezogen.«

»David Esterbridge, nehme ich an.«

»Richtig.«

»Ein schwaches Bild von einem Mann. Und du glaubst, niemand sonst würde Victoria haben wollen? Immerhin ist sie ja eine reiche Erbin.«

»Du kannst sicher sein, daß ich sie vor Glücksrittern bewahren werde.«

»So gut, daß sie mit fünfundzwanzig Jahren noch immer ledig und leider auch arm ist?«

»Ich habe keine Veranlassung, diese Diskussion länger fortzusetzen, Rafael. Und wenn du mir nicht sagst, wo Victoria ist, werde ich sie suchen. Meine Geduld hat Grenzen.«

»Ich sage es dir ja. Sie ist oben in ihrem Zimmer, zusammen mit Lady Lucia, denke ich. Sie wartet darauf, von mir zu hören, daß du ein für allemal verschwunden bist.«

»Ich wiederhole es ein letztes Mal: Sie ist mein Mündel! Wenn du so weitermachst, lasse ich sie von der Polizei holen.«

Rafael lächelte seinen Bruder lässig an. »Welche Polizei würde ein Mädchen seinem Verlobten entziehen?«

Damien war starr vor Wut. »Verdammter Bastard! Du willst sie heiraten, nur um meine Pläne zu durchkreuzen!«

»So wenig hältst du von Victorias Charme? Nun, das spielt keine Rolle. Sie hat bereits eingewilligt, und die Heiratsankündigung erscheint in der heutigen Ausgabe der ›Gazette‹. Die Hochzeit findet am Freitag statt. Dich als Vormund bitte ich hiermit formell um die Eheerlaubnis.«

»Ich erteile sie nicht.«

»Es ist recht unfreundlich von dir, deinen eigenen Zwillingsbruder für einen Glücksritter zu halten.« Rafael blickte Damien lange an. »Wenn du einen Skandal willst, kannst du ihn haben. Ich biete dir einen, der das Land erschüttern wird. Wenn du nicht mein Bruder wärst, würde ich dich umbringen für das, was du Victoria angetan hast.«

»Verdammter Bastard!«

»Die fünfzehntausend Pfund, Damien! Sieh zu, daß sie bis Freitag an Mr. Westover zurückerstattet werden. Wenn das nicht geschieht, werde ich dir das Leben zur Hölle machen, das darfst du mir glauben. Möglicherweise wirst du dich sogar im Gefängnis von Newgate wiederfinden.«

Damien zitterte vor Wut. Er fluchte lange und wortreich. Die Götter sind gegen mich, dachte er. Er benötigte das Geld, verdammt nochmal. Das Geld war ihm wichtiger als Victoria in seinem Bett. Jetzt schien ihm beides verloren. Ihm mußte etwas einfallen. Dringend!

»Diese fünfzehntausend Pfund — du willst sie nur für dich selbst!«

»Man soll nicht von sich auf andere schließen, Damien. Allerdings wird mir das Geld tatsächlich gehören. Bei der Heirat fallen alle irdischen Güter der Frau dem Ehemann zu.«

»Diese Runde geht an dich, Rafael.« Damien machte kehrt und verließ den Salon.

Rafael blickte zum leeren Türrahmen hinüber. »Damien, dies ist die letzte Runde gewesen«, sagte er leise,

126

und dann hörte er die Haustür krachend ins Schloß fallen.

»Ist mit Ihnen alles in Ordnung, Rafael?« Victoria schwebte in den Salon.

»Selbstverständlich.«

»Ich sah ihn von meinem Fenster aus fortgehen.« Sie erschauderte. »Er sieht Ihnen so erschreckend ähnlich.«

»Kommen Sie.« Rafael breitete die Arme aus.

Einen Moment zögerte Victoria, dann faßte sie ihre Röcke mit beiden Händen und eilte zu ihm. Sie schmiegte sich an ihn und legte den Kopf an seine Schulter. »Ich danke Ihnen. Sie haben mich gerettet.«

Er schlang die Arme fester um ihren Rücken. Ihr Haar duftete nach Jasmin. Wie lieb und unschuldig sie doch war! Zart hob er ihr Kinn an. Er lächelte zu ihr hinunter, und dann küßte er sie.

Er spürte erst ihre Verblüffung und dann ein fast unmerkliches Erzittern. Victoria zu erwecken, war eine berauschende Erfahrung. Ganz leicht ließ er seine Zunge über ihre Unterlippe streichen, ohne jedoch Einlaß in ihren Mund zu begehren. Noch nicht. Er wollte sie nicht erschrecken. Er hatte ja soviel Zeit! »Keine Angst mehr, Victoria. Wir werden alles meistern. Gemeinsam, Sie und ich.«

Sie schenkte ihm ein strahlendes Lächeln. »Ja, das werden wir ganz gewiß. Obwohl Sie sich als rechter Plagegeist erweisen werden.«

Er hob eine Augenbraue. »Bitte, was?«

»Frances hat versprochen, mir Ratschläge zu erteilen, wie man mit Plagegeistern umgehen muß. Durch ihre Ehe mit Hawk verfügt sie nämlich diesbezüglich über viel Erfahrung.«

Rafael mußte lachen. »Ach, der arme Hawk! Wie tief ist er gesunken.«

»Ich habe den Verdacht, dem armen Hawk macht das überhaupt nichts aus.«

Bischof Burghley, ein guter alter Bekannter von Lady Lucia, vollzog die sehr private Trauung. Der etwas rauhe, aber gutmütige, rotgesichtige Mann erfüllte seine Aufgabe sehr eindrucksvoll, und seine volltönende Baritonstimme erfüllte den Raum. Bei der Trauungszeremonie waren nur die Hawksburys, der Marquess von Chandos, Lucia, deren Dienstboten und natürlich der blendend aussehende Kapitän Carstairs und seine reizende Braut anwesend.

Victoria war aufgeregt, furchtsam, voller Vorfreude — und alles zur selben Zeit. Sie schaute zu Rafael hoch, der gerade leise das Ehegelöbnis wiederholte. Er war gütig, sanft und würde ein guter Ehemann sein. Außerdem war er starrsinnig und gelegentlich selbstherrlich, aber das schreckte sie nicht ab. Er wünschte keine Konventionalehe, und das bedeutete, er wollte eine echte persönliche Verpflichtung eingehen, mit allem, was dazugehörte. Dem war Victoria keineswegs abgeneigt.

»Das Ehegelöbnis, meine Liebe.«

Victoria erschrak. Der Bischof schaute sie wohlwollend an, und Rafael lächelte.

»Wenn du jetzt nicht sagst, daß du mich haben willst, dann wird der gute Bischof sehr betrübt sein.«

»Ich will ... Ja! O ja, ich will.«

Nachdem der Bischof die tradtionellen Ermahnungen bezüglich der Heiligkeit der Ehe abgeschlossen hatte, sagte er mit seiner wohlwollendsten Stimme: »Sie dürfen jetzt die Braut küssen, Kapitän.«

»Das wird schwierig«, meinte Rafael, doch es gelang ihm schließlich, den duftigen Schleier zu lüften. Victoria hob ihrem Bräutigam das Gesicht entgegen und fühlte gleich darauf seine Lippen auf ihrem geschlossenen Mund. »Hallo, liebste Gattin«, sagte er leise.

Seine Worte wurden vom Applaus ihrer Freunde und des Dienstpersonals übertönt, und dann brachte jedermann seine Gratulation an.

Zufällig drehten sich die Brautleute gleichzeitig um, und in diesem Moment blickte Rafael in die Augen seines Bruders. Damien stand mit vor der Brust verschränkten Armen im Hintergrund des Salons. Er trug Straßenkleidung und Schaftstiefel. Das war eine grobe Beleidigung.

Rafael fühlte, wie Victoria neben ihm erstarrte. Rasch drückte er sie an sich. »Er kann nichts tun, Victoria. Bleib hier stehen; ich werde ihn hinausbefördern.«

Hawk starrte von Damien zu Rafael und wieder zurück. »Allmächtiger«, sagte er zu seiner Gattin, »sie gleichen sich ja wie ein Ei dem anderen.«

»Aber das eine davon ist ein gefährliches«, bemerkte Frances.

»Rafael wird es diesem Schuft schon zeigen«, meinte der Marquess.

»Was zum Teufel hast du eigentlich hier zu suchen, Damien?«

»Ich habe mir überlegt, lieber Bruder, daß du nicht die volle Wahrheit kennst. Ich wollte mit dir reden, bevor du den Fehler deines Lebens begehst, doch gestern abend warst du ja nicht hier.« Und jetzt sind sie bereits verheiratet, dachte er wütend. »Als dein dich liebender Zwillingsbruder wollte ich dir nämlich die Enttäuschung und die Blamage ersparen.«

»Hinaus, Damien.«

»Fürchtest du die Wahrheit? Vielleicht kennst du sie ja schon. Es wäre ja nicht das erste Mal, daß wir uns ein Mädchen geteilt haben, nicht?«

Rafael erstarrte und ballte unwillkürlich die Fäuste. »Unterlasse gefälligst diese schmutzigen Anspielungen auf Patricia. Das ist aus und vorbei. Und jetzt folge mir in die Bibliothek. Ich möchte die Sache ein für allemal hinter mich bringen.«

Damien folgte Rafael nur zu bereitwillig, besonders nachdem er noch einen Blick auf Victoria geworfen hatte, deren Gesicht so weiß war wie die Valencienner Spitze am hohen Halsausschnitt ihres Hochzeitskleides.

Rafael schloß die Tür der Bibliothek. »Ich habe dich nur deshalb nicht sofort hinausgeworfen, Damien, weil ich wissen wollte, ob du die fünfzehntausend Pfund zurückgegeben hast.«

Damien strich lässig mit einem Finger über seine Jacke aus feinstem braunen Wolltuch. »O gewiß, das habe ich. Mein eigener lieber Bruder sollte doch bei einer Eheschließung mit dieser kleinen Schlampe alles haben, was ihm zusteht. Das macht vielleicht die Enttäuschung verdaulicher.«

»Legst du es darauf an, daß ich dich umbringe?«

Damien war kein Narr. Er wußte, daß sich sein Bruder in den vergangenen fünf Jahren geändert hatte und jetzt durchaus zum Töten bereit wäre. »Keineswegs«, antwortete er. »Ich will nur, daß du die Wahrheit erfährst.«

»Was für eine Wahrheit?«

Damien trat ein paar Schritte zurück. »Du hast keine keusche Jungfrau geheiratet, Rafael. Es ist wahr, daß ich sie begehrte, aber ich liebe meine Frau. Victoria hat mich verführt. Was glaubst du wohl, weshalb sie dich geheiratet hat? Weil du mein Ebenbild bist!«

Er lächelte unangenehm. »Aber ich schweife ab. Ich habe mit ihr geschlafen, jawohl. Sie begehrte mich so sehr, daß ich ein Heiliger hätte sein müssen, um sie abzuweisen. Sie ist eine wollüstige Hure, Rafael, und ihre Leidenschaft ist höchst undamenhaft. Ich gebe zu, sie hat mich erschöpft. Als ich mich nicht von meiner Frau scheiden lassen und Victoria heiraten wollte, ist sie davongelaufen. Ihre Enttäuschung ist zu Haß geworden, und dich hat sie benutzt, um sich an mir zu rächen.«

Damien blieb keine Zeit, noch mehr zu sagen. Er sah Rafaels Faust fliegen, und im nächsten Moment fuhr ein sengender Schmerz durch sein Kinn. Er fiel hintenüber und stieß mit der Hüfte gegen den großen Schreibtisch.

»Du gottverdammter Lügner! Ich hätte nie gedacht, daß du so tief sinken könntest!«

Damien befühlte sein Kinn. Gebrochen war nichts, aber das geplante spöttische Lächeln gelang ihm auch nicht recht. »Ich wollte dir nur die furchtbare Überraschung in der Hochzeitsnacht ersparen. Ich erzählte dir doch, daß David Esterbridge seinen Antrag zurückgezogen hat. Das stimmt auch. Er entdeckte nämlich, daß Victoria meine Mätresse war. Das traf ihn tief, aber er war doch froh, sie los zu sein.«

Wieder strich er sich über das schmerzende Kinn. »Weißt du, ich hatte mir schon überlegt, ob Victoria den armen Jungen heiraten wollte, weil sie schwanger ist. Ich weiß es nicht. Ich habe versucht, vorsichtig zu sein, aber da sie, wie gesagt, so leidenschaftlich und so versessen auf das Liebesspiel ist, habe ich mich manchmal vergessen. Einmal ist sie mir sogar in die alte Ahnengalerie gefolgt. Ich habe sie unter Großvaters Porträt genommen, im Stehen, gegen die Wand gelehnt.«

Noch ehe er ausgesprochen hatte, floh er hinter den Schreibtisch.

»Hinaus!« befahl Rafael aufgebracht. »Du warst schon viel zu lange hier.«

»Gewiß, Bruder. Ich wollte dir ja auch nur das Schlimmste ersparen. Da ich jetzt meine Pflicht getan habe, kehre ich nach Cornwall zurück. Hast du vor, deine junge Gattin dorthin zu bringen?«

»Hinaus!«

Damien zuckte die Schultern. »Nun denn, lebe wohl, Rafael. Vielleicht sehen wir uns ja auf Drago Hall wieder.«

Rafael zitterte so vor Wut, daß er nicht mehr sprechen konnte.

Damien lächelte. »Du mußt Victoria einmal fragen, wen von uns beiden sie für den besseren Liebhaber hält. Brüder in allen Dingen, was?« Da er jedoch gern noch etwas

131

länger gelebt hätte, entzog er sich vorsichtshalber der Gegenwart seines eindeutig mordlüsternen Bruders.

Rafael schloß für einen Moment die Augen und versuchte sich zusammenzunehmen. Die arme Victoria, dieses liebe, unschuldige Mädchen, hatte sich gegen einen solchen Schuft, gegen einen so dreckigen Lügner wehren müssen!

Er öffnete die Tür der Bibliothek und trat in die Eingangshalle hinaus. Damien, dieser gottverdammte Bastard, war bereits fort.

»Sie waren so freundlich zu mir«, hörte Rafael Victoria zu Lucia sagen. »Kein bißchen tyrannisch«, fügte sie keck hinzu.

»Dazu haben Sie mir nur noch keinen Anlaß gegeben, meine Liebe«, erwiderte Lucia bestens gestimmt. »Wenn oder falls Sie Diana kennenlernen, wird sie Ihnen sagen, daß ich eine absolut unmögliche alte Dame bin.«

»Irgendwie glaube ich das nicht so ganz«, erklärte Rafael und nahm Lucias Hand zwischen seine beiden großen Hände. »Ich kann Ihnen nicht sagen, wie sehr ich Ihnen für Ihre Hilfe danke.« Er beugte sich zu ihr hinunter und küßte sie, und als daraufhin tatsächlich eine sanfte Röte ihre zerknitterten Wangen überzog, grinste er kühn.

»Tragen Sie nicht ein wenig zu dick auf, mein Junge?« fragte der Marquess von Chandos.

»Keineswegs, Sir«, wehrte Rafael ab.

»Seit ich Lucia kenne — und das ist eine längere Zeit, als mir lieb sein kann — ist sie eine lästige Person, die sich stets in anderer Leute Angelegenheiten einmischt. Sie, mein Junge, und Victoria waren viel zu leicht miteinander zu verkuppeln.«

»Das stimmt.« Rafael zog Victorias Hand durch seine Armbeuge. »Habe ich dir schon gesagt, daß du entzückend aussiehst?« fragte er flüsternd. »Das Kleid steht dir gut. Den störenden verflixten Schleier finde ich allerdings weniger hinreißend.«

»Ich glaube, der Zweck des Schleiers ist es, den Bräutigam vor einem tödlichen Schock zu bewahren und ihn davon abzuhalten, die Flucht zu ergreifen, noch bevor der Eheschwur ausgetauscht ist.«

Rafael mußte an Damiens schmutzige Anschuldigungen denken. Unwillkürlich hielt er Victorias Hand fester.

»Was ist los mit dir? Geht dir erst jetzt auf, in welche Lage du dich gebracht hast?«

Er lächelte zu seiner jungen Frau hinunter. »Mir ging auf, was für ein glücklicher Kerl ich doch bin.«

Das nahm Victoria ihm nicht ganz ab, denn sie wußte aus Erfahrung, wie geschickt er sich einer echten Antwort zu entziehen verstand. Sie wollte es genau wissen, doch erst nachdem sie und er einander pflichtschuldigst mit Lucias bestem Champagner zugeprostet hatten, bekam sie Gelegenheit, noch einmal nachzufragen.

»Rafael, warum war Damien hier? Er hat doch sicherlich nicht geglaubt, er könnte unsere Heirat verhindern?«

Daß diese Frage kommen würde, hatte Rafael geahnt. »Er wollte nur noch mehr Schmutzkübel über mir ausgießen, das ist alles. Nichts Bestimmtes. Und jetzt, meine liebe Gattin, glaube ich, es ist an der Zeit, daß du deine Reisekleidung anlegst.«

Der Gedanke an eine Hochzeitsreise war Victoria bisher noch gar nicht gekommen. »Du lieber Himmel! Wohin willst du mich denn bringen?«

»Der Marquess hat uns großzügigerweise die Benutzung eines seiner Landhäuser in Dorset angeboten. Es heißt Honeycutt Cottage und befindet sich nahe der Stadt Milton Abbas. Gefällt dir das?«

»O ja, sehr sogar.« Sie neigte den Kopf zur Seite. »Ich habe Mr. Westover ganz vergessen. Müssen wir ihn nicht aufsuchen, damit ich dir wie versprochen die Hälfte meiner Erbschaft überschreiben kann?«

»Meine Liebe, ich war bereits gestern nachmittag bei ihm. Es ist alles geregelt. Du brauchst nichts mehr zu tun.« Wie sollte er ihr sagen, daß sich nun ihre gesamten fünfzigtausend Pfund in seinen Händen befanden? Allerdings hatte er Mr. Westover angewiesen, ein Dokument aufzusetzen, wonach Victoria eine großzügig bemessene finanzielle Zuwendung zukommen sollte, die vierteljährlich von Rafael zu bezahlen war.

»Es handelt sich doch um meine Erbschaft. Hätte ich da nicht auch irgend etwas unterschreiben müssen?«

»Nein, nur ich brauchte die Papiere zu zeichnen. Ich bin nämlich dein Ehemann, weißt du.«

»Aber ...«

Er legte ihr zart eine Fingerspitze auf die weichen Lippen. »Hinauf mit dir, Verehrteste. Und ich werde so lange Champagner trinken, bis du fertig angezogen zurückkommst.«

»Dann werde ich mich beeilen. Ich will nicht schon zu Beginn unseres Ehelebens einen schwankenden Gatten haben.«

Rafael schaute ihr nach, wie sie leichtfüßig und lächelnd aus dem Salon verschwand. Sie war ein Schatz. Sie war seine Gattin. Spontan beschloß er, die Hälfte ihrer Erbschaft in einem Treuhandfonds für ihre Kinder festzulegen. Das war eine faire Lösung. Er wollte auf keinen Fall, daß Victoria dachte, er hätte sie wegen ihres Geldes geheiratet. Er hatte selbst ein respektables Kapital während der letzten fünf Jahre angesammelt.

Er bemerkte, daß Lucia ihn so nachdenklich anschaute. »Was ist, Ma'am? Habe ich mich unwissentlich irgendeiner Taktlosigkeit schuldig gemacht?«

»Nein, mein Junge. Mir fiel eben nur etwas ein. Da ich ja ohnehin eine Person bin, die sich um anderer Leute Angelegenheiten kümmert, könnte ich ja vielleicht bei Victoria die Mutterstelle vertreten.«

Rafael begriff nicht.

»Ihre junge Frau ist ein überaus charmantes, unschuldiges Mädchen. Ich sollte vielleicht mit ihr über die eher intimen Seiten einer Ehe reden.«

»Ach so«, sagte Rafael. Was Lucia von solchen Dingen verstehen konnte, war ihm unerfindlich. Sie war ja nie verheiratet gewesen. »Sie können sich diesbezüglich auf mich verlassen«, versicherte er. »Victoria wird nicht in Schwierigkeiten kommen, Lucia. Ich bin nämlich kein unbedachter und rücksichtsloser Mann, müssen Sie wissen.«

Lucia nickte. »Ich nehme nicht an, daß Sie mir von dieser Besprechung mit dem Baron berichten werden.«

»Nein, Ma'am. Es muß genügen, wenn ich sage, daß mein Bruder ein sehr enttäuschter Mensch ist, und enttäuschte Menschen neigen zu unsinnigen Racheversuchen.«

Eine halbe Stunde später schaute Lucia zu, wie Rafael Victoria in die Kutsche hineinhalf. Er sprach noch einen Moment mit diesem unverschämten Kerl aus Cornwall, diesem Tom Merrifield, und dann stieg er selbst ein. Lucia winkte. Victoria ist ein liebes, süßes Mädchen, dachte sie. Hoffentlich wird sie glücklich mit Kapitän Carstairs.

9. KAPITEL

. . . und doch bin ich mit dieses Schufts Gesellschaft behext
(Shakespeare)

Nachdem Tom Merrifield sie eine Viertelstunde von Lady
Lucias Haus fortkutschiert hatte, erklärte Rafael unvermittelt, er habe ein Geständnis abzulegen. Victoria war
sein bisheriges Schweigen schon merkwürdig vorgekom-
men, und so fand sie, ein Geständnis sei besser als gar
nichts.

»Worum handelt es sich?« erkundigte sie sich.

»Mir wird in geschlossenen Kutschen hundeelend. Das
ist natürlich überaus unmännlich, doch da du meine Gattin bist und ich wie eine Klette an dir hängen bleiben werde, kann ich meine Schwäche ja zugeben.«

Victoria blickte ihn sorgenvoll an, doch er sah das
Grübchen an ihrer Wange erscheinen.

»Ja, wenn ich dich genauer betrachte«, sagte sie, »dann
sehe ich, daß du einen eigenartigen Grünton angenommen hast.«

»Nicht!« bat er dringend, und im nächsten Moment
hämmerte er mit der Faust gegen das Kutschendach. Sofort lenkte Tom den Wagen von der Straße. »Nachher«,
sagte Rafael, und schon sprang er aus der Kutsche. Victoria lehnte sich hinaus und sah ihn sehr still und tiefat-
mend am Straßenrand stehen.

Ein Jammer, daß nur Gadfly, sein Hengst, hinten am
Wagen angebunden war. Die Aussicht, nun wieder allein
in der Kutsche sitzen zu müssen, fand Victoria wenig erfreulich. Trotzdem mußte sie lächeln, denn sie hatte sich
schon gefragt, weshalb sich ihr Frischangetrauter bisher
so wenig wie ein Liebhaber verhalten hatte. Nun, jetzt

136

wußte sie es. Wie konnte ein so guter Seemann in einer Kutsche seekrank werden?

»Es ist wirklich nicht fair«, beschwerte sie sich, als Rafael zerknirscht zurückkehrte. »Jetzt muß ich mich wieder mit meiner eigenen Gesellschaft begnügen.«

»Denke dir alle möglichen wunderbaren Dinge aus, Victoria.«

»Im Moment fällt mir nichts Wunderbares ein.«

Er kratzte sich hinterm Ohr. »Nun, du könntest beispielsweise an heute nacht und die Freuden denken, die dich erwarten.«

»Du bist empörend! Pst, Tom wird uns noch hören.«

»Ja, gewiß. Nun, lassen wir das. In einer Stunde werden wir zum Lunch halten, einverstanden?«

Sie nickte.

Der Lunch im »Grünen Adler« verlief angenehm. Rafael hatte seine gesunde Gesichtsfarbe wieder, und auf Victorias Bitte berichtete er von einem weiteren seiner Abenteuer, bei dem es sich um einen Walfängerkapitän im Hafen von Boston handelte, der ein alter Verräter war und die »Seawitch« hatte sprengen wollen.

»Warum das, Rafael?«

»Das erzähle ich dir später, meine Liebe. Siehst du, nun hast du etwas Rätselhaftes und Spannendes, worüber du heute nachmittag nachdenken kannst, falls ich dir nicht zur Verfügung stehe.«

Bevor er ihr wieder in die Kutsche half, neigte er sich zu Victoria und küßte sie auf den Mund. Sie erschrak und erstarrte, aber nur für einen kleinen Moment. Seine Lippen fühlten sich so wunderbar an. Sie waren warm und schmeckten ein wenig nach dem Wein, den er zum Lunch getrunken hatte. Victoria spürte den dringenden Wunsch, diesen Kuß zu erwidern. Sie stellte sich auf die Zehenspitzen, und als er mit seiner Zunge sanft über ihre Lippen glitt, öffnete sie sie bereitwillig.

Rafael zog sich langsam und nur widerstrebend zurück.

137

Nachdenklich betrachtete er seine Gattin. Ihre Wangen waren gerötet, und ihre Brüste hoben und senkten sich.

»Oh«, sagte sie, was die Lage höchst unzulänglich erfaßte.

Er strich ihr mit der Fingerspitze über die Wange, half ihr dann ohne ein weiteres Wort in die Kutsche und stieg danach selbst in Gadflys Sattel. Wie warm und liebevoll sie ist, dachte er lächelnd. Die Hochzeitsnacht würde gewiß für sie beide ein überaus erfreuliches Erlebnis werden.

Sie ist eine wollüstige Hure.

Rafael schüttelte den Kopf. Warum fielen ihm jetzt die schmutzigen Worte seines Bruders ein? Warum waren sie überhaupt noch in seinem Gedächtnis? Ärgerlich rief er Tom zu, endlich loszufahren.

Erst in Minstead vor der »Fliegenden Gans« gab Rafael das Zeichen zum Anhalten. Er sah Victoria die Müdigkeit an und hatte Gewissensbisse, doch er wollte das Reiseziel in zwei Tagen erreichen. Er sehnte sich danach, mit seiner jungen Frau allein zu sein und sie wirklich kennenzulernen. Er wünschte sich ihr Lachen und ihre Liebe.

Trotz ihrer Müdigkeit war Victoria aufgeregt und gespannt. In der kommenden Nacht würden sich Rätsel lösen. Sie wollte eine Frau werden, und obwohl sie nicht genau wußte, was mit einer solchen Verwandlung verbunden war, hatte sie doch das dringende Bedürfnis, es zu erfahren.

Allerdings würde sie dann Rafael auch von ihrem Bein erzählen müssen. Oder heute nacht vielleicht doch noch nicht? Sie glaubte zwar nicht, daß Rafael davon abgestoßen wäre; sicher sein konnte sie da indessen nicht. Ihr Gewissen und ihre Vernunft stritten miteinander, und so war sie während des Abendessens auffallend still.

Rafael beobachtete sie. Sie ist nervös, dachte er erfreut. Er nahm sich fest vor, behutsam zu sein und ihr den unvermeidlichen jungfräulichen Schmerz so erträglich wie möglich zu machen. Um sie schon jetzt ein wenig zu entspannen, redete er von lauter Unwichtigkeiten.

»Gefällt dir dein Ring, Victoria?«

»O ja.« Sie lächelte. »Der Saphir ist wunderschön.«

»Er paßt zu deiner Augenfarbe, ist aber lange nicht so strahlend.«

Jetzt fiel Victoria ein, daß sie Rafael kein Hochzeitsgeschenk gemacht hatte. Was hätte sie ihm auch für fünfzehn Pfund kaufen können? Außerdem kannte sie ihn nicht genug, um zu wissen, was für ihn das Passende wäre. Wenn sie erst einmal über ihr Geld verfügte, wollte sie für ihn schon das Richtige finden.

»Wollen wir uns jetzt in unsere Räume zurückziehen, Victoria?«

Sie mußte schlucken. »Ja, gut.«

»Soll ich dir eine Frau schicken, oder erlaubst du mir, deine Kammerzofe zu spielen?«

»Nein, danke. Ich bin daran gewöhnt, mich um mich selbst zu kümmern.«

Rafael stieg neben ihr die Treppe des Gasthofes hoch. Er hatte nebeneinanderliegende Zimmer bestellt und war sich dabei überaus rücksichtsvoll erschienen. Vor Victorias Tür verabschiedete er sich von ihr. »Wenn du möchtest, daß ich zu dir komme, brauchst du nur an die Verbindungstür zu klopfen.«

»Ja, gut«, sagte sie wieder. Erzähle es ihm! Es muß sein! Doch sie schwieg. Später, dachte sie, später werde ich es ihm erzählen.

Ein warmes Bad erwartete sie. Sie lächelte zur Verbindungstür hinüber und fragte sich, wann Rafael das Wasser für sie bestellt hatte. Rasch entkleidete sie sich und stieg in die Wanne.

Im angrenzenden Zimmer entkleidete sich Rafael ebenfalls. Alle paar Minuten schaute er zur Verbindungstür. Ob Victoria noch in der Wanne lag? Der Gedanke an ih-

139

ren nackten Körper erregte ihn stark. Meine Gattin, dachte er. Meine Frau.

Weitere zehn Minuten vergingen, bis er ein ganz leises Klopfen an seiner Tür hörte. Beinahe hätte er Victorias Zimmer gestürmt, so erregt war er inzwischen. Er bezwang sich indessen und öffnete langsam die Tür.

Nur die Kerzen des Nachttischleuchters brannten. Victoria stand mitten im Zimmer. Ihr herrliches kastanienbraunes Haar fiel ihr lose über den Rücken. Sie war vom Hals bis zu den Zehen in ein zauberhaftes Gebilde aus pfirsichfarbener Seide gehüllt, das ein Hochzeitsgeschenk von Frances war. Sie sah so wunderschön aus, daß Rafael sie nur stumm anschauen konnte.

»Nun«, sagte er am Ende wenig einfallsreich, »war dein Bad angenehm?«

Sie nickte verlegen.

»Du bist schön, Victoria.«

Jetzt betrachtete sie ihn genauer. Er trug einen weinroten Hausmantel und war barfuß. »Du auch, Rafael.«

Er lächelte. »Ein verkrusteter Seebär wie ich?«

»An dir ist nichts Verkrustetes. Nun ja, vielleicht gelegentlich dein Verstand.«

»Komm zu mir, Victoria.«

Ohne zu zögern, trat sie zu ihm, und er nahm sie sanft in die Arme. Er hielt sie nur, liebkoste sie jedoch noch nicht. Wie gut sie duftete! Langsam ließ er die Hände an ihrem Rücken hinabgleiten und hielt inne, bevor er ihre Hüften erreichte. »Du hast nicht etwa Angst, oder doch?«

Sie dachte an Damien und dessen gierige Hände und erstarrte für einen winzigen Moment. Das ist Rafael, du dumme Gans! schalt sie sich sogleich. Dein Ehemann! Sie schüttelte den Kopf an seiner Schulter. »Nein, nicht bei dir.«

»Also, ich bin nervös.« Zärtlich knabberte er an ihrem Ohr. »Du gehst doch behutsam mit mir um, ja, Victoria?«

Sie kicherte, wie er es gehofft hatte. »Ich werde dich mit der größten Rücksichtnahme behandeln«, erklärte sie, lehnte sich in seinen Armen zurück und schaute ihm in die Augen. Sanft legte sie ihre Fingerspitzen an sein Kinn und an seine Lippen.

Langsam senkte er den Kopf zu einem Kuß. Es war kein heftiger, fordernder, sondern ein sanfter, tastender Kuß, und wieder erwiderte sie ihn, ohne zu zögern, wie sie es getan hatte, als Rafael sie heute nachmittag geküßt hatte.

Sie fühlte, wie seine Hände zart ihre Hüften streichelten, sich dann fester um sie legten und sie gegen seinen Körper hoben. Victoria fühlte den harten Beweis seiner Erregung an ihrem weichen Bauch, und eine herrliche Wärme breitete sich in ihrem Inneren aus.

Rafael ließ seine Lippen zu ihrem Ohr und dann an ihrem Hals hinabgleiten. Noch fester schmiegte sie sich an ihn und beugte den Kopf in den Nacken. Ihr fiel ein, daß sie doch etwas von ihrem Bein hatte sagen sollen. Sie öffnete den Mund, doch Rafael küßte sie, seine Zunge berührte ihre, und das Bein war vergessen.

Sie fühlte ein ihr bisher unbekanntes Pulsieren in sich, das so stark wurde, daß es sie zu überwältigen drohte. »Rafael . . .« Erstaunen schwang in ihrer Stimme mit.

Rafael hörte Victoria die Erregung an, und ein Zittern durchlief ihn. Er hob sie in die Arme. »Du wiegst nicht viel«, flüsterte er und zog sie dichter zu sich heran. Er fühlte, wie sich ihre Brüste gegen seinen Oberkörper preßten, und hatte es plötzlich sehr eilig, zum Bett zu gelangen, wo er sie behutsam niederlegte.

»Ich sehne mich so nach dir.« Er versagte es sich noch, sie intimer zu berühren.

Victoria war sich nicht ganz sicher, was dieses »Sehnen« im einzelnen mit einschloß, aber sie sehnte sich auch. Sie sehnte sich danach, Rafael zu berühren, ihn zu küssen, seinen Körper an ihrem zu fühlen. Sie wußte nicht, daß ihre leuchtenden Augen die Erregung widerspiegelten, doch Rafael sah es, und er erkannte noch etwas: Victorias heißes Verlangen.

Sie ist so leidenschaftlich und so versessen darauf ...

Rafael schüttelte den Kopf. Schließlich wollte er doch, daß seine Frau ihn begehrte! Er wollte nicht, daß sie sich vor seinem Liebesspiel fürchtete.

Er richtete sich auf und trat vom Bett zurück, ohne den Blick von Victorias Gesicht zu wenden. Langsam löste er sein Gürtelband und ließ sich den Hausmantel von den Schultern gleiten.

»Ich weiß, daß du noch nie einen Mann gesehen hast, Victoria. Ich möchte, daß du mich anschaust, daß du dich an mich gewöhnst und daß du weißt, daß ich dir nicht weh tun werde.«

Victoria schaute ihn an. Flackerndes Kerzenlicht umrahmte seinen herrlichen Körper. Schatten spielten über dem dichten Haar auf seiner Brust und den ausgeprägten Bauchmuskeln. Sie fühlte ihr Herz schneller schlagen. Ihr Blut erhitzte sich immer mehr, wenn sie ihn nur anschaute.

Ihr Blick glitt tiefer, und angesichts solch männlicher Stärke weiteten sich ihre Augen. Ohne daß sie sich dessen bewußt war, hoben sich ihre Hüften, und ihre Beine spreizten sich.

»Rafael«, flüsterte sie und breitete die Arme nach ihm aus.

Sofort trat er zu ihr, legte sich neben sie und stützte sich auf einem Ellbogen auf. Er schaute zu ihr hinunter. Sein Blick war so stürmisch und seine Augen waren so grau wie die Nordsee mitten im Winter. »Gefällt dir, was du siehst, Victoria?«

»Du bist schön.« Sie drückte einen Kuß auf seinen Hals. »Ich kann mir keinen schöneren Mann vorstellen.«

Du bist mein Ebenbild ... deshalb hat sie dich geheiratet ...

»Das kannst du nicht?« hörte Rafael sich selbst wie aus

weiter Ferne fragen, und dann riß er, wütend auf sich selbst, an den Bändern ihres Nachtgewands. Sie begann zu zittern. Als er die Seide auseinanderzog, fühlte Victoria die kühle Luft an ihren Brüsten.

Er blickte ihr in die Augen, und das steigerte ihre Erregung ins unermeßliche. Nie hätte sich Victoria derartige Empfindungen vorstellen können, doch sie stellte sie auch nicht in Frage. Rafael war ihr Ehemann, und jetzt legte er sanft die Hand um ihre Brust. Victoria stieß einen kleinen Schrei aus.

»Wie hübsch.« Zärtlich umfaßte er den weichen Hügel. Er konnte das heftige Schlagen ihres Herzens unter seiner Hand fühlen. »Du hast doch keine Angst, Victoria? Vor mir und meinen Berührungen?«

Weil sie in ihren ganzen neunzehn Lebensjahen noch nie solche Empfindungen wie jetzt gehabt hatte, konnte sie nicht klar genug denken, um diese Frage zu beantworten. Sie schloß die Augen und beschränkte sich aufs Fühlen.

Rafael liebkoste ihre Brust, strich dann um die rosige Spitze, berührte sie hauchleicht und löste damit wieder neue Empfindungen aus, bei denen Victoria hätte aufschreien mögen.

Er senkte den Kopf und ließ den Mund über ihre Brust gleiten. Sein warmer Atem strich über die dunkle Knospe. »Du bist vollkommen, Victoria.« Er zog ihre Brustspitze zwischen seine Lippen, und Victoria bog sich zu ihm hoch. »Ja«, flüsterte er, »ganz und gar vollkommen.«

Rafaels Worte gaben Victoria für einen Moment den Verstand zurück. Sie war nicht vollkommen! Sie hatte einen Makel. Und jetzt bewegte Rafael seine Hand an ihrem Körper hinab, und sie wußte, daß er sie bald nackt sehen würde.

Schon streifte er ihr Nachtgewand zur Seite und entblößte sie seinen Blicken. Sie hörte, wie er den Atem anhielt. Tiefer glitt seine Hand hinab, bis sie schließlich auf ihrem weichen Bauch anhielt. Victoria vermochte ihre Empfindungen kaum noch zu beherrschen. Warum bewegte er seine Hand nicht weiter? Victoria wollte von ihm berührt werden. Sie wollte ... Statt dessen glitten seine Finger zu ihrem rechten Oberschenkel.

»Gefällt dir das?«

Sie bog den Kopf in den Nacken und stöhnte. Sie fühlte, wie sich seine Hand behutsam zwischen ihre Schenkel schob. Seine Finger näherten sich dem Ziel, wo sie schon so ungeduldig erwartet wurden.

»Du bist so weich, Victoria, so warm.« Er berührte die so empfindsame Stelle, und Victoria hob unwillkürlich die Hüften.

»Heiß ...« sagte er, und während er sie küßte, glitten seine Finger weiter. Unvermittelt zog er die Hand fort. Victoria wollte ihm sagen, er dürfe jetzt nicht aufhören, er sollte sie ... doch da ließ er die Hand zu ihrem linken Oberschenkel streichen. Victoria erstarrte.

»Rafael, lösche bitte die Kerzen.« Noch während des Sprechens rückte sie von ihm fort.

»Weshalb?« Rafael atmete schwer. »Ich will dich sehen. Ich will dich ganz sehen. Du darfst dich doch jetzt nicht zieren, Victoria.«

»Nein! Bitte, Rafael! Es gibt etwas, was ich dir sagen muß. Bitte, warte!«

Er zog seine Hand von ihrem Bein fort und legte sie auf ihren Bauch. »Was mußt du mir sagen?« Böse Vorahnungen überfielen ihn.

»Ich hätte es dir schon vor der Trauung gestehen müssen«, sagte sie leise und stockend.

Rafael fühlte sich elend. Sein Magen krampfte sich zusammen. Er meinte zu wissen, was Victoria ihm gestehen wollte. Er haßte sie, er haßte sich selbst, und er haßte Damien. Sein Verlangen starb einen schnellen und gnadenlosen Tod. Er richtete sich auf. Victoria schlug das Nachtgewand über ihren Bauch und damit auch über seine Hand.

Verdammt, nein! Sie durfte keine wollüstige Hure sein, die geile Mätresse seines Bruders. Nicht Victoria, seine unschuldige, makellose Ehegattin. Er beherrschte sich. »Was könntest du mir wohl sagen wollen?« fragte er scheinbar belustigt. »Etwas, nach dem ich dich dann abscheulich finde? Sei doch nicht kindisch, Victoria.«

»Ich hoffe, du fühlst dich dann nicht abgestoßen. Ich hatte solche Angst vor dem, was du denken würdest. Ich war ein Feigling. Es tut mir leid. Ehrlich.«

Rafael konnte ihren Anblick nicht mehr ertragen. Langsam zog er den Seidenstoff auch über ihren Brüsten wieder zusammen. »Jungfrauen bluten beim ersten Mal«, sagte er tonlos.

Victoria begriff nichts. Sie wußte nur, daß Rafael sich von ihr zurückgezogen hatte und daß seine Erregung restlos abgeklungen war. »Ich verstehe nicht ...« Verwirrt schaute sie zu ihm hoch.

»Ich will es einfach nicht glauben.« Rafael fühlte sich miserabler als jemals zuvor in seinem Leben. »Ich hätte mein Leben für deine Ehrbarkeit, auf deine Unschuld verwettet.« Er lachte bitter, griff seinen Hausmantel und zog ihn sich an. »Daß ich ein solcher Narr sein konnte! Du hättest mich die Kerzen viel eher löschen lassen sollen, mein liebes Kind. Vielleicht wäre mir dann nicht entgangen, was ich nicht habe sehen können.«

Victoria setzte sich auf. Verständnislos blickte sie ihm in die Augen.

»Ich verstehe das nicht. So schlimm ist es doch gar nicht. Warum bist du nur so böse, Rafael?«

»Wahrscheinlich hättest du geschrien und mir den jungfräulichen Schmerz vorgespielt, was? Vielleicht hättest du das auch vergessen, denn du warst ja so erregt und so begierig darauf bedacht, daß ich dich nehme. Es wird keinen Vergleich geben, Victoria. Fahre zur Hölle, du falsches Weibsbild!« Er drehte sich um und ging zur Verbindungstür.

Victoria blickte ihm nach. Sie fuhr zusammen, als er die Tür ins Schloß warf. Hatte Damien ihm etwas von ihrer häßlichen Narbe erzählt und dabei übertrieben? Und was hatte Rafael mit dem »Vergleich« und mit dem Blut einer Jungfrau gemeint? Sie erinnerte sich genau an Damiens Blick, bevor die beiden Brüder zur Bibliothek gegangen waren. Was hatte Damien Rafael gesagt?

Victoria wurde es plötzlich eiskalt. Dies war ihre Hochzeitsnacht, und ihr Ehegatte hatte sie verlassen. Erst hatte er ihr gesagt, sie sei schön, hatte sie liebkost und dann ...

Sie führte die Hand zu ihrem linken Oberschenkel und rieb sich über die wulstige Narbe. Mit einmal fühlte sie sich unsauber. Ihr Körper war ein abstoßender Gegenstand. Doch woher wußte Rafael es? Sie hatte ihm ihr Bein ja noch gar nicht gezeigt.

Langsam legte sie die Hände vors Gesicht und weinte leise.

»Bist du fertig?«

Victoria zwang sich dazu, ihren Gatten anzusehen. Dies waren seine ersten Worte, seitdem er gestern nacht die Tür zugeworfen hatte. Victoria hatte allein gefrühstückt und nicht einmal gewußt, wo er war — Rafael, ihr Gemahl, ihr teurer Ehemann, der sie haßte.

»Ja«, antwortete sie nur.

»Dann komm.« Er sah, wie blaß ihr Gesicht war. Lag das an ihrem schlechten Gewissen? Der Umstand, daß sie beide jetzt für einige Zeit allein in Honeycutt Cottage sein würden, erschien ihm plötzlich geradezu aberwitzig. Welcher Mann wünschte sich andererseits nicht, mit einer leidenschaftlichen Hure allein zu sein? Vorausgesetzt sie war nicht gerade die eigene Ehefrau.

Ob er die Ehe für ungültig erklären lassen sollte? Aber

wenn Victoria von Damien schwanger war? Das Kind würde ihm, Rafael, zweifellos ähnlich sehen, und womit sollte er dann die gewünschte Annullierung begründen?

Er drehte sich um und verließ den Raum und den Gasthof, ohne sich noch einmal nach ihr umzusehen. Er ließ sich Gadfly bringen, saß auf und wartete darauf, daß Tom Victoria in die Kutsche half. Er sah sie mit gesenktem Kopf zum Wagen gehen. Tom hielt ihr den Schlag auf. Mit einmal drehte sie sich um.

»Rafael?«

»Was?«

Seine Stimme klang so ungehalten, so verärgert. Victoria schüttelte den Kopf. Wie hätte sie ihren Gatten vor dem Kutscher fragen können, weshalb er sie plötzlich haßte? »Ach, nichts.«

Als sie später zum Lunch anhielten, brachte er sie nur in das Gasthaus und ging selbst wieder hinaus. Anscheinend verachtete er sie dermaßen, daß er nicht einmal mehr eine Mahlzeit mit ihr zusammen einnehmen wollte. Während des Nachmittags verwandelte sich Victorias Selbstmitleid in Wut.

Sie erreichten Honeycutt Cottage gegen sechs Uhr dieses Abends. Das Landhaus befand sich etwas abseits der Straße hinter einem schwarzen, schmiedeeisernen Zaun. Linden und Eichen säumten die Auffahrt zu dem hübschen, im georgianischen Stil erbauten und efeuberankten Haus, das einstöckig, nicht übermäßig groß und mit zahlreichen Kaminabzügen auf dem Schieferdach versehen war.

Als die Kutsche vor der doppelflügeligen Eingangstür hielt, trat eine Frau aus dem Haus. Sie wischte sich die Hände an ihrer großen Schürze und knickste, als Victoria aus dem Wagen stieg. »Ich bin Mrs. Ripple. Sie sind die Carstairs, ja?«

Die Carstairs, wie seltsam das klang. Victoria nickte.

»Sie müssen erschöpft sein, Sie armes Kind.« Mrs. Ripp-

147

le nickte zwischendurch kurz zu Rafael hinüber. »Kommen Sie, meine Liebe. Ich zeige Ihnen Ihr Zimmer. Zwar habe ich erst gestern die Nachricht von dem Marquess erhalten, aber alles ist für Sie bereit.«

Victoria wartete nicht, ob Rafael ihr folgte, sondern ging hinter Mrs. Ripple her die schmale Treppe zum ersten Stock hinauf. Am Ende des Korridors riß die Haushälterin eine Tür auf und verkündete, dies sei die Herrensuite. Victorias Blick fiel auf das große schlichte Bett. Sie erschauderte.

Mrs. Ripple setzte ihren begeisterten Monolog fort, und Victoria folgte ihr in das angrenzende Schlafzimmer. Es war sehr feminin eingerichtet. Bettdecke und Betthimmel zierten reich gefältelte hellblaue Rüschen. Die Möbel waren in gebrochenem Weiß und Hellblau gehalten.

Irgendwann merkte Victoria, daß Mrs. Ripple sie beobachtete. »Entschuldigen Sie, haben Sie etwas gesagt?«

»Sie sind müde, mein Kind. Sie sollten ein wenig schlafen. Sie und Mr. Carstairs können in einer Stunde zu Abend essen. Wäre Ihnen das recht?«

»Gewiß. Ich danke Ihnen.« Alles war Victoria im Moment recht. Sie wollte sich nur hinlegen, die Augen schließen und aufhören zu denken und zu fühlen.

»Steh auf.«

Victoria fuhr aus dem Schlaf hoch und sah Rafael neben ihrem Bett stehen.

»Es ist Zeit zum Essen.« Seine Miene war undurchdringlich, und seine Augen wirkten so kalt wie Silber. »Wir sehen uns dann im Speisezimmer.« Damit verließ er den Raum.

Victoria schaute auf die geschlossene Tür. Welche Freuden das Eheleben doch brachte! Sie erschauderte.

Als sie das Speisezimmer, einen sehr kleinen, dunkel getäfelten Raum, betrat, stand ihr Ehegatte mit einem Glas Wein in der Hand neben dem Tisch. Er stürzte den

Wein mit einem Schluck hinunter und bedeutete Victoria, sich zu setzen.

Gut, dachte sie und straffte kampfbereit die Schultern. Leider mußte sie sich zusammennehmen, bis Mrs. Ripple endlich das Zimmer verlassen hatte.

»Braten?« fragte Rafael.

»Ja, danke.«

»Kartoffeln?«

»Ja, danke.«

»Du hast dir kein anderes Kleid angezogen.«

»Nein. Mir war nicht danach zumute.«

»Gedünstetes Gemüse? Grüne Bohnen, glaube ich.«

»Nein, danke.«

»Dein Haar sieht aus, als hätte es vor zwei Wochen zum letztenmal eine Bürste gesehen.« Rafael ließ Victoria erst gar nicht zu einer Antwort kommen. »Ich weiß schon, dir war nicht danach zumute, diesen Strauchbesen zu kämmen.«

Victoria zwang sich dazu, von allem drei Bissen zu essen, obwohl das Fleisch zäh und die Kartoffeln halbgar waren. Sie trank ein Glas Wein. Rafael schwieg. Sie auch.

Gerade wollte sie zur Offensive ansetzen, als Mrs. Ripple wieder hereinkam und sie beide strahlend anschaute. Rafael hob nicht einmal den Kopf. Victoria seufzte und stand auf.

»Gute Nacht«, sagte sie und verließ das Speisezimmer.

Eine knappe Stunde später hörte sie seine Schritte im Flur vor ihrer Schlafzimmertür. Sie wartete noch zehn Minuten und öffnete dann die Verbindungstür, ohne vorher anzuklopfen. Rafael stand vor dem Kamin und starrte in das Feuer.

»Jetzt reicht es mir gründlich«, erklärte sie mit fester, klarer Stimme. »Aus irgendeinem mir unerfindlichen Grund haßt du mich plötzlich. Ich bin gekommen, um dich zu fragen, ob du diese Farce von einer Ehe annullieren lassen möchtest.«

149

Langsam drehte sich Rafael zu ihr um. »Annullieren?«

»Ja. Ich will nicht noch länger mit einem Mann zusammensein, der meine Gesellschaft unerträglich findet.«

»Bedauerlich, doch unsere Ehe kann leider nicht annulliert werden.«

»Doch, gewiß kann sie das.«

»Ich könnte wohl kaum beweisen, daß ich mit dir noch nicht intim geworden bin. Schließlich bist du keine Jungfrau mehr, und ich bezweifle, daß du dich trotz deines Geschicks als eine solche ausgeben kannst.«

Victoria starrte Rafael sprachlos an.

»Bist du schwanger?«

»Bist du wahnsinnig?«

Er winkte unwirsch ab. »Hör auf, Victoria. Erspare mir deine verdammten Lügen. Mit wie vielen Männern — außer meinem Bruder — hast du geschlafen?«

Victoria atmete einmal tief durch. »Aha«, sagte sie sehr gedehnt. »Deshalb wollte Damien dich also sprechen. Dürfte ich fragen, was er genau gesagt hat?«

»Daß du ihn verführt hast«, antwortete er brutal. »Daß du so versessen darauf gewesen seist, daß er dich einmal sogar im Stehen in der Ahnengalerie genommen hat. Daß du eine wollüstige Hure seist. Und dein Eifer gestern nacht hat mir das bewiesen.«

Zwar fehlten Victoria die Worte, aber ihre Gedanken ordneten sich. Rafaels Wut gestern nacht hatte also nichts mit ihrem Bein zu tun gehabt. Er hatte die Lügen seines Bruders geglaubt, und alles weil ... »Weil ich deine Ehefrau werden wollte, hieltest du mich für eine Hure? Du hast deinem Bruder und seinen Lügen geglaubt?«

Plötzlich mußte sie lachen, und dieses Lachen klang so häßlich, daß Rafael erschrak. »Du hast Damien geglaubt, weil ich deine Liebkosungen und deine Küsse genossen habe? Das ist wirklich nicht zu fassen! Hätte ich das gewußt, hätte ich geschrien, mich gewehrt und wäre in Ohnmacht gefallen. Du bist ein Narr. Du kannst die Hälfte meines Geldes behalten, schließlich habe ich ja den Schutz deines Namens, wie wenig das auch bedeuten mag. Ich kehre morgen nach London zurück. Ich werde Mr. Westover aufsuchen. Gute Nacht.« Sie drehte sich um und lief zur Verbindungstür.

»Du bist in derselben Situation wie zuvor, Victoria«, rief er ihr nach. »Du besitzt keinen einzigen Penny. Bist du tatsächlich so dumm, daß du nicht weißt, daß das Vermögen einer Frau bei ihrer Hochzeit ihrem Ehegatten zufließt?«

Victoria blieb stehen und drehte sich zu ihm um. »Ich glaube dir nicht«, sagte sie langsam. »Es ist doch mein Geld, und nicht deines.«

»Du kannst es mir ruhig glauben. Du bist so arm, wie du warst, als du Damien mit deiner Flucht strafen wolltest. Wieviel hast du noch? Fünfzehn Pfund? Ich wette, damit kommst du nicht weit.«

»Ich glaube dir einfach nicht.« Das durfte doch nicht wahr sein!

»Ich nehme an, du kannst deinen Körper verkaufen«, sagte er grausam. »Du bist jung und schön genug, um einen großzügigen Beschützer zu finden. Es sei denn, du bist schwanger. Bist du es?«

Sie legte die Hand um eine besonders dekorative chinesische Vase, die wie ein viel bewundertes Ausstellungsstück auf einem Tisch stand. Victoria sah rot. Sie wirbelte herum und warf mit dem kostbaren Stück nach Rafael.

10. KAPITEL

Zielen genügt nicht; man muß treffen (italienisches Sprichwort)

Um seinen Kopf vor Schaden zu bewahren, duckte Rafael sich schnell, wenn auch nicht schnell genug. Die Vase prallte noch gegen seinen Oberarm und zerschellte dann auf den Fußbodenbohlen. »Du hast einen ausgezeichneten Wurf und ein gutes Zielvermögen«, bemerkte er völlig gelassen.

»Ich wünschte, ich besäße eine Pistole.«

»Falls du dann auch die Stirn besäßest, auf mich zu zielen, würde ich dich windelweich schlagen.«

»Die typische Drohung eines Mannes«, stellte sie kalt fest. »Männer setzen immer ihre Kräfte ein, auch um eine Frau zu vergewaltigen. Ihr seid alle so widerlich! Ich Närrin hatte geglaubt, du wärst anders. Leben Sie wohl, Kapitän Carstairs. Sie brauchen mich morgen früh nicht zu verabschieden.« Sie salutierte spöttisch und legte die Hand auf den Türknauf.

»Nicht, Victoria.«

Sie blieb stehen, drehte sich jedoch nicht um. Im nächsten Moment war Rafael hinter ihr und stützte eine Hand über ihr gegen die Tür. Victoria rührte sich nicht. Früher oder später würde er von diesem Spiel genug haben und sie gehen lassen.

»Ich verstehe dich nicht, Victoria.« Ihm war seine Verwirrung anzuhören. »Ich hatte Damien ja kein einziges Wort geglaubt, bis ... Du hast es mir doch selbst bestätigt! Du sagtest, du hättest ein Geständnis abzulegen. Etwas, was du mir schon vor der Eheschließung hättest sagen sollen. Das leugnest du doch jetzt nicht?«

»Nein.« Sie drehte sich noch immer nicht um. »Ich hatte Ihnen tatsächlich etwas zu sagen, Sir, doch das ist jetzt nicht mehr wichtig.«

Er schaute auf ihren gesenkten Kopf hinab. »Was hättest du mir denn zu gestehen gehabt, wenn nicht die Tatsache, daß du keine Jungfrau mehr bist?«

»Das war es also, was er gemeint hat«, sagte sie, als führte sie ein Selbstgespräch. »Ich habe es nicht verstanden.«

»Hör auf, mir dieses Theater vorzuspielen!«

»Ich wünsche in mein Zimmer zu gehen. Ich will packen.«

»Ich sagte dir, du kommst nicht weit mit fünfzehn Pfund.«

»Lassen Sie das nur meine Sorge sein, Kapitän. Ich habe zwanzig Pfund gestohlen und Sie immerhin fünfzigtausend. Ein gutes Geschäft haben Sie gemacht, Sir. Sie können zufrieden mit sich sein.« Sie schüttelte den Kopf und lachte bitter. »Und ich dumme Gans dachte, Sie wären anders als Ihr Bruder.«

Rafael nahm seine Hand nicht von der Tür. »Ich bin nicht wie mein Bruder.«

»Nein? Er ist ein rücksichtsloser, gemeiner Lügner, und Sie glauben ihm eher als Ihrer Ehefrau. Das wirft ein klares Licht auf Ihren Charakter.«

»Wenn du mir nicht den Verlust deiner Jungfernschaft gestehen wolltest, was war es dann? Was könnte so wichtig sein, daß du es mir ausgerechnet mitten beim Liebesspiel hättest gestehen müssen?«

»Seien Sie zufrieden, Kapitän. Sie sind jetzt viel reicher als noch vor zwei Tagen.«

Rafael konnte sich nicht mehr beherrschen. Er packte Victoria bei den Schultern und drehte sie grob zu sich herum. »Was wolltest du mir gestehen?«

»Scheren Sie sich zum Teufel«, sagte sie überaus deutlich und sehr ruhig.

Rafael blickte sie finster an. »Ich kann herausfinden, was du mir hast gestehen wollen. Ich kann mir beweisen, daß du eine Jungfrau bist. Oder eben nicht.«

»Fassen Sie mich nicht an!«

»Ich fasse dich an. Du bist meine Ehefrau. Ich kann mit dir tun, was mir beliebt.« Er neigte den Kopf und versuchte, sie zu küssen, doch sie zuckte zurück, und seine Lippen verfehlten das Ziel. Jetzt packte er Victorias Nackenknoten und hielt sie daran fest. Er küßte sie zart und versuchte mit der Zunge in ihren Mund einzudringen.

Victoria wehrte sich. Sie schlug mit den Fäusten gegen seine Brust, und als er tatsächlich mit der Zunge in ihren Mund drang, biß sie zu.

Sofort richtete Rafael sich auf. Wut und Schmerz verzerrten sein Gesicht.

Victoria war blaß und starr vor Zorn. Ihre Augen glitzerten böse. »Sie sind wirklich nicht anders als Ihr Bruder! Sie würden einer Frau ebenfalls Gewalt antun wollen. Sie sind ein Tier.« Angewidert fuhr sie sich mit der Hand über den Mund, als könnte sie so das Gefühl, den Geschmack des Kusses fortwischen.

Diese Geste raubte ihm vollends die Haltung. »Du Heuchlerin! Gestern nacht warst du so wild nach mir. Ich bezweifle, daß du noch lange die keusche Jungfrau spielen wirst. Gestern nacht hast du nur meine Finger gefühlt, und schon warst du so feucht und heiß ...«

Diese häßlichen, grausamen Worte brachten sie um die Beherrschung. Sie zog ihr Knie hoch und traf genau.

Rafael schnappte nach Luft. Er starrte Victoria an und wartete auf das unausweichliche Einsetzen des Schmerzes und der Übelkeit. »Das hättest du nicht tun dürfen«, brachte er noch heraus, bevor er sich zusammenkrümmte und sich den Leib hielt.

Victoria wartete keine Sekunde. Sie floh durch die Tür, warf sie hinter sich zu, verschloß sie und trat dann langsam zurück. Sie zitterte.

Wie lange Victoria schon regungslos in ihrem Zimmer gestanden hatte, wußte sie selbst nicht, als sie Rafaels Schritte auf dem Flur hörte. Sofort lief sie zu dieser Tür und schloß auch diese von innen ab. Sie hörte, daß er davor stehenblieb.

Rafael hob die Faust, um gegen das Holz zu hämmern, doch langsam kehrte das klare Denken zurück. Er senkte den Arm wieder. »Mach auf, Victoria«, bat er leise.

»Nein«, flüsterte sie. »Nein!« wiederholte sie laut. Sie sah sich wieder zitternd in ihrem Bett liegen, während Damien vor der Tür nach ihr rief. Sie ertrug es nicht.

»Ich trete die Tür ein, wenn du sie nicht sofort öffnest.«

Ganz leise eilte Victoria zur Verbindungstür, schloß sie auf, huschte in dieses Zimmer und schloß hinter sich wieder ab. Sie lächelte grimmig.

Doch gleich darauf sah sie entsetzt, wie sich die Tür zum Korridor öffnete. Selbstsicher kam Rafael herein.

»Dachte ich's mir doch, daß du ähnliches tun würdest. Du kannst nicht mehr entkommen, Victoria, also versuche es erst gar nicht. Und noch etwas, verehrte Gattin. Wenn du noch einmal versuchst, mich zu entmannen, werde ich dich festbinden, und dann kannst du nicht mehr auf Rücksichtnahme hoffen. Hast du mich verstanden?«

Ich habe verloren, dachte sie. Alles was ich tue, ist vergeblich. Langsam sank sie auf die Knie. Sie kauerte sich gegen die Wand und senkte den Kopf auf die Oberschenkel. Sie weinte nicht. Das Gefühl, endgültig geschlagen zu sein, war zu schmerzlich.

Selbstverständlich hätte sie Rafael nun einfach von ihrem Bein erzählen können, aber er hatte den Gemeinheiten seines Bruders geglaubt, und deshalb schuldete sie ihm keine Erklärung. Er verdiente sie nicht. Nichts verdiente er. So sehr war Victoria in ihr eigenes Elend versunken, daß sie nicht hörte, wie Rafael zu ihr trat.

Breitbeinig und mit auf die Hüften gestemmten Hän-

155

den stand er vor ihr. Eigentlich verdient sie eine Tracht Prügel, fand er, aber wenn er sie so zusammengekauert da hocken sah, brachte er das nicht über sich. Langsam ließ er sich neben ihr auf die Knie nieder. »Was wolltest du mir gestehen?« Er faßte ihren Oberarm. Sie zuckte zurück, doch er ließ sie nicht los. »Dein Geständnis! Entweder du sagst mir jetzt etwas, oder du verbringst die Nacht hier auf dem Boden. Ich meine es ernst, Victoria.«

Sie schüttelte nur wortlos den Kopf.

»Du kannst dir also nicht einmal eine halbwegs überzeugende Lüge ausdenken.«

Plötzlich hob sie den Kopf von ihren verschränkten Armen. »Bist du eine Jungfrau, Rafael?«

»Was ist denn das für eine Frage?«

»Bist du?«

»Sei nicht albern, Victoria. Ich bin ein Mann.«

»Und ein Mann gewinnt immer, nicht wahr?«

»Ich habe nicht gewonnen«, sagte er bitter. »Diesmal nicht. Nicht bei dir.«

Sie blickte ihm in die Augen. »Wirst du mich jetzt mit Gewalt nehmen?«

Er seufzte. »Ein solcher Mann bin ich nicht.«

»Ich möchte die Nacht nicht auf dem Fußboden verbringen. Darf ich bitte in mein Zimmer gehen?«

»Erst wenn du mir dein Geständnis geliefert hast.«

Sie lachte unschön. »Ganz wie du willst, lieber Gatte. Ja, ich bin als die Dirne von St. Austell bekannt. Damien war nur ein Liebhaber von vielen. Wie viele, weiß ich nicht mehr. Ich habe nämlich ganz jung damit angefangen, vielleicht so jung wie du als Mann. Ich war nicht älter als vierzehn, als mich dieser sehr männliche Stallbursche auf den Heuboden brachte. Ich werde nie vergessen, wie er mich küßte und dann . . .«

»Hör auf!« Rafael sprang auf. »Hinaus«, sagte er sehr leise. »Geh mir aus den Augen.«

Ich habe also doch noch gewonnen, dachte sie und stand

auf. Sie ging in ihr Zimmer. Die Verbindungstür schloß sie nicht ab. Das war jetzt nicht mehr nötig.

Sehr früh am nächsten Morgen öffnete Victoria ihre Tür zum Flur, schaute einmal den Korridor hinauf und hinunter und zog dann langsam ihre Reisetasche aus dem Zimmer, die nicht wesentlich schwerer war als bei der Flucht von Drago Hall.

So leise wie möglich schlich sie den Flur entlang und die Treppe hinunter. Vorsichtig schloß sie die Eingangstür auf, schlüpfte in die Kälte des nebligen Morgens hinaus und huschte zu dem kleinen Pferdestall, der rechtwinklig an das Haus angebaut war. Sie hatte die feste Absicht, den Hengst Gadfly zu stehlen. Sie hatte ferner die feste Absicht, Mr. Abner Westover aufzusuchen.

Es war schließlich weder vorstellbar noch irgendwie gerecht, daß sie nur wegen einiger vor Bischof Burghley ausgesprochener Worte ihre ganze Erbschaft verloren haben sollte. Die Frage war lediglich, ob sie auf der Reise, die mindestens vier Tage dauern würde, mit ihren fünfzehn Pfund auskommen würde.

Sie schlüpfte in den warmen, dunklen Stall, fand Rafaels Hengst und sprach leise mit ihm. Als sie ihm das Zaumzeug über den Kopf streifte, blitzte ihr Ehering im dämmerigen Licht. Ein schöner Saphir, umgeben von perfekt geschliffenen Diamanten ... Victoria lächelte. Sie besaß mehr als fünfzehn Pfund. Sie konnte ja den Ring verkaufen.

Sie warf den Sattel auf den breiten Pferderücken. Gadfly schnaubte und tänzelte nervös zur Seite. »Ruhig, ruhig. Ja, so ist's gut. Halte still, Gadfly. Ja, brav.« Sie zurrte den Sattelgurt fest und führte den Hengst langsam aus dem Stall. Es gelang ihr, die Reisetasche hochzuheben und die Ledergriffe über den Sattelknauf zu schieben. »Ruhig, mein Junge. Gleich sind wir unterwegs.«

»Das bezweifle ich erheblich, Victoria.« Rafael stand mit vor der Brust gekreuzten Armen im Stalleingang. Er war

157

barfuß und trug nur eine knielange Reithose und ein weißes Hemd.

Im ersten Moment wußte Victoria nicht, was sie sagen sollte. Sie war doch so vorsichtig gewesen und hatte keinen Lärm gemacht! Sie legte die Wange an den Sattel und wünschte sich inbrünstig, Rafael würde sich wie ein Alptraum auflösen. Das tat er natürlich nicht.

»Wie ... ich war doch so leise.«

»Ich habe gedacht, daß du dich nicht in einem übermäßig guten Geisteszustand befindest. Nur eine sehr törichte Frau würde mit fünfzehn Pfund davonlaufen wollen. Du hast soeben deine Dummheit bewiesen.«

»Oh, ich besitze mehr als dürftige fünfzehn Pfund.« Sogleich hätte sie sich auf die Zunge beißen mögen. Sie warf einen Blick auf den Pferderücken hinauf und schätzte ihre Chancen ab, sich in den Sattel zu schwingen und Rafael einfach umzureiten.

Anscheinend konnte er Gedanken lesen. »Versuche es nicht, Victoria.«

Sie straffte die Schultern und blickte ihm ins Gesicht. Der Abstand zwischen ihnen betrug sechs, sieben Schritt, und das gab ihr Mut. »Warum tust du das? Warum freut es dich nicht, daß ich aus deinem Leben verschwinden will?«

»Wolltest du meinen Hengst in London verkaufen?«

»Nein!« Vermutlich wäre ihr dieser Gedanke aber doch noch gekommen.

»Dazu hättest du London auch erst einmal erreichen müssen, was dir angesichts der Banditen kaum gelingen dürfte. Die würden sich über einen so netten Happen wie dich selbstverständlich freuen.«

»Weshalb kümmert dich das?«

»Und wenn sie dich vergewaltigt haben, bringen sie dich wahrscheinlich um«, setzte er seine Rede ungerührt fort.

»Weshalb kümmert dich das?« wiederholte sie. »In diesem Fall würde dir doch mein ganzes Geld gehören.«

»Es gehört mir jetzt schon, und das, obwohl du noch recht lebendig bist.«

»Ich glaube dir nicht. Das wäre zu ungerecht. Du lügst.«

»Ich habe kalte Füße. Komm mit ins Haus zurück.«

»Nein! Mit dir gehe ich nirgendwohin!«

Victorias Stimme hatte so angstvoll geklungen, und das verursachte Rafael ein schlechtes Gewissen. Aber verdammt, sie hatte ihn doch belogen. Sie verdiente keine Rücksichtnahme.

»Komm her, Victoria.«

»Nein. Und weil dich meine Mittellosigkeit so besorgt, beabsichtige ich, meinen Ring zu verkaufen. Würdest du mir freundlicherweise sagen, was du für ihn bezahlt hast?«

»Ungefähr tausend Pfund.«

»Armer Rafael.« Sie bemühte sich, möglichst viel Hohn in ihre Stimme zu legen. »Jetzt sind dir nur noch neunundvierzigtausend geblieben. Glaube mir, dir wird eines Tages noch viel weniger verbleiben!«

»Sogar schon bald«, erwiderte er gelassen. »Mr. Westover wird auf meine Anweisung hin nämlich vertraglich bestimmen, daß die Hälfte deiner Erbschaft für unsere Kinder festgelegt wird.«

»Das glaube ich dir nicht. Damien hätte nie ...«

»Vergleiche mich nicht schon wieder mit meinem Bruder, Victoria.«

»Ich glaube dir nicht.« Sie sah, wie er auf sie zukam, und irgend etwas in ihr setzte aus. Mit einem Aufschrei sprang sie hoch und versuchte, den Fuß in den Steigbügel zu stoßen, doch schon warf Rafael seine Arme um ihre Taille und zog sie zurück. Sie kreischte, belegte ihn mit den wenigen Schimpfwörtern, die sie kannte, und hörte ihn darüber lachen.

Der Hengst wieherte und zuckte zur Seite. Im nächsten Moment lag Victoria auf dem Stallboden. Rafael faßte das verschreckte Tier beim Zügel und beruhigte es. Rasch nahm er ihm den Sattel und die Reisetasche vom Rücken und führte ihn in seine Box zurück. Erst danach blickte er Victoria wieder an.

»Steh auf, oder soll ich dich etwa tragen?«

Langsam richtete sie sich auf den Knien auf. Die Muskeln in ihrem Bein verspannten sich. Sie mußte die Haltung ändern, wenn sie keinen ernsthaften Krampf riskieren wollte. Also stand sie auf.

Rafael beobachtete sie. Stroh hing an ihrem Mantelumhang. Sie war sehr blaß, und trotz seines Zorns fand er sie so schön und so begehrenswert, daß es ihn körperlich schmerzte. Er hob die Reisetasche auf und wandte sich ab. »Komm«, befahl er über die Schulter hinweg.

Ein weiterer Fehlschlag, dachte sie, während sie hinter ihm herging. Sie sah ihn zusammenzucken, als er mit dem nackten Fuß gegen einen scharfkantigen Stein geriet.

»Ich hoffe, deine Zehen faulen dir ab«, sagte sie leise. Er schien es nicht gehört zu haben.

Sie betrachtete seinen kräftigen, geraden Rücken und seine langen, muskulösen Beine. Sein dichtes schwarzes Haar war wirr. Leider erinnerte sie sich sehr deutlich daran, was sie empfunden hatte, als er sie in der Hochzeitsnacht geküßt und liebkost hatte. Sie schüttelte den Kopf über sich selbst. Sie war eine Närrin. Anscheinend hätte sie mehr Zurückhaltung, mehr mädchenhafte Scheu zeigen sollen, doch ihr war es einfach nicht in den Sinn gekommen, sich unnatürlich zu geben. Männer waren doch seltsame Wesen.

»Geh wieder ins Bett«, befahl er, als sie vor ihrer Zimmertür angekommen waren. Er stellte die Reisetasche ab. »Versuche so etwas nicht noch einmal, Victoria«, sagte er sehr leise. »Dir würden die Folgen nicht behagen, das verspreche ich dir.«

In ihrem Zimmer entkleidete sich Victoria, zog sich ein baumwollenes Nachtkleid an und schlüpfte ins Bett. Sie mußte nachdenken, neue Pläne schmieden, doch sie war hundemüde, und innerhalb weniger Augenblicke schlief sie fest.

Leise öffnete Rafael die Verbindungstür. Er sah Victoria zusammengekuschelt mitten im Bett liegen. Er ließ die Tür offen und legte sich wieder in sein eigenes Bett.

Seine so vertrauensvoll begonnene Ehe war zu einem Scherbenhaufen geworden. Was sollte er jetzt nur tun? Auf jeden Fall mußte er die Wahrheit wissen. Unbedingt. Vergewaltigen konnte er Victoria nicht. Das war wirklich nicht sein Stil. Für Männer, die so etwas taten, hatte er nur Verachtung übrig. Also mußte er seine Gattin verführen, und dann würde er es erfahren.

Und wenn sie nun keine Jungfrau war? Was würde er dann tun?

Natürlich fiel ihm jetzt wieder Patricia ein, die große Liebe seines Herzens, als er sechzehn gewesen war. Mit aller Rücksichtnahme, zu der ein in Leidenschaft entbrannter Jüngling fähig war, hatte er sie genommen und dabei schreckliche Angst gehabt, daß er ihr, seiner jungfräulichen Liebsten, weh tun könnte. Sie hatte geweint und geflüstert, daß er ihr Schmerz zugefügt hatte, und er hatte sie um Vergebung gebeten. Er hatte geglaubt, er wäre der Mann — Mann, ha! — den sie liebte, aber dann hatte er sie bei Damien gefunden, und der hatte ihn ausgelacht.

Rafael ertrug diese Erinnerungen nicht, die er längst tot geglaubt hatte, bis Victoria ... Rasch stand er auf, kleidete sich an und verließ das Haus. Er ritt Gadfly so lange, bis der Hengst schweißbedeckt und außer Atem war.

Gegen Mittag kehrte Rafael zurück. Der Tisch im kleinen Speisezimmer war bereits gedeckt. Victoria saß auf ihrem Platz und spielte lustlos mit der Schinkenscheibe auf ihrem Teller. Als Rafael eintrat, hob sie den Kopf und senkte ihn rasch wieder.

»Kapitän, möchten Sie auch etwas essen?« erkundigte sich Mrs. Ripple.

Er zwang sich zu einem Lächeln und nickte. Nachdem die Frau nach dem Servieren das Zimmer verlassen hatte, aß er einen Bissen Schinken, der unglaublich salzig war, und einige Butterkartoffeln, die ranzig schmeckten. Stille lastete über dem Raum. Rafael konnte sein eigenes Kauen hören, als er das Brot aß, das außen knusprig und innen noch teigig war.

»Victoria«, begann er schließlich und legte seine Gabel nieder.

»Ja?« Sie schaute nicht auf.

»Möchtest du heute nachmittag die Umgebung erkunden? Einen Ausflug nach Milton Abbas? Die Sehenswürdigkeiten dort anschauen vielleicht?«

Jetzt blickte sie ihn an. »Warum?« fragte sie verwundert.

»Wir befinden uns auf unserer Hochzeitsreise«, antwortete Rafael verbindlich. »Da sollten wir uns doch ein wenig amüsieren.«

Victoria, die für sich schon lange, leere Stunden vorausgesehen hatte, nickte. »Einverstanden.«

»Sehr gut.« Er nahm noch einen Bissen Schinken. »Vielleicht bekommen wir dort auch etwas zum Essen.«

Im Stall stand eine klapprige alte Stute, doch Victoria war der Ritt auf diesem armseligen Tier entschieden lieber als eine Fahrt in der geschlossenen Kutsche, zumal das Wetter gut, der Himmel blau und die wenigen Wölkchen weiß waren.

Das Wetter bot gute fünf Minuten Gesprächsstoff, und dann schwiegen sie eine Weile. »Wenn es dir nicht allzu unangenehm ist«, sagte Rafael schließlich, »könnten wir morgen oder übermorgen vielleicht nach Cornwall weiterreisen. Ich möchte nur eine Woche oder zwei auf Drago Hall bleiben, länger nicht. Das reicht mir, um Land zu finden, wo ich meine Heimstatt bauen möchte.«

»Möglicherweise findest du ja ein bereits fertiges Haus, das dir zusagt.« Bei dem Gedanken an Drago Hall erschauderte Victoria.

Daß sie sich nicht ausdrücklich geweigert hatte, nach Drago Hall zu gehen, wunderte Rafael. Er hatte starken Protest erwartet. Jetzt lächelte sie sogar. Weswegen? Wegen Damien? »Der Vorschlag gefällt dir anscheinend«, meinte er argwöhnisch.

»Ja, das stimmt. Ich vermisse Damaris so sehr.«

»Wer ist Damaris?«

»Deine Nichte. Sie ist drei Jahre alt und ein Schatz. Seit ihrer Geburt habe ich mich viel um sie gekümmert.«

»Ja, richtig, du erwähntest sie schon einmal. Es würde dir also nichts auszumachen, eine Weile auf Drago Hall zu bleiben?«

Victoria biß sich auf die Lippe und blickte geradeaus.

»Deine Stellung dort wäre jetzt natürlich eine andere. Ich nehme an, damals mußtest du nach Elaines Pfeife tanzen.«

»Ja, aber es hat mich nicht weiter gestört. Schließlich hielt ich mich ja für eine arme Verwandte.«

»Jetzt bist du meine Gemahlin.« Das klang recht besitzergreifend.

Victoria schwieg verwirrt. Als sie Rafaels Hand an ihrem Arm fühlte, drehte sie sich zu ihm um und schaute ihm in die Augen.

»Du gehörst mir, Victoria«, sagte er. »Ich will keinen Streit mehr zwischen uns.«

Sie betrachtete seine Hand. »Den Streit hast du vom Zaun gebrochen, Rafael.«

»Das stimmt. Ich möchte das wiedergutmachen.«

»Meinst du das ehrlich?«

Er zog seine Hand von ihrem Arm. Victorias Stimme war so voller Hoffnung gewesen, daß er sich und sein Täuschungsmanöver schon niederträchtig fand. Doch er hatte es sich nun einmal vorgenommen. Er wollte erreichen, daß Victoria ihm vertraute, daß sie wieder lächelte. Er wollte sie lieben, und dann würde er ja sehen ... »Ja«, sagte er. »Ich meine es ehrlich.«

11. KAPITEL

Ich wünscht', wir wären entfernte Bekannte! (Shakespeare)

Als sich Victoria an diesem Abend fürs Dinner umkleidete, durchdachte sie ihre Lage objektiv. Das Problem bestand darin, daß sie in Rafaels Gegenwart immer irgendwie berauscht war, besonders wenn er sie wie heute mit dem ihm eigenen Charme überschüttete. Das mißfiel ihr beträchtlich.

Sie hätte sich ablehnend und säuerlich geben sollen; er verdiente es nicht anders. Andererseits hatte er sie so aufrichtig wie möglich um einen Waffenstillstand gebeten, und da hatte sie bereitwilligst und hoffnungsvoll nach diesem Ölzweig gegriffen.

Sie streifte sich ihr blaues Seidengewand über den Kopf und seufzte. Merkwürdig, dachte sie, sobald ich allein bin, stehe ich auch wieder mit beiden Beinen fest auf der Erde. Noch vor kurzem aber hatte sie sich wie eine dumme Gans benommen. Sie hatte ihn verträumt angeschaut und alles vergessen, was er ihr gesagt und angetan hatte.

Sie schloß das letzte Knöpfchen, setzte sich an ihren Frisiertisch und nahm die Haarbürste zur Hand. Warum nur? fragte sie ihr Spiegelbild. Warum hatte Rafael jetzt eine solche Kehrtwendung gemacht?

Sie beugte sich näher an den Spiegel heran und fädelte ein dunkelblaues Samtband durch die hoch aufgesteckten Locken. Im sanften Kerzenschein glänzten rote, goldene und braune Lichter auf ihrem Haar. Victoria fand, daß sie eigentlich ganz gut aussah.

Sie musterte ihr Spiegelbild genauer und erkannte zu ihrem eigenen Schreck, daß sie nicht nur »ganz gut«, sondern entschieden zu gut aussah. Sie betrachtete ihre

164

nackten Schultern und ihren fast ganz entblößten Busen und schob den festen, stützenden Stoffstreifen unter ihren Brüsten höher. Ja, sie sah wirklich sehr weich und sehr weiblich aus. Rafael würde das auch so empfinden.

Und deshalb wollte er Frieden mit ihr schließen. Er wollte mit ihr schlafen. Er wollte wissen, ob sie noch Jungfrau war! Konnte ein Mann das überhaupt feststellen? Und konnte eine Frau feststellen, ob ein Mann ... nun, eine männliche Jungfrau war?

Victoria straffte die Schultern, stieg die Treppe hinunter und betrat den kleinen Salon. Mit einem Weinbrandschwenker in der Hand erwartete Rafael sie dort. In seinem schwarzen Abendanzug und dem schneeweißen Leinenhemd darunter sah er bemerkenswert gut aus. Ein Mann dürfte eigentlich nicht mit solch schönen silbriggrauen Augen und so dichten dunklen Wimpern gesegnet sein.

Er lächelte ihr entgegen, und ihr schien es, als bräche die strahlende Sonne durch graue Regenwolken. »Du siehst ... entzückend aus«, entfuhr es ihr.

Dieselben Worte hatte Rafael auf der Zunge gelegen. »Danke«, sagte er. »Du bist auch nicht gerade eine Beleidigung für das Auge. Dieser Blauton wirkt an dir bezaubernd.«

Victoria nickte nur. Sie sah Rafael jetzt mit anderen Augen. Er war ihr Gatte, jawohl, und hinter seiner überaus charmanten, glatten Fassade konnte sie seine stahlharte Entschlossenheit erkennen.

»Ein Glas Sherry?« fragte er freundlich.

Wieder nickte sie nur. Als er ihr das Glas reichte, berührten seine Finger ganz leicht ihre. Sie zwang sich dazu, keinerlei Notiz davon zu nehmen.

Eigentlich sollte ich mich jetzt wie eine scheue Jungfrau verhalten, dachte sie bitter. Ich sollte vor lauter mädchenhafter Angst in Panik ausbrechen, wann immer er mir zu nahe kommt, und laut schreien, wenn er mich berührt.

165

Doch sie tat nichts dergleichen, sondern stand still und ruhig da und nippte an ihrem Sherry.

In diesem Moment erschien Mrs. Ripple. Sie lächelte breit über sämtliche Zahnlücken und verkündete, daß das Dinner fertig und serviert sei.

»Sie lächelt immer so, wenn sie uns zu den Mahlzeiten ruft«, stellte Victoria fest. »Ich komme mir dann jedesmal wie ein Opferlamm vor. Was sie wohl heute wieder angerichtet hat?«

»Hoffentlich ist es wenigstens zu erkennen«, meinte Rafael und bot Victoria den Arm an. Sie lächelte, und er fand, daß der Waffenstillstand bis jetzt ganz gut funktionierte.

Er sah also »entzückend« aus, ja? So hatte sich noch keine Frau bei seinem Anblick ausgedrückt!

Auf seine Gattin hingegen traf das Wort zu, und als Mann von Erfahrung wußte er, daß sie mehr als die übliche Zeit auf ihr Äußeres verwendet hatte. Das freute ihn. Die bevorstehende Nacht schien sich gut anzulassen.

»Ich glaube, dies hier ist Rindfleisch«, sagte Victoria, nachdem Mrs. Ripple gegangen war. »Gekochtes.«

»Dann wird es nicht so trocken sein. Das ganze Fett ist ja auch noch dran.«

Victoria verzichtete lieber darauf und tat sich Kartoffeln und Karotten auf. Sie aß, ohne lange über den Geschmack gekochter Petersilie nachzudenken. »Mrs. Ripple gibt sich wirklich sehr große Mühe«, meinte sie nach einer Weile.

»Ja. Wenn wir dick und fett werden wollen, wäre sie die ideale Köchin.«

»Rafael?«

»Hm?« Er schaute Victoria nicht an, denn im Moment war er damit beschäftigt, einen großen Fettwulst von einer Fleischscheibe zu schneiden.

»Woran kann eine Frau erkennen, daß ein Mann noch unberührt ist?«

Klirrend fiel Rafaels Gabel auf den Teller. Verblüfft blickte er in Victorias vollkommen ernstes Gesicht. »Wie bitte?« fragte er, um Zeit zu gewinnen. Worauf sollte das nun wieder hinauslaufen?

»Ich fragte dich, woran eine Frau erkennt, daß ein Mann noch unberührt ist.«

»Deine Tischunterhaltung ist höchst ungewöhnlich. Ist dies das erste Anzeichen dafür, daß du dich auf einen unschicklichen Beruf vorbereitest?« Dabei lächelte er so hinreißend, daß seine Worte sich nicht wie eine Beleidigung anhörten.

Victoria war auch nicht beleidigt. »Ich wüßte nicht, wen ich sonst danach fragen könnte. Falls dein Zartgefühl in Gefahr ist, Schaden zu nehmen, täte es mir sehr leid.«

»Mein Zartgefühl wird es überleben. Du willst also wissen …« Er spielte lange mit seiner Gabel. »Eine Frau kann das nicht erkennen«, antwortete er endlich. »Jedenfalls nicht an körperlichen Anzeichen. Wenn der Mann sich besonders geschickt anstellt, kann sie es höchstens erraten.«

»Ist das bei einer Frau ebenso? Gibt es für ihre Jungfernschaft auch keine körperlichen Anzeichen? Kann der Mann auch nur Rückschlüsse aus ihrer Ungeschicklichkeit ziehen?«

Das ist es also, dachte er. Hatte sie denn nicht geblutet, als sie das erste Mal mit einem Mann zusammen war? Hatte sie keinen Schmerz gefühlt? Oder beabsichtigte sie, ihm die Jungfrau nur vorzuspielen? Das würde ihr nicht gelingen. Er war schließlich kein Anfänger.

»Eine Frau besitzt körperliche Merkmale, die ihre Jungfernschaft beweisen«, antwortete er ruhig.

»Wie ist das zu verstehen?«

Trotz seiner Friedensabsichten wurde er langsam ärgerlich. »Eine Frau hat gewöhnlich ein Häutchen in sich, das

167

durchstoßen wird, wenn der erste Mann in sie eindringt. Wenn dieses Häutchen zerreißt, blutet sie. Außerdem schmerzt es, denn sie ist noch nicht daran gewöhnt, einen Mann in sich aufzunehmen. Wie stark es schmerzt, hängt von der Größe des Mannes ab.«

Er sah, daß sie blaß wurde, doch er bedauerte seine so direkte Rede nicht. Victoria hatte es ja wissen wollen.

Diese Geschichte mit der körperlichen Liebe hört sich ja ganz und gar nicht erfreulich an, dachte Victoria. Noch allzu gut erinnerte sie sich an Rafaels »Größe«, die sie in der Hochzeitsnacht hatte bewundern können. Daraus war also zu schließen, daß er ihr ziemliche Schmerzen verursachen würde. Wie weit würde er in sie eindringen? Ganz? Was für ein schrecklicher Gedanke!

Nein, ihr gefiel die Sache nicht im allergeringsten. Doch dann mußte sie daran denken, zu welchen unkontrollierbaren Empfindungen Rafael sie in der Hochzeitsnacht gebracht hate. Irgendwie ergab das Ganze keinen Sinn.

»Versuche es gar nicht erst, Victoria«, sagte Rafael streng. »Ich bin weder dumm noch blind. Ich habe einmal von einer Braut gehört, die ihren Gatten von ihrer Tugendhaftigkeit mittels einer Phiole Hühnerblut hatte überzeugen wollen. Als er in sie eindrang, schrie sie und schmierte sich das Hühnerblut zwischen die Beine. Leider kam sie damit nicht durch. Ihr Mann war nicht sehr erfreut, als er das Fläschchen mit noch einem Rest Blut darin unter ihrem Kopfkissen fand. Ich wäre auch nicht sehr erfreut.«

»Hühnerblut? Sie hat Hühnerblut genommen?« Victoria mußte laut lachen. Es war aber auch zu albern! »Schau mal, Mrs. Ripple hat uns auch ein Hühnchen gebraten. Diese fettriefenden Fleischstücke da auf dem Teller.« Sie konnte nicht zu lachen aufhören. »Wenigstens ist das arme Tier nicht auch gekocht.«

Rafael starrte sie stumm an.

»Ich sollte gleich in die Küche gehen. Du mußt mir sagen, wieviel Blut ich benötige. Eine Phiole zu beschaffen, könnte sich als Problem herausstellen. Nun, sicherlich hat Mrs. Ripple ein zweckdienliches Behältnis im Haus. Wenn keine Phiole, dann vielleicht eine ... ja, was, Rafael? Eine leere Weinflasche? Nein, zu groß.« Lachtränen rollten ihr über die Wangen.

»Laß das, Victoria!«

Sie schniefte, bekam einen Schluckauf, kicherte und schaffte es endlich, ihre Serviette aufzunehmen und ihre Augen zu betupfen. »Vergib mir«, sagte sie zum Schluß. »Du bist ein so ungeheuer amüsanter Erzähler, Rafael. Kennst du noch mehr solche lustigen Geschichten?«

»Ich sollte dir erst diese hier zu Ende erzählen. Der Ehemann schickte seine Gattin auf einen Landsitz in einer gottesvergessenen Ecke von Northumberland. Wie erwartet, gebar die Frau ein halbes Jahr später einen Bastard. Der Mann weigerte sich, sie jemals wiederzusehen.«

»Ich glaube, ich mag diese Geschichte doch nicht«, erklärte Victoria nach längerem Schweigen. »Sie endet nicht glücklich.«

»Ach? Was hätte der Mann denn tun sollen? Die Frau erwürgen?«

»Nein, er hätte sie fragen können, warum sie das getan hat. Er hatte doch bestimmt ursprünglich so etwas wie Zuneigung zu ihr gehabt.«

»Sie hatte ihn aber doch getäuscht und belogen. Er wußte genug.«

»Was ist aus dem Kind geworden?«

»Das weiß ich nicht.«

Victoria lehnte sich zurück und schaute ihren so »entzückenden« Gatten über den Tisch hinweg an. »Und du denkst nun, dasselbe habe ich auch bei dir vor, ja? Du fürchtest, ich bekomme ein Kind, einen Bastard.«

»Ich will es nicht hoffen.«

»Das Kind deines Bruders, ja? Und woher willst du es dann wissen? Das Kind dürfte dir zweifellos ähnlich sehen.«

»Victoria!« Er biß die Zähne zusammen. »Halte den Mund. Ich will nichts mehr davon hören.«

»Oh, ich verstehe schon. Wenn das Kind von dir wäre, würde es neun Monate nach Vollzug unserer Ehe zur Welt kommen. Kommt es früher, dann bevölkert ein Bastard mehr die Erde.«

»Victoria, ich habe gesagt, du sollst still sein.«

»Dein Friedensangebot wird langsam fadenscheinig und unglaubwürdig, Rafael.«

»Ich bin nicht an Damen gewöhnt, die mich nach den Symptomen der Jungfernschaft befragen, und gewiß ist das kein angemessenes Gesprächsthema.«

»Wir haben kaum etwas gesagt, das man angemessen nennen könnte.«

Sie begann damit, einem Pfirsich die samtige Haut abzuziehen. Rafael schenkte sich Wein nach und beobachtete Victorias schlanke Finger. »Wenigstens etwas, das von Mrs. Ripples hausfraulichen Händen unberührt blieb«, meinte sie.

Eine Weile lang herrschte Schweigen.

»Jetzt ist mir ein angemessenes Gesprächsthema eingefallen«, erklärte Victoria und steckte sich ein Stück Pfirsich in den Mund. »Hier ist es: Es dürfte problematisch sein, nach Drago Hall zurückzukehren. Vielleicht will Damien uns dort nicht haben. Ich kann mir nicht vorstellen, daß er uns wiedersehen will. Immerhin hast du dir das angeeignet, was er als seine fünfzigtausend Pfund betrachtet hatte.«

»Er würde es trotz allem nie auf einen Skandal ankommen lassen, besonders dann nicht, wenn er selbst dabei im Mittelpunkt steht. Es wäre indessen ein Skandal, wenn er seinem eigenen Zwillingsbruder die Aufnahme verweigerte.« Rafael lächelte unangenehm. »Du kannst dich darauf verlassen, daß alle Welt es erfahren würde, falls er uns sein Haus verweigert.«

»Weshalb willst du denn unbedingt dort wohnen? Es gibt doch komfortable Gasthöfe in der Umgebung. Ich meine, ich habe nichts gegen Drago Hall selbst. Es sind nur seine Bewohner, die mich erheblich stören.«

»Merkwürdig. Heute nachmittag warst du noch damit einverstanden, dort vorübergehend zu wohnen.«

»Wahrscheinlich gingen mir da andere Dinge im Kopf herum. Möchtest du ein Stück Pfirsich? Nein? Dann esse ich es allein auf. Schmeckt sehr süß. Mrs. Ripple erzählte mir, daß alles Obst aus dem Garten hinter dem Haus ...

»Victoria, sei endlich still.«

»Ich habe lange dazu gebraucht«, fuhr sie unbeirrt fort, »doch endlich habe ich begriffen, warum du unbedingt Frieden mit mir schließen wolltest.«

Rafael runzelte die Stirn. »Ich habe genug von deinem Gerede. Willst du den Kaffee im Salon trinken?«

»Nein, und in dein Bett steigen will ich auch nicht. Hättest du nur wenigstens ein paar körperliche Mängel, Rafael, würde ich deine Motive viel eher verstanden haben.«

»Das ist das eigenartigste Kompliment, das ich je gehört habe. Ich kann mich dafür nicht bedanken. Und was du damit meinst, verstehe ich nicht, wie ich hinzufügen darf.«

Victoria seufzte. »Rafael, du verblüffst mich immer wieder. Ich glaube, ich kann mit dir nicht recht Schritt halten.«

»Unsinn. Ich bin nur ein Mann, Victoria. Und jetzt bin ich ein verheirateter Mann. Dein Ehemann.«

»Und was willst du mir damit sagen? Daß ich mich dir zu fügen habe? Ich werde es nicht zulassen, daß du ... dich wieder vergißt, Rafael.«

»Warum nicht? Ich erinnere mich sehr gut, daß du von mir nicht schnell genug alles bekommen konntest.« Er lächelte, aber das sah nicht charmant, sondern mörderisch aus.

Victoria zwang sich dazu, das Lächeln zu erwidern. »Stimmt, doch nun weiß ich, daß eine Jungfrau sich nach bestimmten Regeln zu verhalten hat, und ich bin sicher, daß es Männer waren, die diese Regeln vor Jahrhunderten erfunden haben. Wenn du mich berührst, muß ich mich vor Abscheu schütteln und vor Empörung schreien. Habe ich das so richtig verstanden?«

Rafael schwieg.

»Was mir hingegen noch immer unverständlich ist, das ist dein Zorn«, fuhr sie fort. »Als Mann solltest du dich doch über meine Reaktion auf dich freuen. Hat sie dir nicht Grund zu männlichem Stolz gegeben? Konntest du dich nicht rühmen, ein guter Liebhaber zu sein? Aber nein, du bist böse. Das ist höchst widersprüchlich. Wie wäre es mit einer Runde Piquet?« fragte sie, ohne ihren Redefluß zu unterbrechen. »Mrs. Ripple wird doch sicherlich Spielkarten im Haus haben.«

»Erwartest du, daß ich jetzt mit ja oder nein antworte und einfach überhöre, was du gerade gesagt hast?«

»Das tust du ja mit größter Regelmäßigkeit.«

»Ich hätte nie gedacht, daß du ein so impertinentes Mundwerk hast, Victoria.«

»Hättest du es gewußt, würdest du mich dann nicht geheiratet haben? Das wäre dumm gewesen, denn schließlich wären dir dann fünfzigtausend Pfund entgangen.«

»Victoria, du wirst jetzt deine unerträglichen Sticheleien einstellen und künftig diesen Unsinn bezüglich der fünfzigtausend Pfund für dich behalten.« Er sagte das mit sehr ernster, abweisender Miene.

Victoria senkte den Kopf. Sie stand auf und wandte sich ab.

»Ich werde Mrs. Ripple um die Piquet-Karten bitten«, sagte sie über die Schulter hinweg.

Im Türrahmen blieb sie stehen, drehte sich aber nicht

um. »Rafael, sollte eine Jungfrau eigentlich gut Piquet spielen können? Oder sollte sie lieber hilflos herumdrucksen? Sollte sie vielleicht die Karten ungeschickt mischen? Dumm spielen?«

Sie macht das wirklich ausgezeichnet, dachte Rafael gleichermaßen ärgerlich wie bewundernd. Köpfchen hat sie, meine liebe Gattin. Aber wie sieht es mit ihren anderen Qualitäten aus? »Ich habe zuvor noch nie mit einer Jungfrau Piquet gespielt«, antwortete er scheinbar ungerührt. »Da jedoch das Lebensziel einer jeden Frau ist, sich einen Ehemann zu sichern, sollte sie so schlecht spielen, daß der Mann gewinnt und sich überlegen fühlt.«

»Dann kann sie so tun, als bewunderte sie ihn, ja?«

»In der Tat. Wie gut kannst du gurren, Victoria?«

Jetzt drehte sie sich zu ihm um. Eine derart höhnische Stimme konnte man nicht ignorieren. Gurren! »Gegurrt habe ich in meinem ganzen Leben nicht.«

»Aber in deinem ganzen Leben wirst du doch wenigstens während einer gewissen Zeitspanne eine Jungfrau gewesen sein.«

Das war zuviel. »Der Waffenstillstand ist vorbei, Rafael«, erklärte sie erstaunlich ruhig. »Geh zum Teufel und laß dich in der Hölle rösten.« Mit größter Würde straffte sie die Schultern und verließ das Zimmer gemessenen Schritts. Im Flur jedoch raffte sie die Röcke, rannte durch die Eingangshalle und eilte die Treppe hinauf.

Rafael ließ die schon erhobene Hand sinken. Er hatte wieder einmal alles verdorben. Leise fluchte er vor sich hin, nahm dann die Weinbrandkaraffe von der Anrichte und ging damit in das kleine, sehr maskulin eingerichtete Arbeitszimmer im hinteren Teil des Landhauses.

Am nächsten Morgen befand sich Rafael nicht in allerbester Verfassung. Er war vor Tagesanbruch völlig verkrampft in seinem Sessel im Arbeitszimmer aufgewacht und dann in sein Schlafzimmer gegangen. Ein heißes Bad hatte seinen steifen Muskeln ein wenig geholfen, aber nicht ihm selbst.

Tom Merrifield, der Kutscher, rettete ihm schließlich das Leben. »Sie schauen ein wenig mitgenommen aus, Sir«, bemerkte er, als er Rafael sah, der ein paar Atemzüge an der frischen Morgenluft machte. »Meine Mama hat mir ein feines Rezept für einen Trank am Morgen danach verraten. Soll ich Ihnen etwas davon zubereiten?«

Rafael sah einen Hoffnungsschimmer. Er nickte.

Das Gebräu war braun, dünnflüssig und schmeckte ekelerregend, doch es wirkte erstaunlich belebend. »Tom Merrifield, ich stehe in Ihrer Schuld«, sagte Rafael keine zehn Minuten später und schüttelte dem Kutscher die Hand.

Tom grinste mitfühlend. »Brandy kann einen umbringen, das ist mal sicher, Sir. Hat Miss Victoria auch getrunken?«

»Nein.« Rafael mochte sich nicht an sie erinnern. »Ich glaube, ich bin jetzt sogar in der Lage, mich dem zu stellen, was Mrs. Ripple unter Frühstück versteht.«

»Jede Menge Eier, Sir, die werden Ihnen guttun«, erklärte Tom überaus ernst. »Noch so eine Weisheit von meiner Mama.«

Wieso Tom sich mit einmal so gesprächig zeigte, war Rafael unerfindlich, denn bisher war der Mann aus Cornwall überaus maulfaul gewesen. »Mrs. Carstairs und ich werden in ungefähr einer Stunde ausreiten, Tom.« Zumindest hoffte Rafael, daß er Victoria dazu bewegen konnte. Wie viele Friedensangebote wurden einem Mann zugestanden, bevor seine Gattin ihm den Schürhaken über den Kopf schlug?

Victoria hatte sich gerade zu Tisch gesetzt, als Rafael ins Zimmer trat. Er bemühte sich um ein ausgesprochen gewinnendes Lächeln. Hoffentlich bemerkte sie seine blutunterlaufenen Augen nicht.

Sofort sah Victoria wieder die helle Sonne durch die Regenwolken brechen. »Guten Morgen«, grüßte sie steif und versuchte, sich von diesem Lächeln nicht betören zu lassen.

»Guten Morgen. Darf ich dir auftun?«

Was zum Teufel führte er im Schilde? Sie betrachtete ihn einen Moment und schüttelte dann den Kopf. »Ich habe heute morgen eigentlich gar keinen Hunger. Außerdem sieht der Speck leider noch weniger knusprig aus als der Toast. Heute scheint das Wetter angenehm zu werden.«

»Ja, das stimmt. Ach, Victoria, würdest du mit mir ein wenig in die Umgebung reiten wollen? Diese normannische Kirche in Milton Abbas ist sicherlich sehenswert.«

»Aus religiösen oder aus archäologischen Gründen?«

»Weder — noch.«

»Aus Einschmeichelungsgründen also?«

»Aus — was?« Die Rühreier hätte man besser mit einem Suppenlöffel als mit einer Gabel essen können. Rafael musterte sie argwöhnisch, beschloß dann aber, dem Rat von Toms Mama zu folgen, und häufte sich den Teller voll.

»Ein neuer Ölzweig«, antwortete Victoria.

»Verehrteste, wenn du dir angewöhnen könntest, den Mund zu halten, könnten wir einen fünfzig Jahre dauernden Frieden haben.«

»So erreichst du jedenfalls nicht einmal einen Waffenstillstand, Rafael. Wie kannst du nur solche halbgebratenen Rühreier essen? Igitt.«

»Beschäftige dich mit deinem eigenen Teller, wenn ich bitten darf. Wie wäre es, wenn wir tagsüber Freunde wären und uns unser ganzes Gift für die Abende aufhöben? Halb und halb. Auf diese Weise kommt keine Langeweile auf.«

»Etwas so fest Geregeltes wird mit Sicherheit langweilig.«

»Nicht bei deinem Mundwerk.«

Vicotria seufzte und biß von ihrem gebutterten Toast

ab. Wenigstens die Butter war delikat. »Soll ich dir einmal etwas sagen, Rafael?«

»Schieß los.«

»In meinen ganzen neunzehn Lebensjahren war ich nie eine so bösartige Person. Du besitzt das große Talent, alle in mir schlummernden schlechten Eigenschaften ans Tageslicht zu fördern, weißt du.«

Rafael sah sehr bestürzt aus. »Wenn ich es mir recht überlege, bin ich das ebenfalls nicht. Eine bösartige Person, meine ich. Was sollten wir deiner Meinung nach dagegen tun?«

»Oh, das ist ganz einfach«, antwortete sie völlig ernst. »Alles was du tun mußt, Rafael, das ist, mir zu vertrauen und mir zu glauben. Ich bin deine Ehefrau, wenn du dich freundlicherweise daran erinnern würdest.«

»Du kannst mir ganz einfach beweisen, daß mein Glaube und mein Vertrauen gerechtfertigt sind.«

»Nein, du mußt mir voll und ganz vertrauen, bevor wir die Ehe vollziehen.«

»Woher hat ein nettes junges Mädchen nur solche Formulierungen?« Er schüttelte den Kopf. »Nun, wie dem auch sei, es gibt noch eine andere Möglichkeit. Sage mir, was du mir zu gestehen hattest.«

Victoria drehte ihren Löffel in dem Topf mit dem dicken, klaren goldenen Honig. Daß die Bienen unerschütterlich etwas Gutes produzierten, konnte selbst eine Mrs. Ripple nicht verhindern. Ja, das Geständnis . . .

Victoria brachte es nicht über die Lippen. Gelänge es ihr aber, dann würde sich Rafael hinterher bestimmt wie der letzte Schuft fühlen.

Sie lächelte ein wenig. Sein schlechtes Gewissen war die Aufgabe ihrer Prinzipien wert. Sie starrte in den Honigtopf. Seit wann ist mein lahmes Bein ein Prinzip? fragte sie sich. So ein Unsinn. Überhaupt war alles Unsinn, was sie seit der ersten Begegnung mit diesem Mann gemacht hatte.

»Du hast dein ganzes Rührei aufgegessen«, stellte sie fest.

»Ja, über dem Streit mit dir konnte ich gut vergessen, was ich gerade aß. Möchtest du nun mit mir ausreiten?«

»Warum nicht? Wirst du auch weiterhin so charmant bleiben? Zumindest bis Sonnenuntergang?«

»Zu allermindest«, antwortete er und stand auf.

12. KAPITEL

Wir lassen uns leicht verleiten von denen, die wir lieben — (Molière)

Als Rafael Victoria leicht bei den Schultern faßte und zu sich heranzog, war sie zu überrascht, um sich bewegen zu können, und als er ihr Kinn mit einem Finger anhob und sie auf den geschlossenen Mund küßte, konnte sie nur regungslos zu ihm hinaufschauen.

Nach einem Moment hob er den Kopf und blickte lächelnd zu ihr hinunter. Sanft streichelte er ihre Wange. »Die Sonne ist noch nicht untergegangen«, stellte er fest. »Bis zum Streiten bleiben uns noch einige Minuten.«

»Weshalb hast du das getan?«

»Nun, du bist schön, dein Mund ist sehr weich, du schmeckst süß, und du bist meine Gemahlin.«

»Aha.« Er sollte sie noch einmal küssen! Sie wollte ihn zu sich heranziehen und seinen Körper an ihrem fühlen. Danach sehnte sie sich so sehr, doch sie tat nichts. Rafael würde ihr sonst bestimmt wieder dirnenhaftes Benehmen vorwerfen. Aber seine Lippen waren schön und fest, und er schmeckte ganz bestimmt viel köstlicher als sie selbst. Es war schwer, so etwas für sich zu behalten.

»Willst du mich nur weiter so betrachten, Victoria? Willst du nichts mehr sagen?«

Hilflos schüttelte sie den Kopf. Unbewußt hob sie die Hände an seine Schultern, bog den Kopf in den Nacken und senkte die Wimpern.

Das war eine eindeutige Aufforderung. Er küßte sie noch einmal sanft und zart, und obwohl sie den Mund fest geschlossen hielt, spürte Rafael ihre innere Reaktion. Mit der Zungenspitze strich er über ihre Unterlippe und fühlte sofort, daß Victorias Brüste bebten. Fest schlang er die Arme um ihren Rücken und vertiefte seinen Kuß.

Sie stöhnte, und selbst erschrocken darüber, schlug sie die Augen auf. Wilde, unzähmbare Empfindungen überfielen sie. Sie zitterte und wußte nicht, was die dagegen tun sollte. Sie wollte mehr, mehr von Rafael. Sie wollte ... Nein! Sie fühlte seine Hände an ihrem Rücken hinabgleiten. Sie fühlte, wie sie leicht angehoben und gegen seinen Körper gedrückt wurde. Sie fühlte ... Sie schrie auf. Kapitulation, Verlangen, Flehen lag in diesem Aufschrei.

Rafael ließ sie langsam an seinem Körper hinuntergleiten, ohne sie jedoch loszulassen, als sie wieder auf dem Boden stand. »Möchtest du, daß ich das Hausmädchen bitte, dir ein heißes Bad zu bereiten?«

»Ein Bad?« Ihre Stimme klang, als wäre Victoria eben erst aufgewacht.

»Ja.« Rafael ließ sie los. »Möchtest du vor dem Dinner baden?« Er wußte ganz genau, daß ihr Körper in Flammen stand; ihm selbst ging es ja nicht viel anders. Nur wußte er, wie man sich beherrschte, und offensichtlich wußte sie das nicht. Ihr Verstand funktionierte anscheinend noch nicht richtig. Sie versuchte, sich zu ruhigerem Atmen zu zwingen und wieder fest auf den Beinen zu stehen. Er wartete gespannt auf das, was sie jetzt sagen oder tun würde.

Es sollte eine große Überraschung für ihn werden.

Victoria holte aus und schlug ihm so hart sie konnte ins Gesicht. »Ich hasse dich!« Ihre Stimme klang eher wie ein Schluchzen.

Rafael rieb sich die Wange. »Ich habe doch nur gefragt, ob du ein Bad wünschst. Warum wurdest du da gleich gewalttätig?«

»Du ... du hast mich mißbraucht! Du wußtest, daß ... Du wolltest mich wild machen, damit du mich verhöhnen und hassen und verachten konntest! Das lasse ich nicht noch einmal zu, Rafael!« Sie drehte sich um, lief in ihr Zimmer, warf die Tür hinter sich zu und verschloß sie von innen.

Rafael schaute auf die Tür. Er hatte Victoria nur einen einfachen Kuß geben wollen, weiter nichts. Allein ihre spürbare leidenschaftliche Reaktion darauf hatte ihn dazu gebracht, mehr zu tun als beabsichtigt.

Die Ehe ist doch ein einziger verdammter Schlamassel, dachte er. Und was Victoria ihm hatte gestehen wollen, wußte er noch immer nicht.

Victoria ließ Mrs. Ripple durch das Hausmädchen eine Nachricht überbringen, denn sie hegte nicht die Absicht, ihrem Gatten am Speisetisch gegenüberzusitzen. Jedenfalls nicht heute abend zum Dinner.

Er hatte sie wieder übertölpelt. Das war ihm natürlich nur gelungen, weil sie so überrascht gewesen war. Hätte sie vorher gewußt, daß er sie küssen würde, hätte sie sich darauf vorbereiten und sicherstellen können, daß sie nichts als absolutes Desinteresse zeigte. Auch als er sie an seinen Körper gedrückt hatte.

Sie biß sich auf die Lippe, weil sie sich deutlich an die so überwältigenden Empfindungen erinnerte, gegen die sie in dem Moment völlig machtlos gewesen war. War sie wirklich eine Dirne? Eine Hure? Besaßen Huren solche Empfindungen? Jetzt hatte es der verdammte Kerl doch geschafft, daß sie an sich selbst zweifelte! Bei Damien hatte sie ausschließlich Widerwillen empfunden und bei David absolut gar nichts. Nur dieser Rafael Carstairs schien über einen Zauber zu verfügen, der sie wahnsinnig vor Verlangen und Leidenschaft machte. Zumindest nahm sie an, daß es sich um Leidenschaft handelte. Sie begehrte ihn eben, und zwar heiß und unbedingt mit allem, was damit zusammenhängen mochte.

Sie beendete ihr Bad, wickelte sich in ein warmes Trockentuch und bereitete sich auf einen langen und langweiligen Abend vor.

Unten im Speisezimmer saß Rafael derweil in edler Einsamkeit am Tisch und überwand sich dazu, eine ausreichende Portion von Mrs. Ripples geschmortem — oder genauer gesagt: zerkochtem — Kaninchen zu essen. Ich habe meinen Plan wieder einmal vermasselt, und zwar meisterlich, dachte er.

Noch lange nachdem Mrs. Ripple abgedeckt hatte, blieb er mit einer Flasche Portwein am Tisch sitzen, obwohl er keineswegs die Absicht hatte, sich wieder zu betrinken. Er dachte an Drago Hall und seinen Bruder, von dem ihn jetzt ein noch tieferer Graben als früher trennte.

Und er dachte an den Auftrag, den er von Lord Walton erhalten hatte. Wieso konnte der nicht irgend etwas mit Schmuggelei zu tun haben? Damit kannte er sich seit seinem dritten Lebensjahr aus. Aber eine Auferstehung des Höllenfeuer-Klubs? Er hätte das als Unsinn abgetan, wenn da nicht die Schändung von Viscount Bainbridges Tochter gewesen wäre.

So aber galt es, das Tun dieser Gruppe zügelloser junger Männer zu unterbinden und die Identität der zwielichtigen Figur, die sich Widder nannte, aufzudecken. Ein Widder, der Bock, war das Sinnbild männlicher Potenz, und seine Hörner galten als Phallussymbole. Rafael nahm sich vor, morgen in der kleinen Bibliothek von Honeycutt Cottage nachzusehen, ob sich dort Bücher über Zauberei, Hexensabbate und dergleichen fanden.

Bis neun Uhr blieb er am Tisch sitzen und kämpfte mit seiner wachsenden Nervosität. Dann verließ er das Haus zu einem langen Spaziergang. Graue Wolken zogen über den Halbmond.

Rafael dachte an Victoria. Er wollte sein Bestes tun, Victoria vor irgendwelchen Beleidigungen auf Drago Hall zu bewahren. Allerdings war ihm auch klar, daß er sie — falls sie tatsächlich Damiens Geliebte gewesen war — in die Arme seines wartenden Bruders werfen würde. Ach was, er würde selbst mit ihr schlafen; so wußte er wenig-

181

stens, daß sie nicht bei Damien war. Außerdem begehrte er sie, verdammt noch mal, und sie war schließlich seine Ehefrau.

Bevor ihn ein plötzlich einsetzender Gewitterregen ins Haus zurücktrieb, war er zu einer Lüge entschlossen. Ja, er würde Victoria direkt in ihr schönes Gesicht sagen, daß er ihr vertraute und ihr glaubte. Dann würde er sie lieben, und dann würde er endlich Klarheit haben.

Aber noch nicht heute abend. Es war besser, morgen früh erst einmal Stimmung und Lage zu prüfen und Victoria vielleicht ein wenig zu beschwichtigen. Ein weiterer Versuch wäre angebracht; den heutigen hatte er ja restlos verpfuscht.

Am nächsten Morgen saßen sie einander am Frühstückstisch gegenüber. Rafael warf einen angewiderten Blick auf die halbflüssigen Spiegeleier und den fetten, glasigen, weichen Speck und nahm sich dann lieber eine von den gefüllten Hefesemmeln, die eßbar aussahen.

Seine Gattin schwieg. Sie hatte Schatten unter den Augen, was ihm gar nicht gefiel.

»Was weißt du über Hexerei in Cornwall?« fragte er ohne jede Vorrede.

Victoria, die gerade lustlos eine Semmel zerkrümelt hatte, hob den Kopf und schaute Rafael an. »Nicht mehr und nicht weniger als die meisten Leute. Es gibt Personen, die Hexerei betreiben, und ich habe gehört, daß es früher in der Nähe von St. Austell einen Hexensammelplatz gegeben hat. Warum?«

Rafael winkte ab, biß in eine Semmel und merkte zu spät, daß sie innen noch teigig war. Er kaute, schluckte den Bissen mannhaft hinunter und nahm sich dann eine trockene Toastscheibe.

»Falls wir einmal Streit mit dem Marquess bekommen sollten, können wir ihm erzählen, Mrs. Ripple sei eine wunderbare Köchin und er müsse unbedingt herkommen, um sich selbst davon zu überzeugen. Das wäre eine Rache!«

»Sie gibt sich doch solche Mühe.«

»Ich glaube, ich gebe ihr einen kleinen Urlaub und übernehme selbst die Küche. Was meinst du?«

»Dann könnten wir zusammen die Eier und den Speck knusprig braten.«

Rafael grinste fröhlich. »Na, dann los.« Weil er nichts auf die lange Bank schieben wollte, rief er sofort nach Mrs. Ripple. Sie erschien, wischte sich die bemehlten Hände an der Schürze ab, und Rafael hatte Mühe, ernst zu bleiben.

»Mrs. Ripple«, sagte er liebenswürdig. »Mrs. Carstairs und ich sind Ihnen sehr dankbar für alles, was Sie für uns getan haben. Wie Sie wissen, befinden wir uns auf unserer Hochzeitsreise, und nun möchten wir uns für Ihre Mühe dadurch erkenntlich zeigen, daß wir Ihnen einen kurzen Urlaub geben. Meine Gattin und ich würden uns freuen, einmal für eine Weile allein zu sein.«

Mrs. Ripple war offensichtlich bestürzt. »Aber Sir! Wer sorgt dann für Sie und Mrs. Carstairs? Und schicklich wäre es ganz gewiß auch nicht. Der gute Marquess würde bestimmt . . .«

»Nein, es ist schon ganz in Ordnung. Wirklich, meine Gemahlin ist eine gute Köchin. Wir reisen Freitag ab. Kommen Sie doch am Freitag morgen wieder, ja?«

Mrs. Ripple tat ihr Bestes, Kapitän Carstairs' Plan gegenüber ablehnend zu wirken, doch nach fünfzehn Sekunden nickte sie und band sich die Schürze ab.

»Wie man Brot macht, weiß ich nicht«, sagte Victoria, als sie allein waren, »und damit war sie gerade beschäftigt.«

»Ich weiß es.« Rafael lächelte, als er ihren ungläubigen Blick sah. »Das habe ich nämlich in Portugal gelernt. Ich war dort vor ein paar Jahren im Einsatz . . . äh, auf einer Reise . . .«

183

»Ja, Rafael, im Einsatz. Ich bin nicht ganz hirn- und gehörlos. Ich weiß nur nicht, wie du mit heiler Haut davongekommen bist. Aus den Orten, die du in deinen Geschichten erwähnt hattest — es waren alles Kampfschauplätze — konnte ich schließen, daß du kein schlichter Handelskapitän warst. Und wie ist das jetzt mit dem Brot?«

»Weißt du was, Victoria? Ich spreche im Schlaf, hat man mir gesagt. Falls wir doch noch einmal zusammenkommen, wirst du sicherlich genug Informationen sammeln können, um mich bis aufs Blut zu erpressen.«

»Das Brot, Rafael.«

»Ja. Ich weiß, wie man es über einem Lagerfeuer bäckt. Für diese Arbeit hatten mein Freund und ich damals eine alte Zigeunerin, aber deren Hände waren so schmutzig, daß ich nicht essen mochte, was sie angefaßt hatte. Also erledigte ich das Backen nach ihren Anweisungen lieber allein. Das Brot gelang recht ordentlich.«

Victoria stand auf. »Dann also ab in die Küche und zum Mehl. Oder?« Anscheinend war sie nicht mehr böse.

Mrs. Ripple hatte die Zutaten schon auf dem Küchentisch bereitgestellt. Rafael wartete, bis Victorias Hände in dem klebrigen Teig steckten, dann schlang er seine Arme um ihre Taille, zog Victoria zu sich heran und biß zart in ihren Hals unterhalb des Ohrläppchens. »Vergib mir, Victoria.«

Sie fühlte seinen warmen Atem über ihr Ohr streichen. Angesichts ihrer teigigen Hände ging Rafael wirklich ein Risiko ein. Unsinn, er kannte sie ja doch genau, und er wußte, daß sie bei ihm dahinschmolz wie Butter an der Sonne.

»Ich werde dich niemals wieder allein lassen, Victoria. Verzeihst du mir, daß ich gestern so wenig feinfühlig war?«

Schon breitete sich in ihr wieder diese merkwürdige Hitze aus, und dabei hatte Rafael seine Hände noch nicht einmal gerührt. Allerdings stand sie mit dem Rücken an seine Vorderseite geschmiegt und konnte mehr als deutlich fühlen, daß auch ihn die Erregung erfaßt hatte.

»Victoria?« Er spreizte die Finger und ließ seine Hände über ihren weichen Bauch tiefer hinabgleiten. »Du duftest so süß. Victoria. Du duftest so herrlich nach Frau.« Er biß sie sanft ins Ohrläppchen.

»Ich kann nichts tun«, klagte sie, nachdem sie sich eine ganze Minute lang an ihm erfreut hatte. »Meine Hände sind klebrig.«

»Das verstehe ich. Und jetzt sage mir, daß du mich nicht haßt.«

»Ich hasse dich nicht. Zumindest jetzt nicht. Mit mir scheint irgend etwas nicht zu stimmen.« Das klang ehrlich besorgt.

Rafael drückte ihr einen Kuß auf den Nacken. »Ich werde mich jetzt zurückhalten, denn sonst kommt unser Brot nie in den Ofen. Gut?«

Victoria wollte aber nicht, daß er sich zurückhielt, und das Brot konnte ihr gestohlen bleiben. Doch sie war eine Dame, eine scheue Jungfrau noch dazu, und für sie kam natürlich so etwas Unschickliches wie Liebesspiele in der Küche nicht in Frage. »Gut«, brachte sie schließlich heraus.

Er gab ihr noch einen Kuß auf den Nacken und trat dann zurück. »Als erstes müssen wir noch ein wenig Wasser hinzufügen.« Er hatte seine sehr männliche Freude daran, zu sehen, daß ihre Hände ein wenig zitterten, als sie das Wasser ausmaß und in den Teig schüttete.

Eine Weile später waren sich Rafael und Victoria einig, daß ihr fertiges Produkt zwar nicht direkt perfekt gelungen war, aber Mrs. Ripples Kunst weit übertraf. Sie aßen das warme Brot mit Butter und Erdbeermarmelade in der Küche, und er erzählte dabei eines seiner Abenteuer, das sich in der Nähe von Gibraltar abgespielt hatte.

Victoria hörte nur mit halbem Ohr hin. Sie konnte den Blick einfach nicht von seinem Mund losreißen.

»Victoria, möchtest du etwas?«

Sie erschrak ein wenig und brachte sich dann dazu, ihm in die Augen zu blicken. »Deine Geschichte ist faszinierend.«

»Du hast ja überhaupt nicht zugehört. Im übrigen handelte sie mit Bedacht nicht von irgendwelchen Einsätzen, sondern nur von Handelsgeschäften und Geldverdienen.«

Er machte eine kleine Pause, um innerlich Anlauf auf sein Ziel zu nehmen. »Victoria, ich glaube und vertraue dir«, erklärte er mit seiner besten Kapitänsstimme. »Ich möchte, daß du wirklich meine Ehefrau wirst. Ich möchte unsere Ehe vollziehen. Sofort.«

Sie sah ihn lange an. Daß sie dabei mit der Zungenspitze über ihre plötzlich ganz trockenen Lippen strich, war ihr nicht bewußt. Rafael indessen war davon fasziniert.

»Du hast zwei große Erklärungen in einem Atemzug abgegeben«, sagte sie endlich. »Ich möchte dich zunächst fragen, warum du mich so plötzlich nicht mehr für eine Dirne hältst. Vielleicht weil ich mit dir zusammen Brot gebacken habe?«

»Meine Meinung stand schon vor dem Brot fest.« Wenn man schon lügt, dachte Rafael, dann soll man es auch so überzeugend wie möglich tun. »Ich habe erkannt, daß du so unschuldig wie ein Neugeborenes bist. Und du hast recht. Wenn ich dich berühre und du dann unter meinen Händen dahinschmilzt, dann heißt das nur, daß du auf mich reagierst — auf mich, Rafael Carstairs, deinen Ehemann und exzellenten Liebhaber.« Er schwieg, weil er die Wirkung seiner Rede abschätzen wollte.

Victoria senkte den Blick. »Ich habe darüber nachgedacht. Als Damien mich küßte, war ich abgestoßen. Bei David Esterbridge habe ich überhaupt nichts gefühlt.« Sie hob den Kopf und schaute Rafael in die Augen. »Bei dir ist das wie Zauberei. Du selbst bist der Zauber.«

Rafael war gerührt. Sie hatte so ernst gesprochen, und die Aufrichtigkeit leuchtete aus ihren Augen. Doch konnte eine Frau mit solcher Hingabe nur auf einen einzigen Mann reagieren? Gab es tatsächlich dieses unerklärliche Etwas, das nur zwischen zwei bestimmten Menschen existierte? Das konnte er sich nicht vorstellen. Er jedenfalls hatte auf jede Frau reagiert, mit der er geschlafen hatte.

»Es wäre vielleicht zutreffender zu sagen, daß wir beide zusammen der Zauber sind.« Rafael wurde dafür mit einem so lieben Lächeln belohnt, daß er sofort körperlich darauf reagierte. »Und meine zweite Erklärung, Victoria?« fragte er rasch.

»Du möchtest unsere Ehe vollziehen?«

»Nun, das war ein wenig formell ausgedrückt, aber — ja.«

»Es ist noch nicht einmal Mittag.«

Rafael zuckte die Schultern und lächelte wahrhaft teuflisch.

Plötzlich wollte Victoria nicht mehr so hilflos auf seinen Charme reagieren. »Ich glaube, ich möchte gern ausreiten, vielleicht noch einmal Milton Abbas besuchen. Die normannische Kirche haben wir noch nicht gründlich genug besichtigt. Alte Friedhöfe mag ich auch sehr. Ich würde gern das älteste Grab suchen. Wir könnten ja um die Wette suchen.«

Rafael lächelte unentwegt weiter. Er wünschte, er könnte ihr sagen, daß ihr Gesicht für ihn ein offenes Buch war. »Du bist schön, Victoria.« Er nahm ihre Hand in seine. »Ja, auch ich liebe Friedhöfe. Ich werde Tom sagen, er soll unsere Pferde satteln. Treffen wir uns in ungefähr einer halben Stunde bei den Ställen?«

Rafael gewann den Friedhofswettkampf. Er fand einen verwitterten Grabstein mit der noch lesbaren Jahreszahl 1489.

»Wo bleibt mein Siegespreis?«

Victoria blickte ihn verlegen an. »Ich war so sicher, daß ich gewinnen würde ...«

»Soll ich dir sagen, was du dann gewonnen hättest?«

Victoria sah die Antwort in seinem Blick. »Nein«, sagte sie. »So dumm bin ich nicht.«

»Küsse mich, Victoria. Das würde ich als meinen Preis akzeptieren.« Er faßte sie bei den Armen und zog sie langsam zu sich heran. »Jetzt neige den Kopf zurück. Ja, so ist's richtig. Öffne die Lippen ein klein wenig. Ausgezeichnet. Und jetzt brauchst du nur noch auf mich zu reagieren, so wie du es immer tust — vorbehaltlos.«

Victoria tat genau das.

Rafael hielt sie in den Armen. Seine Hände lagen still und brav an ihrem Rücken. »Dies ist überaus erfreulich«, stellte er fest.

»Ja, überraschend erfreulich, daß auch du Friedhöfe magst.«

»Ich bezog mich eben auf unseren Kuß.«

»Ich brauche mehr Übung.«

Bei dieser Bemerkung zuckte Rafael ein wenig zusammen, fing sich aber gleich wieder. Er mußte so tun, als glaubte er ihr, daß sie wirklich mehr Übung brauchte. »Ich werde dir alles beibringen«, sagte er und gab sie frei. »Wollen wir jetzt nach Honeycutt Cottage zurückkehren und uns unser Abendessen zubereiten?«

Sie nickte. »Wir dürfen Tom nicht vergessen.«

»Dem habe ich auch Urlaub gegeben. Er und Mrs. Ripple werden Freitag früh, also übermorgen, zurückkehren, und am Nachmittag reisen wir dann nach Drago Hall ab.«

Je näher der Abend rückte, desto nervöser wurde Victoria. Sie wollte kein Abendessen kochen; sie wollte sich verstecken. Außerdem nahm sie es sich selbst übel, daß sie so aufgeregt, so voller Erwartungen war, und jedesmal wenn sie Rafaels vielsagenden Blick auffing, errötete sie bis zu den Haarwurzeln.

»Wie wäre es mit einem kalten Imbiß, Victoria?«

Seit einer halben Stunde schon hatte Victoria in dem Buch, das sie las, keine Seite mehr umgedreht. Trotzdem fuhr sie zusammen, als sie so unverhofft Rafaels Stimme hörte. »Ja, das wäre fein, Rafael. Du bist so leise hereingekommen. Du hast mich richtig erschreckt.«

»Du bist nervös, Victoria. Das muß nicht sein. Du wirst deine Freude haben, das verspreche ich dir. Denke daran, daß ich ein ›Zauberer‹ bin.«

»Bescheiden bist du nicht eben.«

»Obst, Käse und den Rest von unserem Brot?«

»Draußen ist es doch nicht einmal dunkel!«

»Verehrte Gattin, es wird erst nach halb acht dunkel. Wenn ich bis dahin die Hände von dir ließe, wäre die halbe Nacht schon um. Und jetzt streite nicht mit deinem Ehemann. Komm mit mir in die Küche.«

Als sie aufstand, blieb ihr Rocksaum an einem Holzsplitter am Stuhlbein festhängen. Victoria verlor die Balance und verlagerte unwillkürlich ihr ganzes Gewicht auf ihr lahmes Bein. Es gab sofort nach, und sie fiel zu Boden.

Im Nu war Rafael an ihrer Seite. »Ist dir etwas geschehen? Was ist denn um Himmels willen passiert, Victoria?«

Sie mochte ihn nicht anschauen. Sie konnte es nicht. Ihr verdammtes Bein! Völlig vergessen hatte sie es, und nun hatte sie sich vor Rafael als plumpe, ungeschickte Närrin erwiesen. »Nichts ist passiert«, antwortete sie. »Ich bin nur über meinen Saum gestolpert. Manchmal bin ich eben ein wenig tolpatschig«, fügte sie hinzu, während er ihr aufhalf. Hoffentlich gab ihr Bein nicht gleich wieder nach! »Ich hoffe, du verzeihst mir diesen Mangel.«

Verwundert blickte er sie an. »Du und tolpatschig? Sei nicht albern. Jeder stolpert einmal, sogar dein perfekter Gatte. Ist dir auch wirklich nichts passiert?«

»Nein.« Daß sie ihr Bein rieb, wurde ihr erst bewußt, als Rafael sie fragte, ob sie es sich gestoßen hatte. »Nein«, antwortete sie rasch. »Es ist wirklich alles in Ordnung.«

So oft hatte er sie nach ihrem Geständnis gefragt. Jetzt wäre wirklich der Zeitpunkt gewesen, es ihm zu erzählen. Doch sie wollte es nicht. Sie fürchtete sich.

Rafael seinerseits schrieb ihr merkwürdiges Verhalten ihrer ängstlichen Nervosität wegen der bevorstehenden Nacht zu. Sehr liebenswert, dachte er.

Victoria kaute lange und gründlich auf dem letzten Bissen ihres Brotes herum. »Ich möchte, daß du die Lichter löschst, bitte«, sagte sie unvermittelt.

Rafael, der sich gerade eine Scheibe Landkäse in den Mund hatte schieben wollen, hielt inne. »Es ist erst sechs Uhr, meine Liebe, und es wird wie gesagt erst gegen halb acht dunkel. Es spielt also überhaupt keine Rolle, ob die Lichter brennen oder nicht.«

Er lehnte sich zurück und betrachtete seine Gattin. Sie sah aus, als würde sie gleich in Tränen ausbrechen. »Victoria, du brauchst keine Angst zu haben vor mir und vor dem, was wir zusammen tun werden. Es ist wirklich etwas Schönes. Ich möchte behaupten, daß praktisch alle Eheleute regelmäßig ihre Freude daran haben.« Und wenn Victoria bereits ihre Freude daran gehabt hatte? Er schüttelte den Kopf. »Also, was hast du?« Das klang schon ein wenig ungehalten.

»Nichts.«

»Gut, wie du willst. Vielleicht solltest du jetzt schon nach oben gehen und baden. Ich werde inzwischen das Schlachtfeld in der Küche aufräumen.«

Fast eine Stunde später stand Rafael, der einen Hausmantel aus blauem Brokat trug und dessen dichtes Haar noch naß vom Bad war, vor der Verbindungstür zu Victorias Schlafzimmer. Er klopfte leise an, öffnete die Tür und blieb verdutzt stehen.

Es war vollkommen dunkel in dem Raum, denn Victoria hatte sämtliche Vorhänge zugezogen und sie auch noch so zusammengebunden, daß keinerlei Lichtschein mehr hereindrang.

»Du lieber Himmel!« sagte er hin- und hergerissen zwischen Verärgerung und Erheiterung. »Wirst du mir jetzt auch noch einen Sack über den Kopf stülpen?«

13. KAPITEL

Ward je in dieser Laun' ein Weib gewonnen? (Shakespeare)

»Victoria?«

»Hier bin ich.«

Rafael ging der Stimme nach und entdeckte Victoria zusammengekauert hinter einem Ohrensessel in einer Zimmerecke. »Ich habe mich eben gefragt, ob ich mir vielleicht auch noch einen Sack oder vielleicht einen Kissenbezug über den Kopf ziehen soll.«

»Nein, aber Rafael, bitte . . . zünde kein Licht an.«

»Weshalb nicht?« Seine Augen hatten sich inzwischen an die Dunkelheit gewöhnt, und er sah, daß Victoria ein sehr dünnes Negligé trug, das seine Fantasie und seinen Körper anregte. »Weshalb nicht?« wiederholte er.

»Ich bin eben sehr sittsam und schamhaft.«

»Zwischen Ehegatten darf es keine falschen Schamgefühle geben«, erklärte er so sachlich wie möglich. »Du hast keinen Grund, dich vor mir zu fürchten. Ich tue dir nicht weh. Glaubst du mir das?«

»Darum handelt es sich ja nicht.«

Langsam wurde Rafael ungeduldig. Er ging näher zu ihr, fiel dabei beinahe über einen kleinen Hocker und fluchte leise. »Victoria, sprich mit mir. Sage mir, was du hast. Ich bin dein Ehemann, weißt du.«

»Nichts habe ich, Rafael. Bitte, können wir es jetzt hinter uns bringen?«

Das ist ja eine feine Art, vom Liebesspiel zu reden, dachte er. »Sprich, Victoria!«

Sie zupfte an ein paar losen Fäden am Sesselbezug. Rafael würde nicht lockerlassen. Und hinreißend sah er auch aus, jedenfalls nahm sie das an. In der Dunkelheit konnte sie nur erkennen, daß er seinen blauen Brokatmantel trug. Wahrscheinlich hatte er darunter nichts an. Ein erregender Gedanke. »Also gut«, platzte sie heraus. »Ich bin häßlich.«

Das hatte sich sowohl trübsinnig als auch wütend angehört. Rafael lächelte ein wenig. »Häßlich?« Er erinnerte sich sehr genau daran, wie er sie zum ersten Mal in ihrem cremefarbenen Ballkleid gesehen hatte. Ihre Brüste und ihre Schultern waren eine Versuchung für jeden Mann gewesen. Und als er ihr einmal in Lucias Kutsche geholfen hatte, hatte er ihre Fußgelenke gesehen, die auf wohlgeformte Beine schließen ließen. »Wo?«

»Darüber möchte ich nicht sprechen, Rafael. Lasse nur die Lichter aus, ja?«

»Irgendwann wird es Morgen, und dann werden deine Vorhänge genug Licht durchlassen, so daß ich dich sehen kann — ganz.« Er merkte, daß sie wirklich ängstlich und bestürzt war. »Schon gut, Liebes. Komm her. Wir machen es, wie du willst.«

»Können wir ... es ...«

»Ja«, fiel Rafael ihr ins Wort. »Wir werden die Sache im Handumdrehen hinter uns haben.«

Sie kam hinter dem Sessel hervor und blieb mit gesenktem Kopf vor Rafael stehen. Er faßte sie sanft bei den Schultern. »Komm«, bat er leise.

Sofort trat sie ganz nahe an ihn heran, hob den Kopf und spitzte die Lippen ein klein wenig. Rafael lächelte zu ihr hinunter und strich zart mit dem Finger über ihren Mund.

Er neigte sich zu ihr und gab ihr einen Kuß auf die Nasenspitze, auf die Brauen und aufs Kinn.

»Wenn an dir irgend etwas Häßliches ist, will ich einen Besen fressen.« Er strich mit den Fingern durch ihr Haar, das ihr in weichen Wellen über den Rücken fiel. Eine der Strähnen hob er sich an die Nase und atmete den Duft ein. »So süß, so verführerisch.«

Victoria berührte sein Gesicht mit den Fingerspitzen. »Ich bin vielleicht süß, aber du bist schön.«

Hinter einem Lächeln verbarg er seine Verlegenheit. »Ich bin nur ein Mann, meine Liebe, nichts mehr und nichts weniger. Ein Mann ist nichts Schönes, so wie du es bist. Aber ich bin dein Gatte, und wenn du morgens gern meine Bartstoppeln und mein wirres Haar übersehen willst — wer wäre ich, um über Begriffe zu streiten?«

»Bitte, küsse mich, Rafael.«

Er neigte den Kopf und küßte sie hauchzart. Sofort fühlte er ihre Reaktion darauf. Ein Beben lief durch ihren ganzen Körper. Sie hatte die Augen geschlossen, ihre Lippen waren ein wenig geöffnet, und ihr Atem ging schneller.

Rafael legte den Arm fester um sie. »Du könntest mich auch umarmen, Victoria. Es würde mir sehr gefallen.«

Sofort schlang sie die Arme um seinen Rücken und schmiegte sich an seinen Körper. Sie konnte deutlich fühlen, wie bereit er für sie war. Sie hob ihm das Gesicht entgegen, bog ihren Rücken ein wenig und sagte ihm nur mit ihren Bewegungen, was sie sich wünschte.

Rafael ließ seine Zunge über ihre Lippen gleiten und tastete vorsichtig so lange, bis Victoria ihm Einlaß gewährte. Er drang nicht sofort hitzig in ihren Mund, sondern wagte zunächst nur kleine Vorstöße, wobei seine Zunge kaum ihre berührte.

Die berauschendsten Gefühle durchströmten Victoria. Nie hätte sie sich so etwas vorstellen können: Eine Art Lust, die fast wehtat, ein so intensives Begehren. Sie stöhnte leise.

Diese Reaktion bereitete Rafael die größte Freude. Ohne Hast öffnete er die Schleifen an Victorias Negligé und streifte es ihr über die Schultern hinab. Die weiche Seide schwebte auf den Boden.

Mit großen, fragenden Augen schaute Victoria zu ihrem

Ehemann hoch, der ihr jetzt schweigend die Träger ihres Nachtkleids von den Schultern schob. Er hielt den Atem an, als die dünne Seide über ihre weißen Brüste bis zu ihrer Taille hinabglitt und dann über das Negligé zu ihren Füßen fiel.

Victoria wandte sich jetzt ein wenig ab, und er betrachtete ihre vollen Brüste, die in der dämmerigen Dunkelheit noch weißer wirkten. Ganz sacht berührte er die dunkle Knospe mit einer Fingerspitze. Victoria erbebte.

»So weich . . .« flüsterte er. »Sind deine Brüste so süß und so verführerisch wie dein Haar?« Er neigte sich hinab und zog die Knospe zwischen seine Lippen. Victoria schrie leise auf, doch dann bog sie sich zurück, um sich Rafael noch besser darzubieten.

Er spürte ihre Kapitulation, ihre bedingungslose Hingabe. Einen Arm schlang er um ihren Rücken, und mit der anderen Hand streichelte und umfaßte er ihre Brust. Erst nachdem er sie lange und erregend liebkost hatte, ließ er seine Hände über ihre schlanke Taille hinabstreichen.

»Victoria«, sagte er leise, denn er wollte ihre Augen sehen, wenn seine Finger das Ziel ihres Wegs erreicht hatten. Er wollte Victorias Reaktion sehen.

Es war erregender, als er es sich hätte vorstellen können. Ihr Bauch fühlte sich so glatt wie Seide an, und als Rafael die Finger durch das weiche, krause Haar schob und zu ihrem verborgensten Winkel gelangte, verlor er beinahe die Beherrschung. Er fühlte, wie heiß er hier erwartet wurde. Nur ganz leicht berührte er sie.

»Rafael!« schrie sie auf.

Er hielt inne. Sie zitterte, und er merkte, daß sie vor Erregung außer sich war. So leidenschaftlich, so empfänglich war sie, und sie gehörte ihm ganz allein! Für einen Moment gab er sie frei und beobachtete, wie sie langsam die Beherrschung zurückgewann. Ihre Augen blickten wieder klarer. Sie strich sich mit der Zungenspitze über die Lippen. »Ich will dich sehen, Rafael.«

194

»Ich bin nicht annähernd so häßlich wie du.«

Entsetzt blickte sie ihn an. Er lachte. »Ich necke dich doch nur, du dummes Gänschen. Also schön. Du willst also deinen Gemahl sehen?«

»Ja.«

Er trat einen Schritt zurück, legte seinen Hausmantel ab und beobachtete ihr Gesicht, während sie ihn betrachtete. Und das tat sie sehr gründlich, noch gründlicher als in der mißglückten Hochzeitsnacht.

Als ihr Blick zwischen seinen Beinen angelangt war, fühlte Rafael, wie sein Körper ganz von selbst dafür sorgte, daß sie sehr viel zu schauen bekam. Sie erschöpft mich schon mit ihrem Blick, dachte er. Nie zuvor hatte eine Frau ihn mit solchem Interesse, ja mit solcher Bewunderung betrachtet.

Ihre Brüste preßten sich gegen seinen Oberkörper und ihre Hüften gegen seine. Diese Berührung steigerte ihre Erregung. Seine Hände schienen überall gleichzeitig zu sein. »Bitte …« flüsterte sie stöhnend. Sie rieb sich an seinem Körper und wollte mehr, ohne eigentlich zu wissen, was das war, wonach sie sich sehnte.

Rafael konnte sich nur noch mit größter Mühe zurückhalten. Er hob sie auf die Arme und trug sie zum Bett, wobei er beinahe wieder über diesen verdammten Hocker gestolpert wäre. Warum hielt sich diese Frau nur für häßlich? Das war doch lächerlich. Er legte sie auf die Matratze, streckte sich neben ihr aus und stützte sich auf einem Ellbogen auf.

»Hallo, liebe Gattin«, sagte er, legte seine Hand auf ihren flachen Bauch und fühlte, wie Victoria erbebte. Langsam ließ er die Finger ein wenig tiefer gleiten.

»Rafael, ich …«

»Was, Victoria?«

»Ich glaube, es wird weh tun, aber ich will das, und ich bin schon ganz … und ich will, ich will …«

In diesem Moment erreichten Rafaels Finger ihr Ziel. Victoria schrie leise auf, bog der Hand die Hüften entgegen und geriet beinahe außer sich.

»Willst du, daß ich dir jetzt Freude bereite, Victoria?«

Sie schaute ihm ins Gesicht, als wollte sie ihm ihre Lippen darbieten. »Ich weiß nicht, was du meinst. Willst du mich wieder küssen?«

»Das auch, doch ich will dein Gesicht sehen — so gut das bei dieser Finsternis möglich ist — wenn du mich mir hingegeben hast.«

»Ich verstehe nicht.«

»Du wirst bald verstehen, das verspreche ich dir.« Er küßte sie, und diesmal drang er mit der Zunge tief in ihren Mund. Gleichzeitig ließ er den Finger in sie gleiten und fühlte, daß das heiße Verlangen sie schon auf das Kommende vorbereitet hatte.

Er begann damit, sie in dem uralten Rhythmus zu liebkosen, bis ihre Hüften diesen Takt aufnahmen und sich seiner Hand immer heftiger entgegendrängten. In dem Moment, da Victoria den Höhepunkt erreichte, hob Rafael den Kopf und sah in ihren Augen den Ausdruck äußersten Erstaunens, als Lust und Freude sie überwältigten.

»Rafael!« schrie sie auf, und er hätte aus Freude über ihre Ekstase beinahe ebenfalls geschrien.

»Ja, Liebste, ja.« Er fühlte die kleinen Bewegungen in ihrem Inneren, mit denen ihr Höhepunkt abklang. »Jetzt möchte ich zu dir kommen, Victoria. Ja?«

»Ja«, flüsterte sie. »Ja, ich glaube, das möchte ich jetzt.« Es wunderte sie, daß sie überhaupt sprechen konnte. Denken konnte sie kaum, und sie fühlte sich vollkommen kraft- und willenlos.

Er hob sich über sie und spreizte sanft ihre Beine. »Ziehe die Knie an. Ja, so ist es gut.«

Victoria beobachtete ihn, wie er den Weg zu ihr suchte. Sein Gesicht wirkte sehr angespannt, beinahe gequält. Sie fühlte, wie er sehr behutsam in sie eindrang, und sie merkte, daß sie für ihn viel zu eng war. Sie fühlte den Schmerz. »Rafael ...« Sie drückte die Hände gegen seine Schultern.

»Nur noch ein klein wenig tiefer, Victoria. Entspann dich.«

Sie hielt vollkommen still und fühlte, wie er weiter vordrang. Ein anderer Mensch wurde zu einem Teil von ihr — ein seltsames Gefühl. Der Schmerz wurde stärker. Sie biß die Zähne zusammen, um nicht zu zeigen, wie weh es tat.

Plötzlich erreichte er die zarte Barriere in ihrem Inneren, und vor Erleichterung verlor er fast die Beherrschung. Sein Denkvermögen geriet außer Kontrolle. »Gott sei Dank!« rief er aus. »Wenn Damien schon bei dir gewesen wäre — ich weiß nicht, was ich dann getan hätte!« Er stöhnte auf, durchstieß diese Barriere mit einer starken Bewegung und drang ganz ein.

Der Schmerz war schrecklich. Victoria schrie laut und wollte sich heftig wehren. Rafael kam wieder ein wenig zu Verstand und ließ sich auf sie sinken.

»Ich bewege mich nicht. Es tut mir leid, Victoria. Es wird nie mehr weh tun, glaube mir.«

Es erstaunte ihn, daß er überhaupt reden konnte. Victoria war so klein, ihre Muskeln zogen sich um ihn herum zusammen und machten ihn verrückt. Und sie war eine Jungfrau! Sie gehörte ihm und nur ihm, jetzt und für alle Zeit.

Victoria lag vollkommen regungslos. Rafael hatte ihr nicht geglaubt. Er hatte Damien geglaubt. Er hatte sie getäuscht, damit er sie ins Bett bekommen konnte. Sie wandte den Kopf auf dem Kissen zur Seite, fort von ihm.

»Ist es besser, Victoria? Hat der Schmerz nachgelassen?«

Sie blickte ihn nicht an. Sie fühlte sich gefesselt und hilflos. Sie war zornig. »Ich hasse dich«, sagte sie sehr deutlich.

197

Er blickte in ihr abgewandtes Gesicht, und in diesem Moment stieß sie mit ihrem Körper kräftig in die Höhe, um Rafael abzuwerfen, erreichte damit indessen nur, daß er um so tiefer in sie eindrang.

Rafael fühlte, daß er sich nun nicht mehr zurückhalten konnte. Er zog sich ein wenig zurück, und dann wurden seine Bewegungen stark, heftig und immer wilder. Er warf den Kopf in den Nacken, bog den Oberkörper hoch und stöhnte laut. Aufs tiefste mit Victoria vereint, fand er die Erfüllung.

Victoria wußte, was geschehen war: Sie hatte den Samen eines Mannes in sich aufgenommen. Rafael hatte seinen Willen also durchgesetzt. Daran war sie selbst schuld. Sie hatte ihm ja glauben und vertrauen wollen. Sie hatte sich ja danach gesehnt, daß er sie liebte. Sie hatte ja wissen wollen, wohin die starken, ihr ganz neuen Empfindungen führen würden.

Nun, jetzt wußte sie es, und es war erschreckend, weil es alle Vernunft auslöschte. Außerdem schmerzte es, und der Schmerz vertrieb das, was von der Lust noch übrig war.

»Du hast mich getäuscht«, stellte sie regungslos fest. »Das werde ich dir nie verzeihen.«

Rafael hatte Mühe, in die Wirklichkeit zurückzufinden. Noch immer mit Victoria vereint, stützte er sich langsam auf beiden Ellbogen auf.

»Was hast du gesagt?« Er hatte es wirklich nicht verstanden.

»Du hast mich getäuscht, und ich werde dir nie verzeihen.«

Er blickte auf ihr abweisendes Gesicht hinunter. »Wovon zum Teufel redest ...« Sofort unterbrach er sich. Wie hatte er nur so etwas sagen können! Er war ein Narr, tausendmal ein verdammter Narr.

»Victoria«, begann er sehr langsam, sehr behutsam. »Es ist nicht so, wie du denkst.«

»Ich nehme an, du bist jetzt fertig mit mir«, sagte sie eiskalt. »Würdest du dich jetzt bitte von mir entfernen?«

»Nein!« Seine Stimme klang so hart, daß Victoria zusammenzuckte. »Nein, du gehörst jetzt mir, und ich bin dein Ehemann. Bitte, Liebste, verstehe doch. Ich konnte nicht jeden Zweifel auslöschen, doch als ich dir sagte, daß ich dir glaubte, da war nur noch der Schatten eines Zweifels übriggeblieben. Ich glaubte dir wirklich.«

Sie schwieg. Rafael plagten das schlechte Gewissen und der Zorn auf sich selbst. Er rollte zur Seite und nahm Victoria mit sich, ohne sich aus ihr zurückzuziehen. Als er spürte, daß seine körperliche Erregung zurückkehrte, rang er um Beherrschung.

»Victoria, ich habe dir doch genußvolle Freuden bereitet.«

Sie schwieg.

Langsam wurde er ärgerlich. »Du dickköpfige Hexe, du wirst mir jetzt zuhören. Hast du diese Freuden schon vergessen? Soll ich dich noch einmal lieben, um dich an sie zu erinnern?«

»Nein! Rühr mich nicht an!«

Der Befehl in dieser Situation war so komisch, daß Rafael laut lachen mußte. »Im Moment berühre ich dich so gründlich, wie ein Mann eine Frau nur berühren kann — ganz abgesehen von deinen Brüsten, die sich gegen mich drücken, und von meinen Händen, die deinen entzückenden Po festhalten.«

»Ich hasse dich. Laß mich los.«

»Wo bist du häßlich?«

Rafael fühlte, wie Victoria sowohl körperlich als auch gefühlsmäßig erstarrte. Ihm tat seine Frage sofort leid. »Vergiß es.« Er schloß sie in die Arme, damit sie sich nicht zurückziehen konnte, und küßte sie auf die Wange.

»Victoria, küß mich.«

Trotzig versteckte sie ihr Gesicht an seiner Schulter, be-

199

ging dabei aber den Fehler, seinen Duft einzuatmen. Sofort reagierte ihr Körper darauf, und Rafael, der sich wieder fest umschlossen fühlte, stöhnte auf. Er begann, sich aufs neue in Victoria zu bewegen.

»Nein!« schrie er. Jetzt wehrte sie sich ernsthaft, stieß mit den Hüften, wollte sich ihm entwinden und schlug mit den Fäusten gegen seine Brust.

»So halte doch still!« Er drehte sie wieder auf den Rücken und hielt ihre Arme über ihrem Kopf fest. »Gib es auf, Victoria. Du bist so wild nach mir, daß ich gar keine Gewalt anzuwenden brauche. Noch eine Minute, und du flehst mich an, damit ich weitermache.«

Sie starrte ihn an. Natürlich hatte er recht, und deshalb haßte sie sich selbst ebenso wie ihn. Langsam bewegte er sich in ihr, und jetzt vermischte sich der Schmerz mit der Lust.

»Nicht einmal eine Minute!« Seine Stimme klang spöttisch. »Beim ersten Mal empfindet eine Jungfrau gewöhnlich nicht das ganze Vergnügen. Aber bei dir war es anders. Du hattest sogar ein sehr großes Vergnügen daran, und das verdankst du mir. Du wirst es nie vergessen.«

»Bitte«, flüsterte Victoria und kämpfte gegen ihre eigene Lust an. »Bitte, demütige mich nicht. Laß mich bitte zufrieden.«

»Im Gegenteil. Du wirst mir jetzt sagen, daß ich weitermachen soll. Sage es!« Er schob seine Hand zwischen seinen und ihren Körper. Victoria schrie auf, als seine Finger sie gefunden hatten. Sie umschloß ihn so eng, daß er bald ebenso wild berauscht war wie sie. »Sag es mir, Victoria! Sag mir, daß ich dich befriedigen soll.«

Tränen brannten in ihren Augen und rannen ihr über die Wangen. Sie schmeckte die salzigen Tropfen auf der Lippe. »Nein, nein«, keuchte sie, doch seine Finger setzten das aufreizende Spiel fort. Sie schrie, und ihr Körper bäumte sich auf.

Stark und heftig bewegte sich Rafael über und in ihr. »Du sollst es mir sagen!«

Doch Victoria konnte nichts sagen. Sie konnte nicht denken. Sie konnte ihn nur verstört ansehen, und dann versank sie in der absoluten Ekstase. Stöhnend wand sie sich unter Rafael, das Haar fiel ihr über das Gesicht, und ihre Finger preßten sich in seinen Rücken.

Welch eine unglaubliche Frau, dachte Rafael, und dann ließ er auch seinen Empfindungen freien Lauf. Schweißnaß und schweratmend sank er schließlich über ihr zusammen. Noch einmal stützte er sich ein wenig auf, küßte sie auf die jetzt schlaffen Lippen und legte sich wieder nieder. »Du bist mein, Victoria. Das wirst du nie vergessen.«

Einen Moment später war er eingeschlafen.

Victoria lauschte auf Rafaels gleichmäßiges Atmen. Sehr langsam, damit er ja nicht aufwachte, schob sie ihn zur Seite und stand auf. Alle ihr Muskeln fühlten sich so an wie die in ihrem Bein, wenn sie es überanstrengt hatte.

Bei diesem Gedankengang rieb sie unbewußt über die Narbe an ihrem Oberschenkel. Ja, das würde als nächstes kommen. Wie lautet dein Geständnis? würde Rafael fragen. Hängt es mit deiner angeblichen Häßlichkeit zusammen?

Sie ging zum Waschständer, goß kaltes Wasser aus der Kanne in die Schüssel und wusch sich. Nach dem Abtrocknen hob sie ihr Nachtkleid vom Boden auf und legte es an. Sie entzündete eine Kerze und trat damit ans Bett, denn sie hatte plötzlich das Bedürfnis, Rafael zu betrachten.

Mit gespreizten Beinen und einem hochgewinkelten Arm lag er noch auf dem Bauch. Victoria bewunderte seinen schönen Rücken und seine Schenkel, die muskulös und schwarz behaart waren. Sogar seine Füße fand sie schön; sie waren lang, schmal und gewölbt. Sie wünschte, sie könnte ihn auf den Rücken drehen, damit sie ihn genau betrachten konnte, ohne daß er es merkte. Fünfzig Jahre lang hätte sie ihn immer nur so anschauen mögen.

Er murmelte etwas im Schlaf und stützte sich plötzlich auf den Ellbogen auf. Sofort blies Victoria die Kerze aus und stand vollkommen still. »Victoria«, sagte er klar und deutlich, und dann sank er wieder auf den Bauch zurück und begann leise zu schnarchen.

Sie faßte einen Entschluß. Falls sie jetzt zu ihm ins Bett schlüpfte, würde er sie beim Aufwachen wieder lieben, und sie würde das auch wollen. Nur war es dann wahrscheinlich Morgen. Licht durchflutete dann das Zimmer, und er würde ihr Bein sehen. Konnte ein so vollkommener Mann wie er einen solchen Makel bei seiner Ehegattin tolerieren?

Sie deckte ihn behutsam zu und wechselte dann in sein Zimmer hinüber. Die Bettücher waren so kalt, und das Bett war so groß und leer. Was sollte sie nun tun?

Sie schlief ein, bevor sie sich diese Frage beantworten konnte, und als sie wieder aufwachte, war ihr angenehm warm. Sie kuschelte sich in diese Wärme hinein.

Erst eine ganze Weile später wurde ihr klar, in welcher Situation sie sich befand. Rafael lag hinter ihr, schmiegte sich an ihren Rücken und drückte ihr seine Hand auf den Bauch.

»Verlasse mich nicht wieder, Victoria.« Seine Stimme klang rauh. Er schob die Finger durch das weiche, krause Haar und liebkoste Victoria in dem Rhythmus, der ihre wilde Leidenschaft schnell wieder erweckte.

»Ich mußte es tun«, sagte sie schwach. Sie preßte sich an ihn und fühlte sehr deutlich, wie erregt auch er wieder war. Langsam und sehr behutsam hob er ihr Bein an und kam zu ihr. Sie fühlte, wie ihr Verlangen wuchs, bis es so stark wurde, daß sie es einfach hinausschreien mußte. Sie fühlte seine liebkosenden Finger, gleichzeitig fühlte sie ihn tief in sich, und sie ergab sich ihm.

Als er ihr zart in den Nacken biß und dabei immer tiefer in sie drang, nahm sie ganz unbewußt seinen Rhythmus auf, sie wollte alles haben, was Rafael ihr geben konnte. Und er gab es ihr. Er fühlte, wie sie erbebte, und wußte, daß sie jetzt dem Höhepunkt nahe war. Nun hielt auch er sich nicht länger zurück. Gemeinsam erreichten sie das Ziel ihrer Leidenschaft.

»Du bist wundervoll«, sagte er nur. Er gab ihr einen Kuß aufs Ohr und zog sie dicht zu sich heran. Er war noch immer tief in ihr, und es war noch dunkel.

Victoria lag wach und lauschte auf seine tiefen, regelmäßigen Atemzüge.

14. KAPITEL

Das alles und den Himmel auch (Matthew Henry)

Rafael schlug die Augen auf. Er lächelte zutiefst befriedigt. »Victoria?« Er wandte den Kopf auf dem Kissen. Seine Ehegattin war nicht da.

Sofort setzte er sich hellwach auf. Nach ihrer Flucht in der vergangenen Nacht überraschte es ihn nicht sonderlich, daß sie verschwunden war, aber es freute ihn auch nicht gerade.

Und wo zum Teufel war sie häßlich? Solche Rätsel schätzte er überhaupt nicht, und er war entschlossen, dieses hier unter Einsatz seines ganzen Geschicks zu lösen.

Er blickte auf die Uhr. Es war schon fast zehn, und das helle Sonnenlicht fiel in das Zimmer. Zumindest hatte Victoria nicht auch hier alle Vorhänge zugezogen. Er warf die Bettdecke zurück und stand auf.

Nachdem er sich das Gesicht mit kaltem Wasser aus der Kanne gewaschen hatte, bereitete er sich erschaudernd darauf vor, sich angesichts der Abwesenheit des Hauspersonals auch im kalten Wasser zu baden. Dabei blickte er an sich hinab und sah das Blut. Victorias Blut.

Ja, es war wahr. Victoria hatte ihn nicht belogen. Sie war unschuldig gewesen, eine wirkliche Jungfrau. Mit einmal kam er sich wie ein Schuft vor, wie ein Barbar, der eine Unberührbare geschändet hatte — und das ursprünglich nur deshalb, damit er sich endgültige Klarheit darüber verschaffen konnte, ob sie noch eine Jungfrau war.

Hoffentlich war sie nicht allzu böse auf ihn. Falls doch, dann wollte er sie einfach lieben, bis sie vor Lust schrie und ihre langen Beine um seine Hüften schlang. Sofort

204

verbot er sich diese Vorstellung; sein Körper reagierte recht unvernünftig darauf. »Geiler Bock«, schalt er sich selbst.

Eine halbe Stunde später fand er Victoria in der Küche vor. Sie hatte sich das Haar mit einer schwarzen Samtschleife zurückgebunden und sich eine von Mrs. Ripples riesengroßen Schürzen umgewickelt.

»Guten Morgen, mein Liebling«, begrüßte er sie optimistisch. Er trat hinter sie, zog sie in die Arme und küßte sie unter das linke Ohr. »Du bäckst Brot? Ohne mich, deinen verehrten Küchenmeister?«

Er drehte sie zu sich herum und übersah einfach ihre düstere Miene. »Der Mehlfleck auf deiner Nase gefällt mir«, sagte er in einer Tonlage, die, wie er hoffte, verliebt klang. »Sehr hübsch.« Er gab ihr einen Kuß auf die Nasenspitze.

Victoria befreite sich langsam aus seiner Umarmung und trat beiseite. Sie konnte sich nicht überwinden, ihm ins Gesicht zu schauen, denn jede ihrer Bewegungen erinnerte sie an die vergangene Nacht. Ihr tat wirklich allerlei sehr weh. Sie senkte den Kopf. Daß sie tief errötet war, wußte sie nicht.

Rafael lächelte zufrieden. Sanft hob er ihr Kinn. »Was hast du, Liebste? Bedauerst du deinen Stand als Ehefrau?«

Sie verbiß sich ihre Wut über diese Bemerkung. »Reisen wir morgen nach Cornwall ab?«

Auf den Themenwechsel und auf ihre kalte Stimme ging er nicht ein. »Ja, gleich nach dem Lunch«, antwortete er und bedachte sie mit seinem strahlendsten Lächeln. »Ich kann mir nämlich nicht vorstellen, daß wir schon bei Tagesanbruch aufstehen wollen.«

Er drehte sich um und holte sich auch eine Schürze. Dann wusch er sich die Hände und stellte sich neben Victoria an den Küchentisch, auf dem schon die Backzutaten bereitstanden. Ungefähr zehn Minuten lang arbeiteten die beiden schweigend miteinander.

Plötzlich schnappte Victoria nach Luft. »Was ist das, wenn ich fragen darf?« Sie starrte auf das Brot, das Rafael gerade geformt hatte.

Er lachte. »Sagen dir meine künstlerischen Bemühungen nicht zu? Liebe Gemahlin, ich habe einen ganz besonderen Laib geformt, speziell für dich.«

»Das ist ... das ist ...«

»Empörend? Nun, ich nenne mein Werk die ›Statue des Gatten‹. Deines Gatten, genauer gesagt.« Der Teigmann besaß ein besonders hervorragendes männliches Attribut und grinste von einem Ohr zum anderen. »Soll ich noch mehr Einzelheiten ausarbeiten, Victoria? Rippen beispielsweise? Zähne? Und etwas weiter unten vielleicht ...«

»Nein! Haben dich denn sämtliche zivilisierten Manieren verlassen? Du bist ...«

»... begierig darauf, dich wieder zu lieben. Du übst nun einmal diese Wirkung auf mich aus, Victoria. Ein Stäubchen Mehl auf der Nase, und schon löse ich mich in Bewunderung und Verlangen auf. Gibst du mir jetzt einen Gutenmorgenkuß oder einen Dankeschönkuß für meinen künstlerisch wertvollen Brotmann?«

Er faßte sie um die Taille, hob sie hoch und wirbelte sie im Kreis herum. »Weißt du, daß die Hefe unseren Freund hier während des Backens noch ... eindrucksvoller machen wird?« fragte er grinsend.

Victoria verschlug es die Sprache. Ihre Gefühle nach seiner schockierenden Unaufrichtigkeit schienen ihn kein bißchen zu kümmern. Da scherzte und alberte er mit ihr herum, als ob gar nichts geschehen wäre, als ob sie bis über beide Ohren verliebte Frischvermählte wären, was nicht im geringsten zutraf, jedenfalls soweit es das Verliebtsein betraf.

Und dann dieser lächerliche, obszöne Teigmann! Sie konnte sich sehr gut vorstellen, welche Ausmaße der nach dem Backen aufweisen würde. Sollte sie ihn dann mit Butter oder Honig bestreichen und ihn sich auf den Teller packen?

»Rafael«, befahl sie mit sehr dünner Stimme, »bitte, stelle mich sofort auf den Boden.«

»Gern«, sagte er überaus entgegenkommend und ließ sie an seinem Körper hinabgleiten. Ihm entging nicht, daß sie dabei errötete. »Ah«, machte er, neigte den Kopf zu ihr und küßte sie auf den Mund.

Victoria blieb so steif und hölzern wie der Brotschieber. Allerdings nicht lange. Schließlich war er ein exzellenter Liebhaber, und sie würde bald genug bestätigen müssen, daß das zutraf. Er wollte sie hier in der Küche und am hellichten Tag nehmen. Dann würde er auch gleich nach ihrer angeblichen Häßlichkeit Ausschau halten. Dummes Gänschen.

»Komm, Liebling, öffne deine Lippen für mich. Noch ein wenig mehr. Ja, so ist es gut.«

Sie fühlte, wie seine Zunge ihre leicht berührte, sich dann zurückzog und über ihre Lippen glitt. Sie fühlte seine Hände, die ihre Schultern streichelten und dann zu ihren Hüften hinabtasteten. Und sie fühlte, daß ihre eigene Begeisterung für dieses Spiel alarmierend anstieg.

Rafael band ihr die Schürze ab und zog Victoria mit ihrem Rücken fest gegen seinen Körper. Mit einer Hand umfaßte er ihre Brust, und die andere führte er sofort zwischen ihre Beine. Selbst durch den Musselin ihres Kleides hindurch konnte er ihre Bereitschaft fühlen. Aufstöhnend küßte er ihren Nacken.

»Rafael!« Sie wußte, es würde ihr bald gleichgültig sein, daß die Küche von morgendlichem Sonnenlicht durchflutet war und daß ihr selbst noch alles weh tat. Nichts würde sie mehr kümmern, denn sie begehrte ihn. »Bitte ... nicht doch ... ah ...«

»Jetzt, Victoria. Hier.«

»Nicht doch, bitte.« Ihr heißes Verlangen und ihre Hilflosigkeit dagegen machten sie ganz verrückt.

Rafael spürte deutlich, daß sie sich kaum noch in der Gewalt hatte, und wurde nun selbst ungeduldig. Er legte sie auf den Küchenboden und zerrte sofort an ihren Kleidern. Diese angebliche Häßlichkeit interessierte ihn längst nicht mehr. Er wollte nur noch tief in Victoria sein und sie lieben, bis sie schrie und in Hingabe mit ihm verschmolz.

Er schob ihren Rock so hastig hoch, daß dieser dabei einriß. Ihre lange, spitzenbesetzte Unterhose zerriß ebenfalls. Der weite Unterrock, die Strümpfe und die flachen leichten Schuhe kümmerten ihn nicht. Eilig öffnete er den Verschluß seiner Kniehose.

»Victoria«, stieß er schweratmend hervor, und dann drang er sofort und sehr tief in sie ein. Ihr Aufschrei klang wie Musik in seinen Ohren. Eng und fest umschloß sie ihn. Er versuchte zu vermeiden, daß er mit seinem ganzen Gewicht über ihr lag, doch sie wollte es so. Sie bog die Hüften zu ihm hoch, um ihn noch tiefer in sich aufzunehmen, und er stützte sich mit den Händen ab, um sich noch fester an sie pressen zu können.

Ein erstickter Schrei entrang sich ihr. »Rafael«, flüsterte sie, und in diesem Moment schaute er ihr in die Augen, deren verschleiertes Blau wie das Meer vor dem Sturm ständig die Schattierung wechselte.

Rafael fühlte diesen Sturm nahen und ließ sich von ihm zusammen mit Victoria davontragen.

Nach einigen Momenten der Erholung stützte Rafael sich auf den Ellbogen auf und lächelte auf seine benommene Ehefrau hinunter. Sie hatte die Augen geschlossen, und die dichten, jetzt feuchten Wimpern ruhten auf ihren Wangen. Victoria war schön, sie war befriedigt, er befand sich noch tief in ihr, und sie gehörte ihm, nur ihm.

»Sehr nett, liebe Gattin. Ich besitze das Talent eines großen Politikers, weil ich nämlich ein Meister der Untertreibung bin. Schau mich an, Victoria.«

Sie gehorchte, schlug die Augen auf und blickte ihn so hoffnungslos an, daß ihn die Angst packte. »Was hast du? Habe ich dir weh getan?«

Sie antwortete nicht.

»Victoria!«

Noch immer schweigend wandte sie das Gesicht ab. Er zog sich zurück und merkte, daß sie dabei zusammenzuckte. Also habe ich ihr doch weh getan, ich verdammter Bastard, dachte er. »Es tut mir aufrichtig leid. Halte ganz still. Rühre dich nicht.«

Er stand auf, ordnete seine Kleidung und tränkte dann ein weiches Tuch mit kaltem Wasser. Er kniete sich neben sie und drückte ihr den Lappen sanft zwischen die Beine.

Victoria fuhr hoch. Ihr Gesicht war flammend rot. »Nein! Rafael, bitte . . .« Sie schlug nach ihm.

»Würdest du freundlicherweise den Mund halten? Lege dich wieder hin. Ich bedaure ja, daß dieses Bett aus Steinplatten besteht, aber ein paar Minuten wirst du es doch noch aushalten, ja?« Er wusch sie, spülte das Tuch aus und drückte es noch einmal gegen sie. Ohne den Lappen loszulassen, streckte er sich neben ihr aus.

»Schau mich an, Victoria.«

Sie drehte den Kopf noch weiter von ihm fort, bis ihre Nase sich gegen den Steinfußboden drückte. Rafael betrachtete ihren Körper. Ihre Unterhose war sauber an der Mittelnaht aufgerissen, und seine Hand befand sich mit dem nassen Tuch zwischen ihren Beinen. Er besah sich die schmalen schwarzen Strumpfbänder und die rosa Stoffschuhe, die zu dem jetzt ruinierten rosa Kleid paßten. Der reichgerüschte Unterrock breitete sich wie schaumiger Tortenguß um sie herum aus.

»Ich wußte bis jetzt nicht, daß du so ein Feigling bist«, sagte Rafael. »Das enttäuscht mich sehr. Wahrscheinlich befürchtest du ernsthaft, beim Anblick meiner schrecklichen Gestalt in Ohnmacht zu fallen. Sehr unerfreulich, muß ich sagen.«

Jetzt drehte sie den Kopf und sah, daß Rafael lächelte. »Du bist albern, vollkommen und unheilbar albern und dazu restlos verdorben.«

»Wie du meinst. Meine Hand ziehe ich trotzdem nicht zurück, es sei denn zu dem Zweck, dich wieder zu liebkosen.« Er ließ seinen Worten die Tat folgen.

»Hör auf!«

»Auch gut.« Er gehorchte und sah ihr zu seinem Vergnügen die Enttäuschung an.

»Ich mag das nicht«, behauptete sie. »Und jetzt laß mich mein Kleid wieder herunterziehen. Mein zerrissenes Kleid.«

»Deine Hose ist ebenfalls zerrissen. Doch keine Sorge, mein Schatz. Ich werde dir eine neue kaufen. Viele neue.«

Victoria schüttelte den Kopf. Rafaels gute Laune war unverwüstlich. Dem hatte sie nichts entgegenzusetzen.

»Es ist wirklich ein Jammer«, sagte Rafael sinnend, schob dabei seinen Finger unter das nasse Tuch und berührte Victoria sehr intim. »Ja, ein Jammer, daß es so schwer ist, Zugang zu deinen ... weiblichen Einrichtungen zu erlangen. Ganz anders bei mir, dem perfekten Mann. Bei mir braucht nur ein Verschluß geöffnet zu werden, und das geht im Handumdrehen. Ich sehe schon, ich muß in Zukunft einen besonderen Liebesfonds einrichten, aus dem dann deine weiblichen Kleidungsstücke ersetzt werden.«

Er merkte, daß sie sich zu winden begann, und stellte die Unverschämtheiten seines Fingers ein. Schließlich litt Victoria noch unter den Nachwirkungen, und er brachte sie mit Absicht wieder in Glut. Wahrscheinlich tat er das nur, um zu beweisen, daß er sie vollkommen beherrschte. Das war wirklich nicht sehr rücksichtsvoll.

»Gib mir einen Kuß, Victoria, und dann entlasse ich dich wieder zu deinen hausfraulichen Pflichten. Erinnerst du dich an den großartigen Brotmann? Ich kann es gar nicht erwarten zu sehen, wie du ihn kunstvoll auf deinem Teller arrangierst.« Er lachte leise, gab ihr einen Klaps und stand auf.

Victoria erhob sich ebenfalls und zerrte wütend ihre Röcke hinab. Sie öffnete den Mund, um etwas Passendes zu sagen, schloß ihn aber wieder, als sie Rafaels freches Grinsen sah. Mit hastigen, ärgerlichen Bewegungen schob sie ihre beiden Brotlaibe in den Ofen. Dann warf sie einen angewiderten Blick auf den Teigmann und schleuderte den Brotschieber auf den Boden. »Dieses obszöne Ding werde ich nicht backen. Hast du verstanden?«

»Wie Sie wünschen, Mrs. Carstairs«, erwiderte Rafael gespielt unterwürfig. »Willst du nicht hinaufgehen und dich ein wenig erfrischen? Vielleicht mit einem Riechfläschchen zwecks Beruhigung der Nerven? Lege dich auf die Chaiselongue und ruhe dich aus. Ich werde deine Pflichten hier übernehmen. Nein, nein, sage nichts. Ich weiß ja, daß deine Dankbarkeit keine Grenzen kennt.«

Victoria warf einen sehnsüchtigen Blick auf den Brotschieber und konnte ihn im Geist schon auf Rafaels Kopf niederkrachen hören. Leider verrieten ihre Augen ihre Gedanken.

Rasch hob Rafael den Schieber auf und versteckte ihn hinter dem Rücken. Er betrachtete Victoria, die mit geballten Fäusten vor ihm stand. Ihr Haar war wirr, ihr Kleid eine einzige Katastrophe, und sie selbst sah mordlüstern aus.

»Möchtest du den Brotschieber gegen mich einsetzen? Oder soll ich ihn an dir ausprobieren?« erkundigte er sich. »Allerdings glaube ich nicht, daß mir das behagt. Schmerz und Lust — vermutlich halten viele Menschen das für eine begeisternde Kombination. Vielleicht eines Tages, wenn du mich schön darum bittest . . .«

»Halt den Mund! Sei endlich still!«

Er lachte laut und schaute ihr hinterher, wie sie hocherhobenen Hauptes und mit gestrafften Schultern aus der Küche marschierte.

211

»Victoria«, rief er ihr nach, »wo ist denn nun deine Häßlichkeit? Es kann sich nur um einen mißgebildeten Zeh handeln. Es macht mir nichts aus, wenn du beim Liebesspiel deine Schuhe anbehältst. Ich finde es sehr gütig von dir, meine Empfindsamkeit zu schonen.«

An ihrem Schritt hörte er, daß sie die Treppe hinaufrannte. Er drehte sich um, legte seinen empörenden Teigmann auf den Brotschieber und beförderte ihn in den Backofen.

»An die Küche gefesselt«, stöhnte er. »Die Pflichten eines Mannes kennen doch keine Grenzen.«

Victorias Gesichtsausdruck übertraf Rafaels Erwartungen. Der Mund stand ihr offen, die Wangen waren blutrot, und sie schloß schnell die Augen — selbstverständlich nicht schnell genug.

»Gefällt er dir nicht, meine Liebe?«

Sie drückte die Augen noch fester zu, machte einen Schmollmund und schüttelte den Kopf.

»Erkennst du denn keine Ähnlichkeit, Victoria?«

»Überhaupt keine!« erklärte sie streng, aber mit Mühe. Diesmal wollte sie sich von diesem verrückten Kerl nicht wieder verwirren lassen. Wie hätte sie auch ahnen sollen, daß er seinen Brotmann in all seiner herausragenden Größe tatsächlich auf ihren Teller plazieren würde?

»Das verletzt mich zutiefst. Vielleicht schaust du dir deinen Gatten einmal genau an. Zu Vergleichszwecken, meine ich. Und nun setz dich, Liebste, und gestatte, daß ich dir ein Stück dieses köstlichen warmen Brots abschneide. Ich würde natürlich mit dem Messer gern oberhalb der Gürtelinie bleiben wollen. Es widerstrebt mir verständlicherweise, die schönsten Teile eines Artgenossen zu zerstören.«

»Das ist … einfach abscheulich ist das!« Victoria öffnete die Augen und starrte ihren Brotmann an. Ihr Gatte amüsierte sich offenbar königlich. Na warte! Sie brachte ein

Lächeln zustande. »Selbstverständlich, aber ich würde mir ein Stück Brot gern selbst abschneiden. Gib mir bitte das Messer. Oder nein, ich werde einfach ein Stück abreißen.« Und das tat sie dann auch umgehend.

Rafael stöhnte laut auf, und Victoria mußte sich das Lachen verbeißen. Sie überreichte ihm das Brotstück und sah zu, wie er es mit Butter und Honig bestrich.

»Soll ich dir zeigen, wie man es ißt, Liebste?« fragte er und gab es ihr zurück.

»Ich denke mir, ich stecke es in den Mund, beiße davon ab, kaue und schlucke es dann hinunter. Wäre das so richtig?«

Rafael mimte Schmerz. »Dir mangelt es an Einfallsreichtum.«

»Wie meinst du das?«

Er schenkte ihr sein unglaublich hinreißendes Lächeln. »Nun, wir sind verheiratet, und da kann es nicht schaden, dir Unterricht zu erteilen. Es mag dich schockieren, Victoria, aber dieser Einfallsreichtum hat etwas mit meinem ... eigenen männlichen Ausrüstungsgegenstand zu tun und mit meinem beziehungsweise seinem Verlangen nach deinem Mund.«

Jetzt wußte Victoria überhaupt nicht mehr, was er meinte.

Rafael seufzte und gab es auf. Er wollte ihr die Sache schon noch beibringen und hoffte aufrichtig, daß sie seinem Unterricht mit Eifer folgen würde.

Er riß sich ein Stück Brot ab und beobachtete seine Gemahlin beim Essen. Sie sah so appetitlich und süß aus. Sein Körper war fühlbar derselben Meinung. Rafael rief ihn zur Ordnung. Nein, er würde warten. Er konnte und wollte edel sein. Schließlich war Victoria sicherlich noch sehr mitgenommen.

Das Abendessen würde später keine umfangreichen Vorbereitungen erfordern, da sie im Laufe des Nachmittags einen ganzen Brotlaib aufaßen. Deshalb schlug Rafael einen Spaziergang vor. Victoria war einverstanden, und so schlenderten sie den schmalen Pfad hinter Honeycutt Cottage entlang. Rafael hielt seine Gattin bei der Hand, und diese Berührung weckte sofort wieder die Erinnerung.

Victoria sah sich unter ihm auf dem Küchenfußboden liegen und den wildesten Empfindungen anheimfallen. Nun, wenigstens hatte er ihr Bein nicht gesehen. An ihrer Unterhose war zwar die ganze Mittelnaht aufgerissen, aber die langen, spitzenbesetzten Hosenbeine waren unversehrt geblieben. Nein, dieser unverschämte Halunke hatte den »mißgebildeten Zeh« noch nicht entdeckt.

Die Sonne neigte sich langsam zum Horizont, doch der leichte Wind war noch warm, und die Luft duftete nach Geißblatt und Hyazinthen. Der Weg durch den Obstgarten war auf der einen Seite von einer niedrigen Mauer begrenzt und führte zu einem kleinen Teich. Dorthin geleitete Rafael Victoria.

»Hier ist es wunderschön«, stellte er fest. Er wartete nicht erst ab, ob seine liebe Gattin dazu etwas zu äußern hatte, sondern ließ sich nieder, zog sie mit sich herab und streckte die langen Beine aus. Victoria setzte sich neben ihn und achtete darauf, daß ihre Beine sittsam von dem hellgelben Musselin ihres Rocks bedeckt waren.

»Hier gibt es viele Frösche und Seerosen«, bemerkte sie.

»Hm.« Rafael legte sich der Länge nach ins Gras und verschränkte die Arme unter dem Kopf.

Victoria zwang sich dazu, die Seerosen und nicht etwa Rafael anzuschauen. »Wo in Cornwall möchtest du gern deine Heimstatt errichten?« erkundigte sie sich unvermittelt.

»Unsere Heimstatt, meinst du.«

»Nun ja, ich glaube ja. Wenn du so möchtest.«

»Du drückst dich ungeheuer klar aus, Victoria.«

»Ach, sei doch still.«

»Ich dachte, du wolltest wissen, wo wir in Cornwell leben werden.«

Sie seufzte ergeben. »Also wo?«

»Nicht allzu nahe bei Drago Hall. Ich dachte an die Nordküste. Vielleicht in der Nähe von St. Agnes.«

»Weshalb müssen wir uns dann überhaupt erst auf Drago Hall aufhalten?«

Das war eine vernünftige Frage. Rafael wünschte, er hätte sich eben unbestimmter ausgedrückt. Oder hätte er etwa sagen sollen, daß er bereits ein bestimmtes Anwesen im Sinn hatte? Nein, damit mußte er noch warten.

»Ich sagte dir bereits, daß ich sehr lange nicht daheim war und Drago Hall wiederzusehen wünsche«, antwortete er absichtlich schroff. »Es ist zwar unerfreulich, daß mein Bruder und seine Frau dort residieren, aber wir werden uns schon irgendwie einrichten.«

»Einfach wird es nicht.«

»Ich bin dein Ehemann. Du tust, was ich dir sage. Wenn du Rat und Schutz brauchst — und nächtliche Unterhaltung — dann wende dich an mich, und alles ist in Ordnung.«

»Du bist ein eingebildeter, abscheulicher ...«

»Beleidige mich nicht, Victoria, oder ich werde dich auf der Stelle lieben.«

Zwar hatte er leise gesprochen, aber sie bekam es trotzdem mit der Angst zu tun. Er war imstande, seine Drohung wahr zu machen, und sie würde ihm nicht widerstehen können.

Sie senkte den Kopf. Wie eine Närrin kam sie sich vor, wie eine wilde, ungezähmte, unzivilisierte Närrin. Tränen traten ihr in die Augen. Rafael kannte inzwischen ihre Schwäche, und er nutzte sie schamlos aus. Er liebt mich nicht, dachte sie. Er liebt mich kein bißchen.

Zwei dicke Tränen rollten über ihre Wangen.

»Warum weinst du denn?« fragte er leise.

215

»Ich weine nicht.«

»Du bist so entzückend verdreht. Also jetzt redest du vernünftig mit mir, oder ich werde dich ...« Er unterbrach sich. »Vergiß es. Was hast du?«

»Nichts!« Sie sprang auf, und zu allem Übel gab ihr Bein nach. Würdelos sank sie wieder auf den Boden. Das war einfach zuviel für sie.

Sie beugte sich vornüber, drückte das Gesicht in das duftende Gras und weinte.

Eine ganze Weile lang regte Rafael sich nicht. Er war völlig verstört. Am Ende richtete er sich auf den Knien auf, faßte Victoria bei den bebenden Schultern und zog sie behutsam zu sich heran. »Es ist ja schon gut, Liebste. Hast du dich beim Hinfallen verletzt?«

Sie schüttelte den Kopf, und ihr Haar streifte dabei Rafaels Kinn.

»Wenn du dich einmal richtig ausweinen willst, biete ich dir hiermit meine Schulter an.« Er lehnte sich an einen Ahornbaum und zog sie auf seinen Schoß. Sie ließ es willenlos geschehen, und das bestürzte ihn. Wo war die wütende Kämpferin geblieben?

»So, und nun kannst du mein Hemd naß machen.« Er nahm sie in den Arm und fühlte ihr Schluchzen an seiner Schulter. »Es ist schon sehr komisch, das Leben.« Er lächtelte über ihren Kopf hinweg. »Vor einem Monat wußte ich noch nichts von deiner Existenz, und jetzt bin ich unwiderruflich an dich gekettet.«

»Die Angekettete bin ich«, widersprach sie zwischen zwei Schluchzern. »Ich bin nicht nur verheiratet, sondern auch noch so arm wie zuvor. Du bist wenigstens angekettet und reich.«

»Ich war schon vorher reich. Dein Geld gehört nach den Landesgesetzen zwar mir, aber nötig habe ich es nicht. Allerdings hätte ich so ziemlich alles getan, um es Damiens gierigem Zugriff zu entziehen.«

Nachdem Victoria darauf nichts sagte, eilten Rafaels

216

Gedanken in die Zukunft voraus. Er hatte ja so verdammt viel zu tun, und dabei wäre es ihm am liebsten gewesen, mindestens einen Monat lang mit seiner jungen Frau allein zu sein. Seine Leidenschaft für sie schien unerschöpflich.

»Rafael?«

»Ja?«

»Ich glaube, ich möchte jetzt zum Haus zurückkehren.«

»Sitzt du in meinen Armen nicht bequem genug?«

»Darum handelt es sich nicht.«

»Dann willst du lieber für dich allein weinen?«

»Ich will überhaupt nicht weinen. Das ist töricht, lächerlich und Zeitverschwendung.«

»Ach ja? Darauf wäre ich nie gekommen.«

Sie hörte das Lachen in seiner Stimme und hätte ihn am liebsten dafür geohrfeigt. Zu gern wäre sie jetzt ärgerlich aufgesprungen, doch sie mußte befürchten, daß ihr Bein wieder nachgeben und zu weiteren Demütigungen führen würde. »Könntest du mir bitte aufhelfen?«

Das war eine für Victoria recht ungewöhnliche Bitte, doch Rafael kam ihr sofort nach. »Hast du dich nicht doch beim Stolpern verletzt?« fragte er besorgt.

Sie schaute ihn nicht an, sondern schüttelte den Kopf. »Ich möchte jetzt bitte gehen.«

Erst viel später an diesem Abend sollte Victoria erfahren, was wirkliche Demütigung war.

15. KAPITEL

Bist du siech oder verdrossen? (Samuel Johnson)

»Entschuldige mich bitte.« Victoria versuchte ihre Nervosität zu verbergen und stand vom Tisch auf, bevor Rafael etwas sagen konnte.

»Was ist denn, Victoria? Stimmt irgend etwas nicht mit dir?«

»Es ist nichts. Ich komme gleich zurück. Bitte, iß nur weiter.« Und fort war sie.

Düster schaute Rafael in sein Weinglas. Was hatte sie nur? Direkt krank wirkte sie nicht, doch seit sie zum Abendessen heruntergekommen war, hatte sie sich ausgesprochen still und in sich gekehrt gezeigt. Das beunruhigte ihn erheblich.

Oben im Zimmer blieb Victoria mitten im Raum stehen und schlang die Arme um sich. Sie hatte fürchterliche Bauchschmerzen. Bisher hatte sie an den bewußten Tagen nie Beschwerden gehabt. Es war wohl die Ehe, die ihr das jetzt antat. Leider ließ sich auch kein Schmerzmittel finden, mit dem sie sich hätte betäuben können.

Sie kehrte wieder zum Speisezimmer zurück. An der offenen Tür blieb sie stehen, bis Rafael sie anschaute. »Ich bin müde«, sagte sie wie ein artiges Schulmädchen. »Ich möchte mich jetzt zurückziehen. Ich ... fühle mich nicht ganz wohl, Rafael. Mir wäre es lieber, wenn du heute nicht ...« Sie sprach ihren Satz nicht zu Ende.

Rafael blickte sie eine Weile an. »Was hast du?« fragte er so streng, daß Victoria beinahe automatisch mit der Wahrheit herausgerückt wäre. Sie konnte sich gerade noch zurückhalten.

»Victoria, ich habe dich etwas gefragt.« Das hörte sich

schon eher nach dem unerbittlichen Kapitän an. »Ich verlange eine Antwort.«

»Es ist nichts von Wichtigkeit. Ich benötige nur Schlaf. Morgen früh wird es mir wieder gutgehen.« Sie spielte mit ihrem schmalen Armband. »Hast du ein wenig Laudanum, Rafael?«

Sofort stand er auf und trat auf sie zu. Es bestürzte ihn, daß Victoria vor ihm zurückwich. Er blieb stehen. »Wozu brauchst du ein Schmerzmittel? Was ist mit dir?«

Victoria drehte sich um und trat in den Flur. »Es ist nicht wichtig. Gute Nacht.«

»Wenn du noch einen Schritt machst, ziehe ich dir die Hose herunter und verprügele dich.«

Müssen mir denn jetzt auch noch die Tränen kommen? dachte sie ärgerlich. Aber so war das ja immer an diesen verflixten Tagen. Da nahm sie immer alles so schwer und hatte stets nahe am Wasser gebaut.

Trotzig hob sie das Kinn. »Das darfst du nicht! Du hast doch nun mein ganzes Geld. Bist du noch immer nicht zufrieden? Weshalb mußt du mich so quälen?«

»Quälen? Ich würde doch sagen, mein Verhalten ist besorgt um dich und rücksichtsvoll. Nun, ganz wie du meinst. Wenn du krank bist, dann leide bitte im stillen und belästige mich nicht damit. Übrigens habe ich kein Laudanum.«

Victoria raffte ihre Röcke und stieg wieder die Treppe hinauf.

Kurz nach zehn Uhr in dieser Nacht ging Rafael in der kleinen Bibliothek auf und ab. Er hatte eine Flasche exzellenten französischen Weinbrand nur zu einem Drittel geleert und war davon nicht einmal angetrunken. Immer wieder zerbrach er sich den Kopf darüber, was Victoria wohl haben mochte. Sie war doch nicht etwa wirklich krank?

Nach einer Weile hielt er die Ungewißheit nicht mehr

aus. Er ging in sein Zimmer, legte die Kleidung ab und den Hausmantel und löschte die Kerzen. Dann trat er durch die Verbindungstür in Victorias Zimmer.

Diesmal waren die Fenstervorhänge nicht zugezogen, und so konnte er die Gestalt auf dem Bett schwach erkennen. Leise trat er zu ihr und blieb dann regungslos stehen. Bald merkte er, daß Victoria nicht etwa schlief, sondern hellwach war.

»Wo tut es denn weh, Victoria?« fragte er sanft.

»Bitte, geh fort, Rafael.« Sie rutschte ein wenig von ihm weg und nahm dabei unauffällig die Hände von ihrem Bauch. Hoffentlich bemerkte Rafael nichts.

Er bemerkte es doch. »Bauchschmerzen? Hast du etwas Falsches gegessen?« Er streichelte ihren Arm.

»Nein, zum Teufel! Ich bin anders als du, und mir passieren eben Dinge, die einem Mann nicht passieren.«

Rafael begriff. »Ach so«, sagte er, und schon schlüpfte er zu ihr unter die Bettdecke. Sein großer Körper war warm und vollkommen nackt.

»Nein!«

»Still, meine Liebe. Ich bin ein sehr aufmerksamer, besorgter Ehemann. Laß mich dich nur in die Arme nehmen. Morgen früh wird es dir wieder besser gehen. Das hast du ja selbst gesagt.«

Victoria schwieg, als er ihren Rücken an seine Brust zog und seinen Unterkörper an ihren Po schmiegte. Sie protestierte auch nicht, als er seine große Hand ganz leicht an ihren Bauch legte, denn die Wärme war wunderbar. Victoria seufzte.

Rafael lauschte auf ihr gleichmäßiges Atmen und lächelte. Ganz sanft küßte er ihr Ohr. Armes kleines Hühnchen!

Dann wurde ihm bewußt, daß seine Liebesglut nunmehr zu einigen Tagen Pause verurteilt war. »Welche Opfer ich nicht für dich bringen würde ...« sagte er mehr zu sich selbst als zu seiner schlummernden Gattin.

Rafael und Victoria verließen Honeycutt Cottage wie geplant am nächsten Tag nach dem Lunch, mit dem sich Mrs. Ripple noch einmal nach Kräften abgemüht hatte.

»Wie ein Mensch Schinken verderben kann, ist mir weitgehend unerfindlich«, meinte Rafael. »Vielleicht hätte ich für Mrs. Ripple einen meiner weltberühmten Teigmänner backen sollen. Der hätte ihre Gedanken möglicherweise in eine appetitlichere Richtung gelenkt.«

Er hörte Victorias unterdrücktes Lachen und schaute sie an. Ihre Gesichtsfarbe war gesund, und ihre Augen strahlten. Anscheinend ging es ihr heute morgen tatsächlich wieder besser. Er streichelte ihre Wange. »Geht es dir wieder gut?«

»Selbstverständlich«, antwortete sie etwas unwirsch, weil ihr das Ganze peinlich war. Eilig und ohne auf Rafaels oder Tom Merrifields Hilfestellung zu warten, kletterte sie in die Kutsche.

»Rafael, weiß Damien eigentlich, daß wir in zwei Tagen auf Drago Hall eintreffen?«

Rafael betrachtete eine Weile seine braunen Lederhandschuhe. »Natürlich«, antwortete er dann. »Ich habe ihm geschrieben. Ich bin sicher, er wird uns mit allen Ehren empfangen.«

»Aber gewiß doch. Und Elaine wird uns zu Ehren zweifellos einen Ball geben.«

»Das ist gar keine schlechte Idee«, meinte Rafael nachdenklich. Das war es tatsächlich nicht. Auf einem Ball hätte er die beste Möglichkeit, sich wieder mit den hitzköpfigen jungen Adligen vertraut zu machen, die die Umgebung bevölkerten. Das war zur Lösung des Rätsels namens »Der Widder« erforderlich. »Ich werde mit Damien darüber reden.«

Victoria schüttelte den Kopf. »Ich habe doch nur einen Scherz gemacht.« Rafael scherzte offenbar nicht. Was führte er nur im Schilde? Hinter seiner Rückkehr nach Drago Hall steckte ganz gewiß mehr als nur eine einfache

221

Pilgerreise zum Schloß seiner Ahnen. Victoria überlegte sich, wie sie es aus ihm herausbringen konnte.

»Tom Merrifield lassen wir in Axmouth zurück«, erklärte Rafael. »Erinnerst du dich, daß ich dir einmal etwas von Flash Savory erzählt habe?«

»Ja. Der schnellste Taschendieb von ganz London.«

»Richtig. Er wird uns in Axmouth erwarten. Die Kutsche und die Pferde werden wir nach Drago Hall mitnehmen.«

»Flash wird uns nach dorthin begleiten?«

»Ja, ich denke, er wird mir von Nutzen sein.«

Rafael hat tatsächlich etwas vor, dachte Victoria wieder. Zu welchem Zweck sollte er sonst diesen Flash auf Drago Hall brauchen können?

Rafael, der sich jetzt in Gadflys Sattel schwang, wußte natürlich ganz genau, wozu er Flash gebrauchen würde. Er wollte den jungen Mann einfach als einen Gentleman aus ihren Kreisen ausgeben, und auf diese Weise konnte Flash vielleicht Mitglied dieses lächerlichen Höllenfeuer-Klubs werden. Das wäre ein gangbarer Weg.

Sie erreichten Drago Hall am frühen Sonntagnachmittag, und als Rafael das Zuhause seiner Kindheit wiedersah, kamen ihm beinahe die Tränen. Nichts hatte sich hier geändert.

Der Hauptteil des Bauwerks, die Halle, war vom ersten Baron Drago in der Mitte des sechzehnten Jahrhunderts erstellt worden. Nachfolgende Generationen hatten dieser Mittelhalle drei Gebäudeflügel hinzugefügt. Rafaels Vater hatte nur noch den Säuleneingang erweitert und die geschwungene, von Eichen und Ahornbäumen gesäumte Auffahrt erstellt. Rafaels Mutter hatte dem Bauwerk die Strenge genommen, indem sie Gärten angelegt hatte, in denen alle Blumen gediehen, die an Cornwalls Küsten zu finden waren.

»Das riecht ja aus allen Ritzen nach Reichtum«, bemerkte Flash, nachdem er sich umgeschaut hatte.

Rafael lächelte. »Während der kurzen Zeit unseres Aufenthalts werden wir es hier schon aushalten. Und jetzt laß uns gleich die Ställe aufsuchen. Sie befinden sich dort drüben in östlicher Richtung.«

Der Stallbursche, der sich im Hof aufhielt und den Rafael noch nie gesehen hatte, redete ihn sofort mit Baron an. Rafael lächelte. »Nenne mich Kapitän, mein Junge. Wie heißt du?«

»Alle nennen mich Lobo, Sir, äh, Kapitän ... Baron, Sir.«

Freundlich lächelnd schüttelte Rafael den Kopf. Er half der etwas blaß aussehenden Victoria aus der Kutsche. »Nur keine Angst. Es wird alles in Ordnung sein. Du bist jetzt eine verheiratete Frau und kein hilf- und schutzloses Mädchen mehr. Vertraust du mir? Oder fürchtest du dich noch?« fragte er, nachdem sie schwieg.

»Ja, ein wenig«, gab sie zu und schob unsicher ihre Hand in seine.

Das erfreute ihn über die Maßen. Er schenkte ihr sein charmantestes Lächeln, und sie erwiderte es, wenn auch zögernd. »So, und jetzt auf zur Heimkehr des verlorenen Sohns«, sagte er munter. »Beziehungsweise der verlorenen Kinder.«

Als Rafael und Damien später einander gegenüber standen, spürte Victoria wieder bedrückendes Unbehagen wegen dieser unglaublichen Ähnlichkeit, die jetzt sogar noch größer war, da Rafael inzwischen seine Sonnenbräune verloren hatte. Wie kommt es nur, daß ich mich von Damien so abgestoßen fühle, fragte sie sich, während Rafael mich nur anzulächeln oder zu streicheln braucht, um mich restlos zu besiegen?

»Ich wünsche dir einen guten Tag, Bruder«, grüßte Rafael, der noch immer Victorias Hand festhielt. »Drago Hall hat sich nicht verändert. Großartig. Du bist ein guter Verwalter. Ach ja, dies ist mein Kammerdiener Flash. Flash, das ist Baron Drago.«

223

Flash fand die Ähnlichkeit der beiden Brüder direkt unheimlich, äußerte sich jedoch natürlich nicht dazu.

So gehen also Gentlemen miteinander um, dachte Victoria. Mein verehrter Gatte übergeht einfach die Tatsache, daß er seinem Bruder in London begegnet ist! Dafür hätte sie ihn erwürgen mögen.

Damien neigte den Kopf. »In deinem recht knappen Brief hast du geschrieben, du wünschtest hierzubleiben, bis du entschieden hast, wo du dir deine eigene Heimstatt einrichten wirst.« Er wandte den Blick langsam zu Victoria. »Darf ich annehmen, daß Victoria ebenfalls mit großer Freude nach Drago Hall zurückgekehrt ist?«

»Victoria, meine Gemahlin, ist selbstverständlich entzückt davon, ihren Ehemann überallhin zu begleiten. In meiner Gegenwart fühlt sie sich sehr sicher.«

Wie zwei Kampfhähne im Hühnerhof, dachte Victoria. Sie blickte zu Flash hinüber, der zwischen den beiden Zwillingsbrüdern hin- und herschaute. Seine Miene war nicht genau zu deuten. Victoria mochte den Mann. Er war dünn und ungefähr in ihrem Alter, hatte hellwache braune Augen und krauses braunes Haar. Er konnte einerseits ziemlich frech grinsen und andererseits so aussehen, als wäre er ein notleidender Waisenknabe.

»Victoria ist nicht mehr dasselbe Mädchen, das sie war, als sie vor kurzem Drago Hall so überstürzt verlassen hatte, nicht wahr?«

»Natürlich nicht«, antwortete Rafael sachlich, obwohl er seinem Bruder für diese Anspielung am liebsten die Faust ins Gesicht gedrückt hätte. »Sie ist jetzt meine Ehefrau.«

»Ah, meine Liebe«, rief Damien Elaine zu. »Komm her und begrüße meinen Bruder und seine bezaubernde Gattin, bei der es sich zufällig um deine Kusine handelt, die du seit vielen Wochen nicht mehr gesehen hast.«

Rafael betrachtete Elaine Carstairs, die anmutig die Treppe heruntergestiegen kam. Die Lady war groß, dunkelhaarig und wirklich sehr hübsch. Ihr Kinn war vielleicht ein wenig spitz für Rafaels Geschmack, und ihre Figur konnte er selbstverständlich im gegenwärtigen Zustand nicht beurteilen. Elaine schien Mühe mit dem Lächeln zu haben, aber wie Victoria, so blickte auch sie voller Erstaunen erst Rafael, dann Damien und dann wieder Rafael an.

»Es ist einfach unglaublich«, sagte sie schließlich. »Rafael, willkommen auf Drago Hall.« Sie reichte ihm die Hand, und er küßte sie pflichtschuldigst.

»Wie geht es Damaris?« fragte Victoria ohne jede Vorrede.

Elaine sah sie an, als wäre sie soeben aus dem Sumpf gekrochen, der sich zwei Meilen östlich von Drago Hall befand. »Guten Tag, Victoria. Damaris? Ich wüßte nicht, weshalb sie dich interessieren sollte. Du hast sie immerhin sehr rasch verlassen. Aber ja, dem Kind geht es gut.«

»Wollen wir jetzt in die Halle gehen? Rafael? Die Damen?«

Rafael nickte und wandte sich an Flash. »Sieh nach den Pferden, und dann folge uns in die Halle, Ligger, der Butler, wird dir sagen, wo meine Räume sind und wo du untergebracht wirst.«

»Weshalb bist du davongelaufen, Victoria?« wollte Elaine jetzt wissen.

Immer gerade heraus, dachte Victoria und blickte ihre Kusine an. Sie wartete mit der Antwort, bis die beiden Männer weit genug vorausgegangen waren.

»Ich hatte entdeckt, daß ich eine Erbin bin, Elaine. Weder du noch Damien hattet es für nötig gehalten, mich davon zu informieren. Ich begab mich also auf den Weg nach London, um den Anwalt aufzusuchen.«

»Das hat mir Damien auch gesagt«, erwiderte Elaine ein wenig zweifelnd. »Ich verstehe nicht, weshalb du dich nicht einfach an ihn gewendet hast. Dein Geld war vollkommen sicher, Victoria. Er hätte dich davon unterrichtet, wenn du großjährig geworden wärst.«

225

»Großjährig!« Victoria sah Elaine finster an. »Ich hätte mein Geld erst an meinem fünfundzwanzigsten Geburtstag erhalten, es sei denn, ich hätte vorher geheiratet. Und ich kann mir ausmalen, wie Damien einen eventuellen Freier behandelt hätte — so wie David nämlich. Unglaublich, daß du, meine eigene Kusine, so niederträchtig sein konntest!«

»Mach dich nicht lächerlich. Du wurdest immer wie eine von uns behandelt.« Elaine machte eine kleine Pause. »Außerdem wußte ich nichts von deiner Erbschaft.«

»Das glaube ich dir sogar.«

»Sollten wir nicht in den Salon gehen?« fragte Damien, der mitten in der Halle stehengeblieben war. Victoria nickte, und die vier begaben sich in den Salon.

Im Salon entdeckte Rafael Veränderungen. Die gesamte dunkle Einrichtung war verschwunden und durch wunderschönes leichtes Queen-Anne-Mobiliar ersetzt worden. Durch die fast durchsichtigen Vorhänge strömte das helle Sonnenlicht herein. Ein hellblauer Aubusson-Teppich bedeckte die Mitte des Fußbodens. Der angenehme Gesamtanblick war zweifellos Elaine zu verdanken.

»Sehr hübsch.« Rafael lächelte ihr zu. »Mein Gott, Ligger!« rief er dann aus, als er das alte Faktotum auf der Türschwelle stehen sah. »Hallo, alter Junge. Sie haben sich ja überhaupt nicht verändert.«

»Danke, Sir. Ich darf mir die Bemerkung erlauben, Sir, daß es überaus erfreulich ist, Sie wiederzusehen.«

»Ja, ich finde es auch erfreulich, wieder hier zu sein. Wußten Sie, Ligger, daß Miss Victoria und ich verheiratet sind?«

Natürlich wußte Ligger das. Jeder Bedienstete auf Drago Hall wußte es. Und Ligger wußte darüber hinaus, weshalb Miss Victoria davongelaufen war. Das hatte er selbstverständlich für sich behalten, denn seine Loyalität bezog sich auf die Familie, gleichgültig wie verachtenswert der jeweilige Herr sein mochte. Ja, dieser Master Rafael, das war ein Teufelskerl, aber aufrichtig und ehrlich. Ihm konnte man trauen, dem Master Rafael.

»Tee bitte, Ligger.«

»Ist schon da, Mylady.« Gerade brachten zwei Hausmädchen ein riesiges Silbertablett sowie einen Servierwagen herein, auf dem Kuchen, Kekse und kleine Sandwiches dekorativ angerichtet waren.

»Bist du für immer nach Cornwall zurückgekehrt?« erkundigte sich Elaine, nachdem das Personal gegangen war.

»Ich glaube ja«, antwortete Rafael freundlich lächelnd. »Allerdings wird mein Seehandelsgeschäft darunter nicht leiden. Mein Erster Maat, ein erfahrener und kluger Bursche, ist jetzt Kapitän der ›Seawitch‹. Ich beabsichtige allerdings nicht, mich hier dem Müßiggang hinzugeben.«

Er machte eine Pause und lehnte sich auf der gepolsterte Sitzbank zurück. »Ich werde meine Unternehmungen von hier aus steuern. Und außerdem werden Victoria und ich mit der Familiengründung beginnen.«

»Hast du während der vergangenen fünf Jahre genug Geld verdient, um dir einen eigenen Hausstand zu erwerben?« fragte Damien mit spöttischem Unterton. »Oder beabsichtigst du, Victorias Kapital zur Erfüllung deiner Wünsche zu benutzen?«

»Beides«, antwortete Rafael unermüdlich lächelnd. »Eine Hälfte dieses Kapitals wird demnächst in einen Fonds für unsere Kinder eingebracht.« Jetzt richtete er sein Lächeln an Victoria, doch sie bemerkte, daß es nicht seine Augen erreichte.

»Wie edel von dir, Rafael«, lobte Elaine ein wenig schrill.

»Durchaus nicht. Ich benötige ihr Geld nur nicht unbedingt. Ich hätte Victoria auch geheiratet, wenn sie keinen Penny besessen hätte.«

Du Lügner! sagten Victorias ausdrucksvolle Augen, doch laut äußerte sie das dankenswerterweise nicht.

»Eine so reizende junge Frau wie Victoria«, fuhr Rafael fort, »sollte in der Welt nicht ohne Schutz sein. Sie benötigte dringend einen Gatten, und ich bin sicher, sie bedauert den Handel nicht, den sie gemacht hat.«

Lächelnd nickte er zu Elaine hinüber und sah dann wieder seinen Bruder an. »Wie ich erkenne, sind Gratulationen angebracht. Ein Stammhalter und Erbe, Damien?«

»Zweifellos. Gleich nach Weihnachten ist es soweit, wie Dr. Ludcott versichert. Und Elaine erfreut sich bester Gesundheit.«

Victoria stand auf. »Ich gehe jetzt ins Kinderzimmer und begrüße Damaris.«

»Damaris schläft«, erklärte Elaine sofort. »Du weißt, wie eigen Nanny Black dann immer ist. Zumindest erinnern solltest du dich daran.«

»Ich würde mich jetzt gern in unsere Zimmer zurückziehen, wenn du gestattest, Elaine.« Rafael erhob sich und reichte seiner Gattin die Hand hin. Bereitwillig ergriff sie sie.

»Ich glaube, Elaine hat für euch das Zinngemach richten lassen«, sagte Damien.

Erstaunt schaute Victoria ihn an. Das Zinngemach war ein wunderschönes, in allen Grau- und Silbertönen gehaltenes großes Zimmer. Vor drei Jahrzehnten hatte es als Schlafzimmer des Schloßherrn gedient. Jetzt wurde es nicht mehr benutzt; Gäste wurden seiner nicht für wert befunden. Und jetzt diese Überraschung!

Rafael sah der etwas griesgrämig dreinblickenden Elaine an, daß nicht sie, sondern Damien dieses Zimmer für ihn und Victoria bestimmt hatte. Aber weshalb diese plötzliche Großzügigkeit?

Zehn Minuten später schaute sich Victoria voller Bewunderung in dem großen Raum um. »Ich verstehe das nicht«, sagte sie mehr zu sich selbst. »Eine so wunderschöne, exquisite Suite für uns . . .«

»Ehrlich gesagt, ich verstehe es auch nicht. Und nicht Elaine, sondern Damien hat uns diesen Raum zugewiesen, da bin ich mir ganz sicher. Nun habe ich also noch ein weiteres Rätsel zu lösen.«

»Wieso ein weiteres?«

Rafael fing sich sofort wieder. Sanft faßte er Victoria bei den Schultern. »Das erste Rätsel bist du. Nein, du bist eine ganze Rätselsammlung, Victoria. Erstens hast du mir bis heute dein süßes beziehungsweise dein erschreckliches Geständnis vorenthalten, und zweitens hast du mir deinen mißgebildeten Zeh noch nicht gezeigt.«

Über ihren Kopf hinweg blickte er zu den großflächigen Fenstern, von denen aus man die See sehen konnte. Er dachte an das Rätsel des wiederauferstandenen Höllenfeuer-Klubs. Wieso habe ich diesen Auftrag nur angenommen? fragte er sich. Doch dann kehrte er mit seinen Gedanken wieder in das Zinngemach zurück und bemerkte, daß Victoria begehrlich zu ihm hochschaute.

»Unterlaß das!« befahl er schroff. »Dieser Blick bringt mich noch dazu, daß ich dich auf der Stelle nehme!« Er lächelte gequält. »Aber das geht ja nicht, und deshalb führe mich gefälligst nicht in Versuchung.«

»Ich ... ich habe doch gar nichts getan!«

»Ach nein? Angesehen hast du mich, und zwar höchst gierig. Ich kam mir beinahe vor wie ein saftiger Dinnerbraten kurz vor dem Anschneiden.«

Als Victoria errötete und sich abwenden wollte, ließ er es nicht zu. »Nun werde doch nicht gleich verlegen. Es ist sehr gesund, wenn eine Frau Verlangen nach ihrem Gatten hat und ihm das Gefühl gibt, daß er der großartigste Liebhaber der Welt ist. Ich mag das ungeheuer gern.«

»Aber ich mag dich nicht, du Ungeheuer.«

»Warum denn nicht? Du kränkst mich schwer, Victoria. Was habe ich dir getan?« fragte er gespielt beleidigt.

»Du hast mir nicht geglaubt, und das kann ich dir niemals verzeihen.«

Am liebsten hätte er ihr gesagt, daß es die Lebensaufgabe einer Frau war, alles zu verzeihen, doch dann merkte er, daß Victoria anscheinend nicht scherzte. »Es tut mir wirklich leid, Liebste«, versicherte er leise. »Soll ich dir jetzt meine Zerknirschung beweisen, indem ich hingehe und einen Drachen erschlage?«

»Wie du weißt, gibt es keine Drachen, und deshalb ist dein Angebot ohne jede Bedeutung.«

»Dich kann man aber auch gar nicht befriedigen«, klagte er, und dann fügte er rasch hinzu: »Nein, das stimmt ja nun auch wieder nicht.« Er grinste unverschämt und bekam dafür von Victoria einen Fausthieb in die Magengegend, den er pflichtschuldigst mit einem Stöhnen quittierte.

»Ich sehe schon«, sagte er ergeben, »ich werde irgendeine andere Großtat vollbringen müssen, um dir meine geradezu abartige Aufrichtigkeit zu beweisen.«

»Abartige Aufrichtigkeit?« Sie schüttelte den Kopf. Gegen Rafaels unverwüstlichen Humor kam sie einfach nicht an, und das wußte dieser Schuft auch. »Ich bin müde«, erklärte sie.

»Dann laß uns zusammen ein Nickerchen machen, ja? Ich hatte schon immer einmal in Großvaters Himmelbett schlafen wollen. Als Jungen durften Damien und ich das nicht. Sollen wir nachts die Bettvorhänge schließen?«

»O ja, dann ist es, als wären wir die einzigen Menschen auf der Welt.« Ihre Stimme klang mit einmal richtig fröhlich.

Rafael wurde klar, daß er seiner lieben Gattin soeben unbeabsichtigt die Möglichkeit geboten hatte, ihm weiterhin den Anblick ihres Körpers beziehungsweise ihrer »Häßlichkeit« vorzuenthalten. Nun ja, einen Rückzieher konnte er jetzt nicht mehr machen, aber albern wurde die Sache langsam doch.

»Auf Drago Hall wird um sechs Uhr zu Abend gegessen, wenn ich mich recht erinnere«, sagte er.

»Sehr richtig, und Elaine besteht darauf, daß man sich zum Dinner umzieht.«

»Trage deine pfirsichfarbene Seide, Victoria. In diesem Abendkleid siehst du appetitlicher als ein Sahnetörtchen aus.«

»Sahnetörtchen!« Wieder hieb sie ihm in den Magen, aber diesmal lachte er so laut, daß er nicht auch noch stöhnen konnte. Er wischte sich die Lachtränen fort. »Soll ich dir beim Auskleiden behilflich sein?«

»Ja, bitte.« Sie trug nämlich gerade ein Kleid, das Lady Lucia in der Annahme ausgesucht hatte, Victoria würde immer eine Zofe zur Verfügung stehen, was nicht der Fall war.

Sobald Victoria Rafaels Hände an ihrem Körper fühlte, wurde sie wieder von den ihr nun schon bekannten Empfindungen überfallen. Würde das immer so sein? Hoffentlich!

Rasch trat sie hinter den indischen Wandschirm, der eine Ecke des riesigen Raumes abteilte. »Rafael, würdest du mir bitte meinen Hausmantel reichen?« Sie lugte hinter dem Wandschirm hervor. »Er hängt dort über der Lehne.«

Zehn Minuten später lagen beide in dem großen Bett. Rafael gähnte. »Komm her und laß dich in die Arme nehmen. Das letztemal liegt schon lange zurück.«

Da hatte er recht. Viel zu lange. Nämlich seit der letzten Nacht. Den Kopf auf Rafaels Schulter und die Hand über seinem Herzen, schlief Victoria ein.

16. KAPITEL

Ich bin ein Ausbund wahrer Höflichkeit (Shakespeare)

Überaus höflich, geradezu liebenswürdig äußerte Victoria beim Dinner wortreich ihre Begeisterung über die Wunder des Zinngemachs. Während ihrer Lobrede beobachtete Rafael seinen Zwillingsbruder, dessen Miene jedoch die eines zufriedenen Gastgebers blieb.

»Ich frage mich wirklich, Bruder, weshalb du mich und meine Gattin mit einer so prachtvollen Unterkunft geehrt hast«, sagte er. »Erinnerst du dich noch? Als Jungen wurden wir einmal fürchterlich verdroschen, weil wir dort Trittspuren hinterlassen hatten.«

»Und uns wurde strengstens untersagt, jemals wieder unsere schmutzigen Füße in diesen Raum zu setzen. Ja, ich erinnere mich noch gut. Doch weshalb sollte ich dir und Victoria dieses Zimmer nicht geben? Ich nehme doch an, daß du heute keine schmutzigen Füße oder Hände mehr hast.«

»Gelegentlich doch, aber ich werde mich um tadelloses Benehmen bemühen.« Rafael wandte sich an Elaine. »Ich freue mich schon darauf, meine Nichte kennenzulernen.«

»Das ist höchst ungewöhnlich«, stichelte Elaine und tat sich Lachsfilet mit Sauce Hollandaise auf.

»Warum?« Rafael zog die schwarzen Augenbrauen hoch.

»Gentlemen wünschen üblicherweise nicht, sich mit Kindern abzugeben.« Über den langen Tisch hinweg blickte sie ihren Ehemann an. »Besonders dann nicht, wenn es sich um kleine Mädchen handelt.«

»Damaris ist ganz in Ordnung«, erklärte Damien. »Und bald wird sie ja auch einen kleinen Bruder haben, mit dem sie spielen kann.«

»Und du wirst deinen kostbaren Erben für Drago Hall haben«, fügte Elaine mit leichter Bitterkeit in der Stimme hinzu.

»Gewiß«, sagte Damien nur, und danach erstarb die Tischunterhaltung. Da Victoria auch nichts bestechend Geistreiches zu sagen hatte, senkte sie schweigend den Kopf und widmete sich ihrer Seebarbe und ihrem Kalbsbries auf Tomaten.

Nach einigen Minuten hob sie den Blick und sah, daß Damien sie betrachtete. Unter seinem Blick wurde sie sich ihrer nackten Schultern und ihrer hochgeschobenen Brüste bewußt, die praktisch nur von einem hauchdünnen Spitzeneinsatz festgehalten wurden. Durch die Locken ihres hochfrisierten Haars hatte sie sich ein pfirsichfarbenes Band gezogen und zwei dicke Locken über ihre Schultern hängen lassen. Bis jetzt war sie mit ihrem Aussehen ganz zufrieden gewesen, aber nun kam sie sich vor, als wäre sie nackt.

Während das Dinner mit Wildbret, Kapaun, Austern und grünen Erbsen fortgesetzt wurde, versuchte Victoria, sich ihre Befangenheit nicht anmerken zu lassen.

»Du siehst anders aus«, stellte Elaine an sie gewandt unvermittelt fest.

»Das liegt an der Kleidung. Ich trage jetzt keine Schulmädchengarderobe mehr. Dieses Gewand hier hat Lady Lucia für mich ausgesucht.«

»Wer, bitte, ist Lady Lucia?«

»In London habe ich in ihrem Stadthaus gewohnt. Lady Lucia ist eine großartige alte Dame.«

»Ich habe nie etwas von ihr gehört«, sagte Elaine. »Warum hat sie dich bei sich aufgenommen?«

»Lady Lucia hat Victoria aufgenommen, weil ich sie darum gebeten hatte«, antwortete Rafael freundlich. »Sie war mir schon immer recht zugetan«, log er wie ein geübter Schwindler. »Wie Damien auch weiß, wohnte Victoria bis zu unserer Heirat bei der Lady.«

233

Elaine blickte ihren Gatten an, der das Gespräch anscheinend nicht zur Kenntnis nahm. »Damien? Du wußtest es?«

»Ja, meine Liebe. Der kleinen Hochzeit konnte ich leider nicht beiwohnen, doch hinterher habe ich das Paar aufgesucht, um Braut und Bräutigam meine besten Wünsche zu übermitteln. Es oblag mir als Victorias Vormund ja auch, meinem Bruder die Erlaubnis zur Eheschließung zu erteilen.«

»So ist es«, bestätigte Rafael.

Männer! dachte Victoria. Gentlemen! Und dabei hatten sie sich beinahe geprügelt!

»Ach Bruder«, sagte Rafael und strich mit den Fingerspitzen über den Rand seines Weinglases, »könntest du als Hochzeitsgeschenk nicht einen Ball für uns geben? Dann könnte Victoria alle ihre Freunde und Nachbarn wiedersehen, und ich könnte alle Bekanntschaften auffrischen. Wenn ich allen Leuten meine Höflichkeitsbesuche abstatten müßte, würde das ein Menschenalter dauern.«

»O ja, Damien!« rief Elaine, die für den Augenblick ihren kriegerischen Gesichtsausdruck verloren hatte. »Das wäre großartig. Wir hatten keinen Ball mehr, seit . . .«

». . . seit jenem Abend, an dem Victoria Drago Hall so überstürzt verließ«, fiel Damien ein. »Und sie hatte keine Gelegenheit, an diesem Ball teilzunehmen.«

»Sie konnte nicht! Ich sagte dir doch, daß sie es auch nicht wollte. Schließlich ist sie recht . . .«

»Nein, meine Liebe, das ist sie ganz und gar nicht. Ich glaube, sie mochte nur das Kleid nicht, das ich für sie ausgesucht hatte. Nicht wahr, Victoria?«

Bisher hatte Rafael nicht allzu aufmerksam zugehört. Jetzt horchte er auf. Victoria war recht — was? Im Moment war sie recht blaß, wie er feststellte, was sicherlich an Damiens kaum verhohlenen Versuchen lag, sie in Verlegenheit zu bringen.

»Ich hatte mich zum Gehen entschlossen«, erklärte sie.

»Durch einen Ball wollte ich mich nicht davon ablenken lassen.«

»Dein Ballkleid hängt noch im Schrank, glaube ich«, sagte Elaine und wandte sich dann an ihren Gatten. »Ja, ein Ball! Das halte ich für einen ausgezeichneten Einfall, Damien. Du wirst dir doch auch keine Unaufmerksamkeit vorwerfen lassen wollen.«

»Gewiß nicht. Ich bin einverstanden. Wann soll deinen Wünschen nach dieses unterhaltsame Ereignis stattfinden?«

»Vielleicht am nächsten Freitag?« schlug Rafael vor.

»Ja, ich glaube, das wäre möglich«, stimmte Elaine zu. »Ligger wird das Personal wie ein Feldmarschall kommandieren. Er arrangiert solche Veranstaltungen zu gern.«

Victoria hatte erwartet, daß ihre Kusine doch noch etwas von ihrem lahmen Bein äußern würde, doch Elaine tat es zum Glück nicht. Victoria konnte durchaus tanzen, ohne gleich zusammenzubrechen. Nur durfte sie es nicht allzu lange tun und ihr Bein nicht überbelasten.

»Bist du ein guter Tänzer, Rafael?« erkundigte sie sich.

»Ein hervorragender«, antwortete er und neigte sich dann dicht an ihr Ohr. »Selbstverständlich bin ich als Tänzer nicht so hervorragend wie als Liebhaber, aber beinahe. Mit mir zu tanzen, wird dir Freude bereiten, selbstverständlich nicht solche, wie ich sie dir im Bett verschaffen kann ... oder auf einem Küchenfußboden.«

Victoria machte den Mund auf, klappte ihn gleich wieder zu und hielt ihre Gabel wie einen Dolch fest. »Hör sofort damit auf!« zischte sie, da sie ihm ja leider nicht das hinreißende Lächeln aus dem Gesicht schlagen konnte. »Du bist übler als der Teufel persönlich. Du brauchst nur noch einen langen Schwanz mit einer Quaste daran, und niemand wird deine Identität bezweifeln, auch wenn du weiterhin so hübsch lächelst wie jetzt.«

Rafael lachte laut. »Teufel? Oh, ich bin durchaus von dieser Welt, Victoria, und ich rede von irdischen Freuden. Was könnte beglückender sein als eine sehr leicht erregbare, leidenschaftliche Ehegattin? Und was nun den langen Schwanz betrifft ...«

»Was sagst du da?«

»Nichts von besonderem Interesse, Elaine«, antwortete Rafael freundlich und setzte sich wieder aufrecht hin. »Victoria meinte nur, daß sie sich schon auf den Ball am Freitag freut.«

»Gentlemen, ihr werdet Victoria und mich jetzt entschuldigen.« Damit erhob sich Elaine und blickte ihre Kusine auffordernd an. Diese wollte sagen, sie habe noch Hunger, doch sie stand artig auf und folgte der Hausherrin zur Tür hinaus.

Neben einer rostigen Ritterrüstung in der riesigen Eingangshalle drehte sich Elaine zu Victoria um und blickte sie strafend an. »Ich habe es nicht mehr ausgehalten! Mir kam es so vor, als wäre dein Gatte im Begriff, dir auf der Stelle die Röcke hochzureißen. Ich wollte nicht Zeugin weiterer Ungehörigkeiten werden. Ich glaube, du hättest ihm am liebsten die Hose geöffnet, ohne erst um Erlaubnis zu fragen.«

Victoria schaute Elaine bestürzt an.

»O ja, ich kann mir schon vorstellen, was du mit ihm tust. Sicherlich benutzt er dich auf unnatürliche und ...«

»Wirst du wohl den Mund halten! Du mit deinem moralinsauren Gehabe!« Erleichtert darüber, daß sie endlich einmal ausgesprochen hatte, was sie hatte sagen wollen, schritt Victoria stolz aufgerichtet in den Salon. Doch ihre Kusine gab sich keineswegs geschlagen.

»Glaube ja nicht, du könntest so einfach zurückkommen und meinen Ehemann wieder verführen!«

Sekundenlang schloß Victoria die Augen. Elaine hatte es also erraten. Daher ihre Feindseligkeiten! Victoria drehte sich langsam zu ihr um.

»Warum hast du das eben gesagt? Ich mag Damien nicht einmal.«

»Natürlich magst du ihn! Du hast einen Mann geheiratet, der sein Ebenbild ist. Weil du Damien nicht haben konntest, hast du dich mit seinem Zwillingsbruder begnügt. Das ist doch ganz offensichtlich.«

»Ich habe Rafael geheiratet, obwohl er Damiens Ebenbild ist, Elaine! Ach, genug davon. Würdest du mir etwas auf dem Klavier vorspielen? Seit ich hier fortging, habe ich niemanden mehr so schön spielen hören wie dich.«

»Dir muß doch klar sein, daß Rafael dich nur wegen deines Geldes geheiratet hat! Und weshalb du ihn geheiratet hast, wissen wir alle. Oh, ich wünschte, du wärst nie zurückgekehrt!« Elaine schüttelte sich einmal, und dann trat sie ans Klavier, das in der Ecke des Salons stand.

Sie spielte gerade eine Sonate von Mozart, als die Herren hereinkamen. Rafael hatte Elaine außer Klatsch und Kleinlichkeiten nichts zugetraut und war jetzt ehrlich verblüfft über ihr schönes Musizieren. Man sollte doch bei der Beurteilung der Menschen nicht so vorschnell sein, dachte er.

Er setzte sich neben seine Gattin, nahm ihre Hand und legte sie sich auf den Oberschenkel. »Wie viele Nächte bin ich denn noch zur Enthaltsamkeit verdammt?« flüsterte er ihr ins Ohr.

Victoria zog den Kopf fort und weigerte sich, diese Frage zur Kenntnis zu nehmen.

Er seufzte, hob die linke Hand und zählte umständlich an den Fingern ab. In diesem Moment schloß Elaine ihren Vortrag mit einem brillanten Arpeggio, das zu einem großartigen Schlußakkord führte. »Zwei«, sagte Rafael und klatschte begeistert Beifall.

»Jahre«, ergänzte Victoria und applaudierte ebenfalls.

»Du meine Güte, soll ich ein verheirateter Mönch werden?«

»Es war wunderschön, Elaine«, lobte Victoria aufrichtig. »Ach, bitte, spiele uns doch noch eine dieser französischen Balladen vor.«

Elaine ließ sich nicht lange nötigen. Sie spielte und sang sogar dazu. Ihre Stimme war kräftig und rein. Damien trat zu seiner Gemahlin ans Klavier und fiel mit seiner schönen Tenorstimme in ihren Gesang ein. Wieder einmal konnte sein Zwillingsbruder nur staunen.

»Sie sind wirklich sehr gut miteinander«, flüsterte Victoria. »Wenn Damien das nur erkennen würde!«

»Es ist wichtiger, er erkennt, daß er dich nicht haben kann.«

»Er wird nicht mehr an mir interessiert sein«, erwiderte sie bitter. »Schließlich bin ich keine Jungfrau mehr, die man ganz nach Belieben quälen kann.«

»Was hat denn die Jungernschaft damit zu tun?« fragte Rafael ernsthaft. »Um ehrlich zu sein, ich bekam es mit der Angst, als ich merkte, daß du wirklich noch eine Jungfrau warst. Ich fürchtete immerzu, ich könnte dir schrecklich weh tun. Nein, das war kein so besonderer Spaß.«

»Ich glaube dir kein einziges Wort. Wäre ich keine Jungfrau mehr gewesen, hättest du mich gescholten, bis ich taub gewesen wäre, und dann hättest du mich auf ein gottverlassenes Anwesen in Northumberland verbannt.«

»Nicht ohne dir ein Fläschchen Hühnerblut mitzugeben.«

»Das ist ganz und gar nicht amüsant, Rafael.« Damit wandte sie sich ab und konzentrierte sich wieder auf Damiens und Elaines künstlerische Darbietung.

Der Widder war zufrieden. Er saß ein wenig abseits von seinen Anhängern, die sich um den Kamin versammelt hatten und die Weinbrandschwenker zwischen den Händen wärmten. Ihr männliches Bedürfnis war wieder einmal befriedigt, und jeder einzelne der Gentlemen hielt sich für so herrlich verkommen und böse, wenn er im schwarzen Umhang und mit schwarzer Kapuze mitten in finsterer Nacht Schlimmes tat.

Es wunderte den Widder, daß niemand gefragt hatte, warum das Mädchen während des »Frauenopfers« wie er das Ritual genannt hatte, nicht hellwach gewesen war. Die Männer hatten sich einfach der Reihe nach gründlich an dem Kind ergötzt und waren jetzt vermutlich bereit, allem zuzustimmen, was der Widder von ihnen verlangte, denn seine »Überraschung« hatte ihnen zweifellos Freude bereitet.

Schade nur, daß das Mädchen nicht auf die sonst übliche und ordentliche Weise hatte beschafft werden können. Das mochte Komplikationen nach sich ziehen. Nur wer würde schon einer Vierzehnjährigen glauben? Wer würde etwas auf die Aussage einer Mutter geben, die keinen Ehemann und keine Söhne hatte?

Der Widder löste die Versammlung auf. Die nächste Zusammenkunft würde in der Nacht vor Allerheiligen stattfinden. Johnny schlug lachend vor, man sollte auf Besenstielen zum Jagdhaus fliegen, und Vincent fragte, ob er nicht einen Kessel und die drei dazugehörigen Hexen mitbringen sollte. Mochten sie nur lachen, dachte der Widder. Das gehörte alles zum Ritual, welches er sie lehrte.

Nachdem die Männer fort waren, wusch er das noch bewußtlose Mädchen widerwillig und kleidete es wieder an. Eine Stunde später gelangte er zu dem kleinen Haus in St. Austell, in dem das Kind wohnte. Die Fenster waren hell erleuchtet, und der Widder sah viele Männer umhergehen.

Er fluchte leise, dachte einen Moment nach und legte das Mädchen dann in einen schmalen Graben fünfzig Schritt vom Haus entfernt.

Langsam ritt er heim. Dem nächsten Morgen sah er erwartungsvoll entgegen.

Am nächsten Morgen um zehn Uhr öffnete Victoria die Tür zum Kinderzimmer.

»Torie! Torie!« Damaris sprang auf und rannte herbei. Liebevoll drückte Victoria das kleine Mädchen an sich. »Torie, wo warst du denn bloß so lange? Die Nanny hat gesagt, du kommst nicht wieder, und dann ist sie böse geworden und hat gesagt, du hättest den Zwilling des Herrn geheiratet und ...«

»Und nun bin ich wieder hier. Alles andere ist unwichtig.«

Plötzlich erschrak das Kind. »Papa?« flüsterte es.

Rafael lächelte die Kleine an. »Hallo, Damaris.«

»Du bist nicht mein Papa. Wer bist du?«

»Sie redet nicht drumherum.« Victoria strich Damaris übers Haar. »Woher weißt du, daß das nicht dein Papa ist, Damie? Er sieht doch genauso aus wie dein Vater, oder nicht?«

»Nein.«

Rafael hockte sich nieder. »Ich bin dein Onkel Rafael. Kannst du meinen Namen sagen?«

»Das ist ein ulkiger Name. Meiner ist nicht ulkig.«

»Oh, ich weiß nicht. Damaris ist genauso ungewöhnlich wie Rafael.«

»Rafael.« Damaris nickte. »Kann ich ganz leicht sagen. Papa kommt nie hierher.«

Rafael schaute fragend zu Victoria hoch, doch sie schüttelte nur den Kopf, also wandte er sich wieder an Damaris. »Hast du etwas dagegen, wenn ich dich hier besuche?«

»Nein, wenn die Nanny nichts dagegen hat. Aber du mußt warten, bis sie gute Laune hat.«

»Das Rafael, ist Nanny Black.« Victoria lächelte der mürrischen alten Frau zu. »Nanny Black kam zusammen mit Elaine her, als diese deinen Bruder heiratete.«

»Zwei Äste vom selben Baum«, bemerkte die Kinderschwester mißbilligend, während der junge Gentleman

240

aufstand und ihr die Hand entgegenstreckte. Sie nahm sie.

»Möchtest du gern mit deinem Onkel Rafael und mir ausreiten?« fragte Victoria, weil Damaris sie am Rock zupfte.

Das kleine Mädchen jubelte sofort vor Freude. »Nanny! Ich will ausreiten! Ich reite aus!«

»Kleine Landplage«, sagte Nanny Black liebevoll.

Rafael setzte sich Damaris auf die Schultern. »Fertig?« fragte er seine Gattin.

»Damaris«, sagte Victoria sehr lieb, »halte dich da oben schön fest. Am besten am Haar deines Onkels.«

Damaris tat das sofort, und Rafael jaulte dramatisch auf, allerdings mehr zu Damaris' Vergnügen als aus Schmerz.

»Kleine Landplage«, wiederholte Nanny Black.

In der Eingangshalle trafen die drei auf Elaine. »Wohin bringt ihr die Kleine?« wollte sie wissen.

»Wir reiten mit ihr aus«, antwortete Victoria.

»Mama«, rief Damaris und zerrte an Rafaels Haar, »das ist nicht Papa. Das ist Onkel Rafael.«

»Gib gut auf meine Tochter acht, Rafael.«

Rafael verzog das Gesicht, denn soeben war wieder begeistert an seinem Haar gezogen worden. »Gern, falls sie mich nicht vorher umbringt.«

»Kleine Landplage«, sagte Victoria in gelungener Nachahmung von Nanny Black. Damaris konnte sich vor Lachen überhaupt nicht mehr beruhigen.

»Sie kommt doch wieder zu sich?« erkundigte sich Rafael ein wenig besorgt.

»Meistens«, antwortete Victoria mit völlig ernstem Gesicht. »Wenn sie sich allerdings aufregt, dann . . .«

»Natürlich ist meine Tochter ein völlig normales Kind, Rafael. Victoria, du solltest ihn wirklich nicht dermaßen aufziehen.«

»Er verdient es«, erklärte Victoria. »Wir reiten zum Fletcher-Teich, Elaine, und werden dort unseren Lunch nehmen. Ich bringe Damaris rechtzeitig zum Nachmittagsschlaf wieder heim.«

Es war Flash, der Damaris zu Victoria in Toddys Sattel hob.

»Dein Name ist ulkig«, erklärte Damaris von oben herab. »Genau wie Onkel Rafaels.«

»Rafael, hm.« Flash grinste seinen Kapitän vielsagend an. »Weißt du, kleine Miss, du kannst mich Mr. Savory nennen. Das klingt doch viel würdevoller, nicht? Ich bin nämlich wirklich ein würdevoller Mann.«

»Du bist ulkig«, sagte Damaris. »Ich bin fertig, Rafael.«

»Sehr wohl, Ma'am. Bis später, Mr. Savory.«

Victoria ließ Rafael reiten, wohin er wollte, und so hielt er seinen Hengst alle paar Minuten an, um sich etwas anzusehen, das ihn an längst vergangene Zeiten erinnerte.

An einer Stelle drehte er sich zu Victoria um. »Ich glaube, der Squire Esterbridge wohnt dort drüben. Möchtest du ihn und sein Musterexemplar von einem Sohn nicht besuchen? David, diesen feigen Maulhelden?«

Victoria schüttelte den Kopf. Sie fand diese Bezeichnung nicht angebracht. Zwar war David ein wenig einfältig, aber mit Ausnahme des längst vergangenen Nachmittags am Fletcher-Teich hatte er sich ihr gegenüber immer nett verhalten.

Sie ritten weiter und kamen nach St. Austell. Rafael stellte fest, daß sich hier nichts verändert hatte, doch dann lenkte er Gadfly an Victorias Stute heran. »Was geht denn hier vor? Schau dir die Menschenmenge an.« Sie ritten ein wenig näher hinzu. »Bleib hier«, bat er.

Victoria indessen ritt weiter. »Ich kenne diese Menschen«, erklärte sie über die Schulter hinweg. »Ich werde feststellen, was sich dort abspielt.«

Rafael machte ein finsteres Gesicht, mußte jedoch zugeben, daß Victoria recht hatte.

Als einer der versammelten Männer — Josiah Frogwell, der uralte Inhaber eines örtlichen Gasthauses — Rafael entdeckte, flüsterte er sofort dem neben ihm Stehenden etwas zu, und dann war der verhaltene Ruf zu hören: »Baron Drago ... Der Baron ist hier!«

»Mr. Frogwell«, rief Rafael laut, »ich bin nicht der Baron, sondern Rafael Carstairs, sein Zwillingsbruder.«

Sofort strahlte der alte Mann über das ganze Gesicht. »Willkommen daheim, Master Rafael! Leute, der junge Master ist wieder da!«

Rafael lächelte. Er entdeckte Ralph Bicton, einen ehemaligen Spielkameraden und Sohn des Dorfschlachters. An seiner langen Schürze war zu erkennen, daß er inzwischen wohl das Geschäft seines Vaters übernommen hatte.

»Bist du es wirklich, Rafael?« rief Ralph, kam heran und wischte sich zu Rafaels Erleichterung die Hände an der Schürze ab. Die Begrüßung fiel überschwenglich aus. Andere Leute kamen ebenfalls heran, und Victoria wurde von der Witwe Meneburle, einer Matrone ungewissen Alters und ungewissen Charakters mit Beschlag belegt.

»Weshalb sind Sie alle hier versammelt, Mrs. Meneburle?« erkundigte sich Victoria, als sie auch einmal zu Wort kam. »Ist etwas geschehen?«

Die Witwe, deren rundes Gesicht von dicken, wippenden Hängelocken eingerahmt wurde, trat dicht an Toddy heran und flüsterte dann so laut, daß Rafael es mühelos verstehen konnte. »Es waren diese Rüpel, Miss Victoria ... äh, Mrs. Carstairs. Ja, diese Tunichtgute haben die arme kleine Joan Newdowns geschändet. In einem Graben haben sie sie zurückgelassen. Furchtbar, einfach furchtbar. Und die Kleine kann nicht sagen, wer die Männer waren. Sie haben sie unter Drogen gesetzt.«

Mrs. Meneburle stellte zufrieden fest, daß Victoria angemessen entsetzt war. »Stellen Sie sich vor, Joan hatte schreckliche Striemen an den Hand- und Fußgelenken.

243

Die Männer haben sie festgebunden und sie dann wie eine Dirne behandelt. Das arme, arme Kind.«

»Und weshalb haben Sie sich jetzt hier alle versammelt?«

Mr. Meledor, St. Austells Bürgermeister, der sich selbst gern reden hörte, antwortete. »Ich versuche, Informationen zu sammeln, Mrs. Carstairs. Wir werden die Identität dieser gräßlichen Männer feststellen.«

»Schreiben Sie diese Untat der Gruppe zu, die sich Höllenfeuer-Klub nennt?« fragte Rafael ruhig.

»Jawohl, Master Rafael. Die Männer vergnügen sich damit, junge Mädchen zu schänden. Wie viele, wissen wir nicht, weil sie nämlich den Vätern Geld dafür bezahlen. Alles ganz legal, aber trotzdem scheußlich. Dann haben sie einen Fehler gemacht und sich an der Tochter eines Viscounts vergriffen, was natürlich Empörung ausgelöst hat. Ja, und jetzt die arme kleine Joan Newdowns. Sie begreift es gar nicht, aber ihre Mutter hat Dr. Ludcott hinzugezogen, und der sagte, das Kind sei jetzt keine Jungfrau mehr und er habe noch deutliche Spuren der Vergewaltigung vorgefunden. Dieser Schrecken muß ein Ende haben, Master Rafael. Und er wird ein Ende haben!«

Damaris wurde langsam unruhig, und Victoria fragte Rafael, ob sie nun nicht weiterreiten könnten.

»Ich würde mich gern noch mit einigen alten Bekannten unterhalten, Victoria. Würdest du mit Damaris schon zum Teich vorausreiten? In einer halben Stunde werde ich wieder bei euch sein.«

»Gewiß«, stimmte sie nach kurzem Zögern zu. »Komm, Damie. Los geht's.« Beim Fortreiten fing sie einige Wortfetzen auf. Anscheinend waren die Menschen hier überzeugt davon, daß Rafael derjenige war, der dem Schrecken ein Ende bereiten würde.

»Was für schauerliche Umstände«, bemerkte er an den jungen George Relion gerichtet, der jetzt seine eigenen

Ländereien besaß. »Ich hörte, das Mädchen sei nur eines von vielen.«

»Ja«, sagte George. »Schwer zu sagen, von wie vielen.«

Rafael erinnerte sich daran, daß George schon als Junge recht wortkarg gewesen war. Nach ein paar Höflichkeiten wandte er, Rafael, sich wieder an den Bürgermeister. »Haben Sie irgendeinen Verdacht, wer die betreffenden Männer sein könnten?«

»Nicht den geringsten. Natürlich gib es alle möglichen Spekulationen, wie immer in solchen Situationen. Erinnern Sie sich noch an den Magistrat, Sir Jasper Casworth?«

Rafael nickte. Er sah den vertrockneten, gebeugten alten Mann deutlich vor sich.

»Nun, Sir Jasper glaubt, alle Mitglieder des sogenannten Höllenfeuer-Klubs tragen Masken, so daß sie sich nicht einmal untereinander erkennen können.«

Rafael konnte sich nicht vorstellen, daß die Mitglieder einander nicht kennen sollten. Er hielt das sogar für ausgeschlossen, aber er schwieg dazu. »Haben diese Männer sonst noch etwas verbrochen, außer kleine Mädchen zu vergewaltigen?«

»Mord haben sie verübt!« antwortete Mr. Meledor geradezu feierlich. »Eines der Mädchen ist nämlich gestorben — verblutet. Der Vater war darüber sehr aufgebracht, und von ihm erfuhren wir, daß die Männer den Vätern Geld für die ... Benutzung ihrer Töchter geben.«

»Wer ihm das Geld gegeben hatte, sagt er nicht?«

»Er wußte es nicht. Alles war brieflich erledigt worden. Dieser dumme Kerl«, fügte Mr. Meledor kopfschüttelnd hinzu.

»Hat jemand eine Ahnung, wie viele Männer an diesem Höllenfeuer-Klub beteiligt sind?«

Der Bürgermeister räusperte sich. Eine leichte Röte überzog seine Hängebacken.

»Nun, nachdem das eine Mädchen gestorben war,

machte ein anderes den Mund auf. Es sagte, acht Männer hätten es vergewaltigt.«

Nach einer Weile verabschiedete sich Rafael von dem Bürgermeister und seinen anderen Bekannten und ritt eilig in Richtung Fletcher-Teich.

Victoria hatte es unterdessen geschafft, von Toddys Rükken zu steigen, ohne dabei abzustürzen oder Damaris hinunterfallen zu lassen. »Paß auf, daß du nicht in den Teich plumpst!« mahnte sie das kleine Mädchen.

»Ich will Clarence füttern«, forderte Damaris.

»Gewiß, mein Schatz. Ich höre ihn auch schon schnattern.« Victoria breitete eine Decke neben dem Tischtuch aus und wartete auf Rafael, der auch bald eintraf. Er stieg aus dem Sattel und band Gadfly neben Toddy an einem Busch fest.

»Hallo, Victoria. He, Damaris, brauchst du noch mehr Brot für diese gefräßigen Enten?«

Victoria schaute zu Rafael hoch. »Hast du gehört, daß die Leute sagen, du würdest dem Schrecken ein Ende bereiten?«

»Ja. Diese Narren.«

»Du scheinst hier sehr beliebt zu sein. Ich kann mir gar nicht denken, weshalb mir während der ganzen fünf Jahre niemand etwas von dir erzählt hat.«

»Ich kann es mir schon denken. Damien dürfte die Herrschaften nicht eben zum Reden ermuntert haben.« Er rupfte einen Grashalm aus und rieb ihn eine Weile zwischen den Fingern. »Ich hörte, wie die Leute Damien erwähnten, und mir schien, sie mögen ihn nicht. Vielleicht fürchten sie ihn. Auf keinen Fall trauen sie ihm. Weißt du, womit er solche Gefühle ausgelöst haben könnte?«

Victoria schüttelte den Kopf. »Zu mir und zu Elaine waren die Einwohner von St. Austell immer sehr freundlich.«

»Ich werde es also selbst herausfinden müssen.«

»Möchtest du, bevor du ein Detektiv wirst, erst noch deinen Lunch zu dir nehmen?«

Rafael beschenkte sie mit seinem ganz speziellen Lächeln und nickte. Wieder zählte er seine Finger durch und hielt dann einen in die Höhe. »Noch ein Tag, Victoria. Was hieltest du davon, wenn ...«

»Rafael! Untersteh dich zu sagen, was du denkst!«

17. KAPITEL

O Zeiten, o Sitten! (Cicero)

Daß Rafaels Gedanken nicht bei ihr waren, merkte Victoria sofort. Wenn er sonst Kammerzofe für sie spielte, küßte er sie zumindest auf den Nacken und strich ihr das Kleid gründlicher als nötig glatt. Heute abend indessen drückte er nur einen flüchtigen Kuß auf ihr linkes Ohrläppchen und begab sich dann in geistige Abwesenheit.

Victoria setzte sich vor ihren Frisiertisch und betrachtete Rafael im Spiegel. »Also was quält dich?«

Er wirkte aufrichtig bestürzt. »Wie kommst du darauf, daß mich etwas quält?«

Sie lachte über seinen Gesichtsausdruck. »Hältst du mich für blind? Meinst du, ich kenne dich nicht wenigstens ein bißchen? Würde dich nichts quälen, hättest du längst mich gequält, und zwar so lange, bis ich dir energisch auf die Finger geklopft hätte.«

»Aha.« Er grinste und versuchte es mit seinem üblichen lüsternen Blick.

Victoria ließ sich davon nicht täuschen. »Erzähle es mir. Hat es vielleicht etwas mit diesem Höllenfeuer-Klub zu tun?«

Rafael gab es auf. »Ja. Ich habe gerade von Dr. Ludcott erfahren, daß die kleine Joan Newdowns ihrer Mutter endlich etwas erzählt hat. Sie erinnert sich an ein Zimmer voller Leute, die alle in Schwarz gekleidet waren und ihre Köpfe und Gesichter ebenfalls schwarz vermummt hatten. Dann war sie auf einen langen Tisch gelegt worden und ist eingeschlafen. Vermutlich hat man ihr Drogen gegeben.«

»O Gott, das ist ja entsetzlich, Rafael. Hat sie irgendwelche Stimmen erkannt? Erinnert sie sich sonst noch an etwas?«

Rafael schaute Victoria eine Weile an. »Ja«, antwortete er zu ihrer Überraschung. »Sie ist sich nicht sicher, aber kurz vor dem Einschlafen hörte sie die Leute alle durcheinanderreden oder streiten, wie sie meint. Sie hat ihrer Mutter gesagt, sie hätte David Esterbridges Stimme gehört.«

Er schüttelte den Kopf. »Als Mrs. Newdowns das Dr. Ludcott erzählte, bekam er fast einen Herzschlag. Und weil er nicht wußte, was er nun machen sollte, hat er mich angesprochen. Wer, jammerte er, würde schon einer Vierzehnjährigen glauben?«

»Jeder würde ihr glauben, wenn es sich nicht gerade um den Sohn des Squire Esterbridge handelte. Diese Familie ist seit Generationen so etwas wie eine feste Institution, und der Squire ist bei allen sehr beliebt.«

»Eben. Ein interessantes Problem.« Rafael schwieg einen Moment.

»Wie ich schon zu Dr. Ludcott sagte«, sprach er dann weiter, »kann sich niemand im entferntesten vorstellen, daß eine Gruppe von Rabauken aus dem einfachen Volk Mädchen auf diese Art und Weise mißbrauchen würde. Erstens hätten sie nicht das Geld, um die Väter zu bezahlen, und zweitens würden sie sich nicht solche geheimnisvollen Verkleidungen ausdenken.«

»Ich habe Dr. Ludcott gebeten, fürs erste Schweigen zu bewahren«, fuhr er fort. »David oder den Squire mit der Sache zu konfrontieren, wäre sinnlos und reine Zeitverschwendung. Das würde nur Groll erzeugen. Auf jeden Fall müssen die Verantwortlichen wilde junge Männer aus dieser Gegend hier sein, und man muß ihnen das Handwerk legen. Ja, daher meine Geistesabwesenheit, Victoria. Nun weißt du es.«

»Du bist entschuldigt. Hat Joan noch weitere Stimmen erkannt?«

»Nein, aber Esterbridge ist auch einer der wenigen jungen Herren aus der Umgebung, die sich hin und wieder in St. Austell aufhalten. Selbstverständlich hat Joan ihn hier öfter gesehen und sprechen gehört.«

»Also deshalb hast du solchen großen Wert auf einen Ball gelegt«, bemerkte Victoria nach kurzem Nachdenken.

»Ich bezweifle, daß dein Geist jemals schläft, meine Liebe. Ja, ein Ball würde mir gute Gelegenheit bieten, alle diese tatendurstigen Gentlemen zu sehen und ein wenig von meinem eigenen Höllenfeuer unter ihnen anzuzünden.«

»Rafael, du hattest den Ball bereits vorgeschlagen, bevor die Sache mit Joan Newdowns geschah.«

Er stieß einen leisen Fluch aus und versuchte es dann — erfolglos — mit einem unschuldigen Lächeln.

»Und deshalb«, fuhr Victoria davon unbeeindruckt fort, »liegt es auf der Hand, daß dich in London jemand beauftragt hat, dich mit diesem Höllenfeuer-Klub zu befassen. Habe ich recht?«

Rafael strich sich lässig die Halsbinde glatt und sagte kein Wort, sondern wandte sich ab und begann vor sich hinzusummen.

»Der Auftrag wurde dir wegen der Tochter des Viscounts erteilt. Einem einfachen Bauernmädchen hätte man vermutlich nicht soviel Aufmerksamkeit geschenkt wie der Tochter eines Adligen. Nun, und du hast diesen Auftrag übernommen.«

Rafael drehte sich zu ihr um, und vorübergehend vergaß er alles andere. Sein Leinenhemd und seine Halsbinde waren schneeweiß. Er sah einfach verführerisch aus, und sie stellte sich vor, wie sie ihm sehr langsam das Hemd abstreifte und dann die Finger an den Knopfverschluß seiner Kniehose legte ... Victoria erbebte.

»Was hast du?« wollte Rafael wissen, als er ihren verträumten Gesichtsausdruck sah. Zu seiner Überraschung errötete sie. »Sage es mir, Victoria. Könnte es sein, daß du an das denkst, was ich mit dir morgen bei Tagesanbruch tun werde?«

»Nein! Natürlich nicht. Mach dich nicht lächer ...«

»Nun, dann sage es mir.«

»Wenn du es denn unbedingt wissen mußt.« Sie blickte ihn höchst mißbilligend an. »Ich dachte an das, was ich mit dir tun möchte!« Zu ihrer großen Genugtuung sah sie, daß sie ihn endlich einmal sprachlos gemacht hatte. Wenn auch nicht für lange.

»Erzähle es mir.« Seine Stimme klang tief und weich, und er blickte Victoria tief in die Augen. »Erzähle mir, woran du dabei im einzelnen gedacht hast.«

Verlegen geworden, senkte sie den Blick. »Ich war mit meinen Überlegungen noch nicht ganz zu Ende gekommen«, brachte sie mühsam heraus.

»Wie weit warst du gekommen?«

»Bis ... bis ich ... nun ...«

»Du willst mir doch nicht weismachen, daß dir die Worte fehlen?«

»Du brauchst dich gar nicht über mich lustig zu machen! Also gut, ich stellte mir gerade vor, daß ich dir ganz langsam dein Hemd ausziehe und dich dann sehr gründlich betrachte.«

Seine silbergrauen Augen wurden dunkler.

»Und dir deine Hose aufknöpfe.«

Rafael konnte nicht gleich sprechen. Dann faßte er sich. »Nun ja, ich habe dich schließlich danach gefragt. Und jetzt laß uns zum Dinner hinuntergehen, ehe ich dich dazu bringe, deine Fantasie in die Tat umzusetzen.«

»Rafael!«

Das Dinner auf Drago Hall wurde dadurch belebt, daß Rafael munter von der Schändung der kleinen Joan Newdowns durch die Männer eines wiederauferstandenen Höllenfeuer-Klubs erzählte.

Victoria wußte genau, daß er damit einen Zweck verfolgte.

»Leider erkannte das Kind keinen der Schweinehunde — äh, entschuldige, Elaine.«

»Keine Ursache, Rafael. Ich bin ganz deiner Ansicht. Diese Männer sind Tiere, rohe, bösartige, sadistische Tiere.«

»Meinst du, meine Liebe?« fragte Damien. »Zugegeben, das war wirklich keine schöne Tat, aber sicher sollte sie nur so eine Art Spaß, ein Vergnügen sein.«

Damien glaubt also auch, daß dahinter junge, reiche und gelangweilte Gentlemen steckten, dachte Rafael. Victoria ihrerseits war schockiert, daß irgendein Mann, und sei es auch ein so abscheulicher wie Damien, solche Taten in gewisser Weise auch noch rechtfertigte.

»Ich frage mich nur, für welche Art von Männern es ein ›Spaß‹ ist, Kinder zu vergewaltigen«, meinte Rafael gelassen.

»Für abartige, sehr kranke Männer«, sagte Elaine. »Möchtest du noch etwas Fasanenragout, Rafael?«

»Ob es wohl noch weitere solcher Zwischenfälle gegeben hat?« fragte Victoria, weil sie erstens hören wollte, was Damien darauf sagen würde, und weil sie zweitens Rafael zeigen wollte, daß sie sein Spiel durchaus mitspielen konnte.

Damien trank erst einmal einen großen Schluck Wein. »Ich glaube, ich erinnere mich schwach an einen ähnlichen Vorfall«, antwortete er dann. »Er liegt schon etliche Monate zurück. Nicht wahr, meine Liebe?«

»Ja, aber so etwas vergißt man doch nicht so leicht!« tadelte Elaine. »Meinst du, der damalige Fall hängt mit dem jetzigen zusammen? Glaubst du, es handelt sich um eine verrückte Wiedergeburt des ruchlosen Höllenfeuer-Klubs?«

Damien sah aus, als langweilte ihn das Thema ungemein. »Ich weiß es nicht, es interessiert mich nicht, und es geht mich auch nichts an, Elaine. Rafael, könntest du mir bitte die Schüssel mit dem geschmorten Rebhuhn reichen?«

Victoria konnte sich nicht zurückhalten. »Es geht uns alle etwas an!« erklärte sie mit Nachdruck. »Was mit dem Mädchen geschah, ist doch unverzeihlich! Damien, Dr. Ludcott hat gesagt, es sei unter Drogen gesetzt und von vielen Männern nacheinander mißbraucht worden.«

Damien verzog das Gesicht. »Ich hätte da nicht der letzte sein mögen.« Sofort hob er die Hand. »Verzeihung, Bruder, Ladies! Ich habe nur einen Scherz gemacht.«

»Einen sehr schwachen Scherz!«

»Stimmt. Ich habe mir nichts dabei gedacht. Aber wirklich, das Mädchen ist doch nicht so wichtig. Nur ein Bauernmädchen . . .«

»Ich glaube, nun reicht es«, fiel ihm Rafael mit gemäßigter, aber strenger Stimme ins Wort. »Du schockierst Victoria und Elaine.«

»Das will ich nun ganz gewiß nicht.« Damien lächelte seine schwangere Ehefrau freundlich an. »Schließlich darf meinem Stammhalter um keinen Preis ein Übel zugefügt werden.«

»Morgen werden Victoria und ich uns nach St. Agnes begeben«, sagte Rafael übergangslos. »Dort befindet sich ein Anwesen, das ich besichtigen will. Darauf gibt es merkwürdigerweise noch Überreste einer mittelalterlichen Burg, und der Name ist noch zu entziffern: Wolfeton. Das Herrenhaus wurde zu Beginn des siebzehnten Jahrhunderts gebaut, und zwar von einem Zweig der Familie De Moreton.«

»Das waren Normannen«, warf Victoria ein.

»Richtig, ein sehr alter Name und eine sehr langlebige Familie, die jetzt allerdings Demoreton heißt, was ein wenig englischer klingt.«

»Warum steht das Anwesen zum Verkauf?« erkundigte sich Damien.

»Aus dem üblichen Grund: Geld. Beziehungsweise Geldmangel. Falls es Victoria und mir dort gefällt, werden wir einen vorteilhaften Handel abschließen können, denke ich. Wärst du nicht gern die Herrin der Residenz von Wolfeton, meine Liebe?«

»Wolfeton. Das ist ein sehr romantischer Name.« Nachdenklich betrachtete Victoria ihren Gatten, der sich jetzt seinem Haselnußpudding widmete. Warum hatte Rafael ihr bisher nichts von diesem Anwesen gesagt? Er schien sich doch längst gründlich darüber informiert zu haben.

»Wie lange werdet ihr fortbleiben?« wollte Elaine wissen.

»Ich glaube, wir werden sehr langsam reisen, denn ich habe ja Cornwall seit langem nicht mehr gesehen. Morgen werden wir in Truro übernachten, übermorgen in St. Agnes, und am nächsten Abend werden wir wieder hier sein. Die Zeit dürfte ausreichen, denke ich.«

Das fand Victoria überhaupt nicht. Ihr schien es vielmehr, als könnte Rafael gar nicht schnell genug nach Drago Hall zurückkehren — und zu der Sache mit dem Höllenfeuer-Klub natürlich.

»Dieses Gelände, von dem du sprichst, liegen dort nicht alte Zinnminen?« fragte Damien.

»Ja, und sie könnten ohne Schwierigkeiten in einen guten und betriebsfähigen Zustand gebracht werden. Man braucht nur Geld, um die Ausrüstung wieder instand zu setzen. Die Wasserpumpen müssen zum größten Teil ausgetauscht werden, und viele der Maschinenhäuser sind baufällig. Wie ich hörte, meutern die Minenarbeiter. Sie wollen nicht mehr einfahren, wenn die Grube jederzeit überflutet werden könnte.«

Victoria rechnete sich aus, daß für die Instandsetzung Geld in größerem Umfange erforderlich wäre. Genauer gesagt, ihr Geld. Aber vielleicht würde Rafael ja mit seinen Minen an Land glücklich werden und sich nicht danach sehnen, auf sein Schiff zurückzukehren.

254

Als sie später an diesem Abend im Zinngemach allein waren, forderte Victoria Rafael auf, ihr die Wahrheit über seine Vorhaben zu sagen, doch er schüttelte nur lächelnd den Kopf. »Ich habe schon viel zuviel gesagt«, meinte er und begann sich zu entkleiden.

Sie fand sein Schweigen direkt empörend, und das sagte sie ihm auch.

Er schaute sie eine Weile an. »Weißt du, wenn du jetzt nicht gerade so entzückend weiblich aussähst, hätte ich diese Diskussion schon beendet, bevor du die Stimme erheben konntest.«

»Ich will aber wissen, wie weit du mit dieser Höllenfeuer-Angelegenheit befaßt bist«, beharrte sie.

»Darüber brauchst du dir keine Gedanken zu machen. Wirklich nicht. Wie oft muß ich das noch sagen, Victoria? Es wird langsam ermüdend. Komm her und laß dir beim Öffnen deines Kleides helfen.«

Sie wandte ihm den Rücken zu und fühlte gleich darauf Rafaels Lippen über ihren Nacken streichen. Weil sie wollte, daß er seine Liebkosungen fortsetzte, neigte sie den Kopf. Rafael schlang die Arme um ihre Taille und zog sie zu sich heran.

»Die Zeit ist für uns viel zu lang gewesen.« Sein warmer Atem streifte ihren Nacken. »In Wahrheit ist schon ein einziger Tag viel zuviel. Stimmst du mir darin nicht zu, Victoria?«

Im Moment hätte sie so ziemlich allem zugestimmt, denn Rafael hatte seine Hände inzwischen zu ihren Brüsten wandern lassen, die er zärtlich umfaßte und streichelte. Victoria bog sich zu ihm zurück und lehnte den Kopf an seine Schulter, um sich ihm noch besser darbieten zu können. Sie seufzte leise, und als Rafael das hörte, schloß er erfreut die Augen.

»Möchtest du gern, daß ich dich befriedige, Victoria?« Noch während er diese empörend unschicklichen, aber außerordentlich erregenden Worte aussprach, ließ er die

Hände über ihren Bauch hinabgleiten, bis seine Finger das Ende ihres Wegs gefunden hatten. Trotz des trennenden Stoffs berührte er Victoria aufs intimste, bis sie seiner Hand unbewußt die Hüften entgegenbog.

Heißes Verlangen und Schamgefühl widerstritten in ihr. Hier so an Rafael gelehnt zu stehen, während seine Finger ... Nein, das durfte sie nicht zulassen. So schwer es ihr fiel, sie setzte sich langsam von ihm fort. »Nein«, sagte sie nur ganz leise.

»Warum nicht? Du willst es doch.«

»Nein. Ich kann nicht.« Sie sah sein Raubtierlächeln nicht, sondern fühlte nur, daß er seine Arme sanft um sie legte.

»Gib mir als deinem Ehemann noch einen Monat Zeit, und du wirst alle deine törichten Vorstellungen über das vergessen, was für eine Dame angeblich schicklich ist und was nicht. Und dann, Victoria, werde ich dich beglücken, wann immer und wo immer uns gerade danach zumute ist. Einverstanden?«

»Ich weiß nicht. Ich wünschte, du würdest nicht so reden. Es ist so ...«

»Es ist die Wahrheit. Und jetzt, meine Liebe, laß uns in unser Nest steigen, die Bettvorhänge zuziehen und uns unserer sehnsüchtigen Träume erfreuen.«

In dem hübschen Schnitzwerk des Kaminfrieses, mitten zwischen den in der rechten oberen Ecke befindlichen Weinranken, glitt eine winzige Holztafel geräuschlos wieder an ihren Platz zurück.

Zu sehen, wie Victoria sich nackt in Rafaels Armen wand, das war es, was Damien eigentlich hatte genießen wollen, doch das kurze Vorspiel war auch schon überaus aufreizend gewesen. Noch immer konnte er ihr Bild vor sich sehen, wie sie sich mit dem Rücken Rafael entgegenbog, während seine Hand sie streichelte und liebkoste ...

Damiens Erregung war fast unerträglich. Er trat den

Rückzug durch den engen, von Spinnweben verhangenen Gang an, drückte auf einen Knopf und stand dann in dem kleinen Herrenzimmer im rückwärtigen Teil von Drago Hall. Dort blieb er einen Moment fröstelnd stehen, denn der Gang war feucht und kalt gewesen. Bald, dachte er, bald!

»Allmächtiger, steh mir bei! Mylord! Ich ahnte nicht, daß sich jemand in diesem Zimmer aufhielt.« Ligger, der Butler, war kreideweiß geworden und drückte sich die Hand aufs Herz.

Damien konnte sich den Schock des alten Mannes gut vorstellen. »Ich wollte gerade zu Bett gehen, Ligger. Legen Sie sich auch schlafen. Ich kümmere mich darum, daß alle Lichter gelöscht und alle Türen verriegelt werden.«

»Sehr wohl, Mylord. Vielen Dank, Mylord.« Nur allzu gern verließ Ligger das Zimmer, das — und darauf hätte er jeden Eid geschworen — leer gewesen war, als er es betreten hatte.

Damien lächelte ein wenig unfroh, zog sich unbewußt die Hose zurecht und stieg die Treppe zum Zimmer seiner Gattin hinauf.

In dem Moment, als die Kutsche die Auffahrt zu Drago Hall verließ, war es Victoria, als würde ihr eine Last von den Schultern genommen. Vergnügt und schadenfroh lächelte sie Rafael an, als er keine fünf Minuten später mit dem Gehstock gegen das Wagendach klopfte, um Flash zum Anhalten zu veranlassen. »Tut mir leid, aber du kennst ja meine Schwäche«, entschuldigte er sich.

»Gewiß, und es ist nicht eben meine Lieblingsbeschäftigung, zusammen mit einem Mann in einer Kutsche zu sitzen, der ein grünliches Gesicht hat.«

»Wie unfreundlich, Victoria.« Im nächsten Moment floh er zu seinem Hengst Gadfly, und Victoria lehnte sich bequem in die weichen Lederpolster zurück.

Truro, den lebhaften Marktflecken, erreichten sie am späten Nachmittag, denn Rafael hatte unterwegs unzählige Male angehalten, unter anderem, um sich mit einem Zinnminenbesitzer in Trevelland zu unterhalten und sich östlich von Truro eine Zinnmine anzuschauen.

In Truro selbst stiegen sie im Gwithian Inn ab, wo sie von dem Gastwirt, Mr. Fooge, herzlich begrüßt wurden. Der Mann glaubte zunächst, Baron Drago vor sich zu haben, doch Rafael stellte das richtig.

In dem ihnen zugewiesenen großen und freundlichen Zimmer ging Victoria erst einmal ans Fenster und schaute auf den Marktplatz hinaus, der allerdings ein wenig trist wirkte, weil heute kein Markttag war und die Stände demzufolge leer waren.

Rafael trat hinter Victoria. »Weißt du, was heute für ein Tag ist, Liebste?«

»Etwa dein Geburtstag?«

»Nein, der ist im Januar. Hoffentlich vergißt du ihn nicht. Nein, heute ist ein echter Feiertag. Wir können ihn das ›Carstairs-Freudenfest‹ nennen.«

»Das — was?« Auch ohne Rafaels Antwort errötete Victoria bis zu den Haarwurzeln. »Ach so«, sagte sie nur, obschon sie sowohl erfreut als auch verlegen war. Und — um die Wahrheit zu sagen — sehr begierig auf das bevorstehende »Fest«.

Das entging Rafael natürlich nicht. Er lächelte seine junge Gemahlin an und wußte ganz genau, daß die Zügel zu dem weiteren Geschehen fest in seinen Händen lagen. »Wollen wir uns zum Dinner umziehen?«

»Wie bitte?« Victoria schaute ihn verblüfft an.

»Zum Dinner umziehen«, wiederholte er geduldig und machte dabei ein ganz harmloses Gesicht.

»Aber ich dachte, wir ...«

»Was denn, meine Liebe?«

Leider war Victoria nicht dazu erzogen worden, klipp und klar zu erklären, daß sie mit ihrem Ehemann ins

Bett zu gehen wünschte. Daß sie das aber wollte, wußte Rafael genau.

»Du bist ein Tyrann!« Sie trat von ihm fort.

»Du kränkst mich zutiefst. Also zum Umziehen ... Hier gibt es sogar einen Wandschirm, hinter dem du deine Schamhaftigkeit wahren kannst.«

»Ich mag dich nicht leiden.«

Nachdenklich strich sich Rafael das Kinn. »Ich glaube, daß du mir bald etwas ganz anderes sagen wirst.«

»Unsinn!«

»Wollen wir wetten?«

Sie blickte ihn eisig an. »Worum könnte ich wetten? Du hast ja mein ganzes Geld. Öffne den Verschluß meines Kleides.«

»Hast du die restlichen fünfzehn Pfund aus Damiens Kassette schon ausgegeben? Falls nicht, könntest du die ja einsetzen. Sie würden dann mein Vermögen vergrößern.«

»Ich habe sie nicht bei mir.«

»Du könntest mir einen Schuldschein geben.«

»Rafael ...«

»Schon gut, Victoria. Würde es dir etwas ausmachen, wenn ich dir ein Mädchen heraufschicke, das sich um deine Bedürfnisse kümmert? Um deine auf die Garderobe bezogenen Bedürfnisse, meine ich. Ich möchte mich nämlich vor dem Essen noch mit Mr. Rinsey unterhalten. Er ist der Anwalt der Demoretons, mit dem ich bereits verhandelt habe.«

»Bitte. Geh nur fort. Und von mir aus bleib fort. Es macht mir überhaupt nichts aus.«

»Ach Victoria, du bist so entzückend weiblich.« Er strich mit einem Finger über ihre Wange, machte kehrt und ging.

18. KAPITEL

Die Natur hat ihn erschaffen und dann die Form zerstört —
(Ludovico Aristo)

Bei Lammbraten und Talgklößchen hielt Rafael einen
schier endlosen Vortrag über seine Besprechung mit Mr.
Rinsey, und Victoria überlegte schon, ob sie ihm nicht
vielleicht ihre Gabel in den Arm stechen sollte, um ihn
endlich zum Schweigen zu bringen.

Erst als die Frau des Gastwirts das köstliche Aprikosen-
dessert serviert hatte, kam er zum Ende seines langen
Monologs. Er hob eine Augenbraue und schaute Victoria
an. »Sagtest du etwas, meine Liebe?«

»Ich? Etwas sagen? Während du eine Rede hältst, die
vor dem Diplomatischen Korps alle Ehre einlegen würde?
Nein, nein. Ich habe in der Zwischenzeit mit mir selbst
ein faszinierendes Gespräch geführt.«

Das stimmte in gewisser Weise sogar. Victoria senkte
den Kopf und ballte die Fäuste auf dem Schoß. Die Sache
mußte ein Ende haben. Hier in diesem Schlafzimmer gab
es keine dicken Bettvorhänge, und das Fenster war so
groß, daß eine Menge Mondlicht hereinströmen würde,
zumal heute abend eine ziemlich breite und strahlende
Sichel am Himmel stand.

Allerdings nahm Victoria Rafael noch immer sein ver-
dammenswürdiges Mißtrauen übel. Er verdiente einfach
keine Erklärungen von ihr, obwohl sie schon im voraus
wußte, daß sie es nicht ertragen würde, wenn er unvorbe-
reitet ihr Bein sah und sich dann angewidert abwandte.

Während der vergangenen fünf Nächte hatte er sie nur
friedlich im Arm gehalten, und sie hatte natürlich ein lan-
ges Flanellnachthemd angehabt. Doch wenn er sie heute

nacht selbst in der finstersten Ecke der Welt liebte, würde er die ekelhafte wulstige Narbe an der Außenseite ihres linken Oberschenkels fühlen. Außerdem würde er auch endlich das Rätsel ihrer angeblichen Häßlichkeit klären und jeden Zoll ihres Körpers berühren wollen.

Unbewußt massierte sie ihren Oberschenkel durch die Stofflagen ihrer Röcke hindurch. Als sie merkte, was sie da tat, blickte sie rasch zu Rafael auf. »Ich bin sehr müde«, sagte sie gequält.

Er wußte nicht, was für ein Spiel sie jetzt mit ihm trieb, doch er wollte sich nicht daran beteiligen, und so lächelte er nur. »Du kannst ja über deinem Aprikosenpudding ein kleines Nickerchen machen. In einer Viertelstunde wecke ich dich dann wieder.«

»Tyrann«, sagte sie leise und stach mit der Gabel auf ihr Dessert ein.

»Nein, ich bin kein Tyrann, jedenfalls im Moment nicht. Ich möchte nur endlich meine Gattin völlig unbekleidet in den Armen halten und jeden Zoll ihres Körpers küssen, bis sie vor Lust schreit, und dann will ich tief zu ihr kommen und . . .«

»Schweig!« Sie sprang so heftig auf, daß der Stuhl umstürzte und mit dumpfem Krachen auf Mrs. Fooges dikken Wollteppich fiel. Da Victorias lauter Ausruf in dem kleinen Privatsalon widerhallte, war es nicht verwunderlich, daß Mr. Fooge vor die geschlossene Tür geeilt kam.

»Ist etwas geschehen, Master Rafael?«

»Nein, es ist alles bestens in Ordnung, Mr. Fooge. Meine Gattin ist nur ausgeglitten, doch sie hat sich nicht verletzt.« Von draußen waren undeutliche Stimmen, dann jedoch Mr. Fooges sich entfernende Schritte zu hören.

Rafael betrachtete Victoria. Warum hatte sie sich so übertrieben empört über das, was er gesagt hatte. Zuvor war sie doch selbst unmißverständlich begierig darauf gewesen, mit ihm ins Bett zu gehen. »Was hat sich plötzlich für dich geändert, Victoria?«

261

»Geändert? Was meinst du?«

»Ich meine, daß du mich vorhin ganz zweifellos begehrt hast, während es jetzt so scheint, als hättest du Angst vor mir. Ich bin nur ein Mann, meine Liebe, und im Augenblick ein gründlich verwirrter.«

Victoria blickte ihm direkt in die schönen Augen. »Ich habe dich nicht begehrt. Ich bin müde. Ich gehe zu Bett.«

Er schwieg lange und schaute sie nur mit teilnahmsloser Miene an. »Ganz wie du willst«, sagte er schließlich. Er reckte die Arme hoch und legte den Kopf zurück. »Gute Nacht, meine liebe Victoria. Schlafe gut. Ich werde dich früh wecken. Mr. Rinsey erwartet uns um elf Uhr auf dem Anwesen der Demoretons.«

Victoria fühlte sich plötzlich wie ein Segelschiff bei Flaute. Sie wußte zwar nicht, welche Entgegnung sie von Rafael erwartet hatte; absolute Gleichgültigkeit jedenfalls nicht.

»Muß ich dir erst noch einen Gutenachtkuß geben?« fragte er spöttisch.

Victoria floh aus dem kleinen Salon. Sie ging sofort ins Bett, konnte aber die ganze Nacht nicht einschlafen. Zumindest kam es ihr so vor, denn sie besaß keine Uhr und wußte nicht, wie spät es schon war.

Rafael betrachtete Victorias Umrisse im hellen Mondlicht. Sie lag auf der linken Seite und schlief tief und fest. Ihr Haar breitete sich wie ein Fächer auf dem Kopfkissen aus. Das rechte Bein hatte sie angezogen, als wollte sie ihren Gatten selbst im Schlaf noch unmißverständlich auffordern, zu ihr zu kommen.

Im Handumdrehen war Rafael entkleidet. So vorsichtig wie möglich schlüpfte er ins Bett und rückte dicht an seine Gemahlin heran. Sie schlief weiter und rührte sich nicht. Er streifte die Bettdecke zurück und zupfte an Victorias langem Nachthemd.

»Du dummes Mädchen«, flüsterte er. Sie murmelte et-

262

was im Schlaf und verlagerte ihr Gewicht ein wenig, als er das Nachthemd über ihre Oberschenkel zog.

Er betrachtete ihre langen, schlanken Beine und ihre runden, weichen Hüften, die ihm so verführerisch schienen, daß er seine Hände nicht bändigen konnte. Zuerst berührte er Victoria nur hauchleicht wie Schmetterlingsflügel, doch dann hielt er es nicht mehr aus und drückte seinen Mittelfinger sanft zwischen ihre leicht gespreizten Schenkel. Was er fand, war so heiß und so erregend, daß er stöhnend die Augen schloß.

Er streckte sich hinter ihr aus und drang langsam in sie ein. Niemals hätte er das herrliche Gefühl beschreiben können, das ihn durchströmte, je tiefer sie ihn in sich aufnahm. So eng umschloß sie ihn, so fest hielt sie ihn, daß ihn die Lust beinahe übermannte.

Er wollte, daß sie jetzt aufwachte. Die rechte Hand drückte er sanft auf ihren Bauch, und den linken Arm schob er unter ihren Rücken. »Victoria«, sagte er zwischen den Küssen auf ihr Ohrläppchen, ihren Nacken, ihre Wange. »Wach auf, Liebste. Wach auf und fühle mich. Schreie nach mir!«

Victoria wachte auf. Einen Augenblick lang war sie so irritiert, daß sie sich nicht bewegen konnte. Dann wußte sie, daß Rafael in ihr war und daß seine Finger an ihrem Bauch hinabstrichen. Die wunderbarsten Empfindungen, die man sich nur vorstellen konnte, durchfluteten sie.

Rafael drückte sie mit der Hand noch dichter an sich heran, um noch tiefer in sie eindringen zu können. Seine Finger fanden sie. Vor Verlangen schrie sie leise auf und versuchte, sich so weit herumzudrehen, daß er sie küssen konnte.

»Das geht nicht, Victoria. Presse deine Hüften heran. So ist es gut. Und jetzt genieße nur noch. Dir gefällt das doch, nicht wahr?« Hand und Körper bewegten sich im selben Rhythmus.

»Ja, es gefällt . . .«

»Und dies?«

Sie fühlte, wie sein Finger weiterglitt und schließlich ebenfalls in sie eindrang. Laut schrie sie auf, und dieser lustvolle Schrei gab Rafael das Gefühl, Herr und Meister des ganzen Erdenrunds zu sein.

Immer schneller und immer stärker bewegte er sich in ihr und hörte nicht auf, sie mit seinen liebkosenden Fingern noch mehr zu erregen, bis er fühlte, daß sie sich der Ekstase näherte. Als sie sich wild an ihn drückte und immer wieder leise aufschrie, hätte er seine eigene Freude über ihre Leidenschaft auch herausschreien mögen.

Langsam zog er sich ein wenig zurück und bewegte sich nicht mehr, bis sie sich wieder beruhigt hatte. Erst dann nahm er den Rhythmus wieder auf und fühlte zu seiner großen Freude, daß sie sofort wieder heiß darauf reagierte. Noch einmal führte er sie auf den Gipfel der Empfindungen, doch diesmal erreichten sie ihn gemeinsam.

»Du bist wundervoll, Victoria.«

Victoria hörte diese leise Feststellung direkt an ihrem rechten Ohr. Sie fragte sich, ob sie wohl auch sprechen konnte. Denken jedenfalls konnte sie kaum, und das Atmen fiel ihr ebenfalls schwer.

»Bin ich das wirklich?« Immerhin vier Worte, die nicht völlig unsinnig waren. Ein recht ordentlicher Anfang.

»Ja, das bist du wirklich.« Rafael küßte sie auf die Wange und den Nacken. »Und du hast es wirklich sehr genossen.« Er befand sich noch immer tief in ihr.

»Vielleicht.«

»Genau zweimal, und das sehr laut. Falls wir hier Nachbarn haben sollten, möchte ich nicht wissen, was sie jetzt denken. Oder tun.«

»Sei still. Ich mag dich nicht. Nicht im geringsten.«

»Ach nein? Und das, obwohl ich noch ein Teil von dir bin?«

Sie erschauderte und umschloß ihn dabei unwillkürlich fester. Rafael stöhnte auf.

»Herrlich«, flüsterte er, umarmte sie fest und küßte sie auf die Schulter. »Jetzt bin ich aber wirklich erschöpft, Liebling. Ich glaube, ich werde jetzt schlafen. Meine ehemännliche Pflicht habe ich ja auch erfüllt.«

Victoria lächelte in die Dunkelheit hinein. Mit einmal erinnerte sie sich an ihr Bein. Ihr Atem stockte, doch dann wurde ihr bewußt, daß sie während der ganzen Zeit auf der linken Seite gelegen hatten und Rafael sie dort also nicht hatte berühren können. Sie war noch einmal davongekommen.

»Ich ziehe es vor, dies als ehefrauliche Pflicht zu betrachten«, erklärte sie und drückte die Hüften wieder fest an seinen Körper. Als sie merkte, daß er darauf reagierte, sagte sie: »Verzeihung, ich wollte mich nur ein wenig bequemer hinlegen.«

»Dreimal, Victoria? Wirklich?«

Sie bemühte sich, möglichst verächtlich zu schnauben, hatte aber Schwierigkeiten, ihr neu erwachendes Verlangen zu bändigen.

Rafael lachte, drückte ihr noch einen Kuß aufs Ohr, schmiegte sich an sie und war einen Moment später fest eingeschlafen.

Nicht so Victoria. Sie spürte, wie er sie langsam verließ. Sie spürte das dichte Haar auf seiner Brust ihren Rücken berühren. Es fühlte sich gut an. Alles an ihm fühlte sich gut an. Und erregend. Und aufreizend. Noch immer hielt er sie fest in den Armen, und seine Knie drückten sich in Victorias Kniekehlen.

»Ich kann aber nicht mein ganzes Leben lang auf der linken Seite liegen«, flüsterte sie schläfrig in das dunkle Zimmer hinein.

»Hm? Schlaf weiter, Victoria«, murmelte Rafael undeutlich. »Es ist noch dunkel. Wir brauchen noch nicht aufzustehen.«

Victoria lächelte. »Sehr wohl«, sagte sie betont ergeben und gehorchte.

Noch vor der vorgesehenen Zeit erreichten sie am nächsten Morgen St. Agnes. Während Flash den Wagen mit mehr Begeisterung als Geschick durch die engen Gassen kutschierte, lehnte sich Victoria aus dem Fenster und schaute sich alles an.

Rafael lenkte Gadfly neben das Gefährt. »Schau einmal dort hinüber, Victoria. Diese breiten Terrassen mit den Hütten der Grubenarbeiter werden die ›Stippy-Stappy‹ genannt. Die dort wohnenden Männer arbeiten in West Kitty, Wheal Kitty, Blue Hills, um nur einige der größeren Zinnminen zu nennen.«

»Woher weißt du denn soviel über Stippy-Stappy, die Minen und alles andere?«

»Als Mann weiß man so etwas eben«, erklärte er und bot ihr einen verwegenen Salut.

»Und das Buch, das ich da in deiner Tasche sehe?«

Die kopfsteingepflasterte Straße verengte sich, so daß Rafael neben der Kutsche keinen Platz mehr hatte und vorausreiten mußte. Sie bogen in die High Street ein, wo Victoria Reihe nach Reihe von aus Schiefer und Granit erbauten kleinen Häusern bestaunte.

Zehn Minuten später lenkte Flash die Kutsche von der schmalen Landstraße auf eine noch schmalere, holprige und von Unkraut überwucherte Auffahrt, die zu einem Landhaus im Queen-Anne-Stil führte, das mit seinem ungepflegten Efeubewuchs ausgesprochen düster wirkte. Ob er wohl innen auch so traurig aussah? fragte sich Victoria beklommen.

Mr. Rinsey erwartete die Ankömmlinge schon. Er erläuterte nervös, daß das Haus bedauerlicherweise schon seit Monaten leerstand und deshalb recht heruntergekommen wirkte.

»Vielleicht ließe sich etwas daraus machen, wenn man

ein gutes Dutzend Gärtner einstellt, die erst einmal das ganze Efeugestrüpp entfernen«, meinte Victoria.

»Ich stimme dir zu«, nickte Rafael. »Laß uns hineingehen und sehen, was uns drinnen erwartet.«

Die Räume im Erdgeschoß entsprachen Victorias pessimistischen Erwartungen, doch sie überlegte gleich, daß sich der traurige Eindruck schon durch die Entfernung der schrecklichen Wandbespannung und der tatsächlich häßlichen Brokatvorhänge ändern ließe.

Die Räume im oberen Geschoß dagegen erwiesen sich als durchaus bezugsfertig, wenn man einmal von dem dumpfen Modergeruch absah, der hier herrschte. Das riesige Herrenschlafzimmer war ein heller, L-förmiger Raum mit Aussicht auf die weit entfernten Klippen und den Ozean.

»Unser Bett sollten wir hier hinstellen.« Rafael deutete auf die entsprechende Stelle. »Dann sehen wir nach dem Aufwachen und vor dem Einschlafen das Meer.«

»Ja, das ist der richtige Platz.« Victoria schenkte ihrem Gatten ein Lächeln, das in ihm den Wunsch erweckte, Mr. Rinsey bei seinem anwaltlichen Schlafittchen zu packen, ihn hinauszuwerfen und Victoria sofort aufs Bett zu legen.

Die direkte Umgebung des Hauses war schon so manchen Monat nicht mehr mit einer Gärtnerhand in Berührung gekommen, doch auch hier sah Victoria gute Möglichkeiten. Langsam freundete sie sich mit dem Anwesen an. Drago Hall war nicht ihr Zuhause, war es nie gewesen. Doch dies hier könnte durchaus zu ihrer Heimstatt werden.

»Wo befinden sich die Überreste der alten Burg?« erkundigte sie sich.

»Wolfeton? In dieser Richtung dort, wenn ich nicht irre. Entschuldigen Sie uns bitte, Mr. Rinsey. Wir kehren bald wieder zurück.«

267

Victoria und Rafael besichtigten die weitläufige, düster und gefährlich wirkende Ruine und wanderten danach auf einem ausgetretenen Fußpfad in Richtung St. Agnes Head zurück.

»Das Herrenhaus wieder instand zu setzen, wird viel Geld verschlingen«, meinte Victoria nachdenklich.

»Ja, und noch mehr wird es kosten, die Zinnminen wieder voll betriebsfähig zu machen.«

»Natürlich. Wir werden die zu erwartenden Erträge aus den Minen für den Unterhalt des Anwesens benötigen.«

Rafael lächelte ihr zu. Eine kluge Dame, seine Gattin! Er hatte nicht viel übrig für jene Gentlemen, die ihre blaublütigen Nasen rümpften über Männer wie ihn, die ihr Vermögen durch eigene Arbeit erwarben. Seine Ehefrau hingegen schien seine Ansicht darüber zu teilen.

Victoria betrachtete die wilde und ungezähmte Landschaft. »Ich glaube, ich würde gern hier leben, Rafael.«

»Vielleicht können wir es einrichten.«

»Möchtest du den Teil meines Erbes dafür nehmen, der in den Fonds für unsere Kinder fließen sollte? Ich glaube, wir werden das Geld jetzt benötigen.«

Er lächelte sie liebevoll an. »Wir beide werden uns hinsetzen und endlose Listen schreiben. Dann wird sich herausstellen, welche Summen wir benötigen. Einverstanden?«

Victoria nickte glücklich, und er konnte sie wirklich nur bewundern. Sie erwies sich als eine ideale Partnerin. Sie war leidenschaftlich im Bett, und sie teilte seinen Geschmack und seine Träume. Ja, es war alles genau so, wie er es sich wünschte. Wenn da nicht dieses verdammte »Geständnis« wäre. Und dieser mißgebildete Zeh, oder was immer sie für ihre »Häßlichkeit« hielt, die er noch immer nicht entdeckt hatte.

»Ich habe beschlossen, dich trotz allem zu behalten.« Er schlang ihr von hinten die Arme um die Taille.

»Trotz allem? Wieso trotz allem?«

»Wenn ich dir den vollständigen Gang meiner männlichen Gedanken verrate, gibst du mir eins über den Kopf und wirfst mich von der Klippe.«

»Da magst du recht haben. Ich beglückwünsche dich zu deiner Zurückhaltung.«

»Victoria, reize mich nicht. Die herrlichen Worte liegen mir auf der Zunge.«

Sie drehte sich in seinen Armen zu ihm um und lächelte keck zu ihm hinauf. »Ich bezweifle, daß du Empörendes wagen würdest. Dazu befinden wir uns hier zu sehr im Freien. Also was meintest du mit ›trotz allem‹?«

»Nun, da wäre immerhin noch das Rätsel um deinen mißgebildeten Zeh zu lösen.«

»Oh, sieh nur, dort hinten kommt uns Mr. Rinsey entgegen! Was wirst du ihm sagen?«

»Daß er ein exzellentes Gefühl für den richtigen Zeitpunkt hat«, antwortete Rafael enttäuscht. »Jedenfalls aus deiner Sicht.« Er nickte Victoria zu und ging dann dem Rechtsanwalt entgegen, um mit ihm noch einige Einzelheiten zu besprechen. Das Gespräch endete mit einem Handschlag, Mr. Rinsey verabschiedete sich, und Rafael kehrte mit Victoria zur Kutsche zurück.

»Wie die ersten De Moretons, so sollten vielleicht auch wir eine Dynastie gründen, die Jahrhunderte übersteht«, meinte er auf dem Weg dorthin.

»Du denkst in großem Maßstab. Gleich eine Dynastie?«

»In der Tat. Das erfordert natürlich deine Mitarbeit.«

Victoria gab ihm erst einen Rippenstoß, dann kitzelte sie ihn, doch sein lüsternes Grinsen konnte sie auch damit nicht vertreiben.

Um zehn Uhr an diesem Abend erreichten sie Drago Hall. Nur Ligger war noch auf und begrüßte sie. Rafael entließ ihn rasch, nahm Victoria beim Arm und führte sie gleich die Treppe hinauf.

»Du bist erschöpft«, stellte er besorgt fest, was sie verwunderte, doch sie wußte ja auch nicht, daß sie Schatten unter den Augen hatte und so blaß wie Buttermilch war. Flash hatte ein flottes Reisetempo vorgelegt, und ihr Magen hatte gegen den Mittagsimbiß aus kaltem Rindfleisch und eingelegten Gurken rebelliert.

»Ich werde dir heute nacht nicht gestatten, nach deinem Belieben mit mir zu verfahren«, sprach Rafael weiter. »Morgen früh jedoch ... nun, das ist eine ganz andere Sache.«

Das war natürlich ein feines Vorhaben, nur wußte er nicht, daß Victoria nicht die Absicht hatte, ihm zu erlauben, sie bei hellem Tageslicht zu entkleiden und zu lieben.

Falls er sich dann am nächsten Morgen über Victorias so frühes Aufstehen ärgerte, so zeigte er es nicht. Er verbrachte im Laufe des Tages überhaupt wenig Zeit mit ihr.

Victoria putzte nach Liggers väterlichen Anweisungen das Tafelsilber, half bei den Blumenarrangements und begab sich zweimal nach St. Austell, um Besorgungen zu erledigen, die Elaine für lebenswichtig hielt.

Als sie zum drittenmal dorthin ritt, sah sie Rafael aus Dr. Ludcotts Haus kommen. War er etwa krank? Sie winkte ihm zu, um sich bemerkbar zu machen.

Er sah zuerst aus, als freute ihn die Begegnung keineswegs, doch dann lächelte er. »Du siehst blendend aus, Victoria. Elaine belastet dich doch hoffentlich nicht mit zuviel Arbeit?«

»Nein. Du hast Dr. Ludcott aufgesucht. Bist du krank?«

Er blickte sie verblüfft an, was sie beruhigte. Da er mit der Antwort zögerte, winkte sie rasch ab. »Laß nur. Wenn du mir nicht die Wahrheit sagen willst, mache dir nicht die Mühe, dir ein kunstvolles Märchen auszudenken.«

»Es würde ganz und gar nicht kunstvoll ausfallen. Ich bin schließlich nur ein Mann.«

Sie blickte ihn tadelnd an. »Zweifellos handelt es sich um den Höllenfeuer-Klub und um die Schändung der armen Joan Newdons. Welches Kleid soll ich zum Ball anziehen?«

»Das aus cremefarbener Seide«, antwortete er sofort und sehr erleichtert. »Ja, ich gebe es zu, es hat etwas damit zu tun, doch ich möchte nicht darüber reden. Einverstanden?«

»Schon gut.« Sie seufzte.

»Und was tust du hier?«

»Ich bin wieder einmal für Elaine unterwegs. Ich soll mit Mrs. Cutmere, der Speisenlieferantin, reden.«

Sie trennten sich, und Victoria sah Rafael in das »Gribbin Head« gehen. Vielleicht wollte er wirklich nur hören, was für Klatsch und Tratsch hier im Moment kursierte, und in diesem Gasthaus fand man gewöhnlich die schwatzhaftesten Burschen von St. Austell am ehesten. Aber nein, Rafael hat bestimmt noch mehr im Sinn, dachte sie.

An diesem Abend brauchte sich Victoria über nichts Sorgen zu machen. Rafael hungerte so sehr nach ihr, daß er ihr, sobald die Bettvorhänge zugezogen waren, das Nachtkleid auszog und sie mit Mund und Händen ungeduldig liebkoste.

Victorias Begehren war ebenso stark, und so kam es zu einer schnellen und leidenschaftlichen Vereinigung. Allerdings vergaß sie nicht, das Nachthemd wieder anzuziehen, bevor sie in den Armen ihres Gatten einschlief, und selbstverständlich stand sie am nächsten Morgen wieder vor Rafael auf.

Es war Freitag, der Tag des Balles, und Drago Hall kam Victoria wie ein einziges Tollhaus vor. Trotzdem saß sie um sieben Uhr abends fertig angekleidet an ihrem Frisiertisch.

»Du siehst fabelhaft aus.«

Victoria betrachtete ihren Gatten im Spiegel. Er sieht selbst fabelhaft aus, dachte sie und teilte es ihm auch mit.

Er lächelte und küßte sie auf die Schulter. »Alles mein«, sagte er mehr zu sich selbst und bewunderte ihre weiche Haut. »Cremefarbene Seide und weißer Samt.«

»So poetisch?« Das klang nicht so neckisch, wie es sich hatte anhören sollen.

Rafael legte langsam die Hände um Victorias Hals und ließ sie dann zu ihren Brüsten hinabgleiten. Sanft schob er die gespreizten Finger unter die weiche Seide und die Spitze, die die weißen Hügel bedeckte.

Victorias Atem ging schneller. Sie schloß die Augen und lehnte den Kopf zurück gegen Rafaels Schoß. »Rafael …« hauchte sie und genoß es sehr, wie seine Finger ihre Brustspitzen liebkosten.

Rafael war hingerissen. Sie hatte keine Sorge, daß ihr Kleid in Unordnung geraten könnte. Im Gegenteil, sie bog sich seinen Händen entgegen und reagierte mit beglückender Hingabe. »Du bist unglaublich«, sagte er und zog die Hände nur widerstrebend zurück. Um Victorias so rasch erwachtes Begehren behutsam zu dämpfen, streichelte er sie liebevoll und gab ihr kleine, leichte Küsse.

»Wir haben jetzt nicht genug Zeit. Es tut mir wirklich leid. Ich weiß, ein Mann sollte nichts beginnen, was er nicht beenden kann. Verzeih mir.«

»Schon gut.« Sie war mit einmal verlegen geworden und setzte sich unwirsch auf ihrem Hocker wieder gerade auf. »Ich …«

»Ich habe etwas für dich«, fiel er ihr ins Wort. Sie sollte ihre Gefühle nicht aussprechen müssen. Er holte ein mit rosa Samt bezogenes Kästchen aus der Tasche und überreichte es ihr.

Vorsichtig öffnete sie das Schmuckkästchen und fand darin eine wunderschöne Kette, deren regelmäßige Perlen fast so rosa waren wie der Samt, auf dem sie lagen. Vor Freude stockte Victoria der Atem.

»Rosa paßt gut zu cremefarbener Seide, oder nicht?«

»Rafael, ich habe noch nie etwas so Schönes gesehen. Außer dem Armband und dem Ring meiner Mutter habe ich überhaupt noch nie Schmuck besessen.«

Diese so sachlich geäußerte Feststellung bestürzte Rafael. Seine Gefühle schwankten zwischen Mitleid mit Victoria und Zorn auf Damien und Elaine. Und unendlicher Zärtlichkeit. Unsinn, dachte er sogleich. »Nun, jedenfalls sind die Perlen fast so schön wie deine Samthaut«, sagte er rasch und legte ihr die Kette um den Hals.

Victoria sah sein liebevolles Lächeln. Ja, Rafael war nicht nur ein schöner Mann, sondern er war auch herzlich, gütig, zum Geben bereit — so ganz anders als sein grausamer Bruder. »Danke«, sagte sie. »Ich danke dir so sehr.«

19. KAPITEL

Doch wir sind Geister anderer Region (Shakespeare)

Johnny Tregonnet, der schon als Achtzehnjähriger ein raffgieriger Taugenichts gewesen war, stürzte seinen dritten Weinbrand hinunter und schlug Rafael zum wiederholten Mal auf die Schulter. »Gut, daß du wieder daheim bist, alter Junge. Jawohl. Noch einen Brandy?«

Rafael bezweifelte nicht, daß Johnny genau die Sorte von Narr war, der in den Höllenfeuer-Klub hineinpassen würde. Ja, und genau die Sorte von Bastard, der sich an kleinen Kindern vergreifen würde.

»Also ihr beide zusammen seid ja direkt unheimlich.« Johnny blickte zwischen Rafael und dem etwas entfernt stehenden Damien hin und her. »Das ist ja, als schaue man in einen verdammten Spiegel. Ich nehme an, du und Damien, ihr seid euch auch in anderer Beziehung sehr ähnlich, was Rafe?«

Die Abkürzung seines Namens hatte Rafael schon immer gehaßt, doch er äußerte das jetzt nicht, weil er Johnny nicht vom Thema abbringen wollte. »Was meinst du damit, Johnny? Die ... äh ... die Damen?«

Johnny Tregonnet brach in schallendes Gelächter aus. »Damen! Damen? Ha, das sind doch nur unterschiedliche Sorten von Unterröcken! Daß wir hier in Cornwall sitzen, heißt ja noch lange nicht, daß wir hier nicht genug Vergnügen haben können, sage ich dir.«

»Natürlich bin ich auch für alle Arten von Frauen zu haben«, erwiderte Rafael leichthin und in der Hoffnung, Johnny würde seine unbedachten Reden fortsetzen. Das tat er auch.

»Du hast dich ja leider gebunden. Natürlich ist Victoria

ein verdammt hübsches Kind. Bei so einer bleibt der Mann nachts daheim. David wollte sie ja auch haben, glaube ich, doch daraus wurde nichts.«

Johnny überlegte einen Moment und schwenkte den Weinbrand in seinem Glas. »Ich erinnere mich, daß David einmal gesagt hat, er hätte nie einer anderen Frau getraut. Sie wären alle ... Nun, egal. Das spielt ja jetzt keine Rolle mehr.«

Rafael hoffte inständig, Johnny würde nicht noch etwas wirklich Beleidigendes über Victoria sagen, denn dann wäre er, Rafael, gezwungen gewesen, diesen Narren umzubringen — oder ihn doch wenigstens zu Brei zu schlagen. Aber was hatte der Kerl mit Davids Mißtrauen allen Frauen gegenüber gemeint?

Glücklicherweise hatte Johnny in seinen fünfundzwanzig Lebensjahren genug Selbsterhaltungstrieb entwickelt, um sich nicht ins Unglück zu stürzen. »Ja, also diese anderen ... Zerstreuungen. Du wirst daran fürs erste ja wohl nicht interessiert sein, oder?«

»Wer weiß?« erwiderte Rafael ganz harmlos. »Ein Mann ist schließlich ein Mann, und wenn er nicht interessiert ist, dann ist er entweder tot oder zu alt für dergleichen.« Diesmal schlug er Johnny kräftig auf die Schulter und schlenderte davon. Er wollte ihm ungefähr eine Stunde Zeit für weitere Brandies lassen und ihm dann die nächste Gelegenheit für Indiskretionen geben.

Unterdessen plauderte Victoria lächelnd mit alten Bekannten und Nachbarinnen, nahm dankend deren Gratulationen zur Eheschließung entgegen und übersah die verstohlenen Blicke einiger Matronen auf den unteren Teil ihrer schlanken Gestalt.

Sie übersah hingegen nicht, daß ihr Gatte seine Bekanntschaft mit den alten Jugendkameraden auffrischte und dabei die meiste Zeit mit den unangenehmsten unter ihnen verbrachte.

Zum erstenmal an diesem Abend kam jetzt David

Esterbridge auf sie zu. »Ich glaube, ich sollte mit Ihnen tanzen. Wahrscheinlich gehört es sich so.«

Victoria hätte ihm am liebsten ins mürrische Gesicht gelacht. »Ich möchte wetten, Ihr Vater hat Sie zwecks Pflichterfüllung zu mir geschickt«, meinte sie spöttisch.

David machte sich nicht die Mühe, das abzustreiten. »Er hält eben auf Sitte und Anstand, und Sie sind schließlich Elaines Kusine.«

Lächelnd schaute Victoria zu Squire Esterbridge hinüber. Er betrachtete sie eine Weile und nickte ihr dann zu. Was mochte er wohl denken? Sie kannte ihn, seit sie vor fünf Jahren nach Drago Hall gekommen war, und er war stets gütig und freundlich zu ihr gewesen. Der Squire war ein nicht allzu großer Mann mit einer beginnenden Glatze. Seine Augen waren indessen so klar und lebhaft, wie sie in seiner Jugend gewesen sein mußten, moosgrün und ein wenig schräggestellt.

»Sie sind ja nun mit dem anderen Carstairs verheiratet«, redete David höhnisch weiter.

»Ja, es sieht ganz so aus, nicht wahr?« erwiderte sie munter, winkte dem Squire einmal zu und drehte sich dann wieder zu David um.

»Warum?« fragte er. »Weil er so aussieht wie Ihr verdammter Liebhaber?«

»Nein.«

»Sind Sie in anderen Umständen? Teilen sich die beiden Sie jetzt, Victoria?«

»Beides nicht«, antwortete sie trotz dieser schweren Beleidigung ganz gelassen.

David starrte sie bösartig an. »Gott, wie konnte ich mich in Ihnen nur so getäuscht haben! Sie streiten es ja nicht einmal ab!«

Es fiel ihr zwar schwer, doch sie versagte sich, ihm ins Gesicht zu schlagen. »Habe ich nicht eben mit nein geantwortet?« fragte sie lächelnd.

»Der Teufel soll Sie holen. Ach, was soll's. Ich tanze

276

jetzt mit Ihnen. Mein Vater wirft schon wieder so einen Blick her, und ich möchte nicht wissen, was er mir erzählt, wenn ich nicht ...«

Victorias Lächeln verschwand nicht, es wurde nur immer spöttischer. »Sie sind ein unnützer Schwachkopf, David«, fiel sie ihm mit sanfter Stimme ins Wort und machte dazu eine beleidigende Handbewegung. »Und ein kompletter Narr selbstverständlich ebenfalls.« Damit drehte sie sich um und ging fort.

David starrte ihr wütend hinterher. Diese verdammte Schlampe! Und die hätte er geheiratet, wenn Damien ihn nicht davor bewahrt hätte! Zu seinem Retter zog es ihn jetzt.

Damien reichte David zur Begrüßung ein Glas von Elaines Champagnerpunsch, und David stürzte das Getränk in einem Zug hinunter. »Ich habe dich eben mit Victoria sprechen sehen. Du machtest keinen so erfreuten Eindruck.«

»Nein. Kannst du dir vorstellen«, fragte er gehässig, »daß sie es nicht einmal geleugnet hat, daß ihr beide, du und dein Bruder, ihre Liebhaber seid?«

Damien ließ sich seine Verblüffung nicht anmerken. Weshalb trieb Victoria mit diesem jungen Narren dieses Spiel? »Ach, tatsächlich?«

»Ja, tatsächlich«, knurrte David und leerte gleich noch ein zweites Glas Champagnerpunsch. »Kennt dein Bruder die Wahrheit über seine Frau?«

»Eine ausgezeichnete Frage«, sagte Damien nachdenklich. »Ich weiß nicht. Wenn du allerdings deine schönen weißen Zähne im Mund behalten willst, würde ich dir raten, ihm gegenüber nichts zu äußern, das man als Beleidigung seiner Gemahlin auslegen könnte.«

»Ich bin doch kein Dummkopf«, erklärte David verächtlich.

Wirklich nicht? dachte Damien, während er David

nachschaute, der jetzt zu seinem Vater, diesem elenden alten Leuteschinder, zurückkehrte.

Jetzt trat Elaine heran. »Du solltest dir einmal Victoria anschauen, Damien! Sie versucht allen Ernstes mich unmöglich zu machen. Aber das lasse ich nicht zu.«

Damien fand, daß Victoria nicht das Geringste getan hatte, weswegen Elaine sich aufplustern müßte. Er sagte jedoch nichts, sondern zog nur fragend die Augenbraue hoch.

»Sie hat David Esterbridge verärgert! Ich habe gesehen, wie sie ihn spöttisch angeschaut und ihn dann einfach stehen gelassen hat. Und sie tanzt mit wirklich allen anwesenden Männern!«

»Warum sollte sie denn auch nicht?«

»Und ihr Ehemann? Mit dem hat sie noch kein einziges Mal getanzt. Sie flirtet einfach schamlos. Ich hoffe nur, daß ihr Bein unter ihr zusammenbricht. Wenn sie so weitermacht wie in der vergangenen Stunde, müßte das auch bald geschehen.«

Damien stellte fest, daß die Eifersucht Elaines Schönheit ganz erheblich trübte. Glücklicherweise traf in diesem Moment die Countess von Lantivet ein, und Elaine verwandelte sich auf der Stelle wieder in die charmante und um ihre Gäste besorgte Hausherrin.

Was Victoria betraf, so hatte sie eben so liebenswürdig wie möglich Oscar Killivoses Aufforderung zum Tanz abgelehnt und sich unauffällig zu dem hinter den dekorativen Pflanzenkübeln stehenden Sofa zurückgezogen. Sie summte die Melodie des Ländlers mit, den das Orchester gerade spielte, und massierte sich dabei unbewußt ihren Oberschenkel.

»Hast du dich plötzlich in eine Matrone verwandelt?«

Victoria blickte über ihre Schulter und sah Rafael lächelnd hinter sich stehen. »In eine Matrone?«

»Bei einem so lebhaften Tanz sitzenzubleiben! Oder verbirgst du dich vor einem zu aufdringlichen Kavalier?«

»Du hast mich durchschaut«, sagte Victoria angemessen zerknirscht. Sie ließ ihre Schultern ein bißchen erheben. »Nun, Oliver wird mich bald finden. Du kennst das ja, Rafael. Es ist wie beim Fechten: Stoß und Abwehr, Vorstoß, Rückzug.«

Rafaels graue Augen glitzerten. »O ja, Victoria, das kenne ich sehr gut.«

Sie lachte und klopfte auf das hellblaue Sitzpolster neben sich. »Bleib einen Augenblick bei mir, es sei denn, du bist einer anderen Dame versprochen.«

»Nein, für diese Tanzfolge bin ich so frei wie du.« Er setzte sich und streckte die Beine vor sich aus. »Dir macht der Abend Freude, nicht wahr?«

»Gewiß. Der Ball ist wirklich ein großer Erfolg, nicht wahr? Elaine kann zufrieden sein.«

»Durchaus. Der nächste Tanz ist ein Walzer. Gewährst du ihn mir?«

Ein Walzer mit Rafael! »Ja«, antwortete sie und betete im stillen darum, daß sich ihr Bein nicht allzusehr darüber beschwerte. »Übrigens habe ich dich beobachtet. Du hast sehr viel Zeit mit jedem jungen Scheusal der ganzen Umgebung verbracht.«

»Du meinst also, ich hätte die moralische Crème der Gesellschaft ignoriert?« Rafael lächelte unbekümmert, was ihn Mühe kostete, denn er fand, daß Victoria entschieden zu aufmerksam war. Daß das Orchester jetzt mit dem Walzer einsetzte, rettete ihn vor weiteren Diskussionen. »Komm, meine Liebe. Wir werden ein sehr beeindruckendes Paar abgeben.«

Das taten sie auch. Das einzige Problem bestand darin, daß verschiedene Anwesende davon überzeugt waren, Victoria tanzte mit ihrem Schwager, dem Baron Drago.

Victoria stellte fest, daß sie mit Rafael ausgezeichnet tanzen konnte. Ihr Bein machte sich kaum hindernd bemerkbar, und als er Tanz vorbei war, wurde zum Dinner gebeten.

»Du bist ein wunderbarer Tänzer«, lobte sie und schob ihren Arm unter Rafaels.

»Und du tanzt ebenfalls großartig. Ich bin halb verhungert. Wenn ich erst einmal meinen Magen befriedigt habe, kann ich dich vielleicht dazu überreden, auch meine anderen Bedürfnisse zu befriedigen.« Sein übertrieben lüsternes Grinsen raubte seinen Worten jede Ungehörigkeit; sie wirkten nur noch lustig.

Victoria kicherte leise. »Du bist empörend! Du solltest wirklich damit aufhören!«

»Was sagtest du soeben, Victoria?« Elaine war hinter sie getreten, und ihre Stimme klang scharf und argwöhnisch. »Komm mit, Damien. Ich bin diejenige, die du zu Tisch zu führen hast!«

Leider konnte Victoria ihr neuerliches Kichern nicht unterdrücken. »Dies hier ist Rafael, Elaine.«

Ihre Kusine sah ihn bestürzt an. »Aber ich ... das heißt, Mrs. Madees hat mir erzählt, daß ... nun, lassen wir das. Da ist Damien ja.«

»Hier scheint es ein Problem zu geben«, meinte Rafael.

»Ja, aber Damien hat nichts Böses getan, seit wir zurückgekehrt sind.«

Rafael grinste unverschämt. »Wenn er ahnte, wie herrlich hingebungsvoll du sein kannst, würde er mit den Zähnen knirschen und den Mond anheulen.«

»Elaine sieht wirklich entzückend aus«, meinte Victoria nachdenklich. »Allerdings habe ich sie neulich zu Damien sagen hören, sie fürchte, daß er das Interesse an ihr verliert, je näher ihre Niederkunft rückt.«

»Falls mein Zwillingsbruder das Interesse an seiner Frau verliert, hängt er hoffentlich genug an seinem Leben, um sich von dir fernzuhalten.«

Victoria überlegte und schaute dann zu Rafael hoch. »Falls die Demoretons dein Gebot akzeptieren, könnten wir Drago Hall doch schon nächste Woche verlassen.«

»Nun, also ... nein, das geht nicht, Victoria.«

»Ah, endlich ist es heraus! Und jetzt weiter, lieber Gatte. Ich hatte wirklich große Geduld mit dir, aber du ... oh, guten Abend, Lady Columb! Wie reizend Sie heute ausschauen. Wie geht es Lord Columb?«

Während die beiden Damen miteinander plauderten, stand Rafael mit eingefrorenem Lächeln daneben und befaßte sich in Gedanken mit den jungen Herren, mit denen er im Laufe des Abends gesprochen hatte. Er hätte seine »Seawitch« verwettet, daß jeder einzelne dieser Tunichtgute Mitglied des Höllenfeuer-Klubs war.

Was ihm aber Kopfzerbrechen machte, das war die Erkenntnis, daß keiner von ihnen soviel Verstand besaß, ein solches Unternehmen zu organisieren. Derjenige, der das schaffte, der Widder, war kein Mann vom Schlage eines Johnny Tregonnets, aber Johnny war das schwache Glied in dieser Kette. Das wollte Rafael noch vor dem Ende des Balls ausnutzen.

»Ich habe Hunger.« Victoria zupfte an seinem Ärmel. »Lady Columb ist zu dem Schluß gelangt, daß ich kein Kind erwarte, und hat sich aufgemacht, um ihre Nase in anderer Leute Angelegenheiten zu stecken.«

»Sehr gut. Dann werde ich dich jetzt an einen Tisch führen und dir einen Teller holen. Wie ich sehe, macht man das hier so. Die Gentlemen sind die Kellner.« Er schnippte ihr zärtlich mit dem Finger über die Wange und geleitete sie zu ihrem Platz.

Baron Drago und seine reizende, hochschwangere Baroness saßen für eine Weile allein an ihrem Tisch. »Ich habe mich eben furchtbar lächerlich gemacht«, gestand Elaine und betastete unbewußt ihren Bauch.

»So?« Damien winkte Lord und Lady Marther zu. »Sie werden sich gleich zu uns gesellen. Ich hoffe, daß Mylord angesichts deines gegenwärtigen Zustands den Anstand besitzt, die Hände von deinem Knie zu lassen.«

Elaine winkte uninteressiert ab. »Ich dachte, Rafael

wäre du! Und Victoria hat mit ihm gelacht, und er hat sie angefaßt, und ich ... nun, ich wurde wütend.«

»Wir sind seit fünf Jahren verheiratet, und du kannst meinen Zwillingsbruder und mich nicht auseinanderhalten?«

Elaine betrachtete ihn nachdenklich. Nein, Damiens schönes Gesicht unterschied sich wirklich in nichts von Rafaels. Es gab zwar ein Erkennungsmal, doch das zeigte sich nur, wenn einer der beiden ungehemmt lachen würde. Beide besaßen nämlich ein makellos weißes Gebiß, aber Damien hatte einen goldenen Backenzahn.

Rafael wartete bis drei Uhr morgens, bevor er Johnny Tregonnet unauffällig in eine Ecke zog.

»Was soll denn das?« fragte der junge Mann mißtrauisch. »Du bist Rafael, oder nicht?«

»Ja.«

»Hab' dich auch nicht für Damien gehalten. Der ist nicht andauernd so freundlich. Und er hätte auch keinen Grund, mit mir sprechen zu wollen.«

»Ich möchte, daß du mir etwas über diesen Höllenfeuer-Klub erzählst, Johnny. Ich glaube, ich möchte vielleicht einer von euch werden.«

Johnny blickte ziemlich bestürzt drein. Offensichtlich hatte sein Geist unter dem vielen Weinbrand doch erheblich gelitten. »Woher weißt du überhaupt etwas davon?«

»Ich weiß, daß du Mitglied bist, Vincent Lancover und Lincoln Penhallow auch, um nur einige zu nennen. Sage mir, wie ich mit dem Widder in Verbindung treten kann. Ich möchte eurem Klub wirklich beitreten.«

»Ich ... äh ...« Johnny sah sich gequält nach Hilfe um, fand aber keine. »Ich werde es dem Widder mitteilen«, brachte er schließlich heraus. »Er wird es entscheiden. In Ordnung?«

»Sage dem Widder, er kann sich darauf verlassen, daß ich als Mitglied alle kleinen Jungfrauen des Landes schände. Falls er mich aber ablehnt, würde ich recht unangenehm werden. Hast du das verstanden, Johnny?«

»Weiß nicht . . .«

»Ich lasse euch auffliegen, Johnny, und zwar ehe ihr es euch verseht. Teile das dem Widder mit. Er soll die Dinge sehen, wie sie sind. Hast du jetzt verstanden?«

»Ja«, sagte Johnny und schwankte benommen davon.

Erst im Morgengrauen endete der Ball, und dann sanken Rafael und Victoria in voller Festkleidung auf ihr Himmelbett. »Ach, was für ein Fest!«

»Du hast zuviel Champagnerpunsch getrunken«, stellte Rafael fest, stützte sich neben Victoria auf dem Ellbogen auf und küßte sie ausgiebig.

»Der Tag bricht bald an.«

»Ja.« Sanft legte er die Hand über ihre Brust. »Ja«, sagte er noch einmal und küßte sie wieder, während er ihre Brüste streichelte. Er fühlte Victorias Reaktion und kam sich wie der größte Liebhaber aller Zeiten vor.

Ohne ein Wort drehte er sie auf den Bauch und öffnete die Verschlüsse ihres Festgewands. Dann drehte er sie wieder auf den Rücken und zog ihr sehr langsam das Kleid herunter, bis er ihre Brüste entblößt hatte.

»Sehr hübsch«, erklärte er in höchst unpassender Untertreibung. Er neigte den Kopf und drückte heiße Küsse auf die weichen Brüste. Aufstöhnend schob Victoria die Finger in sein dichtes dunkles Haar.

»Daran habe ich während des ganzen Abends gedacht«, verriet er. »Und an deine angebliche Häßlichkeit, die du vor mir verbirgst, habe ich auch oft denken müssen. Weißt du, daß ich dich bis heute noch nie vollkommen nackt gesehen habe, Liebste?«

Er bemerkte, daß die Angst in ihren Augen aufblitzte und daß sie sich vor ihm zurückzog. »Es gibt wirklich etwas, weswegen du dich schämst?« fragte er verblüfft.

»Ja.« Sie wandte das Gesicht ab.

»Sage es mir.«

Sie schüttelte den Kopf.

»Dann werde ich diese ›Häßlichkeit‹ eben suchen müssen.« Er zog ihr das Kleid weiter hinunter.

Victoria reagierte sofort. Mit einer heftigen Drehbewegung entwand sie sich ihm und setzte sich hoch. Dann glitt sie zum Fußende hinunter und stand auf. Sie hielt sich das Kleid vor den Brüsten fest. »Nein. Bitte nicht, Rafael.«

Er bewegte sich nicht. »Das ist doch verrückt, Victoria. Du bist meine Ehefrau. Beabsichtigst du, dich während der nächsten fünfzig Jahre vor mir zu verstecken?«

Hilflos blickte sie ihn an. »Bitte . . .«

»Ich bin kein grausamer Mensch, und ich schlage keine Frauen«, erklärte er mit jetzt eisiger Stimme. Er stand ebenfalls auf und entledigte sich seiner Kleidung, ohne Victoria weitere Beachtung zu schenken. Er würde sie nicht anflehen, ihr Geheimnis zu lüften, aber niemand konnte ihn daran hindern, so böse mit ihr zu sein, wie er wollte.

Am nächsten Morgen war Victoria schon wieder früh auf den Beinen. Sie holte Damaris von Nanny Black ab und nahm sie mit zum Stall. Flash sattelte Toddy für sie.

»Alle diese vor Geld stinkenden Leute«, sagte er zu Tode betrübt. »Mir haben die ganze Nacht lang die Finger gejuckt. Ich sage dem Kapitän immer wieder, daß ich noch einmal völlig einrosten werde.«

Victoria bedauerte ihn so gut sie konnte und ging damit sogar so weit, daß sie ihm ihre eigenen Taschen zu Übungszwecken anbot. Flash bedankte sich dafür mit ernster Miene, zumal Victoria ihm versprach, immer etwas Wertvolles bei sich zu tragen, damit es die Mühe auch lohnte. Die beiden schieden in freundschaftlichem Einvernehmen.

Victoria ritt mit Damaris zum Fletcher-Teich. Während

die Kleine sich königlich beim Füttern des heute besonders frechen Clarence amüsierte, legte sich Victoria in
das süß duftende Gras. Viel zu bald schon würde der
Winter in Cornwall Einzug halten. Nächste Woche war
schon Allerheiligen. Vielleicht konnten dann Rafael und
sie Drago Hall verlassen. Allerdings war er ja im Augenblick so furchtbar böse mit ihr, weil sie die Wahrheit vor
ihm verbarg. Ja, dieses Problem mußte sie unbedingt
lösen ...

Victoria erwachte und fuhr im nächsten Moment erschrocken hoch. »Damie! Damie!« Sie sprang auf. »Um
Himmels willen — Damaris!«

Wie lange hatte sie geschlafen? Eine Minute? Eine Stunde? Jetzt nur nicht in Panik ausbrechen! Sie blickte über
den Teich. Keine Bewegung trübte seine Oberfläche.

Nein, ich hätte es gehört, wenn Damaris hineingefallen
wäre, dachte Victoria. Außerdem war das Wasser selbst
für eine Dreijährige sehr flach. Von dem Kind war jedoch
trotzdem nichts zu sehen.

Victoria band Toddy los, zog sich in den Sattel und ritt
um den von Ahornbäumen und Buchen umstandenen
Teich herum, wobei sie immer wieder nach Damaris rief.
Plötzlich hielt sie Toddy an. Hinter dem Gehölz zu ihrer
Rechten verlief die Grundstücksgrenze. Und ein Zaun.
Und hinter diesem Zaun befand sich Sir James Holywells
Preisbulle.

Dieses bösartige Tier hatte Damaris schon immer angezogen. Schon hundertmal hatte Victoria ihr eingeschärft,
sie dürfe nie, nie auch nur in die Nähe des Zauns gehen.

Sie trieb Toddy so grob an, daß das Tier förmlich vorwärts schoß. Drei Minuten später hatte sie den Zaun erreicht. Und da sah sie Damaris. Der Aufschrei blieb ihr in
der Kehle stecken. Die Kleine ging langsam und vollkommen furchtlos auf den Bullen zu und hielt ihm auf ihrer
kleinen Hand ein Stück Brot entgegen.

»Damaris!« rief Victoria und versuchte, den entsetzlichen Schrecken aus ihrer Stimme herauszuhalten. »Damaris, komm her!«

»Ich will den Bullen streicheln, Torie«, rief Damaris zurück und ging unbeirrt weiter. »Ich will ihn füttern. So wie Clarence.«

Victoria sprang aus dem Sattel. Sie schwor sich, dem Kind den Po zu versohlen, wenn sie es erst einmal in Sicherheit gebracht hatte. Sie kletterte auf den Zaun und sprang auf der anderen Seite hinunter.

»Damaris!« rief sie so schmeichelnd wie möglich, »komm doch her und hilf mir, ja? Der Bulle ist furchtbar dumm, weißt du. Er mag keine kleinen Kinder, und Brot schmeckt ihm auch nicht.«

»Nein, Torie. Er mag mich, so wie Clarence mich mag.«

Jetzt entdeckte der Bulle das Kind. Er hatte etwas gegen Störenfriede, auch gegen so kleine, und das zeigte er sogleich sehr deutlich. Er schnaubte laut, stampfte mit einem Vorderhuf auf den steinigen Boden und starrte Damaris unheilverkündend entgegen.

Victoria riß einen Fetzen aus ihrem Unterkleid und schwenkte ihn wild hin und her. Laut schreiend rannte sie damit auf das Tier zu, um dessen Aufmerksamkeit von Damaris abzulenken.

Plötzlich stolperte sie über einen aus dem felsigen Boden ragenden Stein und fiel hart auf die Knie. Ein scharfer Schmerz fuhr ihr durch den linken Oberschenkel, doch sie beachtete es nicht, sondern sprang gleich wieder auf und schwenkte den Stoffetzen weiter.

Endlich nahm der Bulle den zweiten Eindringling zur Kenntnis. Dieser war größer und interessierte ihn als Gegner deshalb mehr. »Lauf, Damaris! So lauf doch! Der Bulle ist nicht wie Clarence! Er ist böse auf dich! Lauf!«

Jetzt hörte Damaris wenigstens zu. Unentschlossen blieb sie stehen.

In diesem Augenblick kam Rafael aus dem Wäldchen

hinter dem Teich geritten. Er hörte Victorias Schreien, sah den Bullen, sah Damaris, und das Blut gefror ihm in den Adern. Er riß Gadfly herum und stieß ihm hart in die Seiten. Geschmeidig flog der Hengst über den Zaun und landete nicht weit von dem Bullen entfernt auf der anderen Seite.

»Victoria, lauf! Greife Damaris und klettere über den Zaun!«

Victoria wollte ihm sagen, daß sie nicht laufen konnte, doch ihr Entsetzen bezwang den Schmerz. Humpelnd hastete sie zu Damaris, packte sie, klemmte sie sich unter den Arm und rannte weiter zum Zaun. Tränen liefen ihr über die Wangen.

Sie schob das Kind durch die engen Zaunstangen, und dann fiel sie wie ein Stein auf den Boden. Sie landete wieder auf den Knien. Diesmal schrie sie vor Schmerz laut auf. Die Lücken zwischen den Zaunstangen waren zu schmal, als daß sie sich hätte hindurchzwängen können, und zum Hinüberklettern war sie nicht fähig. Hilflos hockte sie da und sah zu, wie Rafael Sir James' Preisbullen ablenkte.

Endlich trat das wütende Tier vor Roß und Reiter den Rückzug an, drehte sich um und trottete gemächlich, aber mit noch immer ärgerlich peitschendem Schwanz zu einer großen Ulme.

Rafael ritt zum Zaun, ließ den Hengst, ohne ihn zu hetzen, darüberspringen und stieg auf der anderen Seite sofort ab. Er hockte sich neben Damaris und faßte sie bei den schmalen Schultern. »Du bleibst jetzt hier. Falls du dich von der Stelle rührst, verhaue ich dich so, daß man dein Schreien bis nach Truro hört. Was du getan hast, war so dumm, daß mir die Worte fehlen. Rühre dich also nicht. Hast du verstanden, Damaris?«

Zwei große Tränen kullerten über die kleinen Wangen.

»Hast du mich verstanden?«

»J ... ja, Onkel.«

287

Rafael kletterte über den Zaun zurück und kniete sich neben Victoria.

»Ist dir etwas geschehen?«

»Nein.«

Das konnte nicht stimmen. Rafael sah die Tränen auf ihren Wangen und den Schmerz in ihren Augen.

»Wo hast du dich verletzt, Victoria?«

»An einer alten Stelle.« Sie ließ sich an ihn sinken, und er legte die Arme um sie.

Rafael sagte nichts mehr, bis er sah, daß sie ihr Bein rieb. »An einer alten Stelle ...« wiederholte er ihre Worte. Behutsam lehnte er sie gegen einen Zaunpfahl. »Laß das«, befahl er und schob ihre Hand fort. Er wollte ihren Reitrock hochziehen.

»Nein! Bitte, Rafael ...«

»Sei still.«

Es war hoffnungslos. Victoria schloß die Augen, nicht nur wegen des schrecklichen Schmerzes, sondern auch weil sie Rafaels ganz bestimmt angewiderte Miene nicht sehen wollte, nachdem er einen Blick auf ihren Oberschenkel hatte werfen können.

Sie hörte das Zerreißen ihrer Unterhose. Sie hörte, wie Rafael den Atem scharf einsog.

»O mein Gott!«

20. KAPITEL

Was man nicht ändern kann, muß man ertragen (Thomas Fuller)

Rafaels Ausruf traf Victoria noch tiefer als der Schmerz in ihrem Oberschenkel. Bestürzung, Entsetzen und jetzt sein Schweigen. Sie wandte den Kopf ab, drückte die Augen fest zu und wartete. Tun konnte sie jetzt nichts mehr.

Rafael sah ihr die Schmerzen schon an ihrer Körperhaltung an. Langsam setzte er sich neben Victoria auf den Boden, zog sie trotz ihrer schwachen Gegenwehr auf seine Beine und lehnte sie sich gegen die Brust. Mit einem Arm hielt er sie so fest, und mit der anderen Hand legte er ihren Oberschenkel vollends frei. Behutsam begann er damit, die völlig verkrampften Muskeln zu massieren.

Er hörte Victoria stöhnen, doch er behielt seinen Rhythmus bei und drückte seine starken Finger schließlich fest in die verhärteten Muskelstränge. Einmal zwischendurch drehte er sich nach Damaris um und sah, daß sich das Kind noch genau dort befand, wo er es zurückgelassen hatte. Es hatte sich tatsächlich keinen Fingerbreit von der Stelle gerührt.

Viele Minuten vergingen, bevor er merkte, daß Victoria sich ein wenig entspannte. Ihre Schmerzen hatten offenbar nachgelassen. Er hielt einen Augenblick inne, berührte die wulstige Narbe genauer und stellte fest, daß sich die Muskelstränge darunter nicht mehr bewegten. Er nahm die Massage wieder auf, diesmal aber sanfter und in langsamerem Rhythmus.

»Ist es jetzt besser?«

Beim Klang seiner Stimme nach so langem Schweigen erschrak Victoria. Sie nickte stumm.

»Meinst du, du kannst mit meiner Hilfe auf Gadfly reiten?«

»Ja.« War dieses schwache Hauchen tatsächlich ihre Stimme? »Ja, selbstverständlich«, sagte sie lauter und setzte sich ein wenig aufrechter.

Rafael ordnete ihre Unterkleidung so gut wie möglich und zog den Reitrock darüber. Einen Arm noch immer um Victoria geschlungen, richtete er sich langsam auf und zog sie mit sich hoch. »Jetzt werde ich dir helfen, auf den Zaun zu klettern. Wenn du oben bist, steige ich hinüber und hebe dich herunter. Das wirst du doch schaffen?«

»Ja«, antwortete sie mit gesenktem Blick.

So geschah es. Als Rafael ihr von der anderen Zaunseite her die Arme entgegenstreckte, sah er, daß ihr Gesicht kreidebleich war und daß sie die Lippen fest zusammengepreßt hatte. Gewiß tat ihr das Bein jetzt von der Anstrengung wieder weh. »Gleich ist es geschafft, Victoria.«

»Ja«, sagte sie mit plötzlich trotzig klingender Stimme. »Es ist gleich geschafft.«

Er hob sie herunter und drückte sie eine Weile fest an sich. »Das hast du gut gemacht. Wir werden Toddy hier lassen müssen. Flash wird sie später abholen. Ich werde dich jetzt auf Gadfly setzen.« Das tat er, und dann ging er zu Damaris.

»Komm, Kind.« Er sah der Kleinen an, daß sie vollkommen zerknirscht war, und wünschte, er könnte sie trösten, ohne die Wirkung seiner Schelte zu schmälern. »Damie, ich setze dich jetzt vor Victoria. Ich möchte, daß du ganz still und ordentlich sitzen bleibst. Du mußt auf dich achtgeben. Tust du das?«

»Ja, Rafael.«

»Nenne mich einfach nur Onkel.« Rafaels Mundwinkel zuckten.

»Was hast du denn, Torie?«

»Nichts, mein Schatz. Wirklich nichts.«

Rafael schwang sich hinter die beiden in den Sattel. Gadfly war keineswegs erfreut über das zusätzliche Gewicht und tänzelte schnaubend seitwärts. Rafael verfluchte ihn erst und beruhigte ihn dann. Zehn Minuten später hielt er ihn vor Drago Hall an. Er stieg ab und ließ sich von Victoria Damaris herunterreichen.

Genau im passenden Augenblick öffnete sich die schwere Eichentür des Herrenhauses, und der gute alte Ligger trat heraus. »Master Rafael! Gibt es Schwierigkeiten, Sir?«

»Ja. Würden Sie bitte Damaris zu Nanny Black bringen?« Rafael gab dem Kind einen Kuß auf die Wange. »Jetzt ist alles gut, mein Schatz. Victoria und ich kommen nachher noch einmal zu dir, ja?«

»Ja, Onkel Raf ... Onkel.«

Er blinzelte ihr zu und übergab sie Ligger.

»Und jetzt bist du an der Reihe, liebe Gattin.« Er hob sie von Gadfly herunter und schloß sie in die Arme. »Jetzt ist alles gut«, sagte er noch einmal.

Und wie gut! dachte Victoria. Richtig großartig ist alles. Am liebsten hätte sie höhnisch aufgelacht, aber dazu schmerzte ihr Bein zu sehr.

Rafael sah Molly, eines der Hausmädchen, um eine Ecke kommen. Das weiße Häubchen saß schief auf ihrem Kopf und gab ihr ein ziemlich albernes Aussehen. »Holen Sie mir ein sehr heißes Handtuch, Molly, und bringen Sie mir weitere im Abstand von jeweils einer Viertelstunde.«

Das Mädchen machte ein etwas dümmliches Gesicht, nickte aber und ging.

»Mein Arzt, Block, hat einmal einen Mann, der sich das Bein sehr schwer verstaucht hatte, mit Hitze behandelt«, erläuterte Rafael, weil Victoria ihn fragend anschaute. »Es hat geholfen.«

Auf dem Flur des Obergeschosses kam ihnen zu Victorias Kummer Elaine entgegen. »Was ist denn mit dir geschehen, Victoria?« fragte sie höchst mißbilligend. »Weshalb muß dich Rafael tragen? Tut dein Bein so weh? Nun, das ist ja auch kein Wunder. Du hast gestern abend entschieden zuviel getan. Ich sagte noch zu Damien . . .«

»Wir sehen uns später wieder, Elaine«, unterbrach Rafael sie keineswegs unfreundlich. Er öffnete die Schlafzimmertür, stieß sie hinter sich mit dem Fuß wieder zu und trug Victoria zu dem großen Bett, auf das er sie niederlegte.

»Das heiße Handtuch wird gleich kommen. Laß mich dir inzwischen beim Entkleiden helfen.«

Victoria schwieg. Rafael war zwar behutsam, doch als er ihr den Reitstiefel auszog, verkrampfte sich ihr Beinmuskel so schmerzhaft, daß sie laut aufstöhnte und sich zur Seite rollte.

Rafael wußte nicht, was er tun sollte. Auf jeden Fall mußte er sie erst einmal entkleiden. Dann das heiße Handtuch, dann ein wenig Laudanum zur Betäubung der Schmerzen.

Gerade hatte er Victoria bis auf das Unterkleid ausgezogen und eine Decke über sie gebreitet, als an die Tür geklopft wurde. Es war Molly, und ihr Häubchen saß jetzt noch schiefer. Den heißen Umschlag hatte sie in einige andere Tüchter eingewickelt. Rafael dankte ihr und schickte sie nach dem nächsten Tuch.

»Laß uns jetzt die Behandlung versuchen.« Er setzte sich neben Victoria aufs Bett und wickelte ihr so vorsichtig wie möglich das wirklich sehr heiße Handtuch um den Schenkel. »So, und jetzt halten wir es mit ein paar Decken warm.« Er stützte sich neben ihr auf und massierte ihr Bein durch die Stofflagen hindurch.

Mit großer Dankbarkeit stellte Victoria nach dem dritten heißen Umschlag fest, daß sie nur noch ein leichtes Ziehen im Bein fühlte. Der wirkliche Schmerz war vergangen. »Es geht mir wieder gut«, sagte sie ein wenig verwundert.

292

»Großartig. Behalte dieses Handtuch trotzdem noch ein paar Minuten umgewickelt. Möchtest du ein wenig Laudanum haben?«

»Nein, das mag ich nicht so gern. Ich nehme es nur im äußersten Notfall.« Sie schloß die Augen. Rafael benimmt sich gut, dachte sie. Er deutet keinerlei Abscheu vor mir an.

»Warum hast du mir das nicht gesagt?« fragte er plötzlich so schroff, daß sie zusammenfuhr. »Mir scheint, alle haben von deinem ... Gebrechen gewußt, nur ich nicht. Das finde ich recht eigenartig, zumal ich dein Ehemann bin.«

Victoria rang mit sich selbst.

»Warum, Victoria? Ich nehme an, dies ist deine ›Häßlichkeit‹. War es auch dein ›Geständnis‹? Warum zum Teufel hast du mir nichts davon gesagt?«

Jetzt ist er doch böse, dachte sie, sehr böse sogar. Sie drehte den Kopf auf dem Kissen und schaute Rafael an. »Ja«, sagte sie langsam. »Das ist meine Häßlichkeit, und du mußt zugeben, daß sie schrecklich ist. Und ja, das ist es, was ich dir gestehen wollte.«

»Und weshalb hast du es nicht getan? Vor unserer Heirat? Zumindest vor unserer Hochzeitsnacht?«

»Ich wollte es ja tun, doch als ich es versuchte, hast du vermutet, ich wolle dir gestehen, daß ich meine Jungfräulichkeit an deinen Bruder verloren habe. »Du ... verdientest die Wahrheit nicht mehr!«

Rafael schwieg eine Weile. Jetzt war ihm so vieles klar, das ihm bisher an Victorias Verhalten verwunderlich erschienen war. »Du wolltest mich also mit deinem Schweigen strafen. Du hast mir mit deinem Trotz das Leben zur Hölle gemacht. Sollte ich etwa für den Rest meines Lebens hinter geschlossenen Vorhängen schlafen? Wäre es mir nie gestattet worden, den Körper meiner Ehefrau zu sehen?«

»Ich wollte es dir noch sagen«, erklärte sie düster.

Rafael entgegnete etwas sehr Ungehöriges.

»Das ist die Wahrheit!« brauste Victoria auf, denn seine Bemerkung hatte ihre Wut entflammt. »Wie konntest du es wagen, Rafael! Wie konntest du gleich annehmen, ich hätte es mit deinem Bruder getrieben, nur weil ich etwas von einem Geständnis gesagt hatte? Nein, du hattest es nicht anders verdient.«

»Bisher warst du vor meinem Blick sicher, und als wir uns das letzte Mal liebten, hast du auf deiner linken Seite gelegen, wenn ich mich recht erinnere. Ich habe nie verlangt, daß du dich auf den Rücken oder auf den Bauch drehst. Ich habe nie verlangt, dich überall berühren, überall küssen zu dürfen.«

»Ich hatte Angst«, erwiderte sie. »Angst davor, daß du dich von mir von meinem Anblick abgestoßen fühlen könntest.«

»Wie kommst du darauf, daß dem nicht so ist?«

Victoria schluchzte vor Schmerz auf — nicht vor körperlichem Schmerz. »Geh«, sagte sie. Sie war am Ende ihrer Kräfte. »Geh fort.«

»Ja, das werde ich wohl auch tun, aber erst nachdem ich meine Aufgabe hier beendet habe.« Er setzte sich neben Victoria, entfernte die Decken und das Handtuch und betrachtete den jetzt von der Hitze geröteten Oberschenkel. Behutsam tastete er über die lange wulstige Narbe.

»Keine Muskelkrämpfe mehr«, stellte er fest und zog die Decke wieder hoch. Er stand auf und blickte einen Moment ausdruckslos auf seine Ehefrau hinunter. »Du solltest jetzt schlafen.« Danach machte er auf dem Absatz kehrt und verließ das Zimmer.

Victoria schlief nicht und wollte auch nicht schlafen. Nach einigen Minuten setzte sie sich auf und stellte die Füße auf den Boden.

Ihr Schenkel schmerzte nicht. Sie betastete das Bein.

294

Noch immer keine Schmerzen. Für diesmal war es offensichtlich überstanden.

Innerhalb von zehn Minuten war sie angekleidet. Toddy würde sicherlich noch nicht wieder im Stall stehen. Das machte nichts. Zum Teich konnte man auch zu Fuß gehen.

Clarence' ärgerliches Schnattern empfing sie dort. Sie hatte kein Brot mitgebracht, und dafür wurde sie jetzt streng gerügt. Seine ganze Sippschaft fiel in sein Protestgeschrei ein. Victoria lächelte bekümmert. Sie setzte sich auf den Boden, lehnte sich an einen Baumstamm und war kurz darauf eingeschlummert.

Als sie erwachte, hatte sie sofort alle Sinne beisammen. Sie schauderte ein wenig, denn die Sonnenstrahlen wärmten sie nicht mehr. Noch bevor sie die Augen aufschlug, wußte sie, daß Rafael vor ihr stand und sein Schatten auf sie fiel.

Sie blickte zu ihm hoch. Er hatte die Beine gespreizt und die Hände auf die Hüften gestützt. Die lederne Reithose steht ihm gut, dachte sie bewundernd. Seine Schaftstiefel glänzten so schwarz wie sein Haar, auf dem die Sonne spielte, und seine Augen waren jetzt dunkelgrau. Trotz ihres Zorns auf ihn war sie sich seiner männlichen Schönheit wieder einmal sehr bewußt.

»Wie kannst du bei einem solchen Lärm nur schlafen?« fragte er leise.

»Ich bin an Clarence gewohnt. Er ist böse auf mich, weil ich kein Brot mitgebracht habe.«

»Clarence?«

Sie deutete auf die Entenschar. »Dieser Bursche da drüben, der dickste und der lauteste. Wenn er etwas zu fressen bekommt, ist er sehr liebenswürdig.«

»Aha«, sagte Rafael, und dann senkte sich Schweigen über sie.

Clarence watschelte zum Teich zurück und führte das Kunststück vor, ins Wasser zu gleiten, ohne das geringste

295

Geräusch dabei zu machen. Unwillkürlich mußte Rafael lächeln.

»Erzähl mir, wie und wann das geschehen ist«, bat er nach einer Weile. Er setzte sich neben Victoria und schaute zu Clarence und dessen Verwandtschaft hinüber.

»Ich war damals knapp acht Jahre alt«, begann sie. »Ich ritt gern, viel und auch recht gut. An jenem Tag hatte ich Pech. Mein Ponyhengst wurde von einer Biene gestochen und warf mich ab. Ich fiel gegen einen Zaun, aus dem ein Nagel ragte, der mir das Bein aufriß. Ich ritt nach Abermarle Manor zurück. Als ich dort eintraf, sagte man mir, daß meine Eltern bei einem Unfall ums Leben gekommen waren.«

Victoria erstattete diesen Bericht so sachlich, als wäre sie überhaupt nicht davon betroffen. »Ich wußte nicht, was ich tun sollte, also tat ich gar nichts. Erst am nächsten Morgen fand mich mein damals zwanzigjähriger Vetter. Er sah das Blut an meinem Kleid und kümmerte sich sofort um mich. Seine Hilfe kam zwar etwas spät, aber wenigstens brauchte mir das Bein nicht abgenommen zu werden.«

»Du erzählst das alles, als handelte es sich um nichts besonders Wichtiges«, stellte Rafael verwundert fest. »Wenn ich in unserer Hochzeitsnacht nicht so ein verdammter Narr gewesen wäre, hättest du mir dann tatsächlich etwas von deinem Bein gesagt?«

»Gewiß. Ich hatte ja schon dazu angesetzt. Doch es ist wahr, daß ich große Angst hatte, du würdest mich nicht mehr mögen, nachdem du meine Narbe gesehen hattest. Ich wußte, daß ich es dir schon vor unserer Hochzeit hätte gestehen sollen, doch dazu war ich zu feige. Ich war davon überzeugt, wenn du es erführst, würdest du mich nicht mehr heiraten.«

»Du bist ein Dummkopf, mein Mädchen. Hast du eigentlich jemals in den Spiegel geschaut?«

»Natürlich, aber das ist völlig unerheblich. Man wird

mit einem angenehmen Äußeren geboren oder eben nicht. Mit dem, was wirklich wichtig ist, hat das nichts zu tun. Was zählt, ist der Charakter, die Moralvorstellung oder das Verhalten anderer Menschen gegenüber. Ich dachte durchaus, daß du mir zugetan warst, aber möglicherweise nicht genug für eine so häßliche Entdeckung.«

»Ich war dir damals zugetan, und ich bin es noch.«

»Wirklich? Noch jetzt, nachdem du alles gesehen hast?«

»Hältst du mich für einen so schwachsinnigen Kerl? Für einen so seichten, so oberflächlichen Menschen?«

»Du bist weder seicht noch oberflächlich. Nur wußte ich das damals noch nicht. Ich hatte ja nicht viel Erfahrung mit Männern. Damien zum Beispiel würde meine Narbe abstoßend häßlich finden und das auch nicht verhehlen. Hinzu kommt, daß du selbst körperlich makellos bist, und ich bin es nicht. Du bist als Mann viel schöner als ich als Frau. Es ist doch wider die Natur, wenn sich Unvollkommenes mit Vollkommenem paart.«

Rafael blickte Victoria lange und ausdruckslos an. »Wider die Natur«, wiederholte er dann. »Vielleicht hast du recht. Arglistige Täuschung, so würde es wohl ein Advokat nennen. Du hättest mir dein Bein spätestens drei Tage vor unserer Hochzeit zeigen und mir Gelegenheit zum Rückzug geben sollen. Das hast du nicht getan. Du hast mich dich heiraten lassen, wohl wissend, daß du mich getäuscht hast. Und jetzt bin ich fest an dich gebunden.«

Victoria blieb stumm. Eine einzelne Träne rann ihr über die Wange hinab.

»Du bist eine absolute Närrin, meine Liebe«, sagte Rafael nach langem Schweigen. »Nein, ich bin nicht oberflächlich, hoffe ich. Ich glaube, wir beide sollten der ›Seawitch‹ einen längst überfälligen Besuch abstatten. Ich möchte, daß du Block, meinen Arzt, kennenlernst. Hättest du etwas dagegen, daß sich ein Doktor dein Bein anschaut?«

Sie hatte sehr wohl etwas dagegen, sagte es indessen nicht. »Was würde das einbringen? Was kann der Doktor denn tun?«

»Ich habe nicht die geringste Ahnung, aber Block kennt sich mit den unmöglichsten Pflanzen aus den unmöglichsten Weltgegenden aus. Du wirst ihn mögen. Und damit es kein Mißverständnis gibt, Victoria: Ich schlage dir den Besuch nicht vor, weil Block dein Bein vielleicht verschönern könnte, sondern deswegen, weil ich hoffe, daß er ein Mittel kennt, um deine Schmerzen zu lindern, wenn du deine Muskeln wieder einmal überbelastet hast. Das Aussehen interessiert mich nicht. Also wollen wir gleich morgen nach Falmouth reisen? Ich muß ohnehin nachsehen, wie die Dinge dort vorankommen, und meine Mannschaft wird sich über meine schöne, eigensinnige, dickköpfige, leidenschaftliche ...«

»Nun ist's aber gut! Du bist der aller ...«

»Ja? Darf ich das Wort beenden, Victoria? Der allerliebste, der allertoleranteste, der allergutmütigste Mann?«

»Ach, Rafael, ich hatte doch solche Angst!«

»Das war vollkommen unnötig, aber woher solltest du das wissen nach meiner absurden Attacke auf dich in unserer Hochzeitsnacht.« Er seufzte, und dann zog er Victoria auf seinen Schoß. Sie schlang die Arme um seine Schultern und schmiegte sich an ihn.

Er lächelte. »Erinnerst du dich noch an unsere höchst temperamentvolle, höchst befriedigende ... äh ... Veranstaltung auf dem Küchenboden von Honeycutt Cottage?«

»Ja«, antwortete Victoria kaum hörbar.

»Da hätte ich dich entkleiden sollen, aber ich begehrte dich so sehr. So richtig wild war ich nach dir. So wild wie du nach mir.«

»Rede doch nicht so von mir, als wäre ich eine Dirne.«

»Eine Dirne? Nein, Victoria. Dirnen sind nämlich recht kalte Damen und ganz und gar nicht so wie du.«

»Rafael ...«

»Hm?« Er wartete einen Moment. »Ich wäre jetzt gern mit dir in unserem Zinngemach«, sagte er dann. »Dort würde ich dich nackt ausziehen und dich im hellen Sonnenlicht lieben. Was hältst du von dieser Idee?«

Victoria antwortete nicht. Rafael sah ihr trotzdem an, daß sie sehr viel von dieser Idee hielt und daß sie ihn ebenso begehrte wie er sie.

»Möchtest du wissen, was ich mit dir machen werde?« fragte er. »Natürlich möchtest du das, und es ist auch sehr klug von dir, mir meine Frage erst dann zu beantworten, nachdem du mein Programm kennst und es gutheißen kannst.«

Rafael wußte aus Erfahrung, daß er Victoria mit dem richtigen Liebesgeflüster verführen konnte, und es machte ihm große Freude, ihr Verlangen nach ihm auf diese Weise zu entfachen. Er küßte sie aufs Ohrläppchen und flüsterte ihr etwas zu.

»Wie bitte?«

»Wenn ich dich ausgezogen habe, möchte ich, daß wir stehen bleiben. Ich will dich hochheben, und du sollst deine schönen schlanken Beine um meine Hüften legen. Ich will tief in dich eindringen und ...«

»Aber so kann das doch unmöglich gehen!«

»Wart's ab, Victoria.«

Er hob sie auf Gladflys Rücken und setzte sich hinter sie. Auf dem ganzen Heimweg liebkoste er sie auf die eine oder andere Weise. Er küßte sie auf den Mund, biß zart in ihren Nacken, streichelte die Unterseite ihrer Brüste und flüsterte ihr immer wieder zu, was er tun würde, wenn er erst einmal tief in ihr wäre. Als sie auf Drago Hall eintrafen, war Victoria schon aufs höchste erregt.

Damien beobachtete Rafael und Victoria, als sie durch die Eingangshalle und dann die Treppe hinaufgingen. Die beiden sahen weder ihn noch sonst jemanden. Sie hatten nur Augen füreinander.

Kurz darauf glitt die kleine Holztafel geräuschlos zur Seite, und er spähte in das Zinngemach. Rafael lachte gerade. Er kitzelte Victoria, während er sie nach und nach entkleidete, und er küßte sie jeweils dort, wo er sie entblößt hatte.

Ihre Brüste waren voll und so hell wie cremefarbene Seide. Die rosigen Spitzen hatten sich hart aufgerichtet. Rafael erfreute sich an ihr; er streichelte diese herrlichen Brüste, liebkoste die dunklen Spitzen mit den Lippen und steigerte Victorias Verlangen immer mehr. Sie beugte sich nach hinten, um sich ihm noch verlockender darzubieten, stöhnte leise, verflocht die Finger mit seinem schwarzen Haar und zog seinen Kopf noch dichter zu sich heran.

Rafael lachte leise. Er umfaßte ihre schönen Brüste, hob sie an und drückte heiße Küsse auf die weichen Hügel. Victoria genoß dieses aufreizende Spiel sehr. Damien sah, wie sie ihre schlanken weißen Hände unter den Bund von Rafaels Reithose schob, und wie Rafael nun seinerseits ihre erregende Liebkosung genoß.

Schließlich war Victoria vollkommen unbekleidet, und sie bot ein so wunderschönes Bild, daß es schmerzte, sie anzuschauen und dabei auch noch zu sehen, wie sich Rafael an ihr ergötzte.

Doch jetzt protestierte sie lachend und versetzte ihm einen Schlag in die Magengegend.

»Das ist ungerecht! Komm, jetzt bin ich an der Reihe. Es soll nicht noch einmal so sein wie in Honeycutt Cottage!« Und schon knöpfte sie ihm die Jacke auf und streifte sie ihm zusammen mit dem gerüschten weißen Hemd ab. Gleich darauf saß er auf einem Stuhl, Victoria stand vor ihm, kehrte ihm den Rücken zu, bückte sich und zerrte lachend an seinen Stiefeln.

Rafael lachte auch. Er streichelte ihren nackten Po, beugte sich vornüber, küßte das weiche weiße Fleisch und ließ die Hände an ihren Beinen hinabgleiten.

300

Und da war die wulstige Narbe an ihrem linken Oberschenkel.

Häßlich, dachte der heimliche Zuschauer. Aber ihre Beine waren lang, schlank und wohlgeformt. Und schön war das weiche Haar zwischen ihren Schenkeln, das die Stelle verbarg, die darauf wartete, von den Händen und dem Mund eines Mannes liebkost zu werden.

Die Stiefel fielen zu Boden, und bald war Rafael so nackt wie Victoria. Sie stellte sich vor ihm auf die Zehenspitzen, schmiegte sich an ihn, schlang ihm die Arme um den Nacken und küßte ihn heiß und innig. Rafael schien die Hände überall gleichzeitig zu haben, doch dann faßte er Victoria bei den Hüften, hob sie an, und sie legte die Beine um seine Taille.

Damiens Erregung wuchs ins unerträgliche. Er wünschte, er befände sich jetzt dort in diesem Zimmer, und er haßte Rafael dafür, daß er derjenige war, der Victoria besitzen konnte.

Er hielt den Atem an, als Rafael sie noch ein wenig anhob, die Hand zwischen ihre Schenkel schob und sich selbst dann sofort schnell und tief zu ihr führte.

Ein Lustschrei entrang sich ihr. Sie warf den Kopf zurück, so daß ihr das offene Haar wie ein kastanienroter Vorhang über den Rücken fiel. Sie bewegte sich über Rafaels Hüften, und der drang immer wieder tief in sie ein, zog sich aus ihr zurück und kam wieder zu ihr.

Sie schrie auf, lustvoll und immer wieder.

Damien in seinem Versteck war jetzt so erregt, daß es tatsächlich schmerzte. Er stöhnte leise. Im Zimmer drückte sein Bruder Victoria fest an sich. Noch mehr Küsse, noch mehr Flüstern. Dann sagte Rafael irgend etwas über das, was er mit ihr noch tun wollte, und im nächsten Moment lag sie mit gespreizten Beinen auf dem Bett, Rafael glitt über sie und schob die Hand zwischen seinen und ihren Körper. Mit heißen Liebkosungen brachten seine geschickten Finger Victoria auf den Gipfel der Leidenschaft.

Damien konnte es nicht mehr ertragen. Er schob die kleine Holztafel wieder an ihren Platz zurück. Seine Hände waren feucht, auf seiner Stirn standen Schweißperlen, und sein Körper verlangte nach Befriedigung.

Damien floh durch den dunklen, engen Gang, und sein Keuchen schien von den Wänden widerzuhallen.

»Victoria, Liebste«, flüsterte Rafael im Zinngemach, »ich kann nicht mehr warten . . . ich muß . . . jetzt . . .«

Sie bog sich ihm entgegen und nahm ihn tief und mit leidenschaftlicher Hingabe in sich auf, als wollte sie ihn nie, nie mehr fortlassen. Sie sagte ihm, wie sehr sie ihn liebte, und sie sah seine strahlenden Augen. Sie beobachtete, wie sich seine Halsmukeln anspannten, und sie fühlte, wie er über ihr den Rücken durchbog. Dann bewegte sich Rafael in ihr, hart und wild, bis auch er die Erfüllung fand.

Victoria umarmte ihn und hielt ihn so fest an sich gepreßt, daß sie beide tatsächlich nur noch ein einziges Wesen zu sein schienen. Das sollte nie zu Ende gehen, niemals.

Rafael atmete so schwer, als hätte er einen langen Lauf hinter sich. Er konnte nichts sagen, er konnte nicht einmal denken. Über Victoria sank er zusammen in der Gewißheit, noch nie ein so großes Glücksgefühl erlebt zu haben.

Der Widder las Johnny Tregonnets Brief noch einmal und versuchte, Sinn in den etwas zusammenhanglosen Bericht über Rafaels Gespräch mit dem jungen Mann in der vergangenen Ballnacht zu bringen. Trottel, dachte er und zerknüllte den Papierbogen ärgerlich. Kapitän Carstairs wollte also Mitglied der kleinen Gruppe werden, ja? Und wenn ihm das nicht gewährt wurde, wollte er sie zerstören. Das war seine Drohung.

Der Widder lehnte sich in seinem bequemen Ledersessel zurück und blickte in das Kaminfeuer. Einen Moment lang war er versucht, es auf die Drohung ankommen zu lassen. Der Kapitän würde ganz zweifellos die Identität aller Mitglieder erfahren — bis auf einen. Niemand, nicht ein einziges Mitglied wußte, wer der Widder war. Mochten die Männer einander auch mit oder ohne Kapuze kennen, den Widder kannte niemand.

Zum ersten Mal war jetzt der geheime Briefkasten benutzt worden. Aus einer Eingebung heraus hatte der Widder seinen Diener geschickt, um einmal nachzuschauen, und tatsächlich, es hatte sich dieses Schreiben darin befunden. Anscheinend war Johnny Tregonnet wieder so nüchtern geworden, daß er sich an die Existenz dieses Briefkastens erinnert hatte. Und was war jetzt zu tun?

Der Widder dachte an den einen schweren Fehler. Diese verdammte Viscounttochter! Es war nicht einmal ausgeschlossen, daß Kapitän Carstairs sogar wegen des Viscounts hier war, und in diesem Fall würde der Mann ihn, den Widder, vernichten, gleichgültig welchen Unsinn er Johnny erzählt hatte.

Was war also zu tun? Wahrscheinlich gab es nur eine einzige Lösung. Nicht daß der Widder gern zu diesem Mittel greifen wollte. Für einen solchen Menschen hatte er sich bisher nie gehalten. Allerdings würde Victoria ohne ihren beschützenden Ehemann dann wieder abhängig und angreifbar sein. Ein berauschender Gedanke. Der Widder begehrte sie, und zwar schon seit sehr langer Zeit.

Trotzdem mußte er langsam und sehr sorgfältig vorgehen. Ihm durften keine Fehler unterlaufen.

21. KAPITEL

Kein Mensch wurde je ganz plötzlich ein Ausbund des Bösen
(Juvenal)

Victoria stand vor der Stalltür und hörte zu, wie Flash dem Stallburschen namens Jem eines seiner wilden Abenteuer im Londoner Soho schilderte. Er schloß mit den Worten: »Siehst du, mein Junge, man kann sich alles nehmen, was man begehrt, vorausgesetzt man hat geschickte Finger und flinke Füße, jawohl. Habe ich dir schon einmal die Geschichte erzählt, wie ich den Kapitän um seine Börse erleichtern wollte?«

»Was höre ich da?«

Victoria drehte sich mit einem so strahlenden Lächeln um, daß der hinter ihr Stehende unwillkürlich die Luft anhielt. »Rafael! Ich dachte, du wärst nach St. Austell geritten.«

»Ich bin gerade zurückgekehrt. Ich wollte . . .«

»Ich weiß schon, du wolltest, daß wir uns auf unsere Reise nach Falmouth vorbereiten. Ich freue mich auch schon darauf, dein Schiff und deine Mannschaft kennenzulernen.«

»Äh . . . ja. Aber was ich eigentlich sagen wollte«, fuhr er mit gesenkter, samtweicher Stimme fort, »das war, daß ich dich immer wieder begehre, sobald ich an gestern nachmittag denke. Ich begehre dich so sehr, Victoria.«

Sie errötete, murmelte etwas Unverständliches und scharrte mit dem Fuß im Sand.

»Du bist bezaubernd, Victoria. Das habe ich dir schon so oft gesagt. Es ist höchste Zeit für den Lunch, und obwohl ich dir keinen harten Küchenfußboden wie in Honeycutt Cottage bieten kann, so kenne ich hier doch eine

304

kleine versteckte Lichtung in einem Ahornwald. Der Boden dort ist mit Moos und weichem Gras bedeckt.«

Ihr Herz begann zu hämmern, und sie befeuchtete sich unbewußt die Unterlippe mit der Zungenspitze.

Sofort reagierte sein Körper darauf. Victoria packen, ihr die Kleider vom Leib reißen, das war es, was er wollte, aber er beherrschte sich eisern. Ein Kuß war jedoch möglich, denn sie befanden sich auf der Ostseite der Stallungen und konnten wohl kaum beobachtet werden.

»Victoria, komm her.«

Bereitwillig und erwartungsvoll trat sie zu ihm. Sie schlang die Arme um seine Taille und stellte sich auf die Zehenspitzen. Er zog sie zu sich heran, neigte langsam den Kopf und küßte sie hitzig. Dann mäßigte er sich ein wenig und strich mit der Zunge über ihre Unterlippe.

Victoria war bestürzt. Sie erwiderte den Kuß zwar, doch sie spürte nichts. Was war geschehen? Irgend etwas stimmte doch nicht!

»Rafael?«

Er drang mit der Zunge in ihren Mund ein, doch Victoria zog sich zurück. Sie runzelte die Stirn und schaute verwirrt zu ihm hoch.

»Ich will dich, Victoria. Sofort. Komm mit.«

»Aber es ist so merkwürdig.« Sie schüttelte den Kopf. »Nein, ich weiß nicht genau, ob ...«

Er zog sie so heftig am Handgelenk, daß sie das Gleichgewicht verlor und gegen ihn taumelte. Seine Hüften preßten sich an ihre. Sie fühlte seine körperliche Erregung und sah das lüsterne Glitzern in seinen Augen.

»Damien! Ich möchte, daß du einmal mit deinem Bruder redest. Nun sieh ihn dir nur an! Dort beim Stall treibt er in aller Öffentlichkeit seine Liebesspiele mit Victoria!«

»Wovon redest du, Elaine?«

»Von Rafael und Victoria natürlich. Ich weiß ja, sie sind verheiratet, aber deshalb dürfen sie sich trotzdem nicht

305

so vollkommen . . . sittenlos geben, findest du nicht
auch?«

Er blickte Elaine kurz an und trat dann rasch ans Fenster. Draußen war nichts zu sehen.

»Damien, hast du etwas?« fragte Elaine.

»Nein, nichts. Gar nichts. Deine lockere Kusine und
mein Bruder haben sich wahrscheinlich auf den Heuboden zurückgezogen.«

Damien zog Victoria am Handgelenk hinter sich her zur
Rückseite der Stallungen.

»Laß mich los, verdammt! Laß mich sofort los!«

»Victoria, meine Liebste, nun komm schon. Du begehrst mich doch auch.«

»Du bist es, Damien! Und ich begehre dich nicht!« Mit
einem kräftigen Ruck befreite sie ihren Arm und wischte
sich mit dem Handrücken über den Mund. »Du bist widerlich! Du hast sogar Rafaels Jacke angezogen und das
Halstuch so geschlungen, wie er es immer tut. Hast du
dich in unser Zimmer geschlichen?«

Damien wollte lächeln. Es gelang ihm nicht. »Woran?«
fragte er gequält von seinem Verlangen. »Woran hast du
gemerkt, daß ich nicht Rafael bin?«

Victoria blickte ihm ins Gesicht. »Als du mich berührtest, fühlte ich nichts«, antwortete sie kalt. »Bei deinem
Kuß fühlte ich nichts. Als deine Zunge meine berührte,
ekelte es mich an. Bei Rafael habe ich nur wunderschöne
Empfindungen. Verschwinde. Du bist ein . . . ein Scheusal!«

Er starrte sie bösartig an. »Du lügst, Victoria. Du hast
mich begehrt. Ja, ich weiß, wie hemmungslos du bei meinem Bruder immer bist. Bei mir wirst du es auch sein. Du
bist eine geborene Hure, Victoria. Ja, genau das bist du.«

Sie schlug ihm so hart ins Gesicht, daß sein Kopf zur
Seite flog.

Damien berührte seine Wange mit den Fingerspitzen.

»Dafür wirst du bezahlen, du Schlampe«, sagte er sehr leise. »Und wie du dafür bezahlen wirst!«

Victoria drehte sich um, raffte die Röcke und rannte aus dem Stall hinaus und zum Herrenhaus. Damien hatte sie so entsetzlich getäuscht. Er hatte Rafaels Kleidung getragen, er hatte von Honeycutt Cottage gesprochen, von der Küche ...

Wie vom Blitz getroffen blieb Victoria vor Drago Hall stehen. Sie schloß die Augen. Eine solche Demütigung hatte sie noch nie erfahren, und sie fürchtete sich so sehr, daß sie überhaupt nicht mehr klar denken konnte.

»Komm mit mir.« Rafael stand auf der obersten Eingangsstufe.

»Rafael?« Ihre Stimme klang vorsichtig, unsicher.

Er blickte finster zu Victoria hinunter. »Wer sollte ich denn deiner Meinung nach sonst sein?« fragte er kalt. »Mein Zwillingsbruder zum Beispiel?«

»Ich konnte es doch nicht genau wissen. Es ist nämlich ...«

Ungehalten winkte er ab. »Genug. Ich sagte dir, du sollst mitkommen.« Er machte auf dem Absatz kehrt und trat durch die große Eingangstür in das Haus, ohne sich noch einmal umzuschauen.

Victoria blickte ihm ärgerlich nach. Was hatte er denn nur? Wie konnte er sie so behandeln? Zwar folgte sie ihm jetzt ins Haus, doch als sie sah, daß er zu dem kleinen Herrenzimmer ging, raffte sie wieder ihre Röcke und floh die Treppe hinauf.

Im Herrenzimmer drehte sich Rafael um. »Und jetzt, Victoria, wirst du mir sicherlich etwas zu erklären ...«

Verblüfft blickte er nach rechts und links. Wo war Victoria? Zu sehen war sie jedenfalls nicht. Er fühlte Zorn in sich aufsteigen, beherrschte sich jedoch, als er seinen Zwillingsbruder in Hemdsärmeln und offensichtlich tief in Gedanken durch die Eingangshalle kommen sah.

»Damien!«

»Hallo, Bruder. Was tust du in meinem Herrenzimmer?«

Rafael war in der Stimmung, Damien mit bloßen Händen zu erwürgen, doch er hatte seinen Bruder ja nicht selbst mit Victoria zusammen gesehen. Nur Elaine hatte die beiden beobachtet — angeblich.

»Ich schaue mich hier nur um«, antwortete er höflich.

»Du bist ein sehr ordentlicher Mensch, Damien.« Er nickte zu der leeren Schreibtischplatte und den aufgeräumten Bücherregalen. »Wo hast du deine Jacke?«

»Oh, es war so warm. Ich habe sie ausgezogen und irgendwo hingehängt.«

»Und ich war mit deiner Ehefrau zusammen.«

»Was soll das heißen, Bruder? Du immer mit deinen rätselhaften Bemerkungen!«

»Sie war so ärgerlich darüber, daß ich mit meiner Ehefrau zusammen war und sie vor Gott und den Stallburschen umarmt habe. Nur war ich das nicht, sondern du warst es.«

»Ich weiß nicht, wovon du redest.« Damien trat zu der schmalen Anrichte und schenkte sich einen Weinbrand ein. »Möchtest du auch einen?«

»Nein, das einzige, das ich im Augenblick möchte, ist eine Erklärung von dir, Damien.«

»Elaines Niederkunft rückt sehr nahe. Genau wie ihre Mutter, so neigt auch meine liebe Gattin zur Hysterie. Besonders in der Zeit der Schwangerschaft. Ich weiß tatsächlich nicht, wovon du redest. Wenn du es wünscht, dann spreche ich einmal mit Elaine.«

»Ja, tue das. Und ich werde mit Victoria sprechen.«

Rafael stieg die Treppe hinauf, ging den langen Korridor entlang und betrat das Zinngemach. Dort befand sich nur Molly, die gerade die Asche aus dem Kamin räumte. Diesmal saß ihr Häubchen ordentlich und gerade auf ihren aufgesteckten Zöpfen. Sie lächelte ihm scheu zu.

Er nickte ihr zu und verließ den Raum wieder. Kurz darauf betrat er das Kinderzimmer. Damaris jubelte bei seinem Anblick auf, stürzte zu ihm und hielt sich an seinen Beinen fest. Victoria saß auf dem Fußboden und hatte eine Reihe Puppen vor sich stehen.

»Onkel Rafael!«

»Bitte nur Onkel, wenn's recht ist, junge Dame.«

»Ja, Onkel. Torie und ich spielen mit meinen Puppen. Willst du auch? Ich gebe dir Königin Elizabeth.« Das war offenbar ein sehr großes Zugeständnis.

»Das ist sehr lieb, aber jetzt nicht«, wehrte Rafael freundlich ab und schaute dann seine Gemahlin genauer an. Sie sah sehr blaß und änstlich aus. Er erstarrte. Hatte sie einen Grund, Angst vor ihm zu haben?

»Victoria, ich habe beschlossen, daß wir morgen früh nach Falmouth abreisen. Paßt dir das?«

Sie nickte stumm und drückte sich eine der Puppen an die Brust.

Rafael preßte die Lippen zusammen. Er nahm Damaris kurz in die Arme, drehte sich dann um und verließ das Kinderzimmer.

Es war spätnachmittags, und er lag auf der Lauer. Zwar verurteilte er seine eigenen Absichten, doch sein Vorhaben war nun einmal beschlossen. Er sah sie auf sich zukommen. Sie ging langsam und mit gesenktem Kopf. Was mochte sie denken? Fühlen? »Victoria!« rief er.

Sie blieb stehen, schaute jedoch nicht ihn, sondern die lustige Entenschar an, die am Teichufer entlangwatschelte.

»Ich habe auf dich gewartet, Victoria. Man sagte mir, du kämst oft hierher.«

Jetzt drehte sie sich zu ihm und und schaute ihn erst gelassen, dann aber zunehmend unsicher an. »Wie bitte?«

Er stand auf und ging zu ihr. »Dein Gatte hat mir von deiner Vorliebe für den Teich und die Enten erzählt.«

309

»Aha. Was willst du, Damien?«

»Nun, ich will beenden, was wir heute morgen begonnen haben, meine Liebe. Willst du das nicht auch?« Er berührte ihr Handgelenk mit den Fingerspitzen.

Sofort zog Victoria den Arm zurück. Ihr wurde eiskalt. So hatte es ja kommen müssen! Sie nickte langsam und blickte zu ihm hoch.

»Ja«, sagte sie und versuchte so sanft und verführerisch wie möglich zu sprechen. »Ja, ich möchte sehr gern beenden, was wir begonnen haben.« Sie legte ihre Hände auf seine Schultern und schenkte ihm ein Lächeln, das einen Eisblock geschmolzen hätte. »Du hältst mich also nicht mehr für eine Schlampe, nur weil ich dich heute morgen abgewiesen habe? Weißt du, das mußte ich doch tun, denn Rafael hätte in der Nähe sein können. Ja, aber jetzt begehre ich dich.«

Ihm stockte der Atem. »Victoria ...« Er neigte sich zu ihr und küßte sie.

Sobald sein Mund ihren berührte, durchströmten starke Empfindungen ihren Körper. Weiß er es denn nicht? fragte sie sich und wurde von Minute zu Minute wütender. Warum glaubt er mir denn nicht?

Sie lächelte, schmiegte sich an ihn und öffnete sehnsuchtsvoll die Lippen. »O ja«, flüsterte sie an seinem Mund. »Ich begehre dich so sehr ... Damien.«

Sie fühlte, wie er erstarrte, und preßte sich noch fester an ihn. Er faßte sie bei den Hüften, und sie ließ es bereitwillig geschehen. Jetzt schob er eine Hand zwischen ihre Schenkel.

Im nächsten Moment zuckte Victoria zurück und trat ihm ohne jede Vorwarnung kräftig ans linke Schienbein. Er stöhnte auf und hüpfte ein paarmal auf dem rechten Bein herum.

»Du Bastard! Du elender, ekelhafter Bastard! Das verzeihe ich dir nie, Rafael! Nie!«

»Victoria!« Er hatte das merkwürdige Gefühl, als stünde

er auf einer Bühne und spielte sein selbstverfaßtes Stück, in dem seine Hauptdarstellerin plötzlich aus der Rolle gefallen war. Aber wann? An welcher Textstelle? Er sah, daß sie zu einem neuen Tritt ansetzte. »Laß das!« rief er.

»Von mir aus fahre direkt zur Hölle, Rafael!« Und schon drehte sie sich um und rannte davon.

»Dein Bein!« rief er ihr nach. »Paß auf dein Bein auf!«

»Ha!«

Er hörte diesen verächtlichen Ausruf, blieb aber, wo er war. Nun, das war's ja dann wohl gewesen. Er rieb sich das Schienbein, und als er sich wieder aufrichtete, sah er Clarence, der ihn ziemlich verstört beäugte.

»Tut mir sehr leid, alter Junge. Heute gibt es nichts für dich.«

Beleidigt quakend watschelte Clarence von hinnen.

»Und für mich auch nicht.« Rafael drehte sich langsam um und kehrte nach Drago Hall zurück.

»Ich muß mit dir reden, Victoria.«

»Laß mich in Ruhe.«

»Nein. Und wenn ich dich dazu fesseln und knebeln müßte, ich werde mit dir reden.«

Victoria ließ den Staubwedel sinken und stellte den dikken Voltaire-Band in das Bücherregal zurück. »Wenn es unbedingt sein muß, bitte. Bringe es hinter dich.« Sie betrachtete ihn einen Moment. »Vermutlich folgt jetzt noch so eine großartige Vorstellung wie die am Teich.«

»Ich habe mich geirrt. Jedenfalls glaube ich das. Elaine hatte mir gesagt, sie habe dich und mich beim Liebesspiel vor dem Stall gesehen. Sie hielt mich für Damien, und sie dachte, der Mann, der dich küßte, wäre ich. Nachdem du mich dann im Kinderzimmer keines Wortes gewürdigt hattest, wollte ich dich auf die Probe stellen. Ich bin nicht stolz darauf, Victoria, doch ich mußte es tun.«

»Wieder einmal«, sagte sie ruhig und fuhr mit dem Staubwedel über die Tischplatte. »Wieder einmal hast du

311

es vorgezogen, alles und jedem zu glauben, nur nicht mir.«

»Aber du warst doch gleich zu bereitwillig, du sagtest, du begehrtest mich und ...«

»Und du bist ein großer Dummkopf. Außerdem finde ich dich überaus ermüdend, Rafael. Weißt du mit dir nichts anderes anzufangen, als um mich herumzuschleichen und mich entsetzlich zu langweilen?«

»Sage mir, daß du von Anfang an genau wußtest, daß ich nicht mein Bruder war.«

»Nichts werde ich dir sagen. Gar nichts. Am liebsten möchte ich dir auch noch gegen das andere Schienbein treten, jawohl.« Wütend warf sie den Staubwedel nach ihm. »Ich gehe jetzt, um mich zum Dinner umzukleiden.« Auf halbem Weg zur Tür drehte sie sich noch einmal um. »Übrigens müssen wir das Zinngemach verlassen.«

»Weshalb?«

»Als Damien vorgab, du zu sein, sagte er etwas von Honeycutt Cottage und der Küche. Er sagte ebenfalls, er sei wild nach mir, besonders nach dem gestrigen Nachmittag.« Sie beobachtete Rafaels Gesicht.

Es wurde erst kreidebleich und dann zornigrot. »Dieser verdammte Schweinehund!«

»Eben.«

»Deshalb haben wir also das Zinngemach erhalten. Es muß dort ein Guckloch geben, und Damien hat uns zugesehen, während wir ...« Die Wut verschlug ihm die Sprache.

»Eben«, wiederholte Victoria.

Es kostete Rafael Mühe, sich zu beherrschen. »Wir müssen das Guckloch finden«, sagte er, nahm sie bei der Hand und zog sie mit sich fort.

Es dauerte nur eine Viertelstunde, und dann war das Guckloch gefunden. »Schau dir das an, Victoria«, sagte

Rafael voller Abscheu. »Hier mitten in der geschnitzten Weintraube.«

Victoria betrachtete die kunstvolle Kaminumrandung. »Das läßt darauf schließen, daß sich hinter dem Kamin ein Gang befindet, der möglicherweise auch zu anderen Räumen führt«, meinte sie.

»Ja. Es ist mir nur unerfindlich, weshalb ich nichts davon wußte. Anscheinend hat Damien diese Entdeckung erst nach meiner Abreise gemacht. Laß uns einmal sehen, ob es hier eine größere Öffnung gibt.«

Die Drehung an einer geschnitzten Orange bewirkte, daß sich eine schmale Platte der Wandtäfelung rechts neben dem Kamin geräuschlos zur Seite schob.

»Nicht zu fassen!« Victoria schaute in die schwarze Öffnung. »Laß uns nachsehen, wohin es hier geht.«

»Hast du keine Angst?«

»Nein, ich bin nur wütend. Mordlüstern, genauer gesagt. Wenn ich mir vorstelle, daß dein Bruder beobachtet hat, wie wir . . .«

»Ich weiß. Komm, schauen wir nach.«

Rafael holte eine Kerze und trat in den engen und niedrigen Gang. Victoria folgte ihm und blieb dann stehen. Sie hatte einen Knopf entdeckt, an dem sie jetzt drehte. Eine kleine Tafel glitt zur Seite, und man konnte in das Zinngemach schauen. Rafael warf ebenfalls einen Blick hindurch, fluchte leise und drehte sich um. Er ging voran durch den dunklen Tunnel, in dem die Luft feucht und modrig war.

An der nächsten schmalen Türöffnung blieb Victoria stehen. Sie fand einen Knopf wie den beim Zinngemach, drehte ihn und blickte durch das entstehende Guckloch.

Dies hier war Elaines Schlafzimmer, und Elaine befand sich darin. Nur mit ihrer langen Unterhose bekleidet, stand sie da und hielt sich das offenbar schmerzende Kreuz. Rasch schloß Victoria das Guckloch wieder.

»Elaine?«

»Ja.«

Rafael ging weiter. Inzwischen konnte er sich an den Windungen des Ganges orientieren, und als er das nächste Guckloch öffnete, blickte er in eines der Gästezimmer. Es war nicht leer.

Auf dem Bett lagen Damien und Molly, das Dienstmädchen. Die Röcke waren über ihr Gesicht geschlagen, ihre Beine weit gespreizt, und Damien lag wild zuckend über ihr.

Sofort mußte Rafael an das verrutschte Häubchen des Mädchens denken. War Molly an jenem Tag auch gerade von einem Stelldichein mit ihrem Dienstherrn gekommen? Eilig schloß er das Guckloch.

»Was für ein Zimmer war das?« wollte Victoria wissen.

»Eines der Gästezimmer.«

»Du hast doch etwas gesehen!«

»Nur Damien und Molly auf dem Bett.« Er drehte sich um. »Und jetzt laß uns weitergehen.«

Der Gang verlief abschüssig, und nach einigen Windungen entdeckten sie einen Durchgang zum großen Salon und einen zum Herrenzimmer. Letzteren öffnete Rafael, trat hindurch und zog Victoria nach.

Die beiden standen noch vor der wieder geschlossenen Wandplatte, als Ligger durch die Tür in das Zimmer trat. Der alte Butler erschrak heftig.

»Master Rafael ... äh, Kapitän ... was ... wie sind Sie denn hier hereingekommen? Ich wußte nicht, daß ... also, das ist ... sehr verwirrend ist das.«

»Ich zeige es Ihnen, Ligger.« Rafael drehte an einem hinter der Kaminverzierung verborgenen Knopf, und dem alten Butler dämmerte noch Verwirrenderes.

Nun, damit sollte es ein Ende haben. Rafael wollte sicherstellen, daß das gesamte Hauspersonal und auch alle als Hausgäste in Frage kommenden Personen aus der Umgebung von diesem Geheimgang erfuhren. Damien hätte dann keine Macht mehr über diese Leute — jedenfalls keine Macht dieser Art.

»Der Gang führt in Windungen nach oben, und durch Gucklöcher kann man in viele Räume des oberen Stockwerks sehen«, erläuterte Rafael. »Er endet wenige Schritte hinter dem Herrenzimmer. Sein Ausgang müßte demzufolge in den Obstgarten führen. Vermutlich ist die Tür von außen mit Efeu überwuchert.«

Ligger nickte. »Was wollen Sie jetzt unternehmen, Kapitän?«

»Ich denke, zunächst einmal sollten Sie das gesamte Dienstpersonal davon in Kenntnis setzen. Wenn Sie es für richtig halten, veranstalten Sie eine Führung durch den Gang. Ich werde die Sache natürlich mit dem Baron besprechen.«

Er wandte sich an Victoria. »Wir wollen jetzt in das Zinngemach zurückkehren.« Er nahm ihre Hand, und zusammen verschwanden sie im Geheimgang, dessen Öffnung sich hinter ihnen geräuschlos schloß.

Rafael ging voraus und hielt die Kerze hoch. In einer Biegung des Gangs fiel das flackernde Licht auf eine dort befindliche sehr alte Truhe, auf welcher ordentlich zusammengefaltet schwarzer Stoff lag. Rafael beschloß später wiederzukommen; er wollte Victoria nicht beunruhigen.

Im Zinngemach angelangt, setzte er sich hinter den Schreibtisch und überlegte eine Weile. »Als erstes«, sagte er, ohne Victoria anzuschauen, »mußt du einen anderen Namen bekommen. Vic wäre doch ganz nett. So werde ich dich ab jetzt nennen, und du wirst dann wissen, wen du vor dir hast.«

»Ich hätte eine bessere Idee. Wir verlassen Drago Hall morgen. Wir reisen erst nach Falmouth und dann nach St. Agnes, unserem neuen Wohnsitz.«

»Wir wissen noch nicht, ob das unser neuer Wohnsitz ist.«

»Rafael, du weißt doch genau, daß die Demoretons dein Gebot akzeptieren. Warum verschleppst du den Vertragsabschluß? Möchtest du hier auf Drago Hall bleiben? Es handelt sich um diesen verdammten Höllenfeuer-Klub, nicht wahr? Du hast den Auftrag, ihn auffliegen zu lassen. Antworte mir jetzt nur mit ja, und ich sage nichts mehr dazu.«

»Ja.«

»Und was machen wir mit deinem Bruder? Ich habe nicht die Absicht, ihm noch weiterhin zu ungewöhnlicher Unterhaltung zu verhelfen.«

»Ich auch nicht. Ligger wird die Nachricht über den Geheimgang unter das Volk bringen. Das wird Damien erzürnen. Das Guckloch in unserem Zimmer hier werde ich vernageln. Und dann werde ich über mein weiteres Vorgehen entscheiden.«

Er verließ Victoria, begab sich unbemerkt an passender Stelle wieder in den Geheimgang und traf eine halbe Stunde später mit Victoria zusammen, die sich gerade im Gespräch mit Flash befand.

»Laß uns in ungefähr einer halben Stunde nach Falmouth aufbrechen, ja?«

Victoria wunderte sich über seinen so plötzlichen Entschluß. Irgend etwas mußte in der Zwischenzeit vorgefallen sein, das er ihr nicht erzählen wollte. Sie schaute Flash an, dem anzusehen war, wie sehr er sich über die Rückkehr zur »Seawitch« freute.

Victoria zwang sich zu einem Lächeln. »Gut, ich werde in einer halben Stunde reisefertig sein.«

Am übernächsten Nachmittag saß Rafael auf der unbequemen und zerschrammten Bank im Schankraum des alten Gasthofs »Zum Straußen« in Carnon Downs. Gestern hatte er seine Gemahlin auf der »Seawitch« in der Obhut Blocks und Rollos zurückgelassen. Er hatte nur gesagt, daß er in der näheren Umgebung noch etwas zu erledigen hätte. Victoria war anzusehen gewesen, daß sie ahnte, daß er etwas im Schilde führte.

Eine laute Stimme dröhnte durch den Schankraum. »Pimberton, Ihr bestes Bier, wenn ich bitten darf!«

Johnny Tregonnet war also gekommen, wie es die Nachricht angekündigt hatte.

»Aber gern, Master John«, sagte der Gastwirt lächelnd zu dem jungen Mann, dessen Vater große Landflächen von Carnon Downs gehörten.

»Hallo, Damien.«

»Gut, daß du so früh gekommen bist«, sagte Rafael. Er war tatsächlich froh darüber, denn käme Damien jetzt herein, wäre alles verloren. »Ich habe nämlich noch viel Geschäftliches zu erledigen. Wie geht es dir, Johnny?«

»Gut wie immer. Wieso bist du heute so höflich, Damien? Sonst machst du dich über mich doch immer nur lustig.«

Rafael zuckte die Schultern. »Mir ist eben heute so mild und freundlich zumute, alter Junge. Nun, was gibt es?«

»Dein Bruder weiß etwas über uns. Er hat mich auf eurem Ball bedroht. Er will unserer Gruppe beitreten oder uns auffliegen lassen, falls er nicht Mitglied werden kann. Ich habe den Widder sofort informiert, aber noch nichts darauf gehört.«

»Was hat der Widder gesagt, als du ihn darauf ansprachst?«

Unsicher blickte Johnny ihn an. »Dir ist doch bekannt, daß niemand von uns weiß, wer der Widder ist. Ich habe einfach eine Nachricht in dem versteckten Briefkasten bei der Pellway-Kreuzung hinterlassen. Hast du etwas, Damien?«

»Pimberton, noch mehr Bier für meinen Freund«, rief Rafael, statt Johnny Tregonnet zu antworten. Verdammt, dachte er, also niemand kennt die Identität des Widders. Trotzdem würde sich jetzt bald etwas tun, denn der Mann hatte ja Johnnys Mitteilung erhalten.

»He, Augenblick mal!« rief Johnny und schob seinen Stuhl zurück. »Du bist nicht Damien!«

»Sehr richtig, Johnny. Und hier kommt unser guter Wirt mit deinem Bier.«

Johnny sprang Rafael an, doch der stieß ihm eine gerade Rechte in den Magen und ließ ihr eine Linke ans Kinn folgen. Ohne einen Ton von sich zu geben, sank der junge Mann auf den Boden.

Mit dem Bierkrug in der Hand blickte Mr. Pimberton auf den Bewußtlosen hinunter. »Ich weiß ja nicht, Baron, aber sollten Sie nicht ...«

»Ja, ich sollte«, sagte Rafael freundlich. Er nahm den Bierkrug und entleerte ihn über Johnnys Gesicht.

»Das müßte ausreichen«, meinte Mr. Pimberton. »Ich hole jetzt meine Missis zum Saubermachen.«

»Ausgezeichnet, Herr Wirt.« Rafael warf noch einen Blick zu dem jetzt leise stöhnenden Johnny Tregonnet hinunter und verließ dann das Gasthaus.

Draußen sah er Damien aus der entgegengesetzten Richtung heranreiten. »Dir steht Interessantes bevor, Bruder«, bemerkte er gelassen.

22. KAPITEL

Liebe ist oft eine Folge der Ehe (Molière)

Geduldig saß Victoria in der Kapitänskajüte auf dem Rand der Koje und hörte zu, was Block Rafael zu sagen hatte.

»Daß die Muskelkrämpfe eintreten, kann ich nicht verhindern. Aber Victoria braucht die Schmerzen durchaus nicht so lange zu ertragen. Die Idee mit den heißen Umschlägen war zwar sehr gut, hilft aber nicht schnell genug.«

Rafael lächelte seiner Gemahlin zu. »Habe ich dir nicht gesagt, er wird irgendein hilfreiches Mittel kennen? Haben Sie eine Wunderpflanze aus ... nun sagen wir, von der Südküste Chinas?«

»Nein, von den Westindischen Inseln. Genauer gesagt, sind es zwei Pflanzen aus Martinique. Die Blätter der Cheddah werden erhitzt und als Kompresse verwendet. Aus Cawapate wird ein Tee gekocht. Übrigens kann man Cheddah auch noch zu einem anderen Zweck verwenden. Victoria, falls Rafael Sie zu sehr ... ärgert, dann mischen Sie ihm ein wenig Cheddah in den Tee, und er wird während der nächsten Stunden ausschließlich mit der gründlichsten Reinigung seiner Innereien beschäftigt sein.«

Rafael stöhnte, und Victoria bedankte sich bei Block. »Es war mir ein Vergnügen«, sagte der Doktor. »Es ist mir ebenfalls ein Vergnügen, Rafael so glücklich zu sehen. Er hat die Weltmeere befahren, genug Abenteuer und Gefahren für drei Männer bestanden, und aus allem ist er mit heiler Haut davongekommen. Er ist wirklich ein Glückskind, abgesehen davon, daß er ein starker, ehrenhafter und gütiger Mann ist. Ich erwarte Sie beide zum Dinner.« Damit ging er hinaus.

»Ich bin wirklich glücklich, Victoria«, sagte Rafael.

»Nicht so voreilig. Sage mir erst, wo du warst und was du gemacht hast, du starker, ehrenhafter und gütiger Mann. Los! Heraus damit!«

»Du bist eine unerbittliche Person, Victoria. Nun gut. Ich war damit beschäftigt, der Lösung meiner Aufgabe näher zu kommen. Im Geheimgang hatte ich eine Mitteilung von Johnny Tregonnet an Damien gefunden. Sie lag in Damiens schwarzem Umhang.«

Victoria nickte. »Das überrascht mich leider nicht. Also hat Damien tatsächlich etwas mit dem Höllenfeuer-Klub zu tun?«

»Ich fürchte ja.« Rafael fuhr sich mit den Fingern durchs Haar und brachte es total in Unordnung. Er schenkte sich einen Weinbrand ein.

»Die Gruppe wird von einem Mann angeführt, der sich ›der Widder‹ nennt. Ich hätte dir jedes einzelne Mitglied nennen können, nachdem ich auf dem Ball meine Bekanntschaft mit den fragwürdigen Burschen aus meiner Jugendzeit wieder aufgefrischt hatte. Aber dem Teufel sei's geklagt — wer der Widder ist, weiß niemand. Ich habe wohlüberlegte Drohungen ausgestreut. Wir werden sehen, was geschieht.«

»Du meinst, jetzt ist der Widder am Zug. Womit hast du gedroht?«

»Damit, daß ich den schmutzigen Klub zerstören würde, falls man mich nicht umgehend als Mitglied aufnimmt.«

Victoria legte ihm ihre Hand auf den Arm. »Rafael, ich verlasse mich darauf, daß du vorsichtig bist.«

»Hat Block oder Rollo dir nicht gesagt, daß ich das sprichwörtliche Unkraut bin, das nicht vergeht? Keine Angst, mich wirst du nicht los. Außerdem liebe ich nämlich meine Gattin, und sie betet mich geradezu an. Wenn uns das Glück hold ist, wird unser Leben himmlisch werden.«

Victoria lächelte ein wenig. »Meinst du?«

»Meine ich. Und dürfte ich mich jetzt bitte an dir erfreuen? Das letzte Mal ist ja schon eine Ewigkeit her.«

Sie lachte. »Richtig, gestern nacht — so lange ist es schon her?«

»Jawohl.« Er nahm sie in die Arme, küßte sie, und sie regierte darauf, wie sie es immer bei ihm tat, nämlich mit vorbehaltloser, liebevoller Hingabe.

»O Victoria, du bist wunderbar.« Er faßte sie bei den Hüften und preßte sie fest an sich.

Gegen Mitternacht fand Rafael seine Gattin noch immer wunderbar. Er lag in seiner Koje auf dem Rücken, und Victoria hatte sich im Schlaf an seine Seite geschmiegt. Er lächelte in die Dunkelheit hinein, weil er stolz darauf war, seine junge Ehefrau wieder einmal gründlich und vollkommen erschöpft zu haben. Ja, das Leben würde in der Tat himmlisch werden.

Er richtete sich ein wenig auf, hauchte ihr einen Kuß auf die Nasenspitze, streckte sich dann wieder aus und schlief sofort ein.

Victoria hingegen war von seiner Bewegung aufgewacht. Sie gab ihm einen Kuß auf die Schulter, legte ihm ihre Hand auf die Brust und ließ sie langsam über seinen flachen Bauch bis zu dem dichten schwarzen Haar hinuntergleiten.

Lächelnd schloß sie die Finger um ihn. Dann rutschte sie ganz langsam nach unten, streichelte ihn zärtlich und küßte ihn.

Als ihr Gemahl wenige Augenblicke später stöhnte und seine Hüften bewegte, betrachtete sie das Ergebnis ihrer Liebkosungen außerordentlich zufrieden, bis sich, von ihr unerwartet, mit einmal eine große Hand zwischen ihre Schenkel schob.

»Victoria, was du da eben gemacht hast ... das hat mir sehr gefallen.«

»Ja, es sieht auch ganz so aus«, sagte sie stockend, denn inzwischen fühlte sie das aufreizende Spiel seiner Finger. »Ich glaube allerdings, daß ich auf diesem Gebiet noch mehr üben muß. Hättest du etwas dagegen?«

»Du hast es hier mit dem geduldigsten aller Männer zu tun. Du darfst bei mir üben, so viel und so lange du willst.« Doch dann mußte er lachen. Er zog Victoria in die Arme, küßte sie heiß und vertrieb ihr alle klaren Gedanken aus dem Kopf.

Victoria zerteilte ihre warme Semmel und bestrich sie mit Butter und Honig. »Was machen wir jetzt?«

»Wir, mein Liebling? Erschrecke mich doch nicht so! Glaubst du, ich würde je das Risiko eingehen, dich einer Gefahr auszusetzen? O nein!«

»O ja. Ich bin nämlich deine Ehefrau und teile alles mit dir. Du darfst mich von nichts ausschließen, Rafael. Außerdem gehörst du mir, und auf meinen Besitz möchte ich gern achtgeben können, vergiß das nicht.«

»Das werde ich auch nicht vergessen.« Er beschenkte sie mit seinem so typischen Lächeln, das die böse Schlange einschließlich ihrer gesamten Sippschaft aus dem Paradies gelockt hätte.

Victoria fühlte sich selbst dahinschmelzen. Vorsichtshalber blickte sie fest auf ihre Honigsemmel. »Und was hattest du jetzt vor?« fragte sie mit fester Stimme.

»Ich beabsichtige, mich einmal ernsthaft mit meinem Bruder zu unterhalten. Es wird auch langsam Zeit.«

»Du beabsichtigst noch mehr. Sage es mir.«

»Flash wird Johnny Tregonnet auf Schritt und Tritt verfolgen. Aus unserem unrühmlichen Taschendieb von Soho wird jetzt der unrühmliche Schatten von Cornwall.«

»Daß Damien der Widder, der Anführer der Gruppe ist, hältst du nicht für möglich?«

»Kaum, denn ich habe ja Johnnys an ihn geschriebene Nachricht gefunden. Also kennt Johnny Damien als Mitglied, aber niemand kennt den Widder.«

»Ja, das leuchtet ein.«

Als sie am nächsten Tag nach Drago Hall zurückkehrten, erwartete sie dort die Nachricht, daß die Familie Demoreton das Kaufangebot akzeptiert hatte.

Elaine war sofort bereit, das mit ihnen zu feiern. Offenbar würde sie nur zu froh sein, wenn Rafael und Victoria ein für allemal aus dem Haus wären. Damien äußerte zwar die angebrachten Höflichkeiten, wirkte jedoch ansonsten irgendwie geistesabwesend.

»Ich denke, am nächsten Montag werden wir hier abreisen«, sagte Rafael. »Wäre dir das recht, Victoria?«

Sie nickte und wünschte insgeheim, es wäre schon Montag. Bis dahin blieben jedoch noch vier Tage, in denen sie ihre Angelegenheiten hier ordnen konnten.

Bevor man sich zum Schlafengehen zurückzog, wandte sich Rafael direkt an seinen Bruder. »Ich vermute, Ligger hat dich wegen dieses Geheimganges und der Gucklöcher angesprochen?«

Damien zuckte nicht mit der Wimper. »Ja. Interessant, daß du diesen Gang entdeckt hast. Ich hatte ihn durch Zufall während eines schweren Gewitters gefunden. Der Hohlraum rief so etwas wie ein Echo hervor. Zufällig drehte ich an der richtigen Frucht in der Kaminverzierung.«

»Hast du schon den Zimmermann bestellt, damit die Durchgänge verschlossen werden?«

»Nein.«

»Dann wird es aber Zeit.« Rafael nahm Victoria bei der Hand und führte sie aus dem Salon. Im Zinngemach angekommen, hängte er als erstes seine Jacke über die Weintraube am Kaminfries.

Wann Rafael das angekündigte ernsthafte Gespräch mit seinem Bruder führen wollte, verriet er Victoria nicht. Er wartete einfach, bis sie einmal zu Damaris ins Kinderzimmer gegangen war, und dann begab er sich in das Herrenzimmer, wo er Damien auch vorfand.

»Wir müssen miteinander reden.« Er setzte sich in den Ledersessel neben dem Kamin.

»Meinst du?« fragte Damien.

Rafael versuchte möglichst gelassen zu wirken, was ihm nicht leichtfiel. »Es ist Zeit für einige harte Wahrheiten, Damien. Ich war sehr versucht, dich umzubringen wegen deiner Lügen über Victoria. Ebenso versucht, dich umzubringen, war ich wegen deines Täuschungsmanövers zum Zweck der Verführung meiner Ehegattin. Ich war auch sehr versucht, dich umzubringen, nachdem mir klar war, daß du Victoria und mich beim Liebesspiel beobachtet hattest.«

Damien schwieg.

»Ich hatte früher immer geglaubt, daß du trotz allem noch einen Funken Ehre in dir hättest«, fuhr Rafael fort, »doch dein Verhalten Victoria und mir gegenüber war verwerflich, widerlich und unehrenhaft.«

»Was hat sie dir denn erzählt? Daß ich sie habe verführen wollen? Das finde ich ungeheuer amüsant, zumal ich doch alles getan habe, um dich vor einer Enttäuschung ...«

»Ich empfehle dir dringend, den Mund zu halten«, unterbrach Rafael ihn. »Du befindest dich im Augenblick in größter Gefahr, körperlichen Schaden zu erleiden, Bruder. Es wäre keineswegs ratsam ...«

»Vergiltst du mir so meine Gastfreundschaft? Indem du mich angreifst? Mich beleidigst?«

Rafael sah ihn kopfschüttelnd an. »Du bist wirklich erstaunlich, Damien. Victoria und ich werden am Montag abreisen, doch zuvor muß ich noch mit deinem recht schmutzigen kleinen Klub aufräumen. Ich nehme an, du hast im ›Straußen‹ mit Johnny Tregonnet gesprochen, nachdem ich ihn dort zurückgelassen hatte.«

Damien drehte Rafael den Rücken und starrte aus dem Fenster. »Es war wohl recht dumm von mir, Johnnys Mitteilung aufzubewahren«, sagte er nach einer Weile nachdenklich. »Aber wer konnte ahnen, daß du, mein geliebter Bruder, den Geheimgang entdecken würdest.«

»Ich habe ihn eben entdeckt.«

»Darf ich fragen, weshalb dir soviel daran liegt, unseren kleinen Privatklub zu sprengen?«

»Du wirst nicht wissen, daß ich während der vergangenen fünf Jahre für das Kriegsministerium als Spion gegen die Franzosen gearbeitet habe. Nun, das ist jetzt vorbei, doch einen letzten Auftrag habe ich noch von Lord Walton angenommen. Niemand hätte sich um diesen lächerlichen Höllenfeuer-Klub gekümmert, wenn dessen Mitglieder nicht versehentlich Viscount Bainbridges Tochter mißbraucht hätten. Ein fataler Fehler. Nun muß der Klub aufgelöst und der Widder, dieser triebbesessene Mann, seiner gerechten Strafe zugeführt werden.«

Damien schnaubte verächtlich. »Damit alle Welt erfährt, daß Viscount Bainbridges kostbare Tochter von acht Männern vergewaltigt wurde? Du scherzt, Rafael. Kein Vater würde wollen, daß so etwas an die Öffentlichkeit dringt.«

»Ich hätte mich vielleicht genauer ausdrücken sollen. Sobald mir die Identität des Widders bekannt ist, werde ich Lord Walton informieren, der seinerseits den Viscount davon unterrichten wird. Dem Widder bleiben dann zwei Möglichkeiten. Entweder er verläßt England für immer, oder er stirbt. In diesem Fall wird er einfach verschwinden, ohne daß etwas so Ehrenhaftes wie ein Duell unter Gentlemen seinen Abschied von dieser Welt verbrämt.«

Rafael beobachtete seinen Zwillingsbruder genau, dessen Miene jedoch kaum verriet, was er dachte. »Damien, mir liegt nichts daran, daß du ebenfalls umkommst, ob-

325

wohl du es höchstwahrscheinlich sehr genossen hast, kleine Mädchen zu vergewaltigen. Aber das wird aufhören.«

Damien schwieg. Er nahm einen silbernen Brieföffner von der Schreibtischplatte und fuhr sich vorsichtig mit der messerscharfen Schneide über den Daumenballen.

»Denkst du überhaupt nicht an Elaine, Damien? An deine Tochter und an deinen ungeborenen Erben? Weshalb mußtest du den geilen Bock spielen? Übrigens — durch die Gucklöcher kann jeder schauen. Ich zum Beispiel habe dich und Molly beobachtet. Warum das, Damien?«

Jetzt hob Damien den Kopf und blickte seinem Bruder in die Augen. »Aus Langeweile«, antwortete er. »Ganz einfach aus Langeweile.«

Er lachte über Rafaels verblüfften Gesichtsausdruck. »Hast du etwa gedacht, es reicht zu meiner Befriedigung, daß ich Baron Drago bin, eine Antiquität namens Drago Hall und eine Gattin besitze, die nur deshalb mit meiner andauernden Zuneigung rechnen kann, weil ihr Vater ihre Mitgift in jährlichen Raten auszahlt?«

Damien legte den Brieföffner aus der Hand. »Glaubst du, ich sollte glücklich sein, wenn ich täglich über meine Ländereien spaziere und die Bäume darauf zählen kann? Du lieber Himmel, ich war zwanzig, hatte noch nicht zu leben begonnen, und schon saß ich mit einer Ehefrau da, während du der Langeweile recht erfolgreich in die weite Welt entflohen bist. Und jetzt bist du wieder da, rümpfst die Nase über mich und den gesamten Adel und wendest dich in aller Ruhe dem Zinngeschäft zu, nachdem du als Kaufmann schon ein Vermögen gemacht hast. Und du heiratest eine Frau, die dir fünfzigtausend Pfund einbringt.«

Damien ließ Rafael gar nicht erst zu Wort kommen. »Ich werde Victoria nicht mehr belästigen. Ihr Bein ist ja auch recht häßlich mit dieser schrecklichen Narbe. Nur aus rei-

326

ner Kurzweil wollte ich neulich sehen, ob ich sie in mein Bett locken kann. Nein, ich begehre sie nicht.«

Rafael ballte die Fäuste. »Es ist genug, Damien. Es ist mehr als genug jetzt!«

»Schon gut.« Damien winkte ab. »Weißt du was? Ich glaube, ich werde dir den Widder liefern.«

»Wie bitte?«

Damien lachte über Rafaels Verblüffung. »Ja, ich werde ihn dir liefern. Der Klub langweilt mich nämlich. Du traust mir nicht? Das nehme ich dir nicht übel. Aber ich gebe dir den Widder trotzdem. Warum? Vielleicht um mir zu beweisen, daß ich noch einen Funken Ehre in mir habe. Nein, um meinem ach so edlen Bruder das zu beweisen.«

»Hör auf, Damien!«

Damien ging zur Tür, drehte sich jedoch noch einmal um. »Ich weiß es übrigens zu schätzen, daß du mich nicht getötet hast. Brudermord stünde einem englischen Helden auch schlecht an. Nein wirklich, ich werde dir sagen, wie du an den Widder herankommst. Bald.«

Noch lange nachdem Damien den Raum verlassen hatte, blieb Rafael regungslos in seinem Sessel sitzen.

Es war der Abend vor Allerheiligen. Leider schien kein Vollmond, dafür gab es aber genug Kürbislaternen einschließlich der beiden, die Damaris mit Victorias und Elaines Hilfe gebastelt hatte.

»Wir werden sie beide ins Fenster stellen, um unsere Freunde willkommen zu heißen und die häßlichen Kobolde abzuschrecken«, sagte Elaine verschwörerisch, während sie die Kerzen in den ausgehöhlen Kürbissen anbrachte.

»Schau nur, Torie! Schau nur!«

»Hm? O ja, Damie. Sie sehen großartig aus.«

Elaine warf einen Blick zu ihrer Kusine hinüber. »Ihr reist also in zwei Tagen ab?«

»Ja«, antwortete Victoria nur. Sie gab Damaris einen Gutenachtkuß und verließ das Kinderzimmer.

Elaine folgte ihr. »Was hast du, Victoria? Stimmt etwas nicht?«

Es stimmte tatsächlich etwas nicht, nur wußte Victoria nicht genau, was es war. Während des ganzen Abends hatte sie in Rafael eine nur mühsam unterdrückte Anspannung und Erregung gespürt. »Heraus mit der Sprache«, hatte sie nach dem Lunch zu ihm gesagt. »Was hast du vor? Heute ist der Abend vor Allerheiligen. Was wird geschehen?«

»Victoria, meine Liebe«, hatte Rafael gesagt und sie beim Unterarm gefaßt, »das einzige, das ich vorhabe, ist, dich so zu erschöpfen, daß du morgen nicht vor Mittag aufstehst.«

»Meinst du etwa, du könntest mich mit solchen Versprechungen ablenken?«

Rafael lachte und gab ihr einen heftigen Kuß. »Versprechungen?«

»Du weißt doch genau, was ich meine. Und jetzt sage mir, was du vorhast.«

Er blickte sie versonnen an, schüttelte dann aber den Kopf. »Wir beide werden den ganzen Abend und die ganze Nacht zusammensein, Liebste. Und meine Versprechungen pflege ich stets zu halten.« Damit hatte er sie einfach stehen lassen.

»Und dafür werde ich Rafael auf dem Rost schmoren lassen«, erklärte sie, als sie und Elaine allein im Salon saßen und ihren Sherry tranken.

»Damien wird uns heute keine Gesellschaft leisten. Ich glaube, er hat gesagt, er hätte etwas Geschäftliches zu erledigen.«

»Geschäftliches?« fragte Victoria. »Heute abend? Das ist doch recht unglaubwürdig.«

»Das finde ich ja auch, aber gesagt hat er's. Ah, hier kommt dein lieber Gatte.«

Victoria lächelte ihm erfreut entgegen. Zumindest hatte er nicht gelogen, was das Zusammensein betraf. Er sah fabelhaft aus in seinem schwarzen Abendanzug, der eleganten perlgrauen Weste und dem schneeweißen Hemd.

»Weißt du, wohin Damien gegangen ist, Rafael?« fragte Elaine.

»Er hat etwas Geschäftliches zu erledigen, glaube ich.«

Victoria schnaubte verächtlich. »Unsinn, Elaine, ich glaube, hier ist so eine Art Verschwörung im Gang. Ich werde jetzt meinen Herrn Ehegatten entführen und die Wahrheit aus ihm herausquetschen.«

»Nein, bitte nicht, Victoria. Ich habe Hunger. Ligger, mein Guter, ist das Dinner fertig?«

»Jawohl, Master Rafael.«

Das Tischgespräch war leicht und amüsant, und darüber vergaß Victoria zeitweise, daß heute der Abend vor Allerheiligen war, eine Nacht, in der sich diese Jünger des Widders ganz gewiß an etwas besonders Scheußlichem ergötzten. Aber wozu sollte sie sich deswegen Sorgen machen? Rafael war ja bei ihr, saß ihr gegenüber und kaute genüßlich an seinem Wildragout.

Nach dem Essen freute es sie, daß er nicht wie üblich bei seinem Portwein im Speisezimmer sitzenblieb. Er half Elaine beim Aufstehen, bot den Damen seine Arme an und führte sie in den Salon zurück, wo Victoria Elaine bat, doch noch eine Beethoven-Sonate vorzuspielen.

Bereitwillig setzte sich Elaine an das Piano, obwohl ihr Bauch so dick war, daß sie kaum die Tasten erreichen konnte. Genau in dem Moment, als sie einen beeindruckenden c-Moll-Akkord erklingen ließ, hörte Viktoria hinter sich Glas zersplittern.

Sie sah, wie Rafael gegen die Wand geschleudert wurde, dort scheinbar eine Ewigkeit regungslos stehen blieb und dann langsam zu Boden glitt.

Sie hörte einen gellenden, häßlichen Aufschrei. Es war ihr eigener.

23. KAPITEL

Wahrheit und Hoffnung kommen immer an den Tag (spanisches Sprichwort)

Der Widder war zufrieden. Sehr bald würde sich sein Erfolg herausstellen. Er hatte seinen vertrauenswürdigen und ihm ergebenen Diener Deevers nach Drago Hall geschickt. Jetzt warf er einen Blick zu dem Baron hinüber, der sich gerade mit Vincent Landower unterhielt. Der Baron würde zweifellos dem zustimmen, was getan werden mußte. Selbst wenn er nicht zustimmte, würde er den Mund halten, denn er steckte ja genauso tief in der Sache wie jeder andere junge Narr in diesem Raum.

Der Widder befand sich in Hochstimmung, denn heute war die Satansnacht, also seine eigene Nacht. Lange hatte er an der Erneuerung seiner Regeln, an der Veränderung der Rituale gearbeitet. Jetzt war alles beinahe perfekt, und die Männer in diesem Raum näherten sich immer mehr dem Bild, das er sich für sie erdacht hatte. O ja, er fühlte sich heute großartig.

»Gentlemen«, sagte er, »es ist ein symbolischer Akt, daß wir uns am Abend vor Allerheiligen treffen, um auf unsere Bruderschaft und unseren wachsenden Erfolg zu trinken. Der Höllenfeuer-Klub wird bald im höchsten Maß berüchtigt sein, und seine Mitglieder werden eine Elite sein, die gefürchtet, respektiert und bewundert wird. Mit anderen Worten, wir werden von allen Männern beneidet werden. Gentlemen, trinken wir auf unseren Fortbestand und darauf, daß wir die Verruchtheit des ursprünglichen Höllenfeuer-Klubs noch um einiges übertreffen!«

Es gab einige Hochrufe, zustimmendes Gemurmel und

allgemeines Kopfnicken, und dann setzten sie alle die Brandweingläser an die Lippen.

Der Widder sah Baron Drago langsam aufstehen und sich zu dem langen Tisch umdrehen. Darauf lag das mit Drogen betäubte Mädchen, dessen Arme und Beine vom Körper abgespreizt und an den Hand- und Fußgelenken festgebunden waren.

»Stört dich etwas?« fragte der Widder den Baron.

»Nein, jedenfalls nicht mehr lange.« Zur größten Bestürzung des Widders zog sich der Baron langsam die Kapuze vom Kopf und warf sie auf den Boden. Dann zertrat er den weichen Satin unter seinem Stiefelabsatz.

»Halt!« brüllte der Widder und schlug die Fäuste auf seine Sessellehne. »Das ist gegen die Regeln! Du mußt die Kapuze während unserer Versammlungen jederzeit tragen!«

»Warum?«

»Damien, was ist in dich gefahren? Verhalte dich weiterhin so ungehörig, und du wirst bestraft werden.«

Der Baron lachte. »Ach ja? Warum sollen alle meine Freunde mich denn nicht sehen können? Warum soll ich sie nicht sehen dürfen? Ich möchte, daß alle mein Gesicht sehen, wenn ich das Mädchen da vergewaltige. Es ist ganze dreizehn Jahre alt. Sie sollen alle zusehen, wie ich es genieße, ein mit Drogen gefügig gemachtes Kind zu mißbrauchen und es zu einem blutenden und vor Schmerz zitternden Häuflein Elend zu machen!«

»Schweig, du junger Narr! Hast du den Verstand verloren?«

Johnny Tregonnet sprang erregt auf und ließ den Weinbrandschwenker fallen. »Du bist nicht Damien! Verdammt, du bist Rafael!«

Gelassen zog Rafael seine Pistole aus der Tasche seines weiten schwarzen Umhangs. »Du hast recht, Johnny.« Langsam wandte er sich dem Widder zu. »Ich habe versucht, Ihre Stimme zu erkennen. Sie kommt mir bekannt

331

vor, aber Sie verstellen sie geschickt.« Er drehte sich wieder zu den anderen um. »Und jetzt, liebe Freunde, will ich, daß ihr alle eure Kapuzen abnehmt. Ich will, daß wir uns alle sehen.«

Niemand rührte sich. Wie erstarrte schwarze Schatten wirkten sie.

»Falls ihr mir nicht sofort gehorcht, erschieße ich den Widder.« Ruhig hob Rafael die Pistole und zielte auf die Stirn des Mannes. »Es wäre eine ausgezeichnete Art, Unrat zu beseitigen und die Luft von seinem Fäulnisgestank zu befreien.«

»Nehmt sie ab«, befahl der Widder, und sie taten es. »Werft sie ins Feuer.« Auch das geschah. Der Stoff schmorte einen Moment unter großer Qualmeinwirkung, doch dann schossen die hellen rotgelben Flammen empor.

»Wir kennen uns ja alle. Die Kapuzen waren völlig überflüssig. Hallo, Charlie, Paul, Linc.« Rafael sah, daß es den Männern schwerfiel, ihm in die Augen zu schauen. Er redete sie alle der Reihe nach an, doch dann stutzte er. David Esterbridge war nicht hier. Hatte die kleine Joan Newdowns nicht gesagt, sie habe seine Stimme erkannt? Wenn das zutraf, wo war der Mann dann?

Rafael wandte sich an Vincent Landower. »Vinnie, möchtest du nicht die Identität des Widders kennen?«

»Es ist nicht erlaubt«, antwortete Vincent schlicht.

»Ich habe gefragt, ob du sie nicht kennen möchtest.«

»Ja, das möchten wir wahrscheinlich alle.«

»Nein! Das ist verboten. Ich bin hier der Anführer, du junger Esel! Hört sofort mit diesem Unsinn auf!«

Rafael schaute in die Runde der gesenkten Köpfe. »Warum erlaubt ihr ihm, euch zu solchen Dingen zu veranlassen? Charlie, du hast eine Schwester. Claire heißt sie, glaube ich. Sie ist fünfzehn. Würdest du sie gern betäubt, gebunden und geschändet sehen?«

»Verdammt, Rafael. Claire ist ein Kind!«

»Und das Mädchen, das da liegt, Charlie?«

»Das? Das ist nicht von Belang«, erklärte Paul Keason, als bete er eine Litanei nach.

»Aha. Mir scheint, ihr freßt jeden Dreck, den der Widder euch auftischt. Die junge Lady, die Tochter des Viscount, war die auch ohne Belang?«

»Wir wußten doch nicht, wer sie war!« rief Johnny. »Das erfuhren wir doch erst später.«

»Ja, die dumme Gans war wie ein Bauernmädchen gekleidet und hatte keinen Diener bei sich«, sagte Lincoln.

»Für jedes Übel gibt es eine Ausrede«, bemerkte Rafael. »Charlie, geht deine kleine Schwester nicht auch manchmal ohne einen Diener spazieren? Zum Beerensammeln beispielswise? In einem alten Kleid vielleicht?«

»Hör auf, Rafael.«

»Gut. Ihr versteht ja auch schon, worauf ich hinaus will. Und nun werde ich euch die Wahrheit sagen. Ich wurde vom Ministerium gebeten, diesem Unfug ein Ende zu bereiten. Ja, Gentlemen, daß ihr die Tochter des Viscounts geschändet habt, hat euch die Aufmerksamkeit höchster Stellen verschafft. Und wenn ihr jetzt schwört, zumindest in die Nähe des Pfades der Rechtschaffenheit zurückzukehren, werdet ihr nicht bestraft. Mit diesem Gentleman jedoch, diesem Widder, wird man sich auf eine andere Art und Weise befassen.«

»Ihr seid sieben gegen einen! Tötet ihn!«

»Flash!«

»Hier, Käpt'n. So. Keiner von euch hübschen Kerlen bewegt sich!« Das tat dann auch niemand.

»Vielen Dank, Flash«, sagte Rafael leise. »Würdest du dich jetzt bitte um die Kleine auf dem Tisch kümmern? Binde sie los und stelle fest, ob sie ordentlich atmet.«

Flash befreite sie von den Fesseln. »Ihr ist nichts passiert, Käpt'n. Ich glaube sogar, sie wacht gleich auf.«

»Natürlich.« Rafael blickte den Widder an. »Sie soll zumindest teilweise wach sein, wenn sich Ihre gehorsamen Jünger an ihr vergehen, nicht wahr?«

Der Widder erhob sich. »Sie haben diesen Ort entweiht«, erklärte er mit bebender Stimme. »Sie haben gelästert und gedroht. Ich bin hier der Anführer. Dies ist die Nacht vor Allerheiligen. Dies ist die Nacht meines Triumphes!« Seine Augen bewegten sich, und in diesem Moment wußte Rafael, was kam.

Er wirbelte herum, war aber nicht schnell genug. Der Pistolenknauf traf zwar nicht seinen Schädel, sondern seine rechte Schulter, aber es tat höllisch weh. Seine eigene Pistole flog ihm aus der Hand und rutschte über den Boden. Sofort wollte er ihr nachhechten.

»Lassen Sie das, Kapitän, oder ich befehle Deever, Sie zu töten.«

Rafael richtete sich auf und sah sich einem knollennasigen Mann gegenüber, der ihm mit der Pistole auf die Brust zielte.

»Dieses, mein lieber Rafael, ist Deevers. Sie, Flash, stellen sich neben Ihren Kapitän. So ist's richtig. Und jetzt, Gentlemen, wollen wir diese beiden Störenfriede verschnüren.«

Rafael blickte Johnny Tregonnet in die Augen. »Bin ich wirklich ein Störenfried?« An den Widder gewandt, sprach er weiter. »Nur weil ich mich dagegen auflehne, daß Sie diese Männer dazu gebracht haben, Handlungen auszuführen, die sie normalerweise ebenso widerlich finden würden wie ich?«

»Halten Sie den Mund, Kapitän. Setzen Sie sich.«

Rafael gehorchte bereitwillig und winkte Flash zu sich.

»Johnny, Vincent, bindet ihn!«

»Nur zu«, meinte Rafael. »Und danach könnt ihr dann eure Lose ziehen und ermitteln, wer von euch das Kind als erster vergewaltigt. Wie spannend! An eurer Stelle würde ich mich beeilen.«

»Deevers, wenn er noch ein Wort sagt, jagen Sie ihm eine Kugel durch den Kopf.«

Johnny trat nicht zu Rafael und Flash, sondern einen Schritt zurück. »Nein, Widder«, sagte er. »Sie werden ihn nicht töten. Das lasse ich nicht zu.«

»Das läßt du nicht zu, Johnny? Du junger Dummkopf, du hast meine Entscheidungen so hinzunehmen, wie ich sie treffe.«

Zu Rafaels Verblüffung, aber auch zu seiner großen Erleichterung wirkte Johnny plötzlich ausgesprochen kampflustig. »Ich glaube, die anderen sind meiner Meinung, Widder«, erklärte er. »Vinnie, Linc? Charlie?«

»Nun hört mal«, mischte sich Flash ein. »Ihr habt doch wohl mitbekommen, was der Kapitän gesagt hat. Damit hat er gemeint, daß euch nichts passieren wird.«

»Töte ihn!« schrie der Widder Deevers an.

Deevers fuhr mit der Pistole zu Flash herum. Im selben Moment sprangen Johnny, Charlie und Rafael vorwärts, und einen Augenblick später warfen sich auch die übrigen auf Deevers. Man entriß ihm die Waffe und schlug so lange auf ihn ein, bis Rafael Einhalt gebot.

»Nicht doch«, sagte er. »Der Widder ist der Verantwortliche und nicht dieser elende Trottel hier. Und nun, Widder, nehmen Sie die Kapuze ab. Wir alle möchten Sie sehen.«

Der Widder zog sich recht steifbeinig einige Schritte zurück.

»Die Kapuze!« mahnte Rafael. »Oder soll ich sie Ihnen abnehmen?«

Der Widder stieß Flüche aus, die selbst Flash schockierten, obwohl diesem solche Sprache doch schon seit Kindesbeinen geläufig war.

»Wer sind Sie?« fragte Rafael. »Oder bist du es, David? Joan Newdowns glaubte, deine Stimme wiedererkannt zu haben. Bist du's also, du mieser kleiner Köter?«

335

Der Widder richtete sich stocksteif auf. Langsam hob er die Hände. Die Kapuze glitt hoch, klappte dann zurück und fiel ihm vom Kopf. Kein Laut war zu hören. Jedermann starrte ungläubig auf Squire Gilbert Esterbridge.

»Ein alter Mann ...«

»Davids Vater!«

»Nicht zu fassen!«

»Joan war also nahe daran«, stellte Rafael fest. »Nun, Squire, was haben Sie zu sagen? Ahnt David etwas von Ihren perversen Aktivitäten?«

»David wollte bei uns Mitglied werden.« Linc Penhallow schüttelte den Kopf. »Und der Widder hat nein gesagt. Es sollten nur acht Männer sein, keiner mehr, keiner weniger.«

»Er hat immer allein die Regeln erfunden«, sagte Johnny. »Regeln, immer wieder neue Regeln. Wie mein verdammter Vater!«

Rafael schwieg. Am liebsten hätte er Johnny und die anderen zusammengeschlagen, doch dieses Vergnügen mußte er sich versagen, denn er brauchte diese miserablen Halunken noch.

»Ja«, bekräftigte Charlie, »sogar Regeln wegen der Mädchen. Wir durften ihre Brüste nicht anfassen und nicht einmal sehen. Nur das, was zwischen ihren Beinen ist, sei von Belang, hat er gesagt.«

Rafael hörte den Beschwerden zu, beobachtete dabei jedoch den Squire. Dessen Gesicht war gerötet, und seine so merkwürdig grünen Augen glitzerten, daß es Rafael fast unheimlich wurde.

»Wie ich vorhin bereits sagte, Squire, werden nur Sie bestraft werden. Sie haben die Wahl. Entweder Sie verlassen England für immer, oder Sie werden sterben. Natürlich nicht durch die Hand des Viscounts, denn das wäre zuviel der Ehre. Nein, Sir, er wird Sie töten lassen. So einfach ist das. Entscheiden Sie sich.«

Das Gesicht des Squires rötete sich noch mehr. Er

straffte die schmalen Schultern. »Ich bin der Squire Esterbridge. Ich lebe hier seit meiner Geburt wie vor mir mein
Vater und dessen Väter. Dies ist mein Land, und dies sind
meine Leute. Dies ist sogar mein Jagdhaus, denn ich habe
es gekauft. Sie sind unbefugt hier eingedrungen. Verschwinden Sie!«

Rafael lächelte. »Sie erstaunen mich wirklich, Squire.
Selbstverständlich gehe ich jetzt nur zu gern, denn ich
habe Sie ja über Ihre Wahlmöglichkeiten unterrichtet. Bedenken Sie, Squire, wenn Sie in Cornwall bleiben, werden Sie eines Morgens nicht mehr aufwachen. Und dann
wird Ihr Sohn der Squire Esterbridge.« Rafael rechnete
sich aus, daß dies die größtmögliche Beleidigung für den
Mann sein müßte.

Er nickte den anderen zu und wandte sich dann an
Flash. »Wir wollen den alten Deevers fesseln. Der Squire
kann ihn wieder losbinden, wenn wir diesen Ort hier alle
verlassen haben.« Während Flash seiner Anweisung sofort nachkam, ging er selbst zum Tisch, streifte sich den
Umhang ab und wickelte das Mädchen darin ein. »Wer ist
das Kind, Squire?«

Der Squire schwieg.

»Wir bringen die Kleine zu Dr. Ludcot. Er wird es wissen.« Rafael hob das Mädchen in die Arme. »Habe ich
euer Wort, daß dieser Klub ein für allemal geschlossen
wird?« fragte er die Männer, die daraufhin alle nickten.

»Hol's der Teufel, verdammt noch mal«, wütete Johnny.
»Ich kann es einfach nicht glauben, daß wir uns alle so
haben einwickeln lassen von diesem ... diesem ...« Ihm
fehlten die Worte.

»Diesem alten Gierhals? Schweinehund!«

Scheinbar gelassen stand der Squire da und sah Rafael
an. »Sie werden nicht mehr lange so lächeln, Kapitän.«
Seine Stimme klang beängstigend leise und drohend.

»Was zum Teufel meinen sie damit?«

Der Squire schüttelte nur stumm den Kopf.

»Ich bin gespannt, ob es Damien gelungen ist, Victoria zu täuschen«, sagte Rafael, während er mit Flash zu den Stallungen von Drago Hall ritt. »Ich habe ihn gewarnt, sie ja nicht zu berühren, denn dann würde sie ihn erkennen. Er hat mir geschworen, sie nicht anzufassen. Er wollte die Ehrenhaftigkeit in Person sein. Nun, wir werden sehen.«

Rafael verabschiedete sich von Flash und ging zum Herrenhaus. Es war schon sehr spät, doch alle Fenster waren noch hell erleuchtet. Er stutzte, und plötzlich erinnerte er sich an die Worte des Squires. Das letzte Stück des Wegs rannte er, und dann riß er die Eichentür auf.

»Ligger, was ist hier los?«

Ligger brachte nichts heraus. Rafael faßte ihn bei den schmalen Schultern. »Was ist geschehen, Ligger?«

Der Butler starrte ihn lange an. »Sind Sie der Baron oder Kapitän Rafael?« fragte er schießlich.

»Ich bin Rafael.«

Ligger stöhnte leise. »Dann hat jemand auf den Baron geschossen. Wir dachten, er wäre Sie, Sir. Ihre Gattin, nun, sie . . .«

»Ist mein Bruder tot?«

Ligger schüttelte den Kopf. »Dr. Ludcott ist bei ihm, aber . . .«

Das Ende der Rede wartete Rafael nicht ab. Er stürzte die Treppe hinauf, rannte durch den langen Korridor zu den Herrenräumen, bis er seinen Fehler erkannte und zum Zinngemach lief.

Neben der geschlossenen Tür lehnte Victoria an der Wand. Sie ließ den Kopf hängen und sah unbeschreiblich traurig aus.

»Victoria«, rief er leise.

Sie hob den Kopf. »Damien. Gott sei Dank, daß du wieder da bist. Er ist sehr verletzt und . . .«

»Victoria, Liebste.«

Sie wurde ganz still und schaute ihm unsicher entgegen. »Damien, ich begreife . . .«

»Still, Liebling. Still. Ich bin's.« Er zog sie in die Arme.
»Rafael?«

»Ja.«

Sie warf sich förmlich an ihn, schlang die Arme so fest
wie sie konnte um seinen Rücken und barg das Gesicht
an seiner Schulter.

»Es ist ja gut, Liebling«, sagte er immer wieder. »Was ist
mit Damien?«

»Ich dachte, er wäre du. Elaine dachte das auch. Und
alle anderen. Das ist ja nicht zu …« Sie mußte erst einmal
tief Luft holen. »Dr. Ludcott hat mich aus dem Zimmer
geschickt. Er operiert die Kugel heraus. Sie steckt tief in
Damiens Schulter. Damien ist glücklicherweise bewußt-
los, aber ich …«

Rafael schüttelte sie sanft. »Hör zu, Victoria. Ich möchte
daß du mit Elaine sprichst und ihr sagst, was geschehen
ist. Ich werde zu Damien gehen. Schaffst du das? Geht's
dir gut?«

Sie nickte, drückte ihn noch einmal fest an sich, raffte
dann die Röcke und rannte den Flur entlang zur Herrensuite.

Dr. Ludcott schaute hoch, als Rafael ins Zinngemach
trat. »Baron, da sind Sie ja. Ihr Bruder ist glücklicherweise ein vitaler, sehr kräftiger junger Mann. Er wird es überleben.«

»Ich bin Rafael Carstairs. Dies dort ist der Baron.« Während der Arzt noch verwirrt zwischen dem Bewußtlosen
auf dem Bett und Rafael hin- und herschaute, sprach dieser bereits weiter. »Ich habe ein junges Mädchen in Ihr
Haus gebracht. Es sollte vom Höllenfeuer-Klub vergewaltigt werden. Das ist jetzt vorbei.«

»Das erleichtert mich. Ich glaube, Sie werden mir noch
viel zu berichten haben, Kapitän«, fügte der Arzt nachdenklich hinzu.

»Schon möglich.«

Damien stöhnte, und im selben Moment betrat Elaine

339

das Zinngemach. Ihr Gesicht war so weiß wie frischgefallener Schnee. Der Hausmantel spannte sich über ihrem dicken Bauch.

»Nun, nun, Mylady.« Dr. Ludcott trat rasch zu ihr. »Ihr Gatte wird es überstehen. Sie müssen ganz ruhig bleiben. Denken Sie an das Kind.«

»Er hat dich gespielt, Rafael«, sagte sie ein wenig wirr und streichelte dabei die Hand ihres Ehemannes.

»Ja, und diesmal wußte ich genau, was er tat, Elaine. Keiner von uns vermutete, daß so etwas wie dieses geschehen würde. Es tut mir wirklich leid.«

Damien schlug die Augen auf, und sein Blick fiel auf seine Gemahlin, die auf ihn hinunterschaute. »Hallo«, sagte er. »Wo ist Rafael?«

»Hier bin ich. Es ist alles erledigt. Alles.«

»Gut. Wir hatten also Erfolg.« Damien schloß die Augen und hielt die Hand seiner Frau fest. »Mir geht es bald gut.« Dann schwand ihm wieder das Bewußtsein.

Victoria zupfte an Rafaels Ärmel. »Erzähl's mir.«

Rafael und Victoria verließen das Zinngemach und gingen den langen Korridor hinunter. »Warum hast du das getan?« fragte sie recht barsch.

»Um dich vor Schaden zu bewahren«, antwortete er. »Du mußtest glauben, daß ich hier war. Andernfalls hättest du Himmel und Hölle in Bewegung gesetzt, um mir zu helfen. Ich hätte dann keine Garantie für deine Sicherheit übernehmen können, Victoria.«

»Nur deswegen?«

»Ja. Der Widder ... Du rätst nie, wer der Geheimnisvolle ist.«

»Wie sollte ich auch? Du hast mich ja an der Aufklärung nicht teilhaben lassen.«

»Squire Esterbridge.«

Sprachlos schaute sie ihn eine Weile an. »Und David?« fragte sie dann.

»Gehörte nicht zu diesem ekelhaften Klub. Sein Vater hat das nicht zugelassen. Warum nicht, weiß ich nicht.«

»Und das hier ... Damien und du, ihr hattet das geplant?«

»Ja.«

Victoria blieb stehen, packte ihren Ehemann beim Arm und zog ihn zu sich herum. »Nie in meinem ganzen Leben habe ich solche Angst gehabt. Die Kugel ... die Wucht hat dich, nein Damien gegen die Wand geschleudert. Und ich konnte nichts tun. Ich habe geschrien und geweint. Wahrscheinlich hast du mich zu Recht nicht in deine Pläne eingeweiht. Ich hätte sie ruiniert.«

Rafael lächelte auf diese ganz spezielle Weise, bei der Victoria immer dahinschmolz. »Du liebst mich«, sagte er. »Du hast bewiesen, daß du ohne mich nicht leben kannst.«

Sie bedachte ihn mit einem absolut verächtlichen Blick. »Du hast ... beziehungsweise Damien hat eine so fürchterliche Unordnung verursacht. Die hat mich nur so erschreckt — die Glassplitter, und dann das schreckliche Blut überall ...«

»Aha.«

Sie verpaßte ihm einen Hieb in die Magengegend. »Was hast du mit dem Squire gemacht?«

»Nichts. Er hat die Wahl. Wenn er nicht allzu dumm ist, verläßt er England umgehend. Er ringt allerdings noch mit sich.«

»Der arme David.«

»Der arme David, ha! Dieser schäbige kleine Köter verdient keine mitfühlenden Worte von dir. Im Gegensatz zu mir. Sieh mich doch an. Ein müder, aber siegreicher Krieger kehrt vom Schlachtfeld zu dir zurück. Ich muß mich an deinem weichen Busen erholen, und du könntest ...«

»Dir eine Tasse Tee kochen vielleicht?«

»Du bist kein bißchen liebenswürdig«, klagte er.

»Ich kann ja ein wenig Weinbrand in deinen Tee tun.«

341

»Ja? Weißt du, was mir dabei einfällt, Victoria? Wir haben den Widder zur Strecke gebracht. Wie wäre es, wenn wir uns jetzt um diesen Schmuggel-Bischof kümmerten? Wir könnten noch einmal nach Axmouth reisen, dich als Lockvogel benutzen und herauszufinden versuchen, wer ... He, wohin gehst du?«

»Zu Flash. Er soll mich zur ›Seawitch‹ bringen. Ich will mir noch mehr Kräuter von Block geben lassen, besonders viel von denen, die für die Reinigung der Eingeweide sorgen.«

Rafael hielt sich die Hände auf den Bauch. »Ich fühle mich schon jetzt nicht sehr gut. Ich muß mich wirklich erholen, liebe Gattin.«

Victoria betrachtete ihn. Er schaltete wieder sein strahlendes Lächeln ein, und dagegen war sie nun einmal machtlos. Sie beschimpfte ihn zwar, lächelte aber selbst dabei. »Also, ich kann dir sagen, du Halunke, ich kann dir sagen ...«

»Ich dir auch. Komm endlich her zu mir, Victoria. Wir erholen uns gemeinsam.«

EPILOG

Carstairs Manor, Cornwall, England, Januar 1841

Es genügt nicht, zu besiegen; man muß auch verführen können
(Shakespeare)

»Unser Tisch wird noch zusammenbrechen unter all den Köstlichkeiten. Und dann verschwindet Mrs. Beels köstliche gefüllte Wachtel unter diesem merkwürdigen neumodischen Rosenkohl.«

Victoria mußte über Rafaels Worte lachen. »Er hat ganz recht, wissen Sie. Aber wir haben ja auch noch nie so hohen Besuch gehabt.«

Hawk, der Earl von Rothermere, wandte sich an Frances, seine Gemahlin. »Wenn Victoria auf wirklich hohen Besuch Wert legt, sollten wir sofort meinem Vater schreiben«, meinte er. »Er und Lucia zusammen mit Didier als Gefolge stellen selbst den Regenten in den Schatten.«

Diana Ashton, die Countess von Saint Leven, schluckte erst ihren Bissen Artischockenboden hinunter und schüttelte dann den Kopf. »Ich habe den Schock noch immer nicht verwunden. Lucia heiratet den Marquess!«

»Mein Vater teilte mir mit«, sagte Hawk, »daß Lucia ihm ihre Schauerromane vorliest. Nachts. Im Bett.«

Frances kicherte.

»Mein Vater ließ ebenfalls durchblicken«, fuhr Hawk fort, »daß Lucias Einfallsreichtum groß ist. Wenn der Verlauf des Romans dem von ihr beabsichtigten Zweck zuwiderläuft, gibt sie ihm eine zweckmäßigere Richtung.«

»Und dann sind alle glücklich«, fügte Frances lachend hinzu. »Nun ist's gut, Hawk. Sag nichts mehr. Du hast die Grenze dessen, was für ein Tischgespräch schicklich ist, bereits überschritten.«

»Frances wird auf ihre alten Tage langweilig und sittsam«, beschwerte sich Hawk. »Wo ist nur das wilde schottische Mädchen geblieben, das ich in die Sattelkammer geschleppt habe und ...«

»Hawk! Philip! Wie auch immer — still jetzt!«

»Ich entschuldige mich ja schon. Ab jetzt bin ich lammfromm. Bitte, reiche mir doch noch etwas von dem köstlichen Plumpudding, Diana. Frances, meine Liebe, der rote Farbton deines Gesichts sieht wirklich ganz entzückend aus.«

Frances überhörte diese Bemerkung einfach. »Mich würde einmal interessieren, was seit Lucias Heirat aus ihrer Klöppelarbeit geworden ist, mit der sie sich immer selbst bestrafte.«

»Bis ich ihr Victoria als Ersatz-Strafe geliefert hatte«, ergänzte Rafael und wandte sich dann an Diana. »Was würden Sie tun, wenn Sie sich selbst bestrafen wollten?«

»Sie läßt mich ihre Strafe übernehmen«, antwortete Lyon Ashton, der Earl von St. Leven, statt ihrer. »Je runder ihr Bäuchlein wird, desto ungeheuerlicher werden ihre Ansprüche. ›Lyon, Liebling, würdest du mir bitte ein klitzekleines Erdbeertörtchen holen? Mit vielleicht einem winzigen Klecks Schlagsahne obendrauf? Es ist erst drei Uhr nachts, Lyon, Liebster. Ach, bitte!‹ Und das noch drei Monate lang!«

Zu Lyons Freude wurden zum Dessert tatsächlich Erdbeertörtchen serviert. »Ist das auch genug Schlagsahne für dich, Liebling? Vielleicht solltest du dir ein wenig mehr nehmen, falls du in der Nacht wieder solchen Heißhunger danach verspürst.«

Diana betrachtete das Törtchen auf ihrem Teller mit Widerwillen. »Weißt du, Lyon, selbst mit der Schlagsahne regt es meinen Appetit einfach nicht mehr an.«

Lyon stöhnte laut. »Zeigen Sie mir den kürzesten Weg

zu Ihrer Küche, Victoria. Wahrscheinlich werde ich mich in der Nacht laufend darin herumtreiben müssen.«

Die Herren blieben nicht mit ihrem Port im Eßzimmer zurück, sondern gesellten sich zu den Damen im Salon. Victoria erzählte von der alten Burgruine. »Wir erwogen, das Herrenhaus nach der Burg ›Wolfeton‹ zu nennen, doch da Rafael den Grundstein zu einer neuen Dynastie legen möchte, fanden wir, daß ›Carstairs Manor‹ angemessener wäre.«

Rafael lächelte seiner begeisterten Ehefrau liebevoll zu. »Victoria würde alles für ein mittelalterliches Gespenst geben, das sich dann hier herumtreiben müßte. Ich werde ihr eine nachgemachte verfallene Klosterkirche bauen lassen und dann in nebligen Nächten Einladungen an alle Mönchsgespenster schicken.«

»Deinen beiden Sonnenscheinchen würde das gefallen, Hawk«, sagte Frances. »Ich meine unsere Kinder«, fügte sie erklärend hinzu.

»Die beiden kleinen Ungeheuer würden wahrscheinlich jedes Gespenst über den Kanal scheuchen.«

»Ist er nicht ein entzückender Vater?« fragte Frances.

»Mit diesem Haus hier haben Sie wirklich Großartiges vollbracht«, lobte Diana. »Alles ist so hell und freundlich, sogar jetzt im Januar.«

»Wir haben auch fuhrenweise Efeuberankung entfernen müssen, damit genügend Licht in die Sache kam«, erzählte Rafael.

»Unser nächstes Projekt ist es, mit der Carstairs-Dynastie zu beginnen, wie meine anspruchsvolle Gemahlin bereits erwähnte. Sie ist entschlossen, für genug Nachkommen zu sorgen, damit es für eine die Jahrhunderte überdauernde Familienlinie reicht.«

»Rafael!«

»Ja, Liebste?«

Frances klopfte Victoria lachend auf die Hand. »Männer sind alle gleich, meine Liebe. Frech, unverfroren, ungeheuerlich und ...«

»Wobei wir nicht vergessen wollen, daß Frances und ich zwei absolut wundervolle Kinder haben«, warf Hawk ein.

»Wundervolle Kinder, ha!« empörte sich Frances. »Vor der Dienerschaft nennst du sie den Fluch deines Lebens, vor Gästen Ungeheuer, und jedesmal wenn du mit ihnen aufstehen sollst, behauptest du, sie seien der Ruin deiner Gesundheit.«

»Wie ich schon sagte, es sind absolut wundervolle kleine Sonnenscheinchen.«

»Hm«, erklärte Lyon mit einem Blick auf den Bauch seiner Frau. »Ich habe mich zu einem Mädchen entschlossen. Ist dein Charles ein einigermaßen vielversprechendes Ungeheuer, Hawk?«

»Er ist mein Ebenbild«, antwortete Hawk.

»Und damit ein nicht zu übertreffendes Ungeheuer«, fügte Frances hinzu.

»Sarkasmus steht dir nicht, Frances«, befand Hawk. »Und jetzt, Rafael, erzähle uns die Geschichte mit dem Höllenfeuer-Klub zu Ende.«

»Da gibt es nicht mehr viel zu erzählen. Der Widder, Squire Esterbridge, hat zur allgemeinen Überraschung das Land wirklich verlassen. Eines Morgens war er einfach verschwunden, und sein Diener Deevers mit ihm. Zum Verdruß seines Sohnes hat er alles Bargeld mitgenommen, das er auftreiben konnte. Ja, und mein mir zum Verwechseln ähnlicher Zwillingsbruder ist es nicht mehr.«

»Was ist er nicht mehr?« fragte Hawk.

»Er ist wirklich faszinierend«, sagte Victoria. »Nachdem Damien sich von der Schußwunde erholt hatte, entstand plötzlich eine breite weiße Strähne in seinem Haar. Jetzt ist er nicht mehr mit Rafael zu verwechseln.« Sie blickte ihren Gatten an. »Und du kannst mich mit seiner Hilfe auch nicht mehr täuschen. Frances, würden Sie uns bitte etwas auf dem Klavier vorspielen?«

Alles verlangte nach schottischen Balladen, und Frances setzte sich anmutig an das Instrument und spielte zu jedermanns Freude, bis der Tee serviert wurde.

»Ich glaube, ich habe großen Appetit auf Markpudding«, verkündete Diana ganz plötzlich. »Lyon, mein Schatz ...«

Lyon erschauderte. »Das ist ja ekelerregend.«

»Vielleicht mit ein wenig Schlagsahne darauf?«

Lyon stöhnte und griff sich an den Magen.

»Nein, du hast recht. Lieber einen Spritzer Ingwer.«

Rafael neigte sich zu Victoria. »Ich glaube, wir geraten hier gefährlich in die Nähe der Sache mit den blitzsauberen Eingeweiden, meine Liebe.«

»Nein, Ingwer auch nicht. Stachelbeersauce, bitte.«

»Grundgütiger Himmel!« Lyon brach zusammen und barg den Kopf auf dem umfangreichen Bauch seiner Gemahlin.

»Gut, Lyon, wenn dir das so zuwider ist, dann begnüge ich mich auch mit ... laß mich überlegen ...«

»Ich weiß was«, meinte Victoria. »Karottensauce. Das Rot sieht auf dem Pudding viel hübscher aus als Stachelbeergrün oder Ingwerbraun.«

»Liebste Gattin«, sagte Rafael, »ich begleite dich jetzt nach oben. Fertige für den armen Lyon eine Lagezeichnung der Küche an. Seine Qual dauert mich. Ich kann sie nicht länger mit ansehen. Ich will heute nacht mit der Gründung meiner eigenen Dynastie beginnen.«

»Ihr kommt auch noch an die Reihe!« rief Lyon ihnen hinterher. »Warten Sie's nur ab, Rafael.« Und an Diana gewandt sagte er liebenswürdig: »Nun zu dir, meine Liebste. Wie wäre es denn mit ein paar Pastinakenwurzeln mit einigen Tropfen köstlicher Zwiebelsauce?«

Catherine Coulter

... Romane von tragischer Sehnsucht und der Magie der Liebe

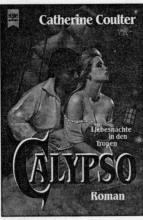

04/104

Außerdem lieferbar:

Lord Deverills Erbe
04/15

Liebe ohne Schuld
04/45

Magie der Liebe
04/58

Sturmwind der Liebe
04/75

Die Stimme des Feuers
04/84

Die Stimme der Erde
04/86

Die Stimme des Blutes
04/88

Jadestern
04/96

Wilhelm Heyne Verlag
München

Karen Robards

...Romane über das Abenteuer der leidenschaftlichen Liebe

04/123

Außerdem erschienen:

Das Mädchen vom Mississippi
04/25

Sklavin der Liebe
04/41

Piraten der Liebe
04/52

Freibeuter des Herzens
04/68

Tropische Nächte
04/82

Feuer für die Hexe
04/94

Im Zauber des Mondes
04/102

Süße Orchideen
04/108

Wilhelm Heyne Verlag
München

HEYNE BÜCHER

Heather Graham

...Geschichten von zeitloser Liebe in den Wirren des Schicksals

04/106

Außerdem lieferbar:

Die Geliebte des Freibeuters
04/37

Die Wildkatze
04/61

Die Gefangene des Wikingers
04/71

Die Liebe der Rebellen
04/77

Geliebter Rebell
04/97

Wilhelm Heyne Verlag
München

Im Glanz der Leidenschaft

Traumhafte Liebesromane aus der faszinierenden Welt der modernen High Society

04/110

Außerdem lieferbar:

Meredith Rich
Duft der Liebe
04/91

Lisa Gregory
Schwestern
04/100

Gezeiten
04/87

Nancy Bacon
Freiheit des Herzens
04/79

Wilhelm Heyne Verlag
München

Johanna Lindsey

Fesselnde Liebesromane voller Abenteuer und Zärtlichkeit.
»Sie kennt die geheimsten Träume der Frauen...«

Zorn und Zärtlichkeit
01/6641

Wild wie der Wind
01/6750

Die gefangene Braut
01/6831

Zärtlicher Sturm
01/6883

Das Geheimnis ihrer Liebe
01/6976

Wenn die Liebe erwacht
01/7672

Herzen in Flammen
01/7746

Stürmisches Herz
01/7843

Geheime Leidenschaft
01/7928

Lodernde Leidenschaft
01/8081

Wildes Herz
01/8165

Sklavin des Herzens
01/8289

Fesseln der Leidenschaft
01/8347

Sturmwind der Zärtlichkeit
01/8465

Geheimnis des Verlangens
01/8660

Wild wie deine Zärtlichkeit
01/8790

Gefangene der Leidenschaft
01/8851

Lodernde Träume
01/9145

Wilhelm Heyne Verlag
München